새장에 갇힌
새가 왜 노래하는지
나는 아네

새장에 갇힌
새가 왜 노래하는지
나는 아네

마야 앤절로

김욱동 옮김

*I Know Why
the Caged Bird Sings*
Maya Angelou

개정판 번역에 부쳐

2014년 5월 28일 마야 앤절로가 여든여섯의 나이로 타계했다는 소식을 들었을 때 나는 두 가지 면에서 충격을 받았다. 첫 번째는 영문학자로서 받은 충격이었고, 두 번째는 앤절로를 미국문학, 아니 세계문학 작가의 반열에 오르게 한 대표작 《새장에 갇힌 새가 왜 노래하는지 나는 아네》의 역자로서 느낀 충격이었다. 그녀의 사망 소식을 접한 이후 나는 20세기 미국문학의 성좌에서 큰 별 하나가 떨어졌다는 생각을 뇌리에서 떨칠 수 없었다. 그만큼 앤절로의 타계 소식이 나에게 준 충격은 컸다.

현대 미국문학사에서 앤절로는 독특한 위치를 차지해왔다. 음악, 댄스, 연극, 뮤지컬, 영화 등 주로 공연예술 분야에서 활약하다가 비교적 늦깎이로 시인과 소설가로 문단에 데뷔한 그녀는 세상을 떠나기 전까지 무려 30여 권에 이르는 방대한 작품을 출간했다. 시, 소설, 자서전, 동화, 영화 대본 등 앤절로의 손이 닿지 않은 문학 장르가 거의 없다시피 하다.

더구나 앤절로는 미국 흑인문학 전통을 굳건히 다지는 데 크게 이바지했다. 리처드 라이트와 랠프 엘리슨, 제임스 볼드윈의 바통을 이어받아 활약했고, 토니 모리슨과 앨리스 워커 같은 작가들에게 그 바통을 물려줬다. 《새장에 갇힌 새가 왜 노래하는지 나는 아네》를 비롯한 여러 자전적 소설에서 엿볼 수 있듯이 그녀는 인간의 육신은 비록 넝마처럼 누추할망정 영혼만은 은화처럼 빛을 내뿜을 수 있다는 사실을 설득력 있게 보여줬다. 앤절로는 인간 조건이라는 새장은 말할 것도 없고 인종과 젠더의 좁은 새장에 갇혀 있으면서도 좀처럼 굴하지 않고 영혼의 목소리로 전 세계 독자를 향해 아름다운 노래를 선사했다. 버락 오바마 대통령의 말대로 앤절로는 "우리 모두가 하느님의 자녀이고, 또 우리에게는 저마다 다른 사람에게 줄 그 무엇을 가지고 있다"라는 사실을 온 세상에 알린 작가였다.

번역가로 느낀 두 번째 충격은 이제 다시는 앤절로를 만날 수 없게 됐다는 절망감에서 비롯했다. 나는 그동안 교환교수와 연구 등으로 5년 넘게 미국 노스캐롤라이나주 채플힐에 살았다. 채플힐은 앤절로가 1981년부터 30여 년 동안 살면서 강의하던 노스캐롤라이나주 윈스턴세일럼 소재 웨이크포리스트대학교와는 자동차로 불과 1시간 남짓 거리에 있다. 나는 그녀를 만나려고 여러 번 연락했지만 한 번은 다른 지방에서 열린 강연 일정 때문에 만날 수 없었고, 또 한 번은 그녀의 건강이 여의찮아서 만날 수 없었다. 지병으로 심장병이 있는 데다 당시 노령으로 건강이 악화해 그녀는 강연 예약도 취소할 정도였다. 그래서 나는 아쉬우나마 《새장에 갇힌 새가 왜 노래하는지 나는 아네》의 한국어 번역판을 그녀에게 보내면서 후일을 기약할 수밖에 없었다.

《새장에 갇힌 새가 왜 노래하는지 나는 아네》 초판 번역본이 출간된 것이 2006년이니 벌써 20년이 가까워진다. 2009년에 조금 손질해 2판을 내기도 했지만 앤절로 타계 10주기를 맞아 이번에 개정판을 내기로 했다. 나는 평소 번역에도 유통 기한이 있다고 생각하기에 가능하다면 10년, 적어도 20년 주기로 작품을 다시 번역해야 한다고 생각해왔다. 언어도 다른 유기체처럼 세월의 풍화작용을 받지 않을 수 없기 때문이다. 이번 개정판에서는 20여 년 동안 어휘나 관용구에 낀 때를 닦아내는 데 주력했다. 시대에 맞지 않는 어휘는 버리고 시대감각에 맞는 어휘로 바꿨다. 또한 개정판에서는 흑인 여성 문학에 대한 독자들의 관심과 이해가 깊어진 점을 반영하려 했다.

마야 앤절로가 우리에게 주는 메시지는 한둘이 아니지만 그중에서도 가장 빛나는 유산은 어떤 고난과 역경에서도 좀처럼 포기하지 않는 미래에 대한 밝은 희망이다. 1997년 한 강연에서 그녀는 "만약 하느님이 바로 구름 속에 무지개를 보여준다면 우리 각자는 비참하고 음울하고 두렵고 을씨년스러운 순간에도 희망의 가능성을 볼 수 있을 것이다"라고 말한 적이 있다. 그러면서 "우리는 누군가의 구름에 떠오르는 무지개가 될

기회를 갖고 있다"라고 역설했다. 이번 개정판으로 앤절로가
전하고자 한 희망의 메시지가 좀 더 쉽게 전달되기를 바랄 뿐
이다.

김욱동

차례

나의 아들 가이 존슨,
그리고 역경과 신들을 거역하고
자신들의 노래를 부르는
힘센 희망의 검은 새 모두에게
이 책을 바친다.

일러두기

• 이 책은 Maya Angelou, *I Know Why the Caged Bird Sings* (New York: Random House, 1969) 판본을 번역 저본으로 삼았다.

• 본문의 주석은 모두 옮긴이 주다.

감사의 말을 전하며

나의 어머니 비비언 백스터, 기억하라고 용기를 준 오빠 베일리 존슨에게 감사한다. 관심을 가져준 할렘 작가 길드와 내가 글을 쓸 수 있다고 말해준 존 O. 킬런스에게 감사한다. 또한 글을 써야만 한다고 강요한 내녀 코비너 느케챠 4세에게 감사하지 않을 수 없다. 확고하게 믿어준 제러드 퍼셀에게 변치 않는 감사를 보내며, 나를 이해해준 토니 디어마토에게 감사한다.

내 책의 이름을 지어준 애비 링컨 로치에게 감사한다. 그리고 마지막으로, 잃어버린 세월 속으로 상냥하게 나를 인도해준 랜덤하우스의 편집자 로버트 루미스에게 감사의 말을 전하고 싶다.

"왜 나를 쳐다보시나요?
머물려고 찾아오지 않았는데……."

나는 그다음 구절을 잊어버렸다기보다는 차마 그 구절을 기억해낼 수 없었다. 시를 외우는 것보다 중요한 일이 더 많았다.

"왜 나를 쳐다보시나요?
머물려고 찾아오지 않았는데……."

내가 이 시의 나머지를 기억해낼 수 있느냐 없느냐 하는 건 그렇게 중요하지가 않았다. 사실을 말하자면, 그건 마치 흠뻑 젖은 채 내 주먹 속에 똘똘 뭉쳐 있는 손수건 같았다고나 할까. 사람들이 이 사실을 빨리 받아들이면 받아들일수록 나는 두 손을 펼치고 시원한 바람으로 내 손바닥을 말릴 수 있을 것이다.

"왜 나를 쳐다보시나요……?"

'감리교파 흑인 감독교회' 유년부 아이들은 이미 잘 알려진 내 건망증을 두고 몸을 흔들어대며 킥킥거리고 웃었다.

내가 입고 있는 드레스는 옅은 자줏빛 태피터 실크 드레스여서 숨을 쉴 때마다 바스락거리는 소리가 났다. 창피한 마음을 뿜어 내보내려고 공기를 들이마셨기 때문에 마치 영구차 뒤에 감아둔 검은 주름 색종이에서 나는 것 같은 소리가 났다.

마마가 옷단에 주름을 잡고 허리 주위를 멋지게 조금 호아 올리는 모습을 볼 때만 해도, 일단 그 옷을 입으면 영화배우처럼 보일 줄로 알았다. (그 옷은 색깔이 끔찍했어도 실크라서 그걸로 보상됐다.) 그러면 나는 착하고 예쁜 백인 소녀 가운데 한 사람처럼 보일 게 아닌가. 이 세상 모두가 꿈꾸는 정상적인 백인 소녀 말이다. 그 옷이 검은색 싱어 재봉틀에 매달려 있을 때만 해도 어떤 마법의 옷처럼 보였다. 내가 그 드레스를 입고 있는 모습을 보고 사람들은 내게 달려와 이렇게 말할 것이다.

"마거릿(때로는 '귀여운 마거릿'이라고 부를 때도 있었다), 우리를 용서해줘. 우린 네가 누군지 몰랐거든."

그러면 나는 너그럽게 이렇게 대답할 것이다.

"아냐, 괜찮아, 너흰 나를 알아볼 수 없었잖아. 물론 용서하고말고."

이렇게 생각만 해도 나는 며칠 동안 천사가 내 얼굴에 금가루를 뿌려주기라도 한 듯 한껏 들뜬 기분으로 돌아다녔다.

16

하지만 부활절의 이른 아침에 태양이 떠오르자 그 드레스는 한 백인 여자가 내다 버린, 한때는 자줏빛이었던 옷을 잘라서 만든 볼품없고 보기 흉한 옷이라는 게 드러났다. 할머니들이 입는 옷처럼 길었지만 블루실 바셀린을 바른 데다 아칸소주 황토 진흙이 묻은 내 바싹 마른 두 다리를 감추진 못했다. 세월에 빛바랜 옷 색깔 때문에 내 피부는 진흙처럼 지저분해 보였고, 교회 안에 있는 사람들은 하나같이 내 바싹 마른 다리를 쳐다보았다.

어느 날 내가 이 어둡고 흉측한 꿈에서 깨어나면 사람들은 놀라지 않을까? 또 긴 금발인 내 '진짜' 머리카락 대신 마마가 곧게 펴지 못하게 하는 그 곱슬머리를 하고 있다면 놀라지 않을까? 모두 내 눈이 너무나 작고 사팔뜨기라서 "아버지가 중국 사람이 틀림없다"라고들 말했는데(나는 그가 컵처럼 도자기로 만들어졌다는 의미로 생각했다*) 본래대로 돌아온 연푸른 내 눈동자를 보면 그들은 마치 최면에라도 걸린 것 같을 것이다. 그제야 사람들은 내가 왜 남부 사투리를 구사하지 않으며 저속한 속어를 사용하지 않는지 그리고 흑인들이 잘 먹는 돼지 꼬리와 돼지주둥이를 먹으려고 하지 않는지 그 이유를 알게 될 것이다. 사실 나는 백인이었는데 잔인한 요정인 계모가 아름다운 내 모습을 질투해서 나를 검정 곱슬머리에 두 발은 마당만 하고 이와 이 사이가 넘버-2 연필이 들어갈 만큼 벌어진

---

* 'china'에는 중국이라는 뜻과 도자기라는 뜻이 있다.

17

몸집 큰 검둥이 계집애로 만들어버렸다.

"왜 나를 쳐다보…….."

목사님 부인이 길쭉하고 노란 얼굴로 안됐다는 표정을 지으며 내 쪽으로 몸을 기울였다. 그러고는 내 귀에 대고 이렇게 속삭였다.

"저는 다만 오늘이 부활절이란 말을 해주려고 왔지요."

나는 될 수 있는 대로 나지막한 목소리로 그 구절을 쉬지 않고 한 마디로 되풀이했다.

"저는다만오늘이부활절이란말을해주려고왔지요."

그러자 킥킥거리는 웃음소리가 마치 나한테 비를 뿌리려고 기다리고 있는 비구름처럼 공중에 떠돌았다. 나는 가슴 가까이에 손가락 두 개를 세워 화장실에 가고 싶다는 신호를 보내고는 발끝으로 교회 뒤쪽을 향해 걸어갔다. 머리 위쪽 어디선가 희미하게 여자들이 "주여, 그 아이를 축복하소서!" 그리고 "주님을 찬양하라!" 하고 찬송가를 부르는 소리가 들렸다. 고개를 쳐들고 두 눈을 떴지만 아무것도 보이지 않았다. 통로를 반쯤 지날 때 교회 안에서는 건물이 떠나갈 듯 찬송가〈거기 너 있었는가, 주님 그 십자가에 달릴 때〉를 불렀다.

바로 그때 나는 유년부 자리에서 누군가 내민 발에 걸려 그만 넘어지고 말았다. 그 순간 뭔가 말하거나 어쩌면 비명을 지르려고 했는데, 갑자기 두 다리 사이에 초록색 감 또는 레몬 같은 것이 꽉 끼여 으스러지는 것 같은 느낌이 들었다. 혀끝에선 신맛을 느꼈고, 입 뒤쪽에서도 그런 맛을 느꼈다. 바로 그때 아직 출입문까지 도착하지도 않았는데 쿡 찌르는 듯한 느낌이 뜨겁게 내 다리를 타고 내려와 외출용 양말 속까지 뻗쳤다. 어떻게든 참고 쥐어짜서 다시 넣고 나오지 않게 하려고 애썼지만, 교회 현관에 이르자 그냥 나오도록 내버려두지 않으면 안 되겠다는 생각이 들었다. 그렇게 하지 않으면 그것이 내 머리까지 치솟아 올라와 내 불쌍한 머리통이 땅에 떨어뜨린 수박처럼 박살이 나서 그 안에 든 뇌, 침이며 혀, 눈알이 모두 사방에 굴러다니게 될 것만 같았다. 그래서 나는 안마당으로 달려가면서 그만 그것을 내보내버렸다. 울면서 오줌을 싸며 뒤쪽에 있는 교회 화장실이 아니라 우리 집을 향해 달려갔다. 나는 이 일로 회초리를 맞을 게 틀림없었고, 심술궂은 아이들은 새로운 놀림감 삼아 나를 놀려댈 것이다. 그래도 나는 어느 정도 달콤한 해방감을 느끼며 웃었다. 오히려 그보다 더 기뻤던 건 그 바보 같은 교회에서 벗어났을 뿐 아니라, 이제 머리가 박살나서 죽지는 않을 거라는 생각이 들었기 때문이다.

남부의 흑인 여자아이에게 성장한다는 것이 고통스러운 일이라면, 추방당한 느낌을 의식한다는 것은 목덜미를 위협하는 면도날에 슬어 있는 녹이다.

그것은 불필요한 모욕이다.

1

손목에 꼬리표를 달고 활기 없는 조그마한 마을에 도착했을 때 나는 세 살, 베일리는 네 살이었다. 그 꼬리표에는 '관계 당사자 앞'을 수취인으로 해 우리는 마거릿과 베일리 존슨 2세이고, 캘리포니아주 롱비치*에서 아칸소주 스탬프스**에 사는 애니 헨더슨 부인에게 보낸다는 내용이 적혀 있었다.

우리 부모님은 마침내 불행한 결혼 생활에 종지부를 찍기로 결심했고, 아버지는 우리를 고향에 있는 그의 어머니한테 보냈다. 어느 짐꾼 하나가 우리 안전을 책임졌지만 그 짐꾼은 이튿날 애리조나주에 도착해 기차에서 내렸다. 그래서 우리 기차표는 오빠의 외투 안쪽 주머니에 핀으로 꽂아놓았다.

그 여행에 대해 기억나는 건 별로 없지만, 우리가 인종차별 지역인 남부 지방에 도착한 뒤로 상황이 조금 나아진 건 틀림없다. 언제나 점심 도시락을 싸서 다니는 흑인 승객들은 '엄마 없는 불쌍한 아이들'을 딱하게 생각해 우리에게 억지로 식은 닭튀김과 감자샐러드를 권했다.

그 후로 몇 년이 지난 뒤 나는 흑인 아이들이 우리처럼 보호자도 없이 홀로 불안에 떨면서 미대륙을 몇천 번 이쪽 끝에서 저쪽 끝으로 건너간다는 사실을 알게 됐다. 북부 대도시에

---

    *   로스앤젤레스 남쪽의 해수욕장으로 유명한 도시
   **   아칸소주 남단 루이지애나주 경계 근처의 소도시

서 갑자기 부자가 된 부모들한테 가는 아이들도 있었고, 북부 대도시의 경제 사정이 여의찮아서 다시 남부에 사는 할머니에게 돌아가는 아이들도 있었다.

마을 사람들은 우리가 도착하기 전 지금까지 새로운 것을 대할 때면 언제나 그랬던 것처럼 우리를 대했다. 처음 얼마간은 아무런 호기심도 없이 경계의 눈빛으로 우리를 지켜보았다. 우리가 아무런 해도 끼치지 않는다는 (또한 어린아이들이라는) 사실이 밝혀지자 마치 진짜 어머니가 낯선 사람의 아이를 품에 안듯이 우리 주위에 가까이 다가왔다. 따뜻하기는 하지만 그렇다고 아주 친밀하지는 않게 말이다.

우리는 할머니가 지난 25년 동안 소유한 '가게' 뒤쪽에서 할머니와 삼촌과 함께 살고 있었다. (사람들이 '그 가게'라고 하면 언제나 할머니 가게를 가리키는 말이었다.)

20세기 초엽에 마마(얼마 지나지 않아 우리는 '할머니'라고 부르지 않고 '마마'라고 부르게 됐다)는 벌목장(동스탬프스 지역) 벌목꾼들과 목화 공장(서스탬프스 지역) 일꾼들에게 점심을 팔았다. 바삭바삭한 미트파이와 시원한 레모네이드에다 동시에 두 장소에 나타나는 할머니의 놀라운 능력 때문에 장사는 확실히 성공했다. 이동식 점심 식당을 하다가 할머니는 돈을 벌 만한 두 지점 사이에 간이매점을 열어 몇 년 동안 일꾼들을 상대로 일용품을 팔았다. 그러고 난 뒤에 흑인 지역 중심부에 지금의 '가게'를 열었다. 여러 해 동안 그 가게는 마을에서 일어나는 모든 사건의 중심이 됐다. 토요일이면 이발사들이 가게 현관 그늘 밑에 손님들을 앉혀놓고 이발을 했고, 끝도 없이 남부를 돌아다니는 떠돌이 악사들은 가게 벤치에 기대어 주스 하프* 를 켜고 시가 박스를 뜯어 만든 기타를 치며 브라조스강** 에 대해 슬픈 노래를 불렀다.

그 가게의 공식 이름은 '윌리엄 존슨 잡화점'이었다. 가게에서 손님들은 기본 식료품을 비롯해 온갖 종류의 색실, 돼지 여물, 닭 사료용 옥수수, 램프용 등유, 부자들이 사용하는 전구, 구두끈, 헤어 드레싱, 풍선, 꽃씨 등을 살 수 있었다. 눈에 띄지 않는 물건은 무엇이든지 주문만 하면 됐다.

우리가 가게에 소속감을 느낄 만큼 충분히 가게와 친해지고 또 가게도 우리에게 익숙해질 때까지 우리는 종업원이 영원히 집에 가버린 '유령의 집'에 갇혀 있었다.

해마다 나는 가게 건너편 들판이 애벌레 색깔 같은 초록빛에서 점차 서리처럼 희뿌연 흰색으로 변해가는 모습을 지켜보았다. 얼마나 시간이 지나야 새벽녘에 커다란 마차들이 가게 앞마당에 들어와 목화 따는 사람들을 태우고 옛날 노예 농

---

*   고대의 민속 악기
**   미국 텍사스주에 있는 강으로, 와코를 지나 프리포트로 흐른다.

장이 남아 있는 곳으로 실어 나른다는 걸 나는 정확히 알았다.

목화 따는 계절이 돌아오면 할머니는 어김없이 새벽 4시에 일어났다. (할머니는 한 번도 자명종 시계를 사용한 적이 없다.) 그러고는 삐걱거리며 무릎을 꿇고 앉아 졸린 목소리로 기도를 올렸다.

"하느님 아버지, 이렇게 새로운 날을 맞게 해주셔서 감사합니다. 어젯밤 제가 누웠던 침대가 죽은 몸을 누이는 칠성판이 되지 않고, 덮었던 담요가 수의가 되지 않게 해주셔서 감사합니다. 오늘도 곧고 옳은 길을 걷도록 제 발을 인도하시고* 제 혀에 재갈을 물리도록 도와주소서.** 이 집과 이 안에 사는 모든 사람을 축복하시옵소서. 당신의 아들 예수 그리스도의 이름으로 감사하며 기도하옵나이다. 아멘."

마마는 아직 자리에서 완전히 일어나기 전에 우리 이름을 불러 우리가 해야 할 일들을 일러주고는 큼직한 두 발을 집에서 만든 슬리퍼에 집어넣고 잿물로 닦은, 아무것도 깔지 않은 마루를 지나가서는 등유 램프에 불을 붙였다.

가게의 램프 불빛에는 부드럽고도 신비스러운 느낌이 감

---

* 〈마태복음〉 7장 13절, "좁은 문으로 들어가라. 멸망으로 인도하는 문은 크고 그 길이 넓어 그리로 들어가는 자가 많고"

** 〈야고보서〉 1장 26절, "누구든지 스스로 경건하다 생각하며 자기 혀를 재갈 물리지 아니하고 자기 마음을 속이면 이 사람의 경건은 헛것이라."

돌았기 때문에 왠지 말도 속삭이듯 조용조용히 하고 걸음도 발끝으로 살금살금 걷고 싶어졌다. 양파와 오렌지와 등유 냄새가 밤새도록 뒤섞여 가게 안에 진동하다가 마침내, 문에서 나무 빗장을 떼어내고 몇 킬로를 걸어온 목화 따는 인부들과 함께 이른 아침 공기가 가게 안으로 밀려들어오자 사라져버렸다.

"자매님, 정어리 두 깡통만 주세요."

"나는 오늘 아주 빨리 일할 거야. 그래서 나를 보고 있으면 너흰 제자리걸음을 하는 것처럼 보일 거야."

"치즈 한 조각하고 소다크래커 좀 주세요."

"두툼한 땅콩 과자 몇 개만 주세요."

이런 주문을 하는 사람은 점심을 싸가지고 가는 목화밭 일꾼일 것이다. 그의 작업복 가슴 부분에 기름이 밴 갈색 종이 봉투가 찔러넣어져 있었다. 그는 정오 휴식 시간 전에 그 과자를 간식으로 먹을 것이다.

이런 포근한 아침이면 가게 안은 온통 웃음과 농담, 자랑과 허풍으로 가득했다. 어떤 사람은 목화를 200파운드나 딸 거라고 했고, 어떤 일꾼은 300파운드 딸 거라고 했다. 심지어 아이들까지도 50센트나 75센트를 벌어오겠다고 큰소리를 쳤다.

그 전날 목화를 가장 많이 딴 챔피언이 새벽의 영웅이었다. 만약 그 영웅이 오늘은 농장의 목화가 적을 거고 아교처럼 꼬투리에 단단하게 들러붙어 있을 거라고 예상하면, 듣는 사람들은 하나같이 투덜대면서도 신나게 맞장구를 쳤다.

빈 목화 자루가 마룻바닥에 질질 끌리는 소리와 잠에서

깨어나는 사람들이 중얼거리는 소리는 우리가 5센트짜리 물건을 팔 때마다 금전등록기에서 들리는 찰카닥 소리에 토막이 났다.

아침나절의 소리와 냄새에 초자연적인 느낌이 감돈다면, 늦은 오후는 아칸소주의 모든 일상적 삶을 보여주었다. 해가 뉘엿뉘엿 기울어가는 무렵이면 텅 빈 목화 자루보다 오히려 사람들이 힘없이 축 늘어졌다.

일이 끝나고 다시 가게 앞으로 돌아온 일꾼들은 몹시 실망한 채 트럭 뒤쪽에서 그리고 트럭 옆쪽의 접었다 폈다 하는 문을 열고 땅으로 내려왔다. 목화를 아무리 많이 따도 늘 돈이 부족했다. 그들이 받는 임금으로는 시내 백인 상점에서 기다리고 있는 엄청난 청구서는 말할 것도 없고 우리 할머니한테 진 빚도 청산하지 못할 정도였다.

이른 아침의 즐겁던 소리는 사라지고 그 대신 작업소가 속인다느니, 저울이 조작됐다느니, 뱀이 나왔다느니, 목화 양이 충분하지 못하다느니, 밭고랑이 먼지투성이라느니 하는 불평 소리만 가득 찼다. 몇 해 뒤, 목화 따는 일꾼들이 흥겹게 노래를 흥얼거리며 일하는 모습을 판에 박은 듯이 묘사하는 것을 보고 나는 엄청나게 분노했기 때문에 심지어 동료 흑인들한테서 내 편집광적인 과민 반응이 당혹스럽다는 말을 들을 정도였다. 하지만 나는 목화 꼬투리에 베인 손가락들을 내 눈으로 직접 봤고, 등과 어깨와 팔과 다리가 더 쓸 수 없을 정도로 망가진 것을 목격했다.

일꾼들 가운데는 목화 자루를 가게에 두고 갔다가 이튿날 아침에 찾아가는 사람들도 있었다. 하지만 몇몇 사람은 집에 자루를 가지고 가서 수선을 해야 했다. 온종일 일해서 뻣뻣해진 손가락으로 등유 램프 아래에서 목화 자루를 깁고 있는 일꾼들의 모습을 떠올리면 온몸이 움츠러들었다. 그들은 겨우 몇 시간 지나지 않아 다시 헨더슨 자매 가게로 걸어와 먹을 것을 사가지고 또다시 목화밭으로 가는 트럭에 몸을 실어야 했다. 그러고 나서 그들은 1년을 먹고살 만큼 충분히 돈을 벌려고 안간힘을 쓰며 또 하루를 맞이할 것이다. 안타깝게도 이번 목화철 또한 얼마 전 시작한 것처럼 곧 끝나게 될 거란 사실을 깨달으면서 말이다. 그들에게는 한 가족이 1년은커녕 석 달을 버틸 만한 돈이 없었고 신용도 없었다. 목화를 따는 계절의 늦은 오후는 남부 흑인들의 고달픈 삶을 그대로 보여주었다. 그런데 그 고달픈 삶이 이른 아침에는 자연의 축복인 노곤함과 건망증 그리고 부드러운 램프 불빛으로 부드럽게 보였다.

2

베일리가 여섯 살이고 내가 그보다 한 살 어린 다섯 살이었을 때, 우리는 뒷날 샌프란시스코에서 중국 아이들이 주판을 퉁기는 것 같은 속도로 구구단을 줄줄 외우곤 했다. 우리 집 잿빛 배불뚝이 난로는 겨울이면 불그레한 장밋빛으로 피어올랐는데 그 난로는 우리가 어리석게도 잘못을 저지를 때는 무섭게 벌을 주는 위협적인 물건으로 변했다.

윌리 삼촌은 엄청나게 큰 검은 Z자 모양으로 앉아서 (삼촌은 어릴 때 절름발이가 됐다) 우리가 라피엣카운티 기술학교에서 배운 내용을 증언하듯 외는 걸 듣곤 했다. 삼촌 얼굴은 마치 아랫니에 도르래라도 매단 것처럼 왼쪽으로 기울었다. 왼손은 베일리 오빠 손보다 조금 더 컸지만 오른손은 엄청나게 커서 우리가 두 번째로 실수를 하거나 세 번째로 더듬거리면 목덜미를 낚아채는 동시에 악마의 이빨처럼 타오르는 벌겋게 단 난로 쪽으로 밀어 넣곤 했다. 물론 그렇다고 한 번도 불에 덴 적은 없다. 하지만 언젠가 한번 나는 너무 겁에 질린 나머지 더는 위협받고 싶지 않아서 스스로 난로로 뛰어들려고 한 적이 있다. 아이들이 대개 그렇듯이 나도 최악의 위험에 스스로 도전해 승리하면 영원히 극복할 힘을 얻게 되리라 믿었다. 하지만 나의 필사적인 시도는 결국 무산되고 말았다. 윌리 삼촌이 내 옷을 꼭 붙드는 바람에 나는 빨갛게 달궈진 깨끗하고도 산뜻한 쇳내를 맡을 정도로 난로 가까이에 다가가는 데 그치고 말았다. 우리는 원리도 제대로 이해하지 못하면서 단순히 우리에게 그럴 능력이 있고 또 다른 대안이 없다는 이유로 무조건 구구단을 줄줄 외웠다.

절름발이가 된다는 것이 어린아이들에게는 너무나 억울한 일로 보여서 그런 모습을 눈앞에 맞닥뜨리면 당황하게 된다. 또한 자연의 거푸집에서 떨어져 나온 지 얼마 되지 않은 아이들은 이런 경우 자신들이 또 다른 운명의 장난을 아슬아슬하게 가까스로 모면했음을 깨닫는다. 이렇게 가까스로 모면한 것에 안도감을 느끼는 그 아이들은 불행하게도 절름발이가 된 사람에게 안달하고 비난을 늘어놓으면서 감정을 분출한다.

마마는 윌리 삼촌이 세 살 때 그를 돌보던 어떤 여자가 삼촌을 떨어뜨렸다는 이야기를 아무런 감정 없이 그리고 밑도 끝도 없이 여러 번 되풀이했다. 마마는 아이를 보던 그 여자에게도, 그런 사건이 일어나도록 내버려둔 정의로운 하느님에게도 아무런 증오심을 보이지 않는 것 같았다. 다만 마마는 그 이야기를 하도 자주 들어서 외울 정도인 사람들에게 삼촌이 '태어날 때부터 절름발이가 아니라는' 사실을 자꾸 설명할 필요가 있다고 느꼈다.

멀쩡한 팔다리를 가진 건장한 흑인 남자들도 기껏해야 입에 풀칠이나 하면 다행으로 생각하던 사회에서, 풀 먹인 셔츠를 입고 광이 번쩍번쩍 나는 구두를 신은 채 먹을 것 가득 찬 선반 앞에 앉아 있던 윌리 삼촌은 불완전 고용과 박봉에 허덕이는 사람들의 학대 대상이자 조롱거리였다. 운명은 그를 불구로 만든 데 그치지 않고 더 나아가 그의 인생행로에 두 겹의 장벽을 쌓아놓았다. 그런가 하면 삼촌은 자존심이 강하고 예민했다. 그러므로 절름발이가 아닌 척하지도 못했고, 사람들이 자신의 불구에 혐오감을 느끼지 않는다고 스스로 자신을 속이지도 못했다.

오랜 세월 동안 윌리 삼촌을 쳐다보지 않으려고 애쓴 나는 딱 한 번 삼촌이 자신과 다른 사람들에게 절름발이가 아닌 척하는 것을 본 적이 있다.

어느 날 학교에서 돌아와 보니 우리 가게 앞마당에 거무스레한 자동차 한 대가 주차해 있었다. 뛰어들어가 보니 낯선 남자 한 사람과 여자 한 사람이 시원한 가게 안에서 닥터페퍼를 마시고 있었다. (윌리 삼촌은 뒷날 그 사람들이 리틀록*에서 온 학교 선생님이라고 말했다.) 나는 마치 맞춰놓지 않은 자명종 시계가 울리듯 내 주위에서 뭔가 일이 잘못되어가고 있다는 걸 느꼈다.

그들이 낯선 방문객일 리가 없다는 사실을 알 수 있었다. 비록 자주는 아니지만 그래도 가끔 여행자들이 큰길에서 빠져나와 스탬프스에 하나밖에 없는 흑인 상점에 담배나 음료수를 사러 오는 일이 있었다. 윌리 삼촌을 쳐다보고 나서 나는 마음속으로 뭔가 있다는 걸 알아차렸다. 삼촌은 앞으로 기대지도 않고 삼촌을 위해 만들어놓은 작은 선반에 몸을 의지하지도 않은 채 카운터 뒤에 똑바로 서 있었다. 아주 똑바로 말이다. 나를 응시하는 삼촌의 눈에는 위협과 호소가 함께 담겨 있었다.

나는 의무감에서 그 낯선 방문객들에게 인사를 하고 두리번거리며 삼촌의 지팡이를 찾았다. 하지만 아무 데서도 보이지 않았다. 삼촌이 말했다.

* 아칸소주 주도州都

"어……이, 이……이 애……어, 제 조캅니다. 이 아이 는……어…… 방금 학교에서 돌아왔어요."

그러고 나서 삼촌은 다시 두 사람에게 말했다.

"아시다시피…… 애들이란, 어…… 요, 요, 요즘에…… 학 교에서 오, 오, 온, 온종일 놀고도 집에 와서 더 노, 노, 놀지 못 해서 아, 아, 안달이죠."

그 사람들은 매우 다정하게 미소를 지었다. 그러자 윌리 삼촌이 덧붙였다.

"나가서 노, 놀아라, 얘야."

여자가 부드러운 아칸소 억양으로 웃으며 말했다.

"있잖아요, 아시다시피 존슨 씨, 어린 시절도 한때라고 하 잖아요. 아이들이 있으신가요?"

그러자 윌리 삼촌은 긴 구두에 끈을 끼우느라 30분씩이 나 낑낑거릴 때조차 볼 수 없던 조바심 나는 표정으로 나를 쳐 다보았다.

"내… 내가 밖에 나가…… 나가서 놀라고 한 것 같은데."

내가 밖으로 나가기 전에 삼촌이 개럿 스너프니 프린스 앨버트니 스파크 플러그니 하는 씹는 담배 선반에 기대어 있 는 게 보였다.

"아뇨, 부인. ……아, 아이도 없고 아내도 없습니다."

삼촌은 애써 웃으려고 했다.

"늙은 어, 어, 어머니와, 형의 두, 두 아이를 도, 돌, 돌보고 있죠."

나는 삼촌이 자신을 잘 보이려고 우리를 이용하는 것이 아무렇지도 않았다. 사실 나는 윌리 삼촌이 원하기만 하면 딸인 척해줄 수도 있었다. 내 친아버지에게 충성하고 싶은 마음이 눈곱만큼도 없었을 뿐 아니라 윌리 삼촌의 자식이었다면 지금보다 더 나은 대접을 받았을 거라는 생각이 들었기 때문이다.

몇 분 있다가 두 손님은 떠나갔다. 나는 집 뒤꼍에서 그 사람들이 탄 빨간 자동차가 닭들을 놀라게 한 뒤 먼지를 일으키며 매그놀리아* 쪽으로 사라지는 모습을 지켜보았다.

윌리 삼촌은 선반과 카운터 사이의 길고 그늘진 통로를 걸어 내려갔다. 두 손을 포갠 채 마치 꿈에서 깨어나는 사람처럼 말이다. 나는 삼촌이 한쪽으로 비틀거렸다가 다른 쪽으로 부딪쳤다가 하면서 마침내 등유 탱크에 도착할 때까지 조용히 지켜보았다. 윌리 삼촌은 그 어두컴컴한 뒤쪽으로 손을 넣더니 주먹에 힘을 주어 지팡이를 잡고는 나무 지팡이에 몸무게를 실었다. 삼촌은 자신이 어려운 일을 훌륭히 해냈다고 생각하는 것 같았다.

나는 그 사람들이 삼촌의 온전한 모습을 보고 리틀록으로 돌아가는 게 삼촌에게 왜 그렇게 중요한지 정말 알 수가 없었다. (뒤에 윌리 삼촌은 그 사람들이 전에 한 번도 본 적 없는 사람들이라고 했다.)

월리 삼촌은 죄수들이 교도소 철창에 진절머리가 나고 죄지은 사람들이 사람들의 비난에 지치듯이 절름발이로 사는 데 지쳐버린 게 틀림없다. 목이 긴 구두며, 지팡이며, 마음대로 움직이지 않는 근육과 잘 돌아가지 않는 혀며, 주위 사람들의 경멸이나 동정의 표정에 삼촌은 그저 지쳐 있었다. 삼촌은 단 하루 오후, 아니 오후 반나절이라도 그 모든 걸 훌훌 털어버리고 싶었는지도 모른다.

나는 그 이전이나 그 뒤 어느 때보다도 그 순간 삼촌을 더 깊이 이해하고 가깝게 느꼈다.

스탬프스에 사는 동안 나는 윌리엄 셰익스피어를 만나 그와 사랑에 빠졌다. 그는 내 첫 번째 백인 애인이었다. 나는 러디어드 키플링*과 에드거 앨런 포, 새뮤얼 버틀러**, 윌리엄 새커리***, 윌리엄 어니스트 헨리****를 모두 좋아하고 존경했지만, 내 젊고 충성스러운 열정은 폴 로런스 던바*****와 랭스

---

* 소설 《정글북*The Jungle Book*》(1894)을 쓴 영국의 작가
** 《무의식의 기억*Unconscious Memory*》(1880), 《만인의 길*The Way of All Flesh*》(1903) 등을 쓴 영국의 소설가이자 사상가
*** 《허영의 시장*Vanity Fair*》(1848)을 쓴 영국의 소설가
**** 영국의 시인
***** 미국의 흑인 시인

턴 휴스*, 제임스 웰든 존슨**, W. E. B. 두 보이스***의 〈애틀
랜타에서 보내는 기도〉에 바쳤다. 하지만 "운명과 인간의 눈
에 버림받았을 때"라는 말을 한 사람은 바로 셰익스피어였다.
그 말은 내 처지와 가장 잘 맞아떨어지는 말이었다. 그가 백인
이라는 사실이 조금 마음에 걸리긴 했지만 이미 죽은 지 너무
오래됐기 때문에 그 누구에게도 이제 아무런 문제가 되지 않
을 거라고 위로했다.

베일리와 나는 《베니스의 상인》에 나오는 한 장면을 암송
하기로 마음먹었지만, 마마가 작가를 물어볼 게 틀림없고 그
렇게 되면 우리는 셰익스피어가 백인이라는 말을 하지 않을
수 없다는 사실을 깨달았다. 마마에게는 그가 죽었는지 살아
있는지는 그렇게 중요하지 않을 것이다. 그래서 우리는 셰익
스피어 대신 제임스 웰든 존슨의 《창조》라는 작품을 택했다.

3

밀가루를 푸는 국자 무게를 제외하고 밀가루 반 파운드를 정
확히 달아서 가루가 날리지 않게 얇은 종이봉투에 담는 일은

---

    *   '할렘 문예부흥'을 이끈 미국 흑인 시인

   **   미국 흑인 시인

 ***   《흑인의 영혼 *The Souls of Black Folk*》(1903)을 쓴 미국의 흑
         인 사상가이자 인권운동가

내겐 쉬운 모험이었다. 나는 은색 국자에 밀가루, 엿기름, 호밀가루, 설탕, 옥수수 등을 얼마쯤 담으면 정확히 8온스나 1파운드씩 담을 수 있는지 아는 눈썰미를 갖게 됐다. 내가 아무런 오차 없이 정확하게 담으면 손님들은 감탄하곤 했다.

"헨더슨 자매는 참 똑똑한 손자 손녀를 두셨지 뭐야."

하지만 만약 조금이라도 무게가 빠지면 그 여자들은 매의 눈으로 흘겨보며 이렇게 말하곤 했다.

"봉지에 더 담아라, 꼬마야. 나한테서 남겨 먹을 생각일랑 아예 하지 마라."

그럴 때면 나는 조용히, 하지만 어김없이 나 자신에게 벌을 주곤 했다. 무게를 제대로 맞추지 못할 때마다 나는 베일리 오빠를 빼고 내가 이 세상에서 제일 좋아하는 은박지에 싼 키세스 초콜릿 드롭스를 먹지 않았다. 아니, 어쩌면 파인애플 통조림도 넣어야겠다. 나는 파인애플이 먹고 싶어 거의 미칠 지경이었다. 나는 어서 어른이 되어 파인애플 한 상자를 나 혼자서 통째로 먹게 되는 날을 꿈꿨다.

이국적인 깡통 안에 담긴, 시럽에 재운 황금 고리 모양의 파인애플이 1년 내내 우리 가게 선반에 놓여 있었지만 우리는 크리스마스 때나 겨우 파인애플을 맛보았다. 마마는 파인애플 통조림 국물을 사용해 거무스름한 과일 케이크를 만들었다. 그러고 나서 마마는 또 검댕이 달라붙은 무쇠 프라이팬에 둥그런 파인애플을 두르고 맛좋은 업사이드다운 케이크를 만들었다. 베일리와 나는 각자 파인애플 한 조각씩을 받았는데, 나는 내 몫을 몇 시간 동안이나 가지고 다니면서 손가락에 향기만 남을 때까지 조금씩 찢어 먹었다. 파인애플을 먹고 싶다는 욕망은 너무나 성스러운 것이어서, 차마 몰래 깡통 하나를 훔쳐다가(물론 그럴 수도 있었지만) 뜰에 나가 혼자서 먹을 수는 없다고 생각할 정도였다. 물론 훔쳐 먹은 파인애플 냄새가 나서 들키지나 않을까 걱정했고, 그래서 그 일을 시도할 배짱도 내겐 없었다.

열세 살에 아칸소주를 영원히 떠나기 전까지 그 가게는 내가 가장 좋아하는 장소였다. 아침에 문을 열기 전 외롭고 텅 빈 가게는 마치 낯선 사람이 보내준 아직 풀지 않은 선물 같았다. 가게 문을 여는 건 그 예기치 못한 선물을 포장한 리본을 푸는 것과 같았다. 그러면 빛이 부드럽게 비쳐 들어와(우리 가게는 북향이었다) 고등어, 연어, 담배, 실 등이 있는 선반에 가만히 내려앉았다. 그 빛은 커다란 돼지기름 통을 내리비쳤고 정오쯤 되면 지방 덩이는 녹아서 걸죽한 수프처럼 부드러워졌다. 오후에 가게에 들어설 때면 언제나 가게가 피곤해졌다는 걸 느꼈다. 일을 절반쯤 마쳤을 때의 그 느린 맥박 소리가 내 귀에만은 들렸다. 하지만 수많은 사람이 왔다 가고, 청구서를 놓고 따지고, 이웃 사람들에 대한 우스갯소리를 떠들어대고, 또 그저 '헨더슨 자매에게 안부를 물으려고' 들르고 하는 일이 모두 끝나고 마침내 잠자리에 들기 직전에는 마술 같은 아침의 약속이 어김없이 다시 가게에 찾아와 맑게 씻은 듯한 일상의 물결로 식구들 위를 덮었다.

마마는 바삭바삭한 크래커 상자를 열었고, 우리는 가게 뒤쪽의 고기 써는 나무토막 주위에 앉았다. 나는 양파를 썰고 베일리는 정어리 통조림을 두세 통 따서 기름 국물과 정어리 배에서 나온 기름을 옆쪽으로 기울여 흘려버렸다. 그게 우리의 저녁 식사였다. 저녁에 그렇게 우리끼리만 있을 때는 윌리 삼촌은 말을 더듬지도, 몸을 떨지도 않았고 전혀 '장애'가 있는 사람처럼 보이지도 않았다. 하루를 마감하는 때의 평화로움은 어린아이들과 흑인들 그리고 절름발이들과 맺은 하느님의 약속이 여전히 유효하다는 걸 확인해주었다.

닭들에게 옥수수 몇 바가지를 뿌려주고 돼지 먹이로 시큼한 마른 사료를 음식 찌꺼기와 기름기 있는 설거지물에 섞는 일이 우리의 저녁 일과였다. 베일리와 나는 땅거미 지는 길을 따라 여물통을 출렁거리며 돼지우리까지 가서는 첫 번째 울타리 가로대에 올라서서 별로 먹음직스러워 보이지 않는 돼지 여물을 고마워하는 돼지들에게 부어주었다. 돼지들은 부드러운 분홍빛 코를 여물통에 처박고 파헤치면서 만족스러운 듯 꿀꿀거렸다. 그러면 우리도 장난삼아 꿀꿀거리며 응답했다. 우리는 하루 일과 중 가장 지저분한 일거리를 마친 데다 고약한 돼지 여물 냄새가 신발과 양말, 손발에만 밴 것이 여간 고마운 게 아니었다.

하루는 저녁 무렵 돼지들을 먹이고 있는데 앞마당으로(엄밀히 말해서 자동차 진입로였지만 들여놓을 차가 없어 우리는 그냥 앞마당이라고 불렀다) 말이 들어오는 소리를 듣고는 누가 말을 타고 왔는지 보려고 뛰어갔다. 말을 가지고 있는 사람이라면 말수가 적은 데다 성질이 고약한 스튜어드 씨 한 사람뿐인데, 그 사람도 목요일 저녁 이런 시간이라면 아침에 밭을 갈러 나갈 때까지는 따뜻한 불 옆에서 쉬고 있을 터였다.

전에 보안관이었던 그 남자는 말 위에 뻐기듯 올라앉아 있었다. 그의 냉담한 태도는 심지어 우매한 짐승들한테까지도 자신의 권위와 힘을 느끼게 하려는 듯했다. 그렇다면 그 남자가 흑인들에게 얼마나 막강한 영향력을 행사하고 있을까. 그건 굳이 언급할 필요조차 없다.

스튜어드 씨의 콧소리가 삽상한 공기를 갈랐다. 베일리와 나는 가게 옆에서 그 남자가 마마에게 하는 이야기를 들었다.

"애니, 윌리에게 오늘 밤은 쥐 죽은 듯이 있으라고 하쇼. 오늘 어떤 미친 검둥이 놈이 백인 아가씨를 집적거렸거든. 아이들 몇 명이 나중에 이리로 들이닥칠 게야."

그로부터 세월이 한참 흐른 지금도 나는, 입안이 화끈하고 건조한 공기로 가득 차고 몸에서 기운이 쏙 빠져나가는 것 같던 그때의 공포감을 기억한다.

'아이들'이라고? 토요일에 시내 중심가를 어슬렁거리다 우연히 맞부딪치기라도 하면 옷을 태워버리기라도 할 듯 시멘트 빛 얼굴과 증오에 찬 눈초리로 쳐다보는 그 녀석들 말이다.

아이들이라고? 그 녀석들에게는 한 번도 어린 시절이란 없었던 것 같았다. 그 녀석들이 아이들이라고? 아니, 차라리 아름다움이나 지식이라곤 찾아볼 수 없는, 무덤의 티끌과 세파에 뒤덮여 있는 인간들이라고 하는 편이 더 낫겠다. 오랜 혐오감으로 흉측해지고 부패한 인간들 말이다.

최후 심판의 날에 내가 성 베드로의 부르심을 받아 한때 보안관이었던 그 사람의 선행을 증언한다면, 나는 그에게 유리한 쪽으로는 아무것도 말할 수 없을 것이다. KKK단*이 들이닥칠 거라는 소식을 들은 우리 삼촌을 비롯한 모든 흑인 남자가 허둥지둥 집으로 달려 들어가 닭똥 더미에 몸을 숨겨버릴 거라고 믿어 의심치 않는 그 사람의 태도 때문에 너무나 자존심 상했다. 마마가 고맙다고 하는 인사도 듣지 않은 채 그 사람은 그냥 말을 타고 앞마당에서 나가버렸다. 일은 제대로 처리될 것이며, 자신은 처벌받아 마땅한 노예들을 이 땅의 법에서 구해준 점잖은 시골 양반이라고 확신하면서 말이다. 물론 그러기 위해서 그는 눈을 질끈 감고 그 법을 묵과해야 했다.

남자의 말발굽 소리가 아직 크게 땅을 울리는 동안 마마는 즉시 등유 램프를 불어서 꺼버렸다. 마마는 윌리 삼촌과 조

---

*   Ku Klux Klan의 약자. 남북전쟁 후 흑인과 북부 사
    람들을 위압하려고 남부 여러 주에서 결성된 백인
    비밀 결사 단체

용히 힘든 이야기를 나눈 뒤 베일리와 나를 가게 안으로 불러들였다.

우리 둘은 감자와 양파를 담아두는 통에서 감자와 양파를 꺼내고 그사이를 가르는 칸막이를 치우라는 명령을 받았다. 그 일이 끝나자 윌리 삼촌은 짜증과 두려움이 섞인 느릿느릿한 동작으로 끝에 고무가 달린 지팡이를 나에게 건네주고 넓어진 통 안에 몸을 굽히고 들어갔다. 엄청난 시간이 걸려 삼촌이 반듯이 누운 뒤 우리는 캐서롤 요리처럼 감자와 양파로 겹겹이 그를 덮었다. 할머니는 어두워진 가게 안에서 무릎을 꿇고 기도를 했다.

다행스럽게도 그날 저녁 그 '아이들'이 우리 마당으로 들이닥쳐 마마에게 가게 문을 열라고 하는 일은 일어나지 않았다. 만약 그들이 들이닥쳤더라면 틀림없이 윌리 삼촌을 찾아냈을 것이고 분명히 삼촌에게 린치를 가했을 것이다. 윌리 삼촌은 자신이 정말로 무슨 흉악한 범죄를 저지르기라도 한 것처럼 그날 밤새도록 신음을 냈다. 그 무거운 신음이 채소 더미를 뚫고 위로 올라왔다. 나는 윌리 삼촌의 얼굴이 오른쪽으로 기울어져 침이 햇감자 눈으로 흘러들어가 아침의 온기를 기다리는 이슬방울처럼 고여 있는 모습을 상상했다.

4

무엇이 남부의 한 마을을 다른 남부 마을과 다르게 하는 걸까? 또한 무엇이 남부의 마을을 북부의 마을이나 촌락 또는 대도시와 다르게 하는 걸까? 이 질문에 대한 답은 사정을 잘 모르는 다수와 사정을 잘 아는 소수가 공유하는 경험이 틀림없다. 어린 시절 답을 얻지 못한 모든 의문은 결국 다시 그 마을로 되돌아가 그곳에서 대답을 찾아야 한다. 영웅들과 도깨비 같은 사람들, 가치 있는 것들과 싫은 것들을 그 어린 시절의 환경에서 처음 만나고 식별한다. 뒷날 그런 것들은 얼굴을 바꾸고 장소를 바꾸고 어쩌면 인종, 전략, 강도強度, 목표까지도 바꿀 것이다. 하지만 아무리 덧써도 꿰뚫어볼 수 있는 가면들 뒤에는 털모자를 쓰던 어린 시절의 얼굴이 영원히 남아 있다.

가게 옆 쓰러져가는 큼직한 집에 사는 맥엘로이 아저씨는 아주 키가 크고 몸이 딱 벌어진 사람이었다. 비록 세월이 지나면서 그의 어깨에서 살집이 떨어져나갔지만 내가 아저씨를 알 무렵에는 그의 불쑥 나온 배며 손과 발은 세월의 풍화작용을 견뎌내 그대로 있었다.

교장 선생님과 방문 교사*들을 제외하고 그 아저씨는 내가 아는 한 바지와 상의를 맞춰 입는 유일한 흑인이었다. 남성

---

*　병으로 학교에 나올 수 없는 학생을 방문 수업하는 특별 교사

옷은 상하 한 벌로 팔고 그걸 정장이라고 부른다는 걸 알았을 때, 나는 그런 걸 생각해낸 그 누군가가 매우 똑똑한 사람일 거라고 짐작했던 기억이 난다. 정장은 확실히 남자들을 덜 남성적이고 덜 위협적이며 여성 쪽에 더 가까워 보이게 하기 때문이다.

맥엘로이 아저씨는 절대로 웃는 법이 없었고, 소리 없이 미소 짓는 일조차 거의 없었다. 다만 한 가지 장점이 있다면 윌리 삼촌과 이야기하는 것을 좋아한다는 점이었다. 아저씨는 한 번도 교회에 나가지 않았는데, 베일리와 나는 그가 아주 용기 있는 사람이라고 생각했다. 특히 마마 같은 사람의 옆집에 살면서도 그렇게 종교와 무관하게 성장할 수 있다는 것이 정말로 대단해 보였다.

나는 아저씨가 마음만 먹으면 언제든지 무슨 일이라도 할 수 있기를 설레는 마음으로 기대하며 지켜보았다. 그러면서 한 번도 그 사람을 지켜보는 데 싫증이 나거나 실망하거나 환멸을 느껴본 적이 없었다. 지금 나이가 들고 보니 아저씨는 스탬프스 중심가 근처 읍내 (또는 마을) 변두리에서 자신보다 덜 약아빠진 사람들에게 특허 약이나 강장제를 파는 약장수요, 지극히 단순하고 재미없는 사람에 지나지 않았다.

맥엘로이 아저씨와 우리 할머니 사이에는 모종의 이해가 성립되었던 것 같다. 아저씨가 우리를 한 번도 자기 땅 밖으로 쫓아낸 적이 없던 걸 보면 틀림없다. 여름날 늦은 오후에 나는 가끔 아저씨 집 마당에 서 있는 멀구슬나무 아래에서, 그 씁쓸

한 열매 냄새를 맡으며 또는 열매를 따 먹는 파리들의 윙윙거리는 소리를 자장가처럼 들으며 앉아 있곤 했다. 갈색 스리피스 차림을 한 맥엘로이 아저씨가 현관에 있는, 홈을 파서 매단 그네에 앉아 흔들거렸다. 그럴 때면 챙이 넓은 파나마모자가 윙윙거리는 파리 떼 소리와 박자에 맞추어 끄덕거렸다.

하루 한 번 인사가 맥엘로이 아저씨한테서 기대할 수 있는 전부였다. 아침이든 오후든 "안녕, 꼬마" 하고 한 번 인사를 한 뒤에는 심지어 그의 집 앞길에서 다시 만나건, 아래쪽 우물가에서 만나건, 숨바꼭질하다가 도망가면서 그의 집 뒤에서 우연히 마주치건 간에 인사 한마디 건네는 법이 없었다.

나의 어린 시절, 맥엘로이 아저씨는 미스터리 같은 존재였다. 자기 땅을 소유하고 집 둘레 사방에 현관이 달린, 창문이 많은 큼직한 집을 소유한 사람. 아무한테도 속하지 않은 독립적인 흑인 남자. 한마디로 스탬프스에서는 거의 시대착오적 인물에 가까웠다.

내 세계에서 베일리는 누구보다도 멋진 존재였다. 또한 그가 내 오빠이고 나에게 그 오빠를 나눠 가져야 할 다른 여자 형제가 없다는 사실, 그 사실을 하느님께 감사하기 위해서라도 기독교인으로 살고 싶을 정도로 굉장한 행운이었다. 내가 몸집이 크고 거칠고 거슬리는 타입인 데 비해 베일리는 몸집이 작고 우아하고 부드러웠다. 같이 노는 아이들도 내 피부가 똥색이라고 놀려댔지만, 베일리는 벨벳 같은 검은 피부로 칭찬받았다. 그의 머리카락은 부드럽게 흘러내리는 검은 고수

머리였지만 내 머리카락은 검은 강철 곱슬머리로 뒤덮여 있었다. 그런데도 베일리 오빠는 나를 사랑했다.

어른들이 내 외모를 이러쿵저러쿵 좋지 않게 이야기를 할 때마다 (나에게는 고통스러운 사실이었지만 우리 가족은 잘생긴 편이었다) 베일리는 방 건너편에서 나에게 윙크를 보내곤 했다. 그런데 나는 베일리가 곧 복수에 들어가는 것은 시간문제라는 걸 알았다. 오빠는 나이 많은 부인들이 도대체 나 같은 아이가 어떻게 생겨났는지 의아해하는 걸 끝까지 지켜보고 있다가 차갑게 식어가는 베이컨 기름 같은 미끌미끌한 목소리로 이렇게 묻곤 했다.

"오, 콜먼 아주머니, 아드님은 좀 어떤가요? 며칠 전에 봤을 때는 거의 죽을 지경으로 아파 보이던데요."

그러면 부인들이 깜짝 놀라서 되묻곤 했다.

"죽을 지경이라니? 뭣 때문에? 걘 아픈 곳이 없는데."

그러면 베일리는 아까보다도 더 미끌미끌한 목소리로 정색하고 이렇게 대답했다.

"못생긴 병 말이죠."

그럴 때면 나는 혀를 깨물고 이를 악물며 웃음을 참고 심지어 내 얼굴에서 웃음의 흔적마저 지워버리려고 무척 진지하게 애쓰곤 했다. 나중에 우리는 집 뒤 검은 호두나무 옆에서 웃고 또 웃으며 소리를 질러댔다.

베일리는 끊임없이 무모하게 행동했지만 벌을 받은 적이 별로 없었다. 오빠는 바로 헨더슨/존슨 집안의 자랑이었기 때문이다.

오빠가 뒷날 한 친구의 행동을 묘사했듯이 베일리 오빠의 행동이야말로 기름을 칠한 기계처럼 정확하게 실행됐다. 오빠는 내가 하루에 존재한다고 생각하는 시간보다 더 많은 시간을 찾아내는 능력이 있었다. 오빠는 집안일을 하고, 숙제를 하고, 나보다 더 많은 책을 읽고, 또 언덕바지에서 가장 좋은 친구들과 어울려 놀았다. 그는 심지어 교회에서 크게 소리 내어 기도도 했고, 윌리 삼촌 바로 코밑에서 과일 카운터 밑 통에 담긴 오이피클을 능수능란하게 훔쳐내기도 했다.

한번은 점심 손님들로 가게가 붐빌 때였다. 베일리 오빠는 거친 옥수숫가루나 밀가루에서 바구미를 골라낼 때 사용하는 체를 피클통에 담가서 통통한 오이 두 개를 낚았다. 그러고 나서는 피클통 옆에 체를 걸어놓아 물이 떨어지게 하고 언제든지 오이를 손에 넣을 수 있도록 했다. 오후의 마지막 수업을 알리는 학교 종이 울리자 오빠는 거의 물기가 빠진 오이를 체에서 꺼내 호주머니에 넣고 체는 오렌지 더미 뒤로 던져버렸다. 그리고 우리는 가게 밖으로 달려 나왔다. 여름이어서 오빠는 반바지를 입고 있었다. 그래서 피클 물이 그의 잿빛 다리를 타고 줄줄 흘러내렸다. 호주머니에 전리품을 가득 넣은 채 오빠는 펄쩍 뛰어올랐고, 그의 두 눈이 '내 솜씨 어때?' 하듯 웃었다. 오빠한테서는 식초 또는 시큼한 천사 냄새가 풍겼다.

아침에 할 일을 모두 마친 뒤 우리는 윌리 삼촌이나 마마가 가게를 돌보는 동안 소리쳐 부르면 들리는 거리에 있는 한 마음대로 놀았다. 숨바꼭질할 때 이렇게 노래 부르는 베일리의 목소리는 금방 알아들을 수 있었다.

"어젯밤도, 전날 밤도, 강도 스물네 명이 우리 집 대문 앞에 왔지. 꼭꼭 숨었니? 강도들을 집 안에 들여보내라 해. 그럼 밀반죽 방망이로 머리를 내리칠 거야. 꼭꼭 숨었니?"

대장놀이에서도 오빠는 당연히 가장 모험적이고 재미있는 놀이를 생각해내는 아이였다. 또한 채찍잡기 놀이에서 베일리가 꼬리 쪽에 있을 때는 채찍 끝을 팽이 돌리듯 빙빙 돌리며 넘어지고 웃다가 마침내 내 심장이 멈추기 바로 직전에 멈췄다. 그러고 나서는 여전히 웃어대며 다시 게임을 했다.

외로운 아이가 갖고 있는 모든 욕구(그게 무엇이든 가상의 욕구는 하나도 없다) 중에서 꼭 충족돼야 하는 게 하나 있다면 그건 확고부동한 하느님에 대한 흔들리지 않는 갈망이다. 만약 그 아이가 희망, 온전해지려는 희망을 품고 있다면 말이다. 나에게는 그 사랑스러운 흑인 오빠가 바로 하느님의 왕국이었다.

———

스탬프스에는 저장할 만한 건 모두 다 통조림으로 만드는 풍습이 있었다. 첫서리가 내린 뒤에 도축하는 철이 오면 이웃 사람들이 모두 서로 도와 돼지나 젖을 짤 수 없게 된 조용하고 눈이 큼직한 젖소까지도 잡았다.

기독 감리교파 감독교회 여자 선교회 회원들은 마마가 돼지고기로 소시지 만드는 것을 거들었다. 그들은 갈아놓은 고기 안에 살찐 팔을 팔꿈치까지 집어넣고는 코를 톡 쏘는 회색 샐비어, 고추, 소금과 함께 버무려, 매끈거리는 난로에 땔감을 가져다주는 말 잘 듣는 아이들에게는 맛있는 맛보기 소시지를 조금 만들어주기도 했다. 남자들은 고깃덩이를 더 크게 잘라서 보존 처리하려고 훈제소에 넣어놓았다. 남자들이 무시무시한 칼로 돼지 넓적다리 관절을 열어젖힌 후 어떤 둥글고 물렁한 뼈를 빼내고 ("이것들을 그냥 놔두면 고기가 상하거든" 하면서) 고운 자갈처럼 보이는 굵은 갈색 소금으로 고기 속을 문지르면 표면에 피가 배어났다.

　　다음 서리가 내릴 때까지 1년 내내 우리는 가게 바로 코앞에 있는 작은 정원인 훈제소와 통조림 선반에서 음식을 가져다 먹었다. 그 선반 위에는 배고픈 아이들 입에 군침이 돌게 할 온갖 맛있는 것들이 있었다. 언제나 알맞은 길이로 잘라놓은 줄기콩이며, 콜라드*며, 양배추며, 김이 모락모락 나는 버터 비스킷에 발라 먹으면 제맛인 즙이 많은 빨간 토마토잼이며, 소시지며, 당근이며, 여러 가지 딸기며, 그 밖에도 아칸소에서 자라는 온갖 과일이 그곳에 있었다.

　　하지만 마마는 적어도 1년에 두 번 정도는 우리 같은 아이들이 신선한 고기를 먹어야 한다고 생각했다. 그럴 때면 베

---

*　　케일의 일종

일리에게 1센트, 5센트, 10센트짜리 동전으로 맡겨둔 돈으로 간肝을 사러 우리를 읍내로 보냈다. 백인들은 냉장고가 있기 때문에 백인 푸줏간 주인들은 한여름에도 텍사캐나* 도살장에서 고기를 사다가 팔았다.

어린 시절의 제한된 측량법으로 스탬프스 흑인 지역을 가로질러 가는 것은 마치 세상 전체를 가로질러 가는 것과 같았다. 우리는 만나는 사람마다 습관적으로 걸음을 멈추고 말을 걸어야 했다. 베일리는 만나는 친구마다 몇 분씩 놀아줘야만 한다고 생각했다. 우리 호주머니에 돈을 넣어가지고(베일리의 호주머니에 있는 것은 내 호주머니에 있는 것과 마찬가지였다) 시간에 쫓기지 않으면서 시내로 걸어가는 기분은 정말로 더할 나위 없었다. 하지만 그런 기쁨도 시내의 백인 지역에 들어서면 모두 사라져버리고 말았다. 백인 마을 입구에 있는 윌리 윌리엄스 아저씨의 '두 드롭 인Do Drop Inn'이라는 술집을 지난 뒤부터는 연못을 건너고 기차 철로 길을 가로지르는 모험을 해야 했다. 우리는 마치 식인 동물들이 사는 지역을 아무런 무기도 없이 걸어가는 탐험가와도 같았다.

스탬프스에서는 인종 분리가 너무나 완벽해 흑인 아이들 대부분은 백인들이 어떻게 생겼는지조차 정말로 알지 못했다. 다만 알고 있는 것이라고는 백인들이 흑인들과는 다르다는 것, 두려운 존재라는 것, 그리고 그 두려움에는 힘없는 사람들

---

*　텍사스주와 아칸소주 경계에 있는 도시

이 힘 있는 사람들에게, 가난한 사람들이 부자들에게, 피고용인들이 고용인들에게, 누더기를 걸친 사람들이 옷을 잘 입은 사람들에게 품는 적대감이 포함되어 있다는 사실뿐이었다.

지금 돌이켜 생각하면 이 무렵 나는 백인들이 진짜 사람이라고는 결코 믿지 않았다.

백인들의 부엌에서 일하는 많은 여자가 우리 가게에서 물건을 사갔다. 그런데 그 여자들은 세탁한 옷을 다시 시내로 가지고 갈 때면 가끔, 커다란 빨래 바구니를 우리 가게 앞 현관에 내리고 풀 먹인 옷가지 가운데 하나를 꺼내 자신들의 다림질 솜씨가 얼마나 훌륭한지 또는 그 옷의 주인들이 얼마나 부자고 호화로운 생활을 하는지 보여주었다.

나는 그 여자들이 펼쳐 보이지 않은 나머지 옷들을 살펴보았다. 그걸 보고 나는, 예를 들어 백인 남자들도 윌리 삼촌처럼 반바지를 입는다는 것과 그 바지에는 오줌을 눌 때 그들이 '물건'을 꺼내놓는 구멍이 있다는 것을 알았다. 그리고 그 바구니 안에서 백인 여자들의 브래지어를 보았기 때문에 나는 백인 여자들의 가슴이 몇몇 사람들이 말하는 것처럼 옷에 붙어 있는 것이 아니라는 것도 알게 됐다. 하지만 나는 도저히 그들을 사람으로 생각할 수가 없었다. 나에게 사람들은 라그로운 부인, 헨드릭스 부인, 마마, 스니드 목사님, 릴리 B 그리고 루이즈와 렉스뿐이었다. 발이 너무 작고 피부가 너무 하얘서 속이 훤히 드러나 보였으며, 또 사람이 걷는 것처럼 발의 볼록한 부분으로 걷는 것이 아니라 말馬처럼 발뒤꿈치로 걷는 백인들이 사람일 리 없었다.

　우리 마을 쪽에 사는 사람들이 사람이었다. 나는 그 사람들을 모두 좋아하진 않았고 몇몇은 아주 싫어했지만 말이다. 하지만 그들은 사람들이었다. 그 밖의 다른 사람들, 즉 외계인처럼 사는 것 같지 않게 사는 그 낯설고 창백한 피조물들은 사람들로 생각되지 않았다. 그들은 다만 백인들일 뿐이었다.

5

"불결하지 말지어다"와 "무례하지 말지어다"는 헨더슨 할머니의 두 가지 계명으로 우리가 구원을 받느냐 받지 못하느냐 하는 것은 전적으로 이 계명에 달렸다.

　아무리 날씨가 추운 겨울이라도 우리는 매일 밤 잠자리에 들기 전에 얼굴, 팔, 목, 다리, 발을 씻어야 했다. 마마는 성스러운 사람이 불경스러운 것을 무릅쓸 때 자신도 모르게 나오는 경멸 섞인 웃음을 띠며 이렇게 덧붙이곤 했다.

　"또한 될 수 있는 대로 샅샅이 씻어라. 그러고 나서도 될 수 있으면 더 씻어라."

　우리는 우물에 가서 얼음처럼 차고 깨끗한 물로 몸을 씻고 역시나 차갑게 굳은 바셀린을 다리에 바르고 나서는 발끝으로 걸어 집으로 돌아오곤 했다. 발가락에 묻은 먼지를 닦아 낸 뒤에 자리에 앉아 학교 숙제를 하고 옥수수빵과 쉬어서 응

고된 우유를 먹고, 기도하고 잠자리에 들었는데 그 순서는 언제나 한결같았다. 마마는 우리가 잠든 뒤 이불을 들추고 발을 검사하기로 유명했다. 만약 우리 발이 그녀의 청결 기준에 미치지 못할 때면 회초리를 들고(마마는 비상사태에 대비해 늘 회초리 하나를 침실 문 뒤에 뒀다) 정확하게 몇 차례를 따끔하게 휘둘러 규칙을 위반한 아이를 깨웠다.

한밤중의 우물가는 캄캄하고 미끄러웠고, 사내아이들은 뱀들이 얼마나 물을 좋아하는지 이야기했다. 밤에 혼자서 물을 길어 씻으면 온갖 독사와 방울뱀, 아프리카 독사와 보아 구렁이 들이 구불구불 우물가로 기어 나와 가만히 있다가 몸을 씻는 사람 눈에 비누가 들어가는 순간 덮친다는 것쯤은 누구나 다 아는 이야기였다. 하지만 마마는 청결은 거룩함에 버금가게 중요할 뿐 아니라 불결이 불행을 낳는다고 우리를 설득했다.

또한 버릇없는 아이는 하느님이 몹시 싫어하시며 부모의 수치로, 집안과 가계家系를 망하게 할 수 있다고 했다. 그래서 아이들은 어른들을 부를 때 아저씨, 아주머니, 아가씨, 이모, 삼촌, 자매님, 형제님, 그 밖에도 친척 관계를 나타내는 호칭을 사용하거나 말하는 사람을 낮추는 수많은 호칭을 사용해야 했다.

보잘것없는 가난한 백인 아이들만 빼고 내가 아는 사람들은 하나같이 이런 관습을 따랐다.

학교 뒤쪽 마마의 밭에는 그런 가난한 백인 가족이 몇 집

살았다. 가끔 그곳에 사는 사람들이 떼거리로 가게에 몰려와 우리 가게 안을 가득 메웠다. 그럴 때면 가게 공기를 몰아내고 심지어 낯익은 냄새를 바꿔놓기도 했다. 아이들은 시가 상자로 만든 기타 소리처럼 찢어지는 목소리로 온종일 재잘거리면서 선반 위를 기어다녔고 양파와 감자를 담아두는 통 안으로 들어갔다. 그 아이들은 우리 가게에서 내가 감히 엄두도 내지 못할 짓거리들을 마음대로 해댔다. 마마가 백인들에게는 (심지어 가난한 백인들에게까지도) 가능한 한 말을 적게 할수록 좋다고 했기 때문에, 베일리와 나는 달라진 공기 속에서 엄숙한 표정으로 잠자코 서 있곤 했다. 하지만 그 장난치는 낮도깨비들 중 하나가 우리에게 가까이 다가오면 나는 그 아이를 꼬집어주었다. 화가 나기도 했고, 한편으로는 그 낮도깨비가 정말 피와 살을 가지고 있는 존재라는 것이 믿기지 않았기 때문이다.

백인들은 우리 삼촌 이름을 마구 불러댔고 삼촌이 가게를 분주히 돌아다니도록 이것저것 명령했다. 나는 울고 싶도록 수치감을 느꼈지만 삼촌은 다리를 절뚝거리면서 그들이 시키는 대로 했다.

우리 할머니 역시 그들이 하라는 대로 했다. 다만 할머니는 그들이 무엇을 원하는지 미리 알고 있었기 때문에 비굴한 노예처럼 보이지 않았을 뿐이다.

"여기 설탕이 있어요, 포터 아가씨. 베이킹파우더는 여기 있고요. 아가씨는 지난달에 소다를 사지 않아서 아마 소다가 좀 필요할 거예요."

마마는 언제나 어른들에게 말을 건넸지만 아, 때로는 고통스러울 정도로 더럽기 짝이 없는 코흘리개 계집아이들이 마마에게 대꾸하곤 했다.

"아냐, 애니……."

마마에게 대꾸를? 그들이 사는 땅의 주인이 누구란 말인가? 자기들이 앞으로 평생 배울 것보다 더 많은 것을 이미 잊어버린 사람에게? 만약 이 세상에 정의라는 게 있다면, 하느님은 당장 저것들을 벙어리로 만들어주시옵소서!

"여분으로 소다크래커하고 고등어도 좀 줘요."

적어도 그들은 마마의 얼굴을 똑바로 바라보지는 않았다. 아니면 그러는 모습을 내가 보지 못했는지도 모른다. 훈육이라는 걸 쥐꼬리만큼이라도 받은 사람이라면, 심지어 아무리 막무가내 중의 막무가내라고 해도 어른의 얼굴을 똑바로 바라보지는 않을 것이다. 그런 행동은 누군가 말을 머릿속에서 생각하기도 전에 입으로 내뱉어버리려고 하는 것을 뜻한다. 그 더러운 아이들은 그렇게는 하지 않았지만 가게 안을 돌아다니며 아홉 갈래 밧줄 채찍을 내리치듯 명령을 내렸다.

내가 열 살쯤 됐을 때 그 지저분한 아이들 때문에 나는 할머니와 겪은 일 중에서 가장 고통스럽고 혼란스러운 경험을 하게 됐다.

어느 여름날 아침 나는 나뭇잎과 스피어민트 껌 종이와 비엔나소시지 상표가 붙은 포장지로 어질러진 마당을 쓸고 난 뒤 노르스름하게 붉은 흙을 갈퀴로 긁어내고 그 자리에 가면처럼 뚜렷하게 부각되어 보이도록 정성껏 반달 모양들을 그렸다. 갈퀴를 가게 뒤에 세워두고 집 뒤쪽으로 나와 보니 할머니가 크고 넓은 흰 앞치마를 두르고 현관에 서 있는 것이 보였다. 앞치마는 어찌나 풀을 잘 먹여 빳빳한지 저 혼자 힘으로도 서 있을 정도였다. 마마는 마당을 감상했고, 그래서 나도 그 옆에 나란히 섰다. 내가 그린 그림은 정말로 굵은 빗으로 빗어놓은 평평한 빨간 머리같이 보였다. 마마는 아무 말도 하지 않았지만 나는 마마가 내 그림을 마음에 들어 한다는 것을 알았다. 마마는 눈을 들어 교장 선생님 집과 오른편으로 맥엘로이 씨 집 쪽을 바라보았다. 동네의 기둥이라고 할 사람 중 한 사람이라도 내 그림이 일과에서 지워지기 전에 좀 감상해줬으면 하는 눈치였다. 그러고 나서 마마는 학교 쪽을 올려다보았다. 나도 그녀를 따라 그쪽으로 고개를 돌렸다. 바로 그와 거의 동시에 가난한 백인 아이들이 떼거리로 언덕을 넘어 학교 옆으로 내려오는 게 보였다.

나는 어떻게 행동해야 할지 마마를 쳐다보았다. 마마는 놀랍게도 허리 아랫부분은 축 늘어뜨리고 있으면서도 허리 윗부분은 길 건너 참나무 꼭대기에라도 닿을 것처럼 길게 빼고 있는 것 같았다. 그러더니 갑자기 신음하듯 찬송가를 불렀다. 어쩌면 신음하는 게 아니었을지 모른다. 다만 곡조가 너무 느리고 박자가 이상해서 꼭 신음처럼 들렸을 것이다. 마마는 나를 두 번 다시 쳐다보지 않았다. 그 아이들이 언덕을 반쯤 내려와 가게 가까이 반쯤 왔을 때 마마는 고개를 돌리지도 않고 말했다.

"안으로 들어가거라, 얘야."

나는 마마에게 이렇게 사정하고 싶었다.

'마마, 저 애들을 기다리지 마세요. 저랑 안으로 들어가요. 저 애들이 가게로 들어오면 저한테 맡기고 침실로 들어가세요. 할머니가 주위에 계시면 저한테 겁만 줄 거예요. 저 혼자라면 저 애들을 다룰 자신이 있거든요.'

하지만 물론 나는 아무 말도 할 수 없었고, 그래서 안으로 들어가서 방충망을 단 문 뒤에 서 있었다.

그 아이들이 아직 가게 현관까지 오지는 않았지만 마치 부엌 난로에 소나무 장작을 땔 때 나는 소리처럼 탁탁 튀는 소리처럼 웃는 소리가 들려왔다. 내가 일생을 겪고 있는 피해망상증은 그 춥고도 엿물처럼 천천히 시간이 흐르던 바로 그 순간에 생긴 것이 아닌가 싶다. 마침내 아이들이 마당에 들어와 마마 앞에 섰다. 처음에는 짐짓 심각한 척하더니 그중 하나가 오른팔로 구부린 왼팔을 감싸고는 입을 쑥 내밀고 콧노래를 불렀다. 나는 그 아이가 우리 할머니를 흉내 내고 있다는 걸 깨달았다. 그러자 그 옆의 아이가 말했다.

"아냐, 헬렌. 서 있는 폼이 저 여자와는 다르잖아. 이렇게 해야지."

그러고는 자기 가슴을 들어 올리고 팔짱을 끼고서 애니 헨더슨의 특이한 몸가짐을 흉내 냈다. 또 다른 아이가 웃으면서 말했다.

"아니야, 너도 안 돼. 네 입술 가지고는 도저히 저렇게 부풀릴 수가 없어. 내가 하는 걸 보라고."

문 뒤에 소총이 있다는 게 생각이 났지만 나는 도저히 그 총을 똑바로 들고 있을 수 없다는 걸 알았다. 또 늘 장전해놓고 해마다 새해 첫날밤이면 발사하는, 총신을 자른 0.410 구경 엽총도 지금 트렁크 안에 들어 있는데 열쇠는 윌리 삼촌이 가지고 있었다. 파리똥이 붙어 있는 방충망을 통해 마마의 앞치마 끈이 콧노래 소리의 진동 때문에 흔들거리는 게 보였다. 하지만 마마의 무릎은 마치 다시는 굽어지지 않을 것처럼 고정되어 있는 듯했다.

마마는 계속 노래를 불렀다. 그 소리는 전보다 더 커지지도 않았지만 그렇다고 더 작아지지도 않았다. 또한 느려지지도 빨라지지도 않았다.

그 아이들의 면 드레스에 묻은 때가 다리와 발, 팔과 얼굴로 이어져서 그들을 모두 하나로 보이게 했다. 기름이 끼고 탈색된 머리카락은 빗질도 하지 않은 채 헝클어져 지저분함의 극치를 보였다. 나는 그들을 더 잘 살펴보고 평생 기억하려고 무릎을 꿇었다. 눈물이 내 옷에 떨어져 검은 얼룩을 만들었고, 앞마당은 흐릿하고 심지어 비현실적으로 보였다. 이 지구가 심호흡을 하면서 계속 회전하고 있는지 의심이 드는 듯했다.

그 여자애들은 마마를 흉내 내는 일에 싫증을 내고는 다른 방법으로 소란을 피우기 시작했다. 한 아이가 눈을 사팔뜨기처럼 만들고 엄지손가락을 입안 양쪽에 집어넣어 말했다.

"여기 좀 봐, 애니."

할머니는 계속 콧노래를 불렀고 그 소리에 앞치마 끈이 흔들거렸다. 나는 그 아이들의 얼굴에 후춧가루를 한 줌 뿌리고 잿물을 끼얹은 뒤 더럽고 천박한 시골뜨기 계집애들이라고 소리를 지르고 싶었다. 하지만 마치 배우들이 무대에서 자기들에게 주어진 역할 말고는 아무것도 할 수 없듯이 나도 무대 뒤에 갇혀 있을 수밖에 없었다.

좀 작은 아이들 중 하나가 꼭두각시 춤 비슷한 걸 추는 동안 다른 동료 어릿광대들은 그녀를 쳐다보고 웃었다. 거의 어른이 되다시피 한 키가 큰 아이가 뭐라고 아주 작은 목소리로 말을 했지만 내 귀에는 잘 들리지 않았다. 그 아이들은 여전히 마마를 쳐다보면서 현관 뒤쪽으로 모두 물러났다. 순간적으로 그 아이들이 마마에게 돌을 던지려는 것이 아닌가 하는 생각이 들었다. 마마가 꼼짝하지 않고 서 있는 모습이 마치 망부석이 되어버린 것 같았다. (앞치마 끈만 없었다면 말이다.) 하지만 그 큰 아이는 등을 돌린 채 몸을 구부리고 두 손을 펴서 땅을 짚었다. 그렇다고 땅에서 무엇을 집어 올리는 것도 아니었다. 다만 몸무게의 중심을 옮기더니 한 손으로 물구나무서기를 할 뿐이었다.

그 아이의 더러운 맨발과 긴 다리가 하늘을 향해 곧게 뻗었다. 입은 옷이 어깨 근처까지 내려왔는데 속옷을 하나도 입고 있지 않았다. 반지르르한 음모가 두 다리가 모이는 지점에서 갈색 삼각주를 이루었다. 아이는 그 무기력한 아침의 진공 속에서 그렇게 몇 초 동안 걸려 있다가 주춤거리며 공중제비로 일어섰다. 다른 아이들이 그 아이의 등을 두드려주고 손뼉을 쳤다.

마마는 "하늘의 양식, 하늘의 양식이여, 넘치도록 채워주소서"*라는 찬송가로 바꿨다.

나 역시 기도했다. 마마가 얼마나 더 버틸 수 있을까? 그 아이들이 이제는 또 어떤 못된 짓으로 마마를 놀려댈 생각을 할까? 그런데도 나는 이렇게 계속 물러서 있어야 할까? 마마가 진정으로 나에게 바라는 행동이 무엇일까?

그때 그 아이들이 읍내로 가려고 마당을 나갔다. 아이들은 머리를 꾸벅 숙이고 퍼진 엉덩이를 흔들어대며 한 사람씩 돌아섰다.

"안녕, 애니."

"안녕, 애니."

"안녕, 애니."

마마는 끝까지 고개를 돌리거나 팔짱을 풀지 않았지만 노래를 멈추고 말했다.

"안녕히 가세요, 헬렌 아가씨. 안녕히 가세요, 루스 아가씨. 안녕히 가세요, 엘로이즈 아가씨."

---

* 〈요한복음〉 6장 51절을 1824년에 조사이아 콘도가
    찬송가로 작사한 곡

마침내 나는 폭발하고 말았다. 마치 독립기념일의 폭죽처럼 말이다. 마마는 어떻게 그 아이들을 '아가씨'라고 부를 수가 있단 말인가? 그 비열하고 고약한 것들을 말이다. 왜 마마는 그 아이들이 언덕을 오르는 걸 보았을 때 조용하고 시원한 가게 안으로 들어가지 않았을까? 마마가 증명하려고 한 건 과연 무엇이었을까? 또한 그 아이들이 그렇게 더럽고 비열하고 건방지다면 마마는 도대체 왜 그 아이들을 '아가씨'라고 불러야만 했을까?

마마는 그대로 서서 한 곡 더 끝까지 부르고 나서는 방충망 문을 열고 분노에 북받쳐 울고 있는 나를 내려다보았다. 마마는 내가 고개를 들어 올려다볼 때까지 나를 쳐다보았다. 그녀의 얼굴은 나를 비추는 누런 달 같았다. 아름다웠다. 저 바깥에서 나는 제대로 이해할 수 없는 무슨 일인가 일어나고 있었지만 내가 보기에 마마는 행복했다. 그때 마마는 몸을 구부려 교회의 어머니들이 '아프고 고통받는 사람들에게 안수하듯이' 나를 만졌고 나는 그제야 울음을 그쳤다.

"가서 세수하거라, 얘야."

그러고 나서 마마는 캔디 진열장 뒤로 가서 콧노래를 불렀다.

"내 짐을 내려놓을 때 영광, 영광, 할렐루야."

나는 우물물을 얼굴에 끼얹고 주중에 사용하는 손수건에 코를 풀었다. 현관 앞에서 어떤 시합이 일어났든 간에 나는 마마가 승리했다는 걸 알았다.

나는 다시 갈퀴를 들고 앞마당으로 갔다. 뭉개진 발자국들은 쉽게 지워졌다. 오랜 시간을 들여 새로 그림을 완성한 뒤 갈퀴를 빨래 삶는 통 뒤에 갖다 놓았다. 가게로 들어와 마마의 손을 잡고 나와서 함께 내 작품을 감상했다.

커다란 하트 안을 점점 작아지는 하트들로 가득 채워 넣은 그림으로 화살 하나가 바깥쪽에서 가장 작은 하트를 꿰뚫었다. 마마가 말했다.

"얘야, 참 예쁘구나."

그러더니 마마는 다시 가게 안으로 돌아가 계속 노래를 불렀다.

"내 짐을 내려놓을 때 영광, 영광, 할렐루야."

6

하워드 토머스 목사님은 스탬프스를 포함한 아칸소주의 한 지역을 관장하는 원로 목사였다. 그는 석 달에 한 번씩 우리 교회를 방문해서 토요일 밤에 마마의 집에서 하룻밤을 지내고 일요일에는 교회에서 우렁찬 목소리로 열띤 설교를 했다. 그러고는 석 달 동안 모은 헌금을 수금하고 교회의 각종 단체에서 보고받은 뒤, 어른들과 악수하고 아이들에게는 입을 맞추었다. (나는 한동안 목사님이 서쪽 하늘나라로 갔다고 생각하곤 했지만, 마마가 올바르게 일러주었다. 그는 텍사캐나로 갔을 뿐이라고 했다.)

베일리와 나는 토머스 목사님을 노골적으로 미워했다. 그는 못생기고 뚱뚱한 데다가 웃는 모습이 꼭 배앓이하는 돼지 같았다. 우리는 그 낯 두껍고 뻔뻔스러운 목사님을 흉내 낼 때면 서로 배를 잡고 웃게 할 수 있었다. 베일리는 윌리 삼촌 앞에서 토머스 목사님 흉내를 냈지만 소리를 내지 않고 흉내 냈기 때문에 들킨 적이 한 번도 없었다. 베일리는 자신의 두 뺨을 부풀려 촉촉한 갈색 돌처럼 보이게 하고 머리를 이쪽저쪽으로 흔들어댔다. 오직 베일리와 나만이 알았지만 그 모습은 틀림없이 늙은 토머스 목사 그대로였다.

목사님이 뚱뚱하다는 사실은 비록 역겹기는 해도 우리가 그렇게까지 지독히 미워할 이유는 되지 못했다. 그가 단 한 번도 우리의 이름을 기억하려 들지 않았다는 사실은 우리에게 모욕감을 줬다. 하지만 이런 일 한 가지만 가지고서는 그를 경멸할 이유로 충분하지 않았다. 결국 정당할 뿐 아니라 불가피하게 우리한테 미움을 사게 된 건 그가 저녁 식사 때 보여주는 행동 때문이었다. 목사님은 일요일 식사 때마다 닭고기 중에서 가장 크고 가장 노릇노릇한 제일 맛있는 부위를 독차지한 터였다.

토머스 목사님의 방문에서 오직 한 가지 좋은 점이 있다면, 그건 그가 언제나 토요일 저녁 늦게 우리가 저녁 식사를 마친 뒤에 도착한다는 점이었다. 가끔 나는 도대체 그가 한 번이라도 우리 식사 시간에 맞춰서 오려고 노력해본 적이 있는지 궁금했다. 지금 생각해보면 그렇게 하려고 노력한 것 같았다.

그는 현관에 발을 들여놓자마자 텅 빈 식당을 향해 작은 두 눈을 반짝거리고 얼굴에 실망의 빛을 감추지 못하곤 했기 때문이다. 그러고 나서 그는 재빨리 표정을 감추고는 웃으면서 몇 마디 내뱉었다.

"어허, 어허, 어허, 헨더슨 자매님, 이거 반갑지 않은 불청객이 또 요렇게 찾아왔습죠."

그 말이 떨어지기가 무섭게 마마가 이렇게 대답하곤 했다.

"아이고, 토머스 목사님. 이렇게 찾아주신 걸 거룩한 예수님께 감사할 따름이죠. 어서 안으루 들어오셔요."

토머스 목사는 앞문에 들어서서 글래드스턴(그는 여행용 손가방을 그렇게 불렀다)을 내리고는 두리번거리며 베일리와 나를 찾았다. 그러고 나서 끔찍스러운 두 팔을 펼치고 신음하듯 말했다.

"어린아이들이 내게 오는 것을 막지 마라. 천국은 이 어린아이들과 같은 사람의 것이니라."*

그럴 때마다 베일리는 어른처럼 악수하려고 한 손을 뻗으며 목사님에게 다가갔지만, 토머스 목사님은 그 손을 밀치고 잠깐 오빠를 포옹했다.

"넌 아직 어린애야, 이 친구야. 그 점을 기억해야지. 성경에 말씀하시기를 '내가 어렸을 때에는 말하는 것이 어린아이

---

*　〈마태복음〉 19장 14절; 〈마가복음〉 10장 14절; 〈누가복음〉 18장 16절

와 같고 깨닫는 것이 어린아이와 같고 생각하는 것이 어린아이와 같다가 장성한 사람이 되어서는 어린아이의 일을 버렸노라'*라고 하셨잖느냐."

그 말을 마치고 나서야 비로소 토머스 목사님은 두 팔을 벌리고 베일리를 놓아주었다.

나는 한 번도 목사님에게 다가가려는 용기를 내지 못했다. 내가 그에게 "안녕하세요, 토머스 목사님" 하고 말하려 한다면 그를 흉내 낸 죄 때문에 금방 숨이 막혀버릴지도 모른다는 두려운 마음이 들었다. 어쨌든 성경 말씀에는 "하느님은 업신여김을 받지 아니하시나니"**라고 했는데, 그분은 하느님의 대리인이지 않은가.

그분은 나에게 이렇게 말하곤 했다.

"이리 온, 꼬마 아가씨. 이리 와서 내 축복을 받거라."

하지만 나는 너무나 겁이 나고 그가 미워서 내 온갖 감정이 한데 뒤섞인 나머지 그만 울음을 터뜨렸다. 그러면 마마는 그에게 거듭 이렇게 말했다.

"신경 쓰지 마세요, 토머스 목사님. 이 애가 얼마나 마음이 여린지 잘 알고 계시잖아요."

토머스 목사님은 우리가 저녁 식사 때 남겨놓은 음식으로 저녁을 먹고 윌리 삼촌과 교회 프로그램 진행 상황을 이야기

*   〈고린도전서〉 13장 11절
** 〈갈라디아서〉 6장 7절

했다. 두 사람은 지금의 목사가 교인들을 어떻게 돌보는지, 누가 결혼식을 올렸는지, 누가 죽었는지, 그가 지난번에 다녀간 뒤로 갓난아이들이 몇 명이나 태어났는지 이야기했다.

베일리와 나는 가게 뒤쪽 등유 탱크 옆에 그림자처럼 서서 그들이 흥미로운 이야기를 하기를 기다렸다. 하지만 그들이 최근 스캔들 이야기를 막 꺼내려고 할 때면 마마는 우리를 자기 침실로 쫓아 보내면서 주일학교에서 배운 것을 철저하게 암기하지 않으면 각오하라고 경고했다.

이럴 때 우리한테는 한 번도 실패한 적이 없는 작전이 하나 있었다. 나는 난롯가 옆 커다란 흔들의자에 앉아 이따금 흔들거리면서 발을 구르곤 했다. 그러면서 어떨 때는 부드럽고 여자 같은 목소리를 냈다. 또 어떨 때는 베일리의 목소리처럼 조금 저음을 내면서 목소리를 바꾸었다. 이러는 동안 베일리는 살금살금 걸어서 다시 가게 안으로 들어가곤 했다. 베일리가 후닥닥 튀어 들어와 침대에 앉아 펼쳐놓은 책을 읽는 시늉을 하자마자 마마가 갑자기 문가에 나타나는 일이 여러 번 있었다.

"열심히 공부들 하고 있구나. 다른 아이들이 모두 너희를 우러러본다는 걸 알고 있겠지."

그리고 나서 마마가 다시 가게로 돌아가면 베일리가 곧바로 그 뒤를 따라가서는 어두컴컴한 구석에 웅크리고 서서 들어서는 안 되는 소문을 엿들었다.

한번은 베일리가 콜리 워싱턴 아저씨가 어떻게 해서 루이스빌*에서 온 젊은 여자를 자기 집에 머물게 했는지를 들었다. 나는 그 일이 그렇게 나쁘다고는 생각하지 않았지만 베일리는 모르긴 몰라도 워싱턴 아저씨가 아마 그 여자에게 '그 짓'을 하고 있을 거라고 설명했다. 베일리는 비록 '그 짓'이 나쁘긴 해도 이 세상 거의 모든 사람이 누군가에게 그 짓을 하고 있지만, 다른 사람들은 모르게 해야 한다고 했다. 또 한번은 백인들에게 살해당해 연못에 던져진 한 남자 이야기를 들었다. 베일리는 칼로 잘린 그 남자의 '물건'이 호주머니에 들어 있었고 머리에는 총을 맞았다고 했다. 백인들이 말하기를 그 남자가 한 백인 여자에게 '그 짓'을 했기 때문이라고 했다.

우리가 두 사람의 은밀한 대화에서 훔쳐 들은 소식들이란 하나같이 그런 종류였기 때문에 나는 토머스 목사가 우리 집에 오고 마마가 우리를 뒷방으로 쫓아 보낼 때마다 그들이, 백인들과 '그 짓'에 대해 이야기하려는 것이라고 확신했다. 그런데 그 두 주제에 대해 나는 너무나 무식했다.

일요일 아침이면 마마가 아침 식사를 대접했는데 그때마다 우리는 오전 9시 반부터 오후 3시까지 조용히 하고 있어야 했다. 마마는 집에서 양념해서 저장한 두툼한 분홍빛 햄을 튀기고 썰어놓은 빨간 토마토 위에 그 기름을 끼얹었다. 조심스럽게 양쪽을 뒤집어 살짝 익힌 달걀이며, 튀긴 감자와 양파며, 노란 옥수수죽이며, 단단하게 튀겨서 통째로 입안에 넣어 터

*   아칸소주 남부의 소도시

64

뜨리고 뼈와 지느러미까지 한꺼번에 씹어 먹는 바삭바삭한 농어 튀김 등이 주메뉴였다. 마마가 만든 고양이 머리처럼 생긴 비스킷은 적어도 지름이 7센티미터가 넘고 두께가 5센티미터는 돼 보였다. 식기 전에 그 위에 버터를 발라두는 것이 비스킷을 먹는 요령이었다. 그러면 아주 맛이 있었다. 하지만 불행하게도 식어버리면 꾸들꾸들해져서 실컷 씹은 껌처럼 됐다.

토머스 목사님이 우리와 함께 보낸 일요일마다 우리는 고양이 머리처럼 생긴 비스킷에 대해 우리가 발견한 사실을 재확인할 수가 있었다. 마마는 당연히 그에게 식사 기도를 해달라고 부탁했다. 그러고 나서 우리는 모두 자리에서 일어섰다. 윌리 삼촌은 지팡이를 벽에 기대놓고 몸을 식탁에 의지했다. 그러면 토머스 목사가 기도하기 시작했다.

"거룩하신 아버지, 이 아침에 우리가 감사하는 것은……" 하고 목사님은 계속해서 쉬지 않고 기도를 해나갔다. 나는 얼마 지나지 않아 이제는 더 귀 기울여 듣지 않았고, 마침내 베일리가 발길로 툭 치면 눈을 뜨고 그 어떤 일요일도 가슴 뿌듯하게 하는 식사를 바라보았다. 하지만 토머스 목사님이, 계속해서 똑같은 이야기를 여러 번 반복해 들으시기에 분명히 진력이 나셨을 하느님께 단조롭게 기도하는 동안, 나는 햄의 기름이 토마토 위에서 흰색으로 변한 게 보였다. 달걀들은 접시 가장자리에서 미끄러져 내려와 추위에 버려진 어린아이들처럼 가운데에 모였다. 또한 고양이 머리처럼 생긴 비스킷은 쌓아놓은 대로 저희끼리 들러붙어서 마치 뚱뚱한 여자가 안락의자에 앉아 있을 때처럼 꼼짝도 하지 않는 자세였다. 그래도 목사님은 여전히 기도를 계속했다. 마침내 기도를 모두 마쳤을 때 우리는 식욕을 모두 잃어버린 뒤였지만 그는 아무 말도 하지 않고 혼자서 식어 빠진 음식을 쩝쩝거리는 소리를 내면서 맛있게 먹었다.

기독 감리교파 감독교회에서 유년부 자리는 '교회의 어머니들'이라고 부르는 불길한 여자들이 앉아 있는 자리에서 오른쪽 대각선에 있었다. 의자들이 가깝게 붙어서 다리가 좁은 공간에 맞지 않게 되면 어른들은 그 아이가 중간 자리(교회 중앙에 있다)로 옮겨갈 때가 됐다고 판단했다. 베일리와 나는 비공식 모임이나 교회의 사교 행사 같은 때에만 다른 아이들과 함께 앉도록 허락받았다. 하지만 토머스 목사님이 설교하는 일요일이면 우리 자리는 '회개자 석'이라 불리는 맨 앞줄로 정해졌다. 우리가 앞줄에 앉는 것은 마마가 우리를 자랑스럽게 여기기 때문이라고 생각했지만, 베일리는 마마가 자기 손자와 손녀를 자신이 감독할 수 있는 거리에 두려는 속셈일 뿐이라고 단정했다.

토머스 목사님은 구약성서 〈신명기〉에서 설교 텍스트를 정했다. 나는 그의 목소리가 진절머리가 나게 싫으면서도, 한편으론 설교 내용이 듣고 싶어 갈등을 겪었다. 〈신명기〉는 성경 중에서 내가 가장 좋아하는 부분이었다. 그곳에 기록된 율법들은 너무나 절대적이고도 분명했기 때문에 지옥에 떨어져 악마의 유황불에서 영원히 통구이가 되는 게 정말로 싫다면

〈신명기〉를 기억하고 그 가르침을 한 글자 한 글자 그대로 따르기만 하면 됐다. 나는 또 '듀터로너미Deuteronomy'* 하고 발음할 때 혀를 굴리는 게 마음에 들었다.

앞자리에 앉은 사람이라고는 베일리와 나밖에는 없었고, 나무판자로 된 의자가 엉덩이와 허벅지 뒤쪽에 딱딱하게 느껴졌다. 그래서 나는 조금씩 몸을 비틀었지만 내가 마마 쪽을 쳐다볼 때마다 마마의 얼굴이 "움직이기만 해봐라. 갈가리 찢어놓겠다" 하고 위협하는 것처럼 보였다. 그래서 나는 그 무언의 명령에 따라 가만히 앉아 있었다. 교회 여신도들이 내 뒤에서 몇 번인가 '할렐루야'와 '주님을 찬양하라' 그리고 '아멘' 소리를 외치며 열을 올렸으며, 설교자는 아직 본론으로 들어가지 않았다.

그야말로 열띤 예배가 될 것 같았다.

교회에 들어오다가 먼로 자매님을 보았는데 그 여자가 다정한 인사에 답례하려고 입을 열자 금테를 씌운 이가 번쩍거렸다. 그 여자는 외진 시골에서 살았기 때문에 일요일마다 교회에 나올 수가 없었다. 그래서 어쩌다 나오는 날이면 그동안 나오지 못한 것을 보충하려는지 있는 힘을 다해 소리를 질러대는 바람에 교회 건물이 온통 흔들거릴 정도였다. 그래서 그 여자가 자리를 잡고 앉자마자 안내인이 모두 그녀가 앉은 쪽으로 옮겨가곤 했다. 그 여자를 붙잡으려면 여자 셋에다 어떤

<hr />

*   〈신명기〉의 영문 발음

때는 남자 한두 명이 필요했기 때문이다.

한번은 그 여자가 몇 달 동안 얼굴을 비치지 않다가 교회에 나온 적이 있는데(아이를 낳느라고 잠시 쉬었다) 갑자기 성령을 받아 사방으로 팔을 내뻗치고 몸을 마구 흔들어대면서 소리를 지르기 시작했다. 그래서 안내인들이 여자를 붙들어 앉히려고 달려갔지만 여자는 용케 빠져나와 단상으로 뛰어올라갔다. 그러고는 제단 앞에 서서 방금 잡힌 송어처럼 몸을 떨면서 테일러 목사님에게 고함을 질렀다.

"그걸 설교하시라고요. 그걸 설교하시라잖아요."

목사님은 먼로 자매가 그곳에 서서 자신에게 명령하고 있지 않은 것처럼 자연스럽게 설교를 계속했다. 그러자 그 여자가 극도로 흥분해 소리를 질렀다.

"그걸 설교하시라잖아요."

그러고 나서 그녀는 제단 위로 뛰어올라갔다. 목사님은 야구에서 홈런을 치듯 말을 계속했고, 먼로 자매는 잠깐 숨을 돌리고는 갑자기 목사님에게 달려들었다. 잠깐 사이 테일러 목사와 먼로 자매 두 사람만 빼고 교회 안에 있는 모든 사람과 물건이 빨랫줄에 널린 스타킹처럼 축 늘어졌다. 그때 먼로 자매가 목사님의 윗옷 소매와 뒷자락을 붙잡고 이쪽저쪽 마구 흔들어댔다.

나는 지금 우리 목사님을 위해 이 이야기를 해야 한다. 그분은 한 번도 우리에게 교훈 주는 일을 멈춘 적이 없었기 때문이다. 안내인들이 교회에서 보통 때 하는 것보다 조금 빠른 걸음으로 양쪽 통로를 거쳐 단상으로 올라갔다. 사실을 말하자면, 그들은 목사님을 도우려고 꽤 열심히 달려갔다. 그때 번쩍이는 나들이 양복을 입은 집사 두 사람이 단상 위 흰옷을 입은 여성들과 합세했다. 그들이 목사님한테서 먼로 자매를 떼어낼 때마다 목사님은 또다시 심호흡하고는 설교를 계속했고, 그러면 먼로 자매는 다른 곳을 더 단단히 붙잡았다. 테일러 목사님은 기회가 날 때마다 힘닿는 데까지 이리저리 움직이며 구조원들을 도왔다. 한때 그의 목소리가 너무 낮아져서 마치 천둥칠 때 나는 으르렁 소리처럼 들리자 먼로 자매의 "그걸 설교하시라고요" 하는 소리가 설교 소리를 뚫고 들어왔다. 그럴 때마다 우리는 모두(적어도 나는 그랬다) 이 소동이 도대체 언제 끝날 것인지 여간 궁금하지 않았다. 영원토록 저렇게 계속할까? 아니면 술래잡기에서 술래가 너무 길게 끌면 아무도 '술래'가 누구인지 아랑곳하지 않듯 결국 모두 지치게 될까?

그 아수라장은 마치 누가 요술이라도 부린 것처럼 점점 퍼져나갔기 때문에 나는 도대체 무슨 일이 일어날지 알 수가 없었다. 동시에 성령은 잭슨 집사와 안내위원장인 윌슨 자매에게 전염됐다. 주일학교 시간제 교사이기도 한 키가 크고 깡마르고 조용한 잭슨 집사는 나무가 쓰러지는 듯한 고함을 지르더니 허공으로 몸을 젖혔다가 테일러 목사님의 팔에 펀치를 가했다. 아무도 예상치 못하게 목사를 기습했으니만큼 고통도 컸으리라. 잠깐 천둥이 구르는 듯한 소리가 끊겼다. 그러더니 목사님은 놀란 상태에서 갑자기 몸을 돌리고 한 걸음 뒤로 물러나 잭슨 집사에게 펀치를 날렸다. 바로 그 순간 윌슨 자매가 목사님의 넥타이를 움켜잡고 주먹에 몇 차례 둥그렇게 감더니 그를 덮쳐 눌렀다. 웃을 새도, 울 새도 없이 세 사람 모두 제단 뒤쪽 마룻바닥으로 넘어졌다. 그들의 다리는 불붙은 나무처럼 솟아 있었다. 이런 소란을 일으킨 장본인인 먼로 자매는 냉정하고 조금 지친 모습으로 단상에서 내려와 날카로운 목소리로 찬송가를 불렀다.

"나는 근심과 상처, 슬픔을 갖고 예수님께 찾아왔네. 이제 주 안에서 안식처를 찾았네. 주님은 나를 기쁘게 했네."*

목사님은 이미 마룻바닥에 앉아 있는 상황을 최대한 이용하며 숨 막히는 작은 목소리로 모두 함께 바닥에 무릎을 꿇고 앉아 감사 기도를 하자고 제안했다. 목사님은 우리에게 강력한 성령이 찾아왔었다면서 신도 모두가 다 함께 '아멘'을 외치도록 했다.

다음 일요일 목사님은 〈누가복음〉 18장**에서 설교 텍스트를 골라, 남들이 보는 길거리에서 기도해 사람들이 자신들의 종교적 헌신에 감동하게 했던 바리새인들에 대해 조용하지만 진지하게 설교했다. 나는 그날 과연 목사님의 메시지를 이해

---

* 1868년 호레이셔스 보너의 곡에 존 B. 다이크스가 노랫말을 붙인 복음송가 〈나는 예수님 목소리를 들었네〉의 일부

** 정의의 의미를 규정하고 기도법, 회개, 구약의 예언 등을 말하는 복음서 중 중요 부분

한 사람이 있는지 의심스러웠다. 목사님이 내심 자신의 메시지를 알아들어주었으면 했을 그 사람들은 틀림없이 알아듣지 못했을 것이다. 다만 집사회가 목사님이 새 양복을 살 수 있도록 성금을 걷어주었다. 하지만 그것 말고는 전적으로 손해였다.

우리 구역 원로인 토머스 목사님도 테일러 목사님과 먼로 자매의 이야기를 들었지만 먼로 자매와 안면이 없는 것이 분명했다. 나는 예배 시간 동안 또 무슨 일이 일어날까 관심을 쏟았던 데다가 토머스 목사를 싫어했기 때문에 그를 무시해버렸다. 내겐 사람들 말소리를 내 귀에서 완전히 꺼버리거나 조절하는 고도의 기술이 있었다. 순종적인 아이는 눈에 띄기는 하되 소리는 내지 말아야 한다는 관습에 너무 공감한 나머지 나는 거기서 한 걸음 더 나아갔다. 즉 순종적인 아이는 그러려고 마음만 먹으면 보지도 듣지도 말아야 한다. 나는 표정에 조금 신경을 쓴 뒤 교회 안에서 나는 소리에 주파수를 맞췄다.

먼로 자매의 퓨즈에는 벌써 불이 붙었다. 그 여자는 내 오른쪽 뒷줄 어디선가 앉아서 지글지글 소리를 냈다. 원로 토머스 목사님이 마침내 신도들에게 오늘 이 자리에 나온 이유를 알게 해주려는 듯 결의에 찬 모습으로 본론에 들어갔다. 마치 시체를 운구하는 사람들처럼 안내인들이 교회 왼쪽 커다란 창문 근처에서 먼로 자매가 앉은 자리 쪽으로 조심스럽게 움직였다. 베일리가 내 무릎을 슬쩍 건드렸다. 우리가 언제나 그냥 '사건'이라고 부르는 먼로 자매 사건이 일어났을 때 우리는 너무 놀라서 웃지도 못했다. 하지만 그 뒤부터 몇 주 동안은 "그걸 설교하시라고요" 하고 속삭이는 것만으로도 우리는 걷잡을 수 없이 웃음을 터뜨리곤 했다. 어쨌든 베일리는 내 무릎을 툭 치고는 입을 가리고 속삭였다. "그걸 설교하시라잖아요."

나는 헌금 테이블 너머로 때에 묻은 널빤지를 가로질러 마마를 쳐다보았다. 마마의 그 무서운 표정을 보고 정신이 바짝 들기를 기대하면서 말이다. 하지만 마마는 내 기억으로는 처음으로 내 뒤에 있는 먼로 자매를 바라보았다. 마마는 마치 자신의 엄한 표정 한두 번으로 그 감정에 들뜬 여자를 주저앉힐 수 있으리라 믿는 것 같았다. 하지만 먼로 자매의 목소리는 이미 위험 수위에 도달했다.

"그걸 설교하시라고요!"

유년부 자리에서 몇 번 숨죽여 킥킥거리고 웃는 소리가 들렸고, 베일리가 또다시 내 팔꿈치를 슬쩍 찔렀다. 그러고는 이렇게 속삭였다.

"그걸 설교하시라잖아요."

그때 먼로 자매가 큰 소리로 오빠가 한 말을 되풀이했다.

"그걸 설교하시라잖아요!"

집사 두 사람이 예방 조치로 잭슨 집사 주위를 막아섰고, 두 명의 몸집 큰 남자들이 결의에 찬 모습으로 먼로 자매를 향해 통로를 따라 걸어 내려갔다.

교회 안에서 들리는 소리가 점점 더 커져가는 동안 유감스럽게도 토머스 목사님도 목소리를 높이는 실수를 범했다. 그때 갑자기 마치 여름 소나기처럼 먼로 자매가 자신을 에워

싸려는 사람들을 뚫고 설교단까지 올라갔다. 이번에는 멈추지도 않고 계속해서 토머스 원로 목사님을 향해 제단까지 올라가면서 울부짖었다.

"그걸 설교하시라잖아요."

그러자 베일리가 "헉 대박!"이니 "제기랄!"이니 "저 여자가 이제 목사님 엉덩이를 한 방 먹일 거야" 하고 큰 소리로 말했다.

하지만 토머스 목사는 먼로 자매의 다음 행동을 가만히 기다리지 않았다. 그 여자가 오른쪽에서 설교단으로 접근하자 목사님은 왼쪽으로 설교단을 내려가기 시작했다. 그는 장소를 바꿔도 겁을 먹지 않았다. 계속해서 움직이면서 설교를 했다. 그러다가 마침내 헌금 테이블 바로 앞, 그러니까 거의 우리 무릎 위에서 걸음을 멈추었다. 먼로 자매는 토머스 목사의 발뒤꿈치를 쫓아 제단을 한 바퀴 돌았고, 집사들이며 안내인들이며 평신도들이며 큰 아이들 몇 명이 그녀의 뒤를 따라갔다.

원로 목사님이 입을 열고 분홍색 혀를 굴리며 "느보산*의 위대한 하느님"이라고 말하는 순간, 먼로 자매가 손가방으로 그의 뒤통수를 내리쳤다. 그것도 한 번도 아니고 두 번이나. 그가 입술을 오므릴 사이도 없이 틀니가 바닥에 떨어졌다. 아니, 떨어졌다기보다는 입에서 튕겨 나왔다고 하는 쪽이 더 맞을

---

* 〈신명기〉 34장 1절에 나오는 모세가 약속의 땅을 바라본 산

것이다.

너털웃음을 웃는 것 같은 위쪽 틀니와 아래쪽 틀니가 내 오른쪽 신발 옆에 떨어졌는데, 그것은 텅 빈 것같이 보이면서도 동시에 이 세상 모든 공허감을 담고 있는 듯했다. 어쨌든 나는 마음만 먹으면 한쪽 발을 뻗어 그것을 의자 밑이나 헌금 테이블 뒤로 차버릴 수도 있었다.

먼로 자매는 원로 목사님 코트를 움켜잡았고, 남자들은 그녀를 들어 올려 교회 건물 밖으로 내보내다시피 했다. 베일리가 나를 꼬집으며 입술을 움직이지 않고 말했다.

"목사님이 지금 모습으로 저녁 먹는 걸 봤으면 좋겠어."

나는 절망적으로 토머스 목사를 쳐다보았다. 만약 그가 조금이라도 슬퍼하거나 당황하는 것 같아 보였더라면 나는 안됐다는 생각이 들어 웃지 않았을지도 모른다. 동정심 때문에 나는 차마 웃을 수 없었을 것이다. 나는 교회에서 웃는 것을 두려워했다. 자제력을 잃으면 반드시 두 가지 일이 일어났기 때문이다. 하나는 틀림없이 오줌을 싸는 것이었고, 다른 하나는 마찬가지로 틀림없이 회초리를 맞는 것이었다. 그런데 이번에는 모든 일이 너무 우스워 웃다가 그만 죽을 것만 같았다. 먼로 자매며 위협하는 표정으로 그 여자를 제압하려는 마마며, "그걸 설교하시라고요!" 하고 속삭이는 베일리며, 입술이 탄력 잃은 고무줄처럼 헐렁하게 늘어진 원로 토머스 목사님 말이다.

하지만 토머스 목사님은 점점 손에 힘이 빠지는 먼로 자매를 뿌리치고 유난히 큼직한 흰 손수건을 꺼내어 그곳에다 더러운 작은 틀니들을 쌌다. 목사님은 그 틀니들을 호주머니에 집어넣으면서 잇몸만으로 말했다.

"내가 모태에서 알몸으로 나왔사온즉 또한 알몸이 그리로 돌아가올지라."*

베일리의 웃음소리가 그의 온몸을 타고 올라와 목쉰 콧김소리를 짧게 내며 콧구멍을 통해 빠져나왔다. 더는 웃음을 참으려고 애쓰지 않았던 나는 입을 열고 소리를 그냥 내보내버렸다. 내 첫 번째 킥킥 소리가 공중으로 솟아 내 머리와 설교단 위를 넘어 창문 밖으로 퍼져나갔다. 그러자 마마가 나를 보고 크게 소리를 쳤다.

"마거릿!"

하지만 의자가 매끈매끈한 탓에 나는 바닥에 미끄러지고 말았다. 내 몸 안에는 바깥으로 나가려고 하는 웃음이 아직도 더 남아 있었다. 이 세상 전체에 그렇게 많은 웃음이 있는 줄을 미처 몰랐다. 웃음은 내 몸에 있는 구멍이란 구멍을 모두 통로로 삼아 터져 나왔다. 나는 울고 소리를 질렀으며 방귀를 뀌고 오줌을 쌌다. 베일리가 바닥으로 내려오는 걸 보지는 못했지만, 나는 한 번 몸을 굴렸고 오빠 역시 발길질을 해대면서 소리를 질렀다. 우리는 서로 눈이 마주칠 적마다 더 크게 웃어댔으며, 베일리는 뭔가 말하려고 했지만 웃음이 터져 나와 "그걸 설교하시라잖아요!" 하는 말밖에는 할 수 없었다. 바로

* 〈욥기〉 1장 21절; 〈전도서〉 5장 15절

그때 나는 윌리 삼촌의 끝이 고무로 된 지팡이 앞까지 굴러갔다. 두 눈으로 지팡이를 따라 올라가 보니 굽은 손잡이에 삼촌의 갈색 손이 있었고, 그 위로 길고 흰 소매를 따라 삼촌 얼굴이 있었다. 울 때면 언제나 그렇듯이(하긴 웃을 때도 그랬다) 삼촌 얼굴은 한쪽으로 기울었다. 삼촌이 더듬거리며 말했다.

"이번에는 내가 직접 회초리질을 해줄 테다."

그때 우리가 어떻게 교회에서 나와 그 옆에 있는 목사관으로 들어갔는지 아무 기억도 나지 않지만, 베일리와 나는 가구가 지나치게 많은 응접실에서 내 삶에서 가장 심한 매를 맞았다. 윌리 삼촌은 때리는 사이사이에 울음을 그치라고 명령했다. 나는 그렇게 하려고 노력했지만 베일리는 그렇게 하려고 하지 않았다. 나중에 베일리는 누가 매질을 할 때는 될 수 있는 대로 크게 비명을 질러야만 한다고 설명했다. 그래야만 때리는 사람이 당황해서 멈추거나, 아니면 동정심 많은 사람이 와서 구해준다고 했다. 하지만 우리의 구원자는 이 두 경우가 아닌 다른 곳에서 나타났다. 베일리가 너무 크게 소리를 질러서 남은 예배를 방해하자 목사님 부인이 와서 윌리 삼촌에게 우리를 조용히 시키라고 부탁했다.

상상력이 풍부한 아이들에게 웃음은 쉽게 히스테리로 바뀌는 법이다. 그런 일이 있고 나서 몇 주 동안 나는 무척 몸이 아프다고 느꼈다. 완전히 기운을 되찾을 때까지 나는 웃음의 벼랑 끝에 서 있었고, 어떤 우스운 일이라도 나를 저 죽음의 낭떠러지 아래로 떠밀어 넣었다.

베일리가 나에게 "그걸 설교하시라고요!" 하고 말할 적마다 나는 있는 힘을 다해 그를 때리고는 울음을 터뜨렸다.

7

마마는 결혼을 세 번 했다. 첫 번째 남편인 내 할아버지 존슨 씨는 20세기 초엽에 할머니에게 두 아들을 남기고 그녀에게서 떠나갔다. 두 번째 남편 헨더슨 씨에 관해서 나는 아는 게 아무것도 없었다. (마마는 종교에 관한 걸 제외하고는 자신에 관해 묻는 어떤 질문에도 대답하지 않았다.) 마지막으로 세 번째 남편은 머피 씨였다. 나는 그분을 한 번 잠깐 본 적이 있다. 그분은 언젠가 토요일 밤에 스탬프스에 찾아왔고, 할머니는 내게 마룻바닥에다 그의 잠자리를 펴주라고 했다. 그는 땅딸막하고 얼굴이 검은 사람이었는데 조지 래프트*처럼 테를 자유롭게 올리고 내리는 중절모를 썼다. 이튿날 아침 그는 우리가 교회에서 돌아올 때까지 가게에서 빈둥거렸다. 나는 그날 처음으로 윌리 삼촌이 예배에 빠지는 걸 보았다. 베일리 말로는 머피 씨가 우리 몰래 닥치는 대로 물건을 훔칠까 봐 삼촌이 집에 남아서 지키는 거라고 했다. 그는 마마의 거창한 주일 식사를 마친

---

*   1930~1940년대에 주로 암흑가 인물로 등장한 개성 파 영화배우

뒤 오후 중반에 떠났다. 머피는 모자를 이마 뒤로 푹 눌러쓰고 휘파람을 불면서 길거리를 따라 걸어 내려갔다. 나는 그가 커다란 흰 교회 옆에서 커브 길을 돌 때까지 그의 육중한 뒷모습을 지켜보았다.

사람들은 마마를 잘생긴 여자라고 했고, 그녀의 젊은 시절을 기억하는 사람들은 그녀가 아주 예뻤다고 했다. 그런데 내게 마마는 영향력과 힘이 있는 여자로밖에는 보이지 않았다. 그녀는 내가 아는 세계에서 어느 여자보다도 키가 컸으며, 내 머리를 한쪽 귀에서 다른 쪽 귀까지 한꺼번에 손아귀에 넣을 만큼 손도 아주 컸다. 목소리는 부드러웠지만 그건 마마가 의식적으로 그렇게 했기 때문이다. 교회에서 찬송가를 불러달라는 요청을 받으면 마치 턱 뒤쪽에서 플러그를 잡아당긴 것처럼 크고 거친 쩌렁쩌렁한 목소리가 듣는 사람들 머리 위로 떨어져 내려 공기를 진동시켰다.

일요일마다 마마가 자리에 앉은 다음에 목사님이 이렇게 말하곤 했다.

"이제 다 함께 헨더슨 자매님의 찬송 선창을 듣도록 하겠습니다."

그러면 마마는 일요일마다 놀란 표정을 짓고 목사님을 올려다보고는 조용히 물었다.

"제가 말입니까?"

자신이 정말로 호명됐는지 잠깐 확인한 뒤 할머니는 손가방을 내려놓고 천천히 손수건을 접었다. 할머니는 손수건을 지갑 위에 단정히 올린 뒤 앞좌석을 짚고 몸을 일으켜 세웠다. 그러고는 입을 열면 마치 때를 기다렸다는 듯이 노래가 흘러 나왔다. 주일마다 해마다 달라지지 않았지만 누군가 그 진지함이나 준비성을 두고 왈가왈부했던 일은 기억나지 않는다.

마마는 베일리와 나에게 자신과 그녀의 세대 그리고 그 이전에 살다 간 모든 흑인이 발견한 안전하게 살아가는 삶의 길을 가르쳐주려고 했다. 마마는 백인들에게 말대꾸를 하고도 목숨이 위험하지 않다는 생각에 절대로 찬성하지 않았다. 확실히 백인들에게 무례하게 말을 해서는 안 됐다. 비록 백인들이 없는 자리라고 할지라도 그냥 '그 사람들'이라는 말을 사용하는 것이라면 모를까 너무 심하게 이야기해서도 안 된다고 했다. 만약 누군가 마마에게 혹시 겁쟁이가 아니냐고 묻고 마마가 그 물음에 답할 마음이 있었다면, 마마는 아마 겁쟁이가 아니라 현실주의자라고 대답했을 것이다. 오랜 세월 동안 그녀는 '그 사람들'에게 용감히 맞서지 않았던가? 언제가 한번은 스탬프스 흑인 여자 중에서 유일하게 '미세스'라는 호칭으로 불린 적이 있지 않았던가?

그 사건은 이제 스탬프스에서 작은 전설이 됐다. 베일리와 내가 이 마을에 오기 몇 해 전에 어떤 남자가 백인 여자를 폭행했다는 이유로 쫓기고 있었다. 그 남자는 도망치다가 우리 가게로 뛰어들었다. 마마와 윌리 삼촌이 그 남자를 밤이 될 때까지 옷장 뒤에 숨겨주고 육로로 멀리 도망가면서 먹을 식량까지 줘서 보냈다. 하지만 그 남자는 결국 붙잡혔고, 법정에서 범행을 저지른 날의 행동을 심문당하자, 자기가 추적당한다는 말을 듣고 '미세스 헨더슨' 가게로 피해 숨어 있었다고 대답했다.

판사는 '미세스 헨더슨'을 소환하라고 명령했고, 마마가 도착해 자신이 '미세스 헨더슨'이라고 말하자 판사와 법정 관리, 백인 방청객 모두가 웃음을 터뜨렸다. 판사는 흑인 여자를 '미세스'라고 부르는 실언을 내뱉고 말았다. 파인 블러프*에서 왔을 뿐 아니라 이 마을에서 가게를 소유한 여자가 흑인이라고는 미처 예상하지 못했기 때문이다. 백인들은 그 사건을 두고 오랫동안 킬킬거렸고, 흑인들은 이 사건으로 우리 할머니의 가치와 위엄이 입증됐다고 생각했다.

8

아칸소주의 스탬프스란 조지아주의 '흑인을 때리는 채찍'과 같았고, 앨라배마주의 '놈들을 높이 매달라'라는 구호와 같았으며, 미시시피주의 '검둥이여, 네 등에 해가 지도록 하지 마라'라는 구호와도 같았다. 또는 그처럼 설명적인 다른 어떤 이름으로도 통했다. 스탬프스에 사는 사람들은, 시내의 백인들

---

*   스탬프스 북동쪽에, 주도 리틀록에서 남동쪽에 있는 아칸소주 도시

의 편견이 너무 심해서 흑인은 바닐라 아이스크림도 살 수 없을 정도라고 말하곤 했다. 독립기념일을 빼면 말이다. 그래서 평소에는 초콜릿 아이스크림을 먹는 거로 만족해야 했다.

흑인 사회와 흰색을 한 모든 것 사이에는 엷은 차양 같은 게 드리워져 있었는데 그 차양을 통해 흰색을 한 '것들'에게 두려움과 찬탄과 경멸이 뒤섞인 감정을 품게 되었다. 즉 백인들의 자동차와 번쩍이는 집들, 백인들의 자식과 아내 같은 것에 말이다. 하지만 무엇보다도 부러웠던 건 낭비할 수 있을 정도의 엄청난 부유함이었다. 백인들은 옷이 어찌나 많은지 그저 겨드랑이 아래가 낡았을 뿐인 완벽하게 멀쩡한 옷들을 우리 학교 재봉반에 기부했고, 고학년 학생들은 그 옷으로 실습을 했다.

물론 흑인 마을에도 언제나 온정의 손길이 있었지만 그 온정에는 희생이라는 고통이 따랐다. 흑인들이 다른 흑인들에게 주는 물건이 무엇이든 모르긴 몰라도 받는 사람 못지않게 주는 사람 자신에게도 절실히 필요한 물건이었다. 이런 사실은 주거나 받는 행위가 귀중한 교환 행위가 되게 했다.

나는 백인들을 도무지 이해할 수가 없었다. 그들은 도대체 어디서 돈을 그렇게 흥청망청 쓸 권리를 부여받았는지 알 수가 없었다. 물론 나는 하느님도 백인이라는 사실을 알았지만 그 누구도 하느님께 편견이 있다고 내가 믿게 설득할 순 없었다. 우리 할머니는 가난한 백인들보다는 돈이 많았다. 땅도 있고 집도 있었지만 베일리와 나는 날마다 "낭비하지 마라",

"탐내지 마라"라는 주의를 받았다.

　　마마는 여름옷과 겨울옷을 만들려고 해마다 옷감 두 필을 샀다. 그녀는 '시어즈 앤드 로벅'* 에서 스탬프스로 배달된 두루마리 옷감으로 내가 학교에 갈 때 입는 옷, 속옷, 반바지, 손수건, 베일리의 셔츠와 반바지, 마마의 앞치마와 집에서 입는 옷, 블라우스를 만들었다. 집안에서 유일하게 윌리 삼촌만이 언제나 기성복을 입었다. 삼촌은 날마다 하얀 새 셔츠에 꽃무늬 멜빵을 멨고 20달러나 하는 특별한 구두를 신었다. 특히 그의 빳빳하게 풀 먹인 셔츠를 일곱 벌씩이나 주름 한 점 없이 다려놓아야 할 때면 나는 윌리 삼촌이 죄를 범할 정도로 허영심이 많다고 생각했다.

　　여름 동안에 우리는 일요일을 제외하고는 맨발로 다녔고, 구두 밑창이 '해지면' 새 창을 깔아 신는 법을 배웠다. 경제 대공황의 여파가 스탬프스 백인 지역을 회오리바람처럼 강타했지만 흑인 지역에는 의심 많은 도둑처럼 천천히 침투해 들어왔다. 스탬프스의 흑인들이 공황의 영향을 느꼈을 때는 미국이 경제공황의 진통을 겪은 지 이미 2년이나 지난 뒤였다. 모든 흑인은 다른 모든 일과 마찬가지로 경제공황도 백인들만의 문제고, 그래서 자신들과는 아무런 상관이 없는 일이라고 생각했다. 우리 흑인은 땅에 의존해 생활했으며, 목화를 따고 호미로 솎아내고 잡초를 베서 번 돈으로 신발과 옷가지와 책,

* 미 전역에 지점이 있는 대형 잡화점

가벼운 농기구를 구입했다. 목화 농장주들이 목화 1파운드에 10센트 주던 것을 8센트, 7센트, 그러다가 마침내 5센트로 깎아내리자 비로소 흑인 지역 사람들도 경제공황은 적어도 인종차별을 하지 않는다는 사실을 깨달았다.

복지 기관에서는 흑인과 백인을 가리지 않고 가난한 가정에 식량을 배급했다. 돼지기름, 밀가루, 소금, 계란 가루, 분유…… 영양가 있는 사료를 만들기가 어려워지자 사람들은 돼지 치는 일을 포기했다. 그 누구도 사료나 어분魚粉을 살 돈이 없었다.

마마는 조그마한 메모장에다 뭔가를 계산하면서 며칠 밤을 이리저리 궁리했다. 손님들 주머니가 비었어도 가게가 계속 굴러갈 방법을 찾으려 한 것이다. 마침내 결론에 도달하자 마마가 이렇게 말했다.

"베일리, 보기 좋고 알아보기 쉽게 간판을 만들어라. 보기 좋고 깔끔해야 한다. 마거릿, 너는 크레용으로 그 위에 색칠하렴. 거기다 이렇게 쓰는 거야."

5파운드짜리 분유 1통 교환가는 50센트
5파운드짜리 계란 가루 1통 교환가는 1달러
#2 고등어 통조림 10통 교환가는 1달러

그리고 기타 등등. 마마는 가게가 계속 돌아가게 했다. 손님들은 구호 식량을 집으로 가지고 갈 필요가 없었다. 읍내에 있는 복지회관에서 받아 곧바로 우리 가게에 내려놓으면 그만이었다. 당장 교환해 갈 필요가 없을 때는 커다란 회색 장부에다 자신들 앞으로 그만큼의 저축액을 적어놓았다. 우리는 구호 대상에서 제외된 몇 가구 안 되는 흑인 가족 중 하나였는데 우리가 아는 한 베일리와 나는 마을에서 날마다 계란 가루를 먹고 분유를 타 마시는 유일한 아이들이었다.

우리와 어울려 노는 친구들의 가족은 필요하지 않은 식품들을 설탕, 등유, 향료, 통조림 고기, 비엔나소시지, 땅콩버터, 소다크래커, 화장비누, 심지어 세탁비누와 교환해갔다. 우리는 언제나 먹을 것을 충분히 받았지만, 우리 둘 다 덩어리 같은 우유며 죽 같은 달걀을 끔찍이 싫어했다. 그래서 때때로 우리보다 가난한 집에 들러 땅콩버터와 크래커를 얻어먹곤 했다. 경제공황의 여파가 스탬프스에 느껴지는 데 시간이 걸린 것처럼 그 공황이 스탬프스에서 빠져나오는 걸 느끼는 데도 시간이 걸렸다. 세상에서 잊히다시피 한 작은 마을에 아직 뚜렷한 경제 회복의 기미가 보이기도 전에 세상 밖에서는 2차 세계대전이 한창이었다.

어느 해 크리스마스인가 우리는 '캘리포니아'라는 낙원에서 별거 생활을 하는 어머니와 아버지에게 선물을 받았다. 들리는 말로는 그곳에서는 오렌지를 먹고 싶은 만큼 실컷 먹을

수 있다고 했다. 태양이 언제나 따뜻하게 내리쬔다고도 했다. 하지만 나는 그럴 리가 없다고 확신했다. 나는 어머니가 우리를 내팽개치고 자기 혼자 그 햇살 속에서 웃으며 오렌지를 먹으리라고는 믿을 수 없었다. 선물을 받은 크리스마스 전까지만 해도 나는 부모님 두 분이 다 죽었다고 확신했다. 그래서 언제든 마음이 내키면 어머니가 관에 누운 모습을(나는 어머니가 어떻게 생겼는지 전혀 몰랐다) 떠올리며 울었다. 어머니의 검은 머리카락은 작고 하얀 베개에 펼쳐져 있었고, 시체는 천으로 덮여 있었다. 영문 대문자 O처럼 생긴 얼굴은 갈색이었는데, 이목구비가 어떻게 생겼는지 몰랐기 때문에 그 O자 안에다가 '어머니'라는 글자를 써넣었다. 그러면 눈물이 따뜻한 우유처럼 두 뺨을 타고 흘러내리곤 했다.

그런데 그해 크리스마스에 우리 아버지가 끔찍한 선물들과 함께 자기 사진을 보내왔다. 사진을 보낸다는 건 내가 보기에 전형적인 자만심의 증거였다. 어머니의 선물은 주전자, 찻잔 네 개, 찻잔 받침, 작은 숟가락들로 된 찻잔 세트, 푸른 눈에 장밋빛 뺨을 하고 머리카락에 노란색을 칠한 인형이었다. 베일리가 무슨 선물을 받았는지는 알 수 없지만 나는 내 상자를 풀어본 다음 뒷마당 멀구슬나무 뒤쪽으로 나갔다. 그날은 날씨가 춥고 공기는 물처럼 맑았다. 의자에 아직 서리가 남았지만 그냥 앉아서 엉엉 울었다. 고개를 쳐들고 보니 베일리가 뒷간에서 눈물을 닦으며 이쪽으로 걸어나왔다. 베일리도 울고 있었다. 오빠도 나처럼 자신에게 스스로 부모님이 죽었다고 말했다가 갑작스럽게 사실을 알았는지, 아니면 그냥 외로운 기분이 들어서 그랬는지는 알 수가 없었다. 그 선물은 우리 둘 다 건드리고 싶지 않았던 질문 보따리를 풀어헤치고 말았다. 그들은 왜 우리를 내보냈을까? 우리가 무엇을 그렇게 잘못했을까? 무엇을 그렇게까지 잘못했느냔 말이다. 도대체 왜 세 살과 네 살밖에 되지 않은 아이들끼리, 그 아이들의 팔에 꼬리표를 달아 기차에 태워 짐꾼에게 맡긴 채 캘리포니아주 롱비치에서 아칸소주 스탬프스까지 보냈을까? (더구나 그 짐꾼은 애리조나주에서 내렸다.)

베일리가 내 옆에 앉았는데 이번에는 울지 말라고 나를 다그치지 않았다. 그래서 나는 계속 울었고 베일리도 약간 훌쩍거렸지만, 우리는 마마가 집 뒤꼍에서 우리를 부를 때까지 아무 말도 하지 않았다.

마마는 우리가 은색 밧줄과 예쁜 색깔의 공으로 장식한 나무 앞에 선 채 이렇게 말했다.

"너희 둘은 내가 지금껏 본 아이들 중에서 가장 감사할 줄 모르는 것들이다. 엄마 아빠가 이렇게 추운 데 나와서 울게 하려고 애써 이 훌륭한 장난감들을 보냈다고 생각하느냐?"

우리는 아무런 말도 하지 않았다. 마마가 계속 말했다.

"마거릿, 네 마음이 여리다는 건 나도 안다. 하지만 베일리, 넌 단지 어머니 비비언과 아버지 베일리한테서 뭘 받았다고 고양이같이 야옹거릴 까닭이 없어."

우리가 여전히, 억지로 대답할 태세가 아닌 걸 보고 마마가 물었다.

"산타클로스 할아버지에게 이 선물들을 도로 가져가라고 하면 좋겠니?"

마음이 찢어지는 듯 비참한 생각이 나를 휘감았다. 그래서 나는 이렇게 소리치고 싶었다.

'네, 도로 가져가라고 하세요.'

하지만 나는 움직이지 않고 잠자코 있었다.

나중에 베일리와 나는 둘이서 이야기했다. 베일리 말로는 만약 그 물건이 정말로 어머니가 보낸 거라면 그건 어머니가 와서 우리를 데려갈 준비가 됐다는 걸 뜻한다고 했다. 아마 어머니는 그동안 우리가 뭔가 잘못한 것에 화가 났지만 이젠 그만 용서하고 곧 사람을 보내 데려갈지도 모른다고 했다. 크리스마스 다음 날 베일리와 나는 인형을 찢어서 안에 든 것을 다 끄집어냈다. 하지만 베일리는 내게 언젠가 어머니가 찾아올지도 모르니까 찻잔 세트는 잘 보관해야 한다고 주의를 줬다.

9

그 일이 있고, 1년 뒤 우리 아버지가 아무 예고도 없이 스탬프스에 나타났다. 어느 날 아침 갑작스럽게 불쑥 그런 엄청난 현실과 맞닥뜨린다는 건 우리에게, 어쨌든 나에게는 엄청난 충격이었다. 우리는, 아니 적어도 나는 아버지와 신기루 같은 어머니에 대한 멋진 환상을 품고 있었기에 막상 아버지의 실물을 보자 내가 머릿속에 그려온 모습들이 마치 종이 고리를 연결해 만든 목걸이를 홱 잡아채 갈기갈기 찢어버린 것처럼 산산조각 나버렸다. 그는 깨끗한 회색 자동차를 타고 우리 가게 문 앞에 나타났다. ('대 입성'을 준비하려고 읍내 바로 외곽에 자동차를 세우고 차를 닦은 게 틀림없다.) 그런 자동차들에 대해 잘 아는 베일리 말로는 드소토*라는 자동차라고 했다. 아버지의 몸집이 너무 커서 나는 매우 놀랐다. 두 어깨가 어찌나 넓은지 문을 제대로 통과하기가 힘들지 않을까 걱정될 정도였다. 아버지는 내가 이제껏 본 사람 중에서 가장 키가 컸고, 내 짐작대로 몸이 뚱뚱하지 않은지는 모르지만 피둥피둥한 편이었다. 그런데 그가 입은 옷이 너무 작았다. 아버지가 입고 있는 옷은 스탬프스에서 흔히 보는 옷에 비해 착 달라붙은 데다가 모직이 많이 섞여 있었다. 그리고 그는 눈이 부실 만큼 미남이었다. 아버지를 보자 마마가 울먹이며 말했다.

"베일리, 내 새끼. 아이고, 베일리."

윌리 삼촌도 더듬거리며 말했다.

"베, 베, 베일리 형."

오빠도 말했다.

"헛, 대박! 제기랄. 바로 그 사람이야. 그 사람이 우리 아

---

*   1920년대 말~1960년대 초 크라이슬러사^社에서 생산한 자동차

버지란 말이야."

아버지 목소리는 쇠 국자로 양동이를 건드릴 때처럼 울렸고 표준말을 사용했다. 학교 교장 선생님처럼, 아니 심지어 교장 선생님이 사용하는 것보다 더 올바른 표준 영어였다. 그리고 입을 비틀면서 씩 웃는 것만큼이나 자연스럽게 말끝마다 '어'와 심지어 '어어'라는 말까지 덧붙였다. 그의 입술은 윌리 삼촌처럼 아래로 처지지 않고 옆으로 벌어졌고, 머리는 목 끝에 꼿꼿이 세우는 법이 없이 어느 한쪽으로 비스듬히 기울었다. 아버지는 자신이 들은 것이나 직접 말하는 걸 믿지 않는 듯한 태도를 보였다. 그는 내가 처음 만난 냉소주의자였다.

"그래 어, 얘가 아빠의, 어, 자식이신가? 얘야, 누가 너보고, 어어, 나를, 어, 닮았다고 하겠어?"

아버지는 베일리를 한 팔에, 나를 다른 쪽 팔에 하나씩 안았다.

"그리고 아빠의 꼬마 아가씨. 그동안, 너흰, 어어, 착한 아이 노릇을 했겠지. 어, 그렇지? 그러지 않았다면, 어, 산타클로스 할아버지한테서, 어, 그 말을, 어, 들었을 테니까."

나는 아버지가 너무 자랑스러워서 마을에 그 소문이 퍼지기를 기다리기가 힘들었다. 우리 아버지가 이렇게 잘생긴 걸 보고 아이들이 놀라지 않을까? 또 우리를 너무 사랑해서 스탬프스까지 우리를 만나러 왔다는 걸 알고 얼마나 놀랄까? 모두 아버지가 말투나 타고 온 자동차, 입고 온 옷을 보고 아버지가 부자고, 어쩌면 캘리포니아주에 성을 한 채 가지고 있을지 모른다고 말할 거다. (나는 나중에야 아버지가 산타 모니카*에 있는 호화로운 브레이커스 호텔의 도어맨이었다는 사실을 알게 됐다.) 그러고 나서 사람들이 아버지와 나를 비교할지도 모른다는 생각이 들자 갑자기 아무도 아버지를 보지 말았으면 싶었다. 어쩌면 아버지는 내 친아버지가 아닐지도 모른다. 베일리는 틀림없이 그의 아들이지만 나는 베일리의 친구 삼아 데려온 고아일지도 모른다.

나는 아버지가 나를 쳐다볼 때면 언제나 두려움을 느꼈고, 내가 '타이니 팀'** 난쟁이처럼 아주 조그마해졌으면 좋겠다고 생각했다. 하루는 식탁에서 왼손에 포크를 쥐고 닭튀김 한 조각을 찍었다. 엄격하게 배운 대로 나이프를 포크 두 번째 가지 사이에 넣어 뼈에 대고 고기를 썰었다. 그때 아버지가 크게 구르는 듯한 목소리로 웃는 바람에 나는 아버지를 올려다보았다. 그는 양쪽 팔꿈치를 올렸다 내렸다 하면서 내 나이프질을 흉내 냈다.

"아가야, 어디로 날아가려는 거니?"

그러자 마마가 웃었고 윌리 삼촌도 웃었으며 심지어 베일리도 조금 킬킬거렸다. 아버지는 자기 유머 감각에 자부심을 느꼈다.

---

*   관광지로 유명한 캘리포니아주 남쪽 해변 도시
** 찰스 디킨스의 소설 《크리스마스 캐럴*A Christmas Carol*》
     (1843)에 등장하는 밥 크래치트의 아들

3주 동안 가게는 아버지와 같이 학교에 다녔거나 그에 관한 이야기를 들은 사람들로 붐볐다. 호기심을 느끼는 사람, 부러움을 느끼는 사람들이 가게 주위를 돌아다녔고, 아버지는 윌리 삼촌의 슬픈 눈이 지켜보는 가운데 사방에 '어'와 '어어' 소리를 남발하며 말을 더듬었다. 그러던 어느 날 아버지는 캘리포니아로 다시 돌아가야 한다고 말했다. 나는 안심이 됐다. 아버지가 떠나가면 내 세계가 더 공허하고 단조로워지겠지만 사적인 순간순간이 그에게 침범당하는 고통은 사라지게 될 것이다. 또한 아버지가 도착한 순간부터 공기 중에 떠돌던 무언의 위협, 그러니까 그가 언젠가는 다시 떠나가리라는 위협도 사라질 것이다. 그렇게 되면 내가 아버지를 사랑하는지 안 그런지 의아해할 필요도 없을 테고, "아가는 아빠를 따라 캘리포니아로 가고 싶니?" 하는 질문에 답할 필요도 없을 것이다. 베일리는 벌써 아버지를 따라가고 싶다고 말했지만 나는 끝까지 침묵을 지켰다. 마마 역시 아버지에게 특별 요리를 만들어주고 캘리포니아에서 온 아들을 아칸소주 농부들에게 자랑도 하며 즐겁게 지내기는 했지만 아버지가 떠나는 것에 안도감을 느꼈다. 윌리 삼촌은 우리 아버지가 주는 엄청난 중압감에 시달렸고, 마마는 어미 새가 그렇듯이 둥지에서 날아갈 수 있는 성한 새끼보다는 절름발이 자식에게 더 마음이 쓰였다.

　　그런데 아버지가 우리를 함께 데리고 가겠다고 하는 게 아닌가! 그 사실은 날마다 내 머릿속을 윙윙거리고 맴돌면서 나를 도깨비 상자처럼 갑자기 펄쩍펄쩍 뛰어오르게 했다. 나는 날마다 시간을 내어 사람들이 개복치 농어와 줄무늬 농어를 낚는 연못까지 걸어갔다. 낚시꾼들에게는 너무 이르거나 너무 늦은 시간을 골라서 갔기 때문에 나 혼자서 그 장소를 독차지했다. 검푸른 물가에 서면 온갖 생각이 물거미처럼 미끄러져 나왔다. 이 생각, 저 생각, 그 밖에 또 다른 생각이 떠올랐다. 아버지와 함께 가야만 할까? 연못에 몸을 던져 작년 여름에 빠져 죽은 L. C.라는 아이와 같은 운명을 맞이할까? (나는 수영을 할 줄 몰랐다.) 마마에게 그냥 여기에 남게 해달라고 사정할까? 마마에게 내 몫은 물론이고 베일리 몫까지 일하겠다고 말할 수도 있었다. 그런데 나에게 과연 베일리 없이 살아갈 용기가 있을까? 어떤 결정도 내릴 수가 없어서 나는 성경을 몇 구절 암송하고는 집으로 돌아갔다.

마마는 밤늦도록 식당에 앉아 백인 여자들의 하녀들이 물건과 바꿔간 백인들의 헌 옷을 잘라서 내 점퍼와 스커트를 만들었다. 마마는 무척 슬퍼 보였지만 마마가 나를 바라보는 걸 내가 알아차릴 때마다 마치 그동안 내가 말을 잘 안 들었다는 듯이 이렇게 말하곤 했다.

"이제 착한 아이가 되거라. 알겠니? 사람들한테서 내가 너를 잘못 키웠다는 말을 듣게 해서는 안 돼. 알겠니?"

만약 마마가 나를 두 팔에 안고 나를 떠나보내는 것이 서러워서 울었더라면 아마 나보다도 마마 스스로가 더 놀랐을 것이다. 마마의 세계는 모두 일, 의무, 종교 그리고 '그녀의 가게'에 둘러싸여 있었다. 마마의 손길이 닿는 것마다 그 위에는 깊은 사랑이 걸려 있다는 사실을 마마는 알지 못했다는 생각이 든다. 뒷날 내가 마마에게 나를 사랑하느냐고 물어보았을 때 그녀는 이렇게 말하면서 내 질문을 일축했다.

"하느님은 사랑이시란다.* 네가 착한 아이인지 아닌지에 대해서만 걱정하거라. 그러면 하느님께서 널 사랑하실 거다."

나는 아버지의 가죽 여행 가방과 우리 옷가지가 든 종이 상자들과 함께 차 뒷자리에 앉았다. 창문을 열었는데도 닭튀김과 고구마파이 냄새가 차에서 가시지 않았고, 차 안은 좁아서 몸을 뻗칠 수가 없었다. 아버지는 가끔 생각이 날 때마다 물었다.

"괜찮니, 우리 아가?"

아버지는 한 번도 "네, 아버지" 하는 내 대답을 기다리지 않고 베일리와 하던 이야기를 다시 시작했다. 아버지는 베일리와 농담을 주고받았고, 베일리는 한결같이 웃었으며, 아버지의 담배를 꺼주는가 하면 아버지가 "자, 얘야, 이걸 움직이는 걸 좀 도와다오" 하고 말하면 핸들에 한 손을 올렸다.

똑같은 도시들을 계속 지나면서 작고 낯설고 텅 빈 것처럼 보이는 집들을 쳐다보는 데 싫증이 나자, 나는 주위 모든 것에서 나 자신을 차단하고 타이어가 포장도로를 키스하듯 달리는 소리와 모터가 규칙적으로 내는 신음에 귀를 기울일 뿐이었다. 나는 확실히 베일리에게 무척 화가 났다. 오빠는 아버지

---

*   〈요한1서〉 4장 8절

에게 잘 보이려는 게 분명했다. 심지어 웃을 때도 아버지처럼 "호, 호, 호" 하고 웃었다. 마치 산타클로스 할아버지 아들처럼 말이다.

"어머니를 만나면 기분이 어떨 것 같아? 아마 기쁘겠지?"

아버지는 베일리에게 물었지만 그 소리는 꽉 닫은 내 감각기관 주위에 쳐놓은 장벽을 뚫고 들어왔다. 우리가 '어머니'를 만날 거라고? 나는 우리가 캘리포니아에 가는 줄로 알고 있었다. 갑자기 두려웠다. 아버지처럼 어머니도 우리를 비웃으면 어떻게 하나? 같이 사는 다른 아이들이 있으면 어떻게 하나? 그래서 내가 아버지에게 말했다.

"저는 스탬프스로 다시 돌아가고 싶어요."

그러자 아버지가 웃었다.

"우리 아가는 세인트루이스*에 가서 엄마를 만나고 싶지 않단 말이지? 너도 알다시피, 엄마가 너를 잡아먹지는 않을 텐데."

아버지는 베일리에게 몸을 돌렸고, 나는 아버지의 옆얼굴을 쳐다보았다. 내게 아버지는 너무 진짜 같지가 않아서 마치 인형이 말하는 모습을 바라보는 것 같은 느낌이 들었다.

"베일리, 동생한테 왜 스탬프스로 돌아가고 싶은지 물어보거라."

아버지의 말투는 흑인보다는 차라리 백인에 가까웠다. 어

---

* 미시시피강이 있는 미국 미주리주 동부의 도시

쩌면 그는 이 세상에서 갈색 피부를 가진 유일한 백인일지도 모른다. 그런 유일한 사람을 아버지로 둔 것은 다 내 운이었다. 하지만 베일리는 우리가 스탬프스를 떠나온 뒤 처음으로 아무 말 없이 조용히 입을 다물었다. 베일리 또한 어머니를 만날 일을 생각하는 것 같았다. 어떻게 여덟 살짜리 소년이 그렇게 많은 두려움을 마음속에 담을 수 있단 말인가? 그는 두려움을 삼켜 편도선 뒤에 단단히 붙들어두고는 발에 힘을 줘서 발가락 사이에 두려움을 가두었다. 그러고는 엉덩이를 긴장시켜 좁히고 전립선 뒤로 바짝 밀어 올렸다.

"아들아, 왜 갑자기 벙어리가 된 거야? 아이들이 보고 싶어 하지 않는다고 하면 네 어머니가 뭐라고 하시겠니?"

아버지가 어머니에게 정말로 그렇게 말할지도 모른다는 생각이 나와 베일리를 동시에 흔들어놓았다. 아버지는 의자 뒤로 기대며 말했다.

"저런, '사랑하는 어머니'를 보러 가는 거야. 물론 너희도 '사랑하는 어머니'가 보고 싶겠지. 울지 마라."

아버지는 웃으면서 의자에 몸을 파묻고는 자신에게 이렇게 묻는 것 같았다.

'그 말을 들으면 그 여자가 뭐라고 하려나?'

스탬프스와 마마한테로 돌아갈 가망이 없었기 때문에 나는 울음을 그쳤다. 베일리가 내 편을 들어주지 않으리라는 게 뻔했으므로 나는 입을 다물고 눈물을 닦고 '사랑하는 어머니'를 만나면 또 무슨 일이 생길지 기다려보기로 결심했다.

세인트루이스는 내가 지금껏 봐온 것과는 또 다르게 무덥고 또 다르게 지저분했다. 내 기억에 남아 있는 모습은 사람들로 붐비고 검댕으로 뒤덮인 빌딩 숲이 아니었다. 내가 아는 한, 우리는 지옥으로 인도되고 있었고 우리 아버지가 그 인도를 맡은 악마라는 사실이었다.

베일리는 아주 특별한 상황에서만 어른들 앞에서 자기에게 '피그 라틴'*을 쓰는 걸 허용했지만, 그날 오후 나는 그 기회를 쓸 수밖에 없었다. 우리는 똑같은 길모퉁이를 쉰 번쯤을 계속해서 돌았다. 그래서 베일리에게 '피그 라틴'으로 물었다.

"이 사람이 우리 아버지라고 생각하는 거야, 아니면 우리가 지금 납치되고 있다고 생각하는 거야?"

그러자 베일리가 보통 말로 이렇게 대답했다.

"아, 우린 지금 세인트루이스에 있는 거야. '사랑하는 어머니'를 만날 거라고. 그러니 제발 걱정하지 마."

아빠는 킬킬거리며 '피그 라틴'으로 말했다.

"누가 너희를 납치하고 싶겠니? 너희가 무슨 린드버그 집안 아이들**이라도 된다는 거냐?"

나는 오빠와 그의 친구들이 처음 '피그 라틴'을 만들어냈

---

*   어두의 자음을 어미로 돌리고 거기에 '-ay'를 덧붙이는 어린이들의 변말로 주로 흑인이 쓴다.
** 최초로 대서양을 단독 비행한 찰스 린드버그 1세의 아들이 1932년 납치되고 살해돼 미국을 떠들썩하게 했다.

다고 생각했다. 그런데 우리 아버지가 그걸 사용하는 걸 들으니 놀랐다기보다는 화가 치밀었다. 어린애들 일에 어른들이 속임수를 쓰는 또 다른 전형적인 경우였기 때문이다. '어른들의 배반 행위'를 보여주는 또 다른 적절한 예였다.

우리 어머니가 어떻게 생겼는지 설명하는 것은 한창 몰아치는 순간에 태풍에 대해 글을 쓰는 것과 같다. 아니면 오르락내리락하는 무지개 빛깔을 묘사하는 것 같다고나 할까. 우리가 도착하자 외할머니가 우리를 맞이했고, 우리는 가구가 너무 많이 들어찬 거실의 의자 끄트머리에 앉아 기다렸다. (아버지는 백인들이 흑인들에게 말할 때처럼 조금도 당황하거나 미안한 기색 없이 외할머니와 쉽게 이야기했다.) 우리는 어머니가 나타난다는 사실이 두려운 동시에 어머니의 도착이 늦어지는 데 조바심이 났다. '어안이 벙벙하다'라는 말과 '첫눈에 반하다'라는 두 가지 표현이 얼마나 적절한지 나는 그때 처음으로 깨달았다. 우리 어머니의 아름다움은 말 그대로 나를 후려갈기는 듯했다. 붉은 입술은(마마는 립스틱을 바르는 게 죄악이라고 했다) 벌어져서 고르고 하얀 치아를 드러냈고, 신선한 버터 빛깔 피부는 속이 너무 깨끗해서 투명하게 비치는 것 같았다. 웃고 있는 어머니 입은 뺨까지, 귀까지, 아니 어쩌면 벽을 넘어 바깥 길가까지 벌어지는 것만 같았다. 나는 그만 말문이 막혀버리고 말았다. 곧바로 어머니가 왜 우리를 떠나보냈는지 알 것 같았다. 그녀는 아이들을 데리고 있기에는 너무나 아름다웠다. 나는 이제껏 '어머니'라고 부르는 그녀보다 아름다운 여자를 본 적이 없었다. 베일리는 베일리대로 그 즉시 그리고 영원히 어머니를 사랑하게 됐다. 베일리 눈이 어머니 눈처럼 빛나는 것이 보였다. 베일리는 그 외로움을, 우리가 '버림받은 아이들'이었기 때문에 함께 울던 그 밤들을 깡그리 잊고 있었다. 베일리는 따뜻한 어머니 곁을 한 번도 떠난 적이 없었고, 나와 함께 얼음같이 차가운 고독의 바람을 나누지도 않은 터였다. 그녀는 베일리의 '사랑하는 어머니'였고, 나는 그의 태도를 체념하고 받아들일 수밖에 없었다. 그들 두 사람은 어머니와 나, 심지어 베일리와 나보다 더 많이 닮았다. 그들은 둘 다 아름다운 외모와 성격을 지녔다. 내가 예상한 그대로였다.

우리 아버지는 며칠 뒤에 세인트루이스를 떠나 캘리포니아로 돌아갔다. 나는 기쁘지도 섭섭하지도 않았다. 아버지는 처음부터 낯선 이방인이었고, 아버지가 우리를 낯선 이방인에게 맡긴다고 해도 마찬가지였다.

10

외할머니 백스터 부인은 흑인 피가 4분의 1이나 8분의 1 섞인 여자로 어찌 됐든 거의 백인과 다름없었다. 외할머니는 일리노이주 케이로*의 독일 가정에서 자라나 20세기 초엽에 간호

---

*   일리노이주 남쪽 소도시

공부를 하러 세인트루이스에 왔다. 그리고 호머 C. 필립스 병원에서 일할 때 외할아버지 백스터 씨를 만나 결혼했다. 외할머니는 (막연하게나마 '흑인'이라고 부를 만한 특징이 없는) 백인 같은 여자였고, 외할아버지는 흑인이었다. 외할머니는 돌아가실 때까지 목구멍에서 말을 내뱉는 독일식 억양으로 말했다. 반면에 외할아버지는 딱딱 끊어서 말을 내뱉는 서인도 제도 말투를 사용했다.

두 분의 결혼 생활은 행복했다. 외할아버지는 가문의 큰 자랑거리가 된 유명한 말을 한마디 남겼다.

"아무렴, 나는 내 아내와 내 자식들과 내 개를 위해 살고 있지."

외할아버지는 이 진술과 모순되는 증거와 부딪치더라도 가족의 말을 따름으로써 그 진술이 맞다는 걸 입증하려고 무척이나 노력했다.

1930년대 중반 세인트루이스 흑인 지역에서는 금광 열풍이 일어난 도시에서 볼 수 있는 온갖 세련된 술수가 판을 쳤다. 밀주, 도박 그리고 그와 관련된 갖가지 일이 너무나 버젓이 벌어져서 때론 그러한 일들이 법에 어긋나는 행위라고 믿기 어려울 정도였다. 학교 친구들은 새로 이사 온 베일리와 내가 지나갈 때면 길모퉁이 여기저기에 서 있는 남자들이 어떤 사람들인지 귀띔해줬다. 나는 그 이름들('돌주먹 지미', '쌍권총', '친절남', '노름꾼 피트')이 서부 개척 시대 책에서 따온 게 틀림없다고 생각했다. 내 추측이 맞다는 걸 증명이라도 하듯 그들은 말에서 떨어진 카우보이처럼 술집 앞을 어슬렁거리며 돌아다녔다.

우리는 사소한 길거리 범죄자들, 도박꾼들, 복권 사기꾼들, 밀주업자들을 시끌벅적한 바깥 거리뿐 아니라 잘 정돈된 우리 집 거실에서도 만났다. 이 대도시에 처음 도착했을 때 그랬던 것처럼 우리가 학교에서 돌아오면 그들은 가끔 모자를 벗어 두 손에 쥐고 앉아 있었다. 그 사람들은 조용히 앉아서 외할머니 백스터 부인을 기다리고 있었다.

외할머니의 하얀 피부며, 할머니가 코에서 벗겨내 드레스에 핀으로 고정한 안경줄에 극적으로 늘어뜨린 코안경은 보는 사람들이 상당한 경탄을 자아내게 했다. 더구나 여섯 명이나 되는 악명 높은 자식들이며, 지방선거구 대표라는 사실이 외할머니에게 막강한 권세와 함께 가장 질이 나쁜 악당까지도 겁내지 않고 다룰 수 있는 힘을 줬다. 외할머니는 또한 경찰서에 영향력을 행사했기에 번지르르하게 빼입고 얼굴에는 흉터가 있는 남자들이 마치 교회에 참석한 것처럼 예의 바르게 앉아서 그녀에게 청탁하려고 기다렸다. 그들은 외할머니가 자기네 도박장이 경찰의 단속을 피하도록 해주거나 감방에 있는 친구의 보석금 액수가 내려갈 수 있도록 청탁해줄 경우 그 보답으로 무엇을 해야 할지 잘 알고 있었다. 선거철이 되면 그들은 이웃 사람들에게서 표를 몰아와야 했다. 외할머니는 대개 그들에게 자비를 베풀었고, 그들은 언제나 표를 몰아왔다.

세인트루이스는 또한 내게 얇게 썬 햄이며(나는 그게 고급 음식이라고 생각했다), 콩 모양 젤리 사탕이며, 여러 가지를 섞은 땅콩이며, 샌드위치 빵에 얹은 상추며, 축음기며, 가족에 대한 충성심을 소개해줬다. 우리가 먹을 고기를 직접 건조하는 아칸소주에서는 아침 식사로 반 인치나 되는 햄을 먹었지만, 세인트루이스에서는 이상야릇한 냄새가 나는 독일 가게에서 종이처럼 얇은 햄을 구입해 샌드위치에 끼워 먹었다. 만약 외할머니가 독일 억양을 한 번도 잊은 적이 없다면, 자르지 않은 채 구입한 두껍고 검은 독일 빵에 대한 맛 또한 잊은 적이 없었다. 스탬프스에서 상추는 감자샐러드나 양배추샐러드를 만들 때 밑에 까는 야채로 사용할 뿐이었고, 땅콩도 밭에서 직접 날것으로 사다가 추운 밤에 오븐 바닥에 깔고 구워 먹었다. 그러면 구수한 냄새가 집 안 가득 퍼지곤 했으며, 어른들은 언제나 우리가 그걸 많이 먹을 거라 기대했다. 하지만 그것은 스탬프스의 관습일 뿐이었다. 세인트루이스에서 땅콩은 종이봉투로 싸서 젤리 사탕과 한데 섞어 먹었다. 그러니까 소금과 설탕을 함께 먹는 셈이었는데, 나는 그 맛이 아주 좋았다. 그 맛이야말로 그 대도시가 제공해줄 수 있는 것 중 최고였다.

투세인트 루버투어 초등학교에 입학한 우리는 무식한 선생님들과 무례한 학생들에게 놀라지 않을 수 없었다. 오직 엄청나게 큰 학교 건물만이 우리를 감동시켰을 뿐이다. 스탬프스에 있는 백인 학교도 이 학교만큼 크지 않았다.

하지만 학생들 수준은 놀랄 정도로 뒤떨어졌다. 베일리와 나는 가게에서 일을 거들었기에 수준급 산수를 했고, 스탬프

101

스에서는 달리 할 일이 없었던지라 책을 많이 읽었다. 선생님들은 시골 출신인 우리가 동급생들에게 열등감을 주곤 한다고 생각했기에(실제로 그랬다) 우리는 한 학년 상급반으로 진급했다. 베일리는 반 친구들이 무식하다는 사실을 입에 올리지 않을 수가 없었다. 점심시간이면 드넓은 회색 콘크리트 운동장에서 그는 덩치가 큰 사내아이들이 빙 둘러 서 있는 한가운데 서서 이렇게 묻곤 했다.

"나폴레옹 보나파르트가 어떤 사람이었지?"

"1마일은 몇 피트지?"

그건 권투에 빗대어 말하자면 베일리식 접근전이었다.

사내아이들 중 누구라도 베일리를 주먹으로 때릴 수도 있었을 것이다. 하지만 그렇게 해봤자 그 아이들은 그다음 날에도 똑같이 그 짓을 해야 할 것이다. 베일리는 싸움이란 공명정대해야 한다는 주장을 한 번도 옹호한 적이 없다. 그는 나에게 일단 싸움이 붙으면 "즉시 상대방 불알을 공격하라"고 가르쳐주었다.

"여자애하고 싸울 때는 어떻게 하지?"

내가 이렇게 물으면 베일리는 아무 대답도 하지 않았다.

우리는 꼬박 1년 동안 그 학교에 다녔지만 전에 들어보지 못한 걸 들은 거라고는 "달걀 모양 타원형을 몇천 번 그리면 글씨 솜씨가 향상된다"는 말밖에는 없었다.

이곳 선생님들은 스탬프스 선생님들보다 잘난 체했으며, 비록 학생들을 회초리로 때리지는 않았지만 자로 손바닥을 때렸다. 스탬프스에 있을 때 선생님들한테 훨씬 더 친근감을 느꼈는데, 그 이유는 그들이 아칸소주 흑인 대학에서 초빙된 사람들이었기 때문이다. 읍내에는 호텔이나 아파트가 없었기 때문에 선생님들은 개인 가정에서 함께 살지 않으면 안 됐다. 여자 선생님이 손님을 데려오거나, 우편물이 하나도 오지 않거나, 밤에 방에서 혼자 울었다면, 그 주일이 끝날 때쯤에는 아이들까지도 그녀의 도덕성과 고독, 그 밖의 일반적인 결함에 대해 이러쿵저러쿵 떠들어댔다. 사생활을 침해받는 소도시에서 형식적인 체면을 유지한다는 건 거의 불가능한 일이다.

한편 세인트루이스의 선생님들은 아주 도도하게 행동하는 경향이 있었던 데다가 교육과 백인의 말투라는 높은 위치에서 학생들을 내려다보며 낮추어 말했다. 남자 선생님들은 말할 것도 없고 여자 선생님들까지도 모두 우리 아버지처럼 '어'와 '어어' 소리를 내며 말했다. 걸을 때도 두 무릎을 나란히 하고 걸었으며, 말할 때도 마치 듣는 사람이 내뿜는 더러운 공기를 들이마시면서 소리를 내뱉는 게 두려운 듯 입술을 굳게 붙이고 그 사이로 말했다.

우리는 음산한 한겨울 동안에는 벽돌로 쌓은 담장을 돌아 학교까지 걸어가면서 석탄 먼지를 들이마셔야 했다. 우리는 "네, 선생님"이니 "아니에요, 선생님"이니 하고 말하는 대신 그냥 "네" "아니에요" 하고 말하는 법을 배웠다.

집 안에서는 거의 볼 수 없는 어머니가 어쩌다 우리를 '루이'로 불러내어 그곳에서 그녀를 만날 때가 있었다. '루이'란

학교 근처 다리 끝에 있는, 시리아 출신 형제의 소유인 길고 어두컴컴한 술집이었다.

우리는 뒷문으로 들어가곤 했는데 그때마다 톱밥과 김빠진 맥주, 스팀과 삶은 고기가 풍기는 냄새 때문에 마치 좀약을 먹는 듯한 느낌이 들었다. 어머니는 내 머리를 자기 머리처럼 단발로 자르고 곱슬머리를 펴주었고, 그래서 나는 마치 머리가 벗겨진 것처럼 허전했다. 목덜미가 너무 허전해서 누가 내 뒤에서 걸어오는 것이 창피했고, 그래서 당연히 무슨 일이 일어날 거라고 기대하듯 재빨리 고개를 돌리곤 했다.

'루이'에 가면 어머니 친구들이 우리를 맞이하면서 '비비의 귀여운 아기들'이 왔다고 음료수와 삶은 새우를 갖다주었다. 우리가 나무로 된 칸막이 좌석에 앉아 있는 동안 어머니는 '시버그'*에서 나오는 음악에 맞춰 우리 앞에서 혼자서 춤을 추곤 했다. 나는 그럴 때의 어머니가 가장 좋았다. 어머니는 내 머리 바로 위를 떠다니는 어여쁜 연鳶과 같았다. 마음만 먹으면 화장실에 가고 싶다고 하든지 베일리와 다투기 시작하든지 해서 그 연을 내게로 당겨올 수도 있었지만, 나는 그 어느 쪽도 하지 않았다. 그 어떤 힘 때문인지 나는 어머니에게 고분고분할 수밖에 없었다.

어머니가 베일리와 나도 거의 내용을 아는 우울한 블루스 곡을 부를 때면 시리아 형제는 그녀의 주의를 끌려고 서로 경

---

* 시버그Seebug사에서 만든 주크박스

쟁했다. 심지어 다른 손님들과 이야기하면서도 그들은 어머니를 쳐다보았다. 나는 그들 역시 온몸으로 말하는, 세상 누구보다도 더 큰 소리로 손가락을 튕기는 이 아름다운 여성에게 매료되었음을 알아차렸다.

우리는 '루이'에서 타임스텝*을 배웠다. 미국 흑인 춤의 대부분은 바로 이 기본 스텝에서 발전되어 나왔다. 타임스텝은 일련의 탭과 점프, 정지 동작으로 되어 있었고, 주의 깊게 귀를 기울이고, 느끼고, 조화를 이루는 것이 무엇보다도 중요했다. 우리는 숨이 막힐 것 같은 술집 공기 속에서 어머니의 친구들 앞에 불려 나가 우리 실력을 선보였다. 베일리는 쉽게 춤을 익혔고 언제나 나보다 춤을 잘 추었다. 하지만 나도 열심히 배웠다. 나는 구구단을 외울 때와 똑같은 각오로 타임스텝을 열심히 배웠다. 윌리 삼촌도, 배가 불룩한 이글거리는 난로도 없었지만 그곳에는 어머니와 그녀의 친구들이 있었고, 나에게 그들은 똑같은 의미를 지녔다. 우리는 박수갈채를 받았고 음료수와 새우를 더 많이 얻어먹었다. 하지만 내가 진짜로 즐겁고도 자유롭게 춤을 추게 된 것은 그로부터 몇 년의 세월이 흐른 뒤였다.

어머니의 남자 형제들인 투티와 톰, 아이러 외삼촌은 세인트루이스에서 모르는 사람이 없을 정도로 잘 알려진 사람들이었다. 그들 모두 시내에 일자리를 갖고 있었는데 지금 생각

---

* 탭댄스에서 가장 기본이 되는 동작

하면 흑인 남자들로서는 보기 드문 일이었다. 그들은 직업과 가족 때문에 서로 떨어져 지냈지만 모두가 무자비할 만큼 난폭하기로 악명이 높았다. 외할아버지는 외삼촌들에게 이렇게 말했다고 한다.

"도둑질하거나 바보짓을 하다 감옥에 들어가면 그곳에서 그대로 썩게 내버려두겠다. 하지만 싸움질하다가 붙잡혀 들어가면 집이니 뭐니 모든 걸 통째로 팔아서라도 꺼내줄 테다!"

타고난 폭탄 같은 성질에다 외할아버지의 격려까지 있었으니 외삼촌들이 그렇게 무시무시한 인간들이 된 것도 그다지 놀랄 일이 아니다. 막내인 빌리 외삼촌은 형들의 짓궂은 장난에 끼기에는 나이가 너무 어렸다. 외삼촌들이 저지른 요란스러운 장난 중 하나는 이제 가족의 자랑스러운 전설이 됐다.

모두 슬슬 피할 정도로 악명 높고 몸집이 큰 팻 패터슨이라는 사내가 어느 날 밤 혼자 외출한 우리 어머니에게 욕을 퍼붓는 실수를 저지르고 말았다. 어머니는 그 사건을 외삼촌들에게 말했다. 그러자 외삼촌들은 자기 부하들에게 길거리를 샅샅이 뒤져 패터슨을 찾고 찾으면 즉시 전화로 알리라고 지시했다.

그날 오후 내내 전화 연락을 기다리는 동안 거실은 담배 연기와 계획을 짜느라 중얼거리는 소리로 가득 찼다. 이따금 외할아버지가 부엌에서 나와서 이렇게 말하고는 다시 들어가 외할머니와 함께 커피를 마셨다.

"그렇다고 그자를 죽이지는 마라. 명심하거라. 죽이지는 말란 말이다.”

　외삼촌들은 패터슨이 작은 테이블에 앉아 술을 마시고 있는 술집으로 들어갔다. 토미 삼촌은 문가를 지키고 서 있고 투티 삼촌은 화장실 문을 막아서고, 맏형이자 모두의 우상이나 다름없던 아이러 삼촌은 패터슨한테로 걸어갔다. 그들 모두는 분명 총을 가지고 있었다.

　아이러 삼촌이 우리 어머니에게 말했다.

　“이자가 여기 있어, 비비. 이곳에 검둥이 패터슨 놈이 있다고. 그러니 이리 와서 이놈 손 좀 봐줘라.”

　어머니는 경찰 곤봉으로 그의 머리를 내리쳐서 거의 반쯤 죽여놓았다. 그런데 이 일에 대해 경찰 조사도 사회적 질책도 일절 없었다.

　결국 외삼촌들의 거친 기질을 조장한 것은 외할아버지였고, 경찰에 연줄이 닿아 있는 사람은 백인에 가까운 외할머니가 아니었던가!

　지금 와서야 인정하지만 나는 외삼촌들의 난폭함에 짜릿한 흥분을 느꼈다. 그들은 백인이나 흑인 가릴 것 없이 가차 없이 두들겨 팼으며, 형제들끼리 사이가 너무 좋아서 밖에서 따로 친구들을 사귈 필요가 없었다. 형제 중에서 우리 어머니만이 유일하게 따뜻하고 사교적인 성품의 소유자였다. 우리가 그곳에 머무는 동안 외할아버지는 내내 자리에 누워 지냈고, 외삼촌들은 틈이 날 때마다 찾아와서 외할아버지에게 농담과 잡담으로 애정을 표시하며 시간을 보냈다.

무뚝뚝하고 말할 때는 외할아버지처럼 말을 입속에서 질근질근 씹는 것 같은 토미 삼촌을 나는 가장 좋아했다. 그는 그냥 보통 문장을 줄줄이 이어 말하는 바람에 가장 저속한 욕설이나 우스운 시 같은 소리로 들렸다. 타고난 코미디언인 토미 삼촌은 자신의 우스갯소리 뒤에 웃음이 터져 나올 줄 알면서도 절대 웃을 시간을 주며 기다리는 법이 없었다. 그는 절대 잔인하지는 않았다. 다만 몹시 난폭할 뿐이었다.

우리가 집 옆에서 핸드볼을 하고 있을 때 토미 삼촌이 일을 마치고 모퉁이를 돌아왔다. 삼촌은 처음엔 우리를 못 본 체하다가 어느 순간 고양이같이 민첩하게 공을 잡더니 말했다.

"뒤쪽에 신경을 쓰라고. 그러면 내 편에 넣어주지."

그래서 우리 아이들이 그의 주위에 빙 둘러섰지만 그는 계단에 도착해서야 비로소 와인드업 자세를 하고 공을 가로등 너머 하늘 위쪽 별을 향해 던져버렸다.

토미 삼촌은 가끔 나에게 이렇게 말하곤 했다.

"리티, 예쁘게 생기지 않았다고 걱정하지 마라. 나는 예쁜 여자들이 시궁창을 파거나 그보다도 못한 일을 하는 걸 자주 봤단다. 너는 똑똑해. 하느님께 맹세코 말하지만, 난 네가 예쁜 엉덩이보다는 차라리 착한 마음씨를 가졌으면 한다."

외삼촌들은 가끔 백스터 집안의 결속력에 대해 자랑을 늘어놓곤 했다. 토미 삼촌은 심지어 아이들까지도 아직 무엇을 배우기도 전 어린 나이에 벌써 그 결속력을 느낀다고 말했다. 그러고는 기억을 더듬어 베일리가 세 살도 되기 전에 나에게 걷는 법을 가르친 이야기를 했다. 내가 기우뚱기우뚱 걷는 것을 못마땅하게 여기고 베일리가 이렇게 말했다고 한다.

"얘는 내 동생이란 말이야. 내가 걷는 걸 가르쳐야 해."

외삼촌들은 또한 내가 어떻게 '마이My'라는 이름을 갖게 됐는지도 이야기했다. 베일리 오빠는 내가 자기 동생이라는 것을 확실하게 알게 된 뒤부터 나를 '마거릿'이라고 부르지 않고 매번 '마이어Mya 시스터'라고 불렀다. 그런데 뒷날 발음을 정확하게 할 수 있게 되어 줄여서 말하려다 보니 그냥 '마이'라고 불렀고, 다듬어져 마침내 '마야Maya'가 됐다고 했다.

우리는 어머니가 우리를 자기 집으로 데려가기 전까지 반 년 동안 캐롤라인가街에 있는 커다란 집에서 외할아버지, 외할머니와 함께 살았다. 가족의 중심이 되는 집을 떠난다는 것이 내게는 정말로 아무런 의미도 없었다. 그것은 우리 삶의 커다란 디자인에 들어 있는 한낱 작은 무늬에 지나지 않았다. 만약 다른 아이들이 우리처럼 그렇게 자주 옮겨 다니지 않는다면, 그것은 유독 우리 삶이 세상의 다른 사람들과 다른 운명으로 정해져 있음을 보여줄 따름이었다. 새로 이사한 집은 어머니와 함께 산다는 것만 빼면 다른 집보다 더 낯설지 않았다.

베일리는 어머니를 '마더 디어Mother Dear'라고 부르기를 고집하다가 어머니와 가까워지자 그 딱딱한 표현이 차츰 부드러워져서 '머 디어Muh Dear'로 바뀌더니 마침내는 '므디M'Deah'로 바뀌었다. 나는 어머니의 존재를 좀처럼 실감할 수 없었다. 어머니는 어찌나 예쁘고 생기에 가득 차 있는지 잠에서 막 깨어났을 때도 아직도 두 눈에 잠이 가득하고 머리카락이 헝클어져 있어 꼭 성모마리아처럼 보였다. 하지만 어떤 어머니와 딸이 서로를 이해할 수 있을까? 아니, 심지어 서로 이해하지 못한다는 사실에 동정심이라도 느낄까?

어머니는 우리를 위한 집을 준비했고 우리는 감사하는 마음으로 그곳으로 이사를 갔다. 우리 각자에겐 시트가 두 장씩 깔린 침대가 있는 방에다 충분한 먹을 것과 가게에서 산 옷들도 있었다. 그런데 결국 어머니는 우리에게 그 모든 걸 해줄 필요가 없었다. 우리가 어머니의 신경에 거슬리거나 말을 듣지 않으면 언제든지 우리를 스탬프스로 돌려보내면 그만이었다. 감사하는 마음과 함께 아무도 입 밖에 내지는 않았지만 마마에게 다시 돌려보낼 수도 있다는 무언의 협박이 지닌 무게에 짓눌려 나의 어린애다운 정신은 점점 무감각해졌다. 그리하여 나에게는 '노부인'이라는 별명이 붙었고, 움직이고 말하는 모습이 꼭 한겨울에 흘러나오는 엿기름 같다고 야단을 맞았다.

어머니의 남자 친구인 프리먼 아저씨가 우리와 함께 살거나, 아니면 우리가 그와 함께 살았다. (나는 과연 어느 쪽이 맞는지 분명히 알 수 없었다.) 프리먼 아저씨도 남부 사람으로 몸집이 컸다. 하지만 좀 맥이 없어 보였다. 그가 속옷 바람으로 집 안을 돌아다닐 때마다 나는 그의 젖꼭지를 보고 당황하곤 했다. 젖꼭지가 납작한 유방처럼 가슴에 달려 있었기 때문이다.

비록 어머니가 그렇게 예쁘고 피부가 희고 머리카락이 곧지 않다고 해도 프리먼 아저씨가 어머니를 얻은 건 행운이었고, 아저씨도 그 사실을 잘 알고 있었다. 어머니는 명문 집안 출신인 데다 교육받은 여자였다. 더구나 어머니는 세인트루이스에서 태어나지 않았던가? 어머니는 성격도 명랑했다. 그녀는 언제나 웃고 농담도 잘했다. 프리먼 아저씨는 어머니를 고맙게 생각했다. 내 생각에는 아저씨가 어머니보다 몇 살은 나이가 더 많을 것 같았다. 설령 그렇지 않다고 하더라도 그에게는 자기보다 젊은 여자와 결혼한 늙은 남자의 나태한 열등감 같은 것이 있었다. 아저씨는 어머니의 동작을 하나하나 지켜보았고, 그의 눈길은 어머니가 방을 나갈 때에야 비로소 마지못해 어머니를 놓아주었다.

11

나는 세인트루이스가 외국의 어느 나라라고 생각하기로 했다. '쏴' 하고 물이 빠지는 수세식 화장실 소리며, 포장한 음식이며, 초인종 소리며, 또 벽을 통해 울리고 문틈으로 새어 들어오는 자동차와 기차와 버스 소음에 나는 결코 익숙해질 수가 없었다. 내 생각에는 내가 세인트루이스에 머문 게 단 몇 주밖에 되지 않는 것 같았다. 내가 도착한 곳이 내 집이 아니라는 사실을 깨닫는 순간, 나는 재빨리 거기서 몰래 빠져나와 모든 현실이 꿈이고 그마저도 날마다 바뀌는 로빈 후드의 숲이나 만화

주인공 앨리 웁*의 동굴로 갔다. 물론 스탬프스에서 사용하던 것과 똑같은 방패를 그대로 가지고 갔다. 즉 "머물려고 찾아오지 않았는데" 하는 구절 말이다.

비록 어머니 자신이 아닌 다른 사람이 우리를 보살피도록 했지만 어머니는 수완 좋게 이것저것 우리에게 먹을 것, 입을 것을 마련해주었다. 어머니는 간호사였지만 우리와 함께 사는 동안 한 번도 간호사 일을 한 적이 없었다. 프리먼 아저씨가 생필품을 사들였고, 어머니는 도박장에서 포커 게임 딜러로 부수입을 올렸다. 어머니는 아침 8시부터 오후 5시까지 꼬박 일을 하는 일상 세계에는 도무지 매력을 느끼지 못했다. 내가 간호사 제복을 입은 어머니의 모습을 처음 본 건 그로부터 20년이 지난 뒤였다.

프리먼 아저씨는 '남태평양 철도회사' 조차장操車場 인부들의 우두머리였다. 어떨 때는 어머니가 외출한 뒤에 늦게야 집에 돌아왔는데 그런 날이면 그는 어머니가 조심스럽게 덮어두면서 우리더러 손대지 말라고 주의를 주고 간 저녁을 스토브에서 꺼냈다. 그러고는 베일리와 내가 제각기 스트리트 앤드 스미스**에서 나온 싸구려 잡지를 정신없이 읽는 동안 부엌에서 조용히 저녁을 먹었다. 마음대로 쓸 수 있는 돈이 있었던 우

---

*   1932년부터 빈센트 T. 햄린이 신문에 연재하기 시작한, 공룡을 타고 다니는 캐릭터

**   19세기 말 뉴욕시에 설립된 출판사로 싸구려 소설과 잡지로 인기를 끌었다.

리는 야한 그림이 들어 있는 문고판 잡지를 사서 봤다.

어머니가 집에서 나가고 없을 때는 일종의 명예 제도에 따라 스스로 알아서 할 일을 하도록 돼 있었다. 우리는 숙제를 마치고 저녁을 먹고 접시를 닦은 뒤 책을 읽거나 라디오에서 〈외로운 방랑자〉, 〈범죄 소탕 보안관〉, 〈그림자〉 같은 프로그램을 들었다.

프리먼 아저씨는 커다란 갈색곰처럼 우아하게 집 안을 돌아다녔고 우리에게 좀처럼 말을 거는 일이 없었다. 그는 오직 어머니가 집에 돌아오기만을 기다리면서 그녀를 기다리는 일에만 열중했다. 신문을 읽는 법도 없었고, 라디오 소리에 발장단을 맞추는 법도 없었다. 아저씨는 그냥 기다리기만 했다. 그뿐이었다.

우리가 잠을 자러 가기 전에 어머니가 돌아오기라도 하면 프리먼 아저씨는 생기를 되찾았다. 아저씨는 마치 잠에서 깨어나는 사람처럼 웃으며 커다란 의자에서 몸을 일으키곤 했다. 그럴 때면 '쾅' 하고 자동차 문을 닫는 소리가 났고, 곧이어 몇 초 후면 어머니의 발소리가 콘크리트 바닥을 울렸다. 문에서 어머니의 열쇠가 달그락거리는 동안 프리먼 아저씨는 벌써 "헤이, 비비, 재밌었어?" 하고 습관적인 질문을 하곤 했다.

어머니가 아저씨에게 달려가 살짝 입맞춤하는 동안 그가 던진 질문은 허공을 맴돌았다. 그러고 나서 어머니는 베일리와 나에게로 몸을 돌려 립스틱을 바른 입술을 갖다 댔다.

"아직도 숙제를 못 끝낸 거야?"

숙제를 다 하고 그냥 책을 읽는 거라고 하면 어머니는 이렇게 말했다.

"좋아, 그럼 이제 기도하고 자거라."

우리가 숙제를 끝내기 전이라면 이렇게 말했다.

"그럼 너희 방에 들어가서 숙제를 마치도록 해. ……그러고 나서 기도하고 자거라."

프리먼 아저씨의 웃음은 더 커지는 법도 없이 언제나 똑같은 수준에 머물렀다. 이따금 어머니가 그에게 가서 그의 무릎에 앉을 때면 그의 얼굴에 떠오르는 너털웃음이 영원히 그곳에 머무를 것처럼 보였다.

우리 방에 있으면 술잔을 맞부딪치고 라디오 볼륨이 커지는 소리가 들렸다. 아저씨는 춤을 출 줄 몰랐으니 어머니 기분이 좋은 밤이면 그를 위해 춤을 추는 것이 틀림없다고 생각했다. 하지만 나는 잠들기 전에 가끔 댄스 리듬에 맞춰 발을 끄는 소리를 듣곤 했다.

나는 프리먼 아저씨가 참 안됐다고 생각했다. 아칸소주의 우리 집 뒷마당 돼지우리에서 태어난 힘없는 돼지 새끼만큼이나 그가 불쌍하다고 생각했다. 우리는 그 돼지 새끼들을 1년 내내 살찌워서 첫서리가 내리면 잡았다. 나는 조그마하고 귀여운 것들이 불쌍해서 가슴 아파하면서도 그 돼지들이 죽어야만 싱싱한 소시지와 헤드치즈*를 먹을 수 있다는 사실을 잘 알

---

*   돼지머리나 발을 고아 치즈 모양으로 만든 식품

고 있었다.

책에서 읽은 섬뜩한 이야기들, 우리의 생생한 상상력과 어쩌면 짧지만 어수선하던 우리 삶의 기억들로 베일리와 나는 괴로워했다. 베일리는 육체적으로, 나는 정신적으로……. 베일리는 말을 더듬거렸고, 나는 무서운 악몽에 시달리며 식은 땀을 흘렸다. 베일리는 말을 천천히 처음부터 다시 하라고 끊임없이 주의를 받았다. 내가 특히 심하게 악몽에 시달리는 밤이면 어머니가 나를 자기 방에 데리고 갔고 나는 커다란 침대에서 어머니와 프리먼 아저씨와 함께 잠을 잤다.

안정이 필요한 아이들은 쉽게 습관에 길들여진다. 어머니의 침대에서 그렇게 세 번 같이 잠을 잔 뒤부터 나는 그곳에서 잠을 자는 게 하나도 이상하다는 생각이 들지 않았다.

어느 날 아침 어머니가 일찍 할 일이 있어서 먼저 일어나 나간 뒤 나는 또다시 잠이 들었다. 그런데 내 왼쪽 다리에 압력 같은 게 느껴졌고 이상한 기분이 들어 잠에서 깼다. 그것은 손이라고 하기에는 너무 부드러웠고 그렇다고 옷의 감촉도 아니었다. 그것이 무엇이든 마마와 같이 자던 시절에는 한 번도 경험한 적이 없는 느낌이었다. 그것은 움직이지 않았고 나는 너무 놀라서 꼼짝도 할 수가 없었다. 나는 고개를 왼쪽으로 약간 돌려서 프리먼 아저씨가 일어나 나갔는지 보려고 했는데, 그는 두 눈을 뜬 채 두 손을 모두 이불에 올리고 있었다. 마치 내가 언제나 알고 있었던 듯이 나는 갑자기 내 다리 위에 있는 것이 그의 '물건'이라는 사실을 깨달았다.

프리먼 아저씨가 이렇게 말했다.

"그 자리에 그냥 가만히 있거라, 리티. 아프게 하진 않을 테니까."

나는 겁이 나지는 않았지만 조금 걱정이 되기는 했다. 물론 나는 많은 사람이 '그 짓'을 하고 그런 행동을 하려면 그들의 '물건'을 사용한다는 사실을 알았지만, 내가 아는 사람 중에는 누구에게도 '그 짓'을 한 사람이 없었다. 프리먼 아저씨는 나를 자기 쪽으로 잡아당기더니 손을 내 다리 사이에 넣었다. 그는 나를 아프게 하지 않았지만 나는 마마가 귀에 못이 박히도록 하던 말을 생각했다.

"언제나 다리를 오므리고 있거라. 아무에게도 네 돈지갑*을 보여줘선 안 돼."

"이봐, 아프게 하지 않았지. 그러니 겁내지 마."

아저씨가 담요를 젖히자 그의 '물건'이 갈색 옥수수처럼 일어났다. 그가 내 손을 잡으며 말했다.

"한번 만져봐."

그것은 금방 잡은 닭의 내장처럼 흐늘흐늘했고 꿈틀거렸다. 그때 아저씨가 왼팔로 나를 끌어당겨 자기 가슴에 올렸다. 그의 오른손이 너무나 빠르게 쉴 새 없이 움직이고 그의 심장이 너무 심하게 뛰는 바람에 나는 이러다가 그가 죽는 게 아닌지 걱정됐다. 귀신 이야기를 보면 죽은 사람들은 붙들고 있는

---

*   여성 성기를 가리키는 미국 남부 속어

게 무엇이든 절대로 놔주지 않는다고 했다. 만약 프리먼 아저씨가 나를 이렇게 붙든 채로 죽어버리면 어떻게 벗어날 수 있을까? 사람들은 나를 떼어내려고 그 사람의 팔을 잘라내야 하지 않을까?

마침내 프리먼 아저씨가 조용해졌고, 그러고 나서 기분 좋은 순간이 왔다. 그 사람이 나를 너무나 부드럽게 안아주었기 때문에 나는 그가 그대로 영원히 나를 놓지 말았으면 하고 바랐다. 나는 편안한 기분이 들었다. 나를 안고 있는 태도로 보아 그는 절대로 나를 놓거나 내게 나쁜 일이 일어나도록 그냥 놔두지 않을 것 같았다. 어쩌면 이 사람이 진짜 내 아버지고 우리가 마침내 서로를 찾은 것인지도 모른다. 하지만 그때 아저씨는 몸을 굴리더니 축축한 자리에 나를 남겨두고 일어났다.

"너한테 해줄 말이 있어, 리티."

프리먼 아저씨는 발목까지 내려온 팬티를 벗어 던지더니 욕실로 들어갔다.

침대가 젖어 있는 것은 사실이었지만 나는 내가 사고를 친 게 아니라는 걸 잘 알았다. 어쩌면 나를 붙들고 있는 동안 프리먼 씨가 사고를 쳤는지도 모른다. 그는 물 한 컵을 들고 들어와 시큰둥한 목소리로 나에게 말했다.

"자리에서 일어나거라. 네가 침대에 오줌을 쌌어."

그러고 나서 아저씨는 젖은 자리에다 물을 부었다. 그러고 보니 정말로 내가 사고를 친 여러 날의 아침에 봤던 내 침대처럼 보였다.

엄격한 남부 지방에서 살아오면서 나는 언제 어른들 앞에서 입을 다물어야 한다는 것쯤은 터득했지만, 그래도 나는 아저씨가 왜 그렇게 믿는 것도 아니면서 내가 오줌을 쌌다고 말하는지 물어보고 싶었다. 하지만 만약 그가 나를 돼먹지 못한 아이라고 생각한다면 다시는 나를 안아주지 않을 게 아닌가? 또한 자기가 내 아버지라는 사실도 인정하지 않으려 할 게 아닌가? 내가 아저씨를 면목 없게 만들었으니 말이다.

"리티, 너 베일리를 사랑하지?"

프리먼 아저씨가 침대에 앉아 있었고 나는 희망을 품고 그의 곁으로 가까이 다가갔다.

"네, 사랑해요."

아저씨는 몸을 구부려 양말을 치켜올리고 있었는데 등이 어찌나 크고 다정해 보이는지 그 위에 머리를 기대고 싶었다.

"만약 오늘 우리가 한 일을 누구한테라도 얘기하면 베일리를 죽여버릴 거야."

우리가 과연 무슨 일을 했단 말인가? 또한 지금 '우리'라고 했던가? 분명히 아저씨는 내가 침대에 오줌을 싼 것을 두고 말하는 게 아니었다. 무슨 말인지 이해할 수 없었지만 그렇다고 감히 물어볼 수도 없었다. 그건 그 사람이 나를 안았던 것과 무슨 관련이 있었다. 하지만 나는 베일리에게도 물어볼 수 없었다. 그렇게 되면 우리가 무엇을 했는지 모두 말할 수밖에 없기 때문이다. 아저씨가 베일리를 죽일지도 모른다는 생각에 그만 정신이 아찔해졌다. 아저씨가 방에서 나간 뒤 어머니에게 내가 침대에 오줌을 싼 것이 아니라고 말할까 생각하기도 했지만, 그렇게 되면 어머니가 무슨 일이 있었냐고 물어볼 것이다. 그러면 나는 프리먼 아저씨가 나를 안았던 일을 말해야 하는데 그럴 수는 없는 노릇이었다.

그건 옛날부터 내가 자주 맞닥뜨렸던 이러지도 저러지도 못해서 곤경에 빠진 경우와 똑같았다. 나는 언제나 그런 곤경을 겪으며 살아왔다. 어른들의 동기와 행동을 도저히 이해할 수 없었고, 또한 어른들도 나를 이해하려고 한 번도 노력해본 적이 없었다. 내가 프리먼 아저씨를 싫어한다는 데는 추호도 의심의 여지가 없었다. 다만 나는 그를 도저히 이해할 수 없었을 뿐이다.

그 후로 몇 주 동안 아저씨는 내 쪽을 쳐다보는 법도 없이 무뚝뚝하게 던지는 "안녕" 하는 인사 말고는 아무 말도 건네지 않았다.

그게 내가 베일리에게 말하지 않은 첫 번째 비밀이었다. 때때로 베일리가 내 얼굴에서 그 비밀을 읽어낼 수 있을지도 모른다는 생각이 들었지만 아무것도 눈치채지 못했다.

나는 프리먼 아저씨와 그의 큼직한 두 팔이 그리워졌다. 옛날에는 베일리, 먹을 것, 마마, 가게, 읽을 책들, 윌리 삼촌이 내 세계의 전부였다. 그런데 이제는 태어나서 처음으로 신체적 접촉도 그 세계에 포함됐다.

나는 프리먼 아저씨가 조차장에서 돌아오기를 기다리기 시작했다. 하지만 그는 집에 돌아와도 나를 본 척 만 척했다.

그리운 감정을 가득 실어 "안녕히 다녀오셨어요, 프리먼 씨?" 하고 인사를 했는데도 말이다.

어느 날 저녁 도저히 아무 일에도 집중할 수가 없었던 나는 아저씨한테 가서 재빨리 그의 무릎에 앉았다. 그는 또다시 어머니를 기다렸다. 〈그림자〉라는 라디오 방송에 정신을 빼앗긴 베일리는 나 따윈 안중에도 없었다. 프리먼 아저씨는 처음에 나를 안거나 하지 않고 그냥 가만히 앉아 있었다. 그러다가 내 허벅지 밑에서 부드러운 덩어리가 움직이는 것이 느껴졌다. 그것은 씰룩씰룩 움직이더니 차츰 딱딱해졌다. 그때 아저씨가 나를 자기 가슴 쪽으로 잡아당겼다. 그에게서는 석탄 먼지와 기름 냄새가 났다. 그가 너무 가까이 있었기에 나는 얼굴을 그의 셔츠에 파묻고 그의 심장이 고동치는 소리를 들었다. 그런데 그의 심장이 오직 나만을 위해서 뛰었다. 오직 나만이 그 쿵쿵거리는 소리를 들었고, 오직 나만이 내 얼굴로 그 박동을 느꼈다. 그때 아저씨가 말했다.

"꼼지락거리지 말고 가만히 앉아 있거라."

하지만 아저씨는 처음부터 끝까지 나를 자기 무릎에 올려놓고 이리저리 밀었다. 그러다가 갑자기 그가 일어서는 바람에 나는 그만 미끄러져서 바닥에 떨어졌다. 아저씨는 그대로 욕실로 달려갔다.

몇 달 동안 아저씨는 또다시 나에게 아무 말도 걸지 않았다. 나는 상처받았고 전보다 더 큰 외로움을 느꼈다. 하지만 결국 나는 아저씨를 잊어버렸고, 심지어 그가 나를 소중하게 안

아준 기억마저 깜박거리던 어린 시절 너머 어둠 속으로 녹아 들어가버렸다.

─────────

나는 어느 때보다 책을 많이 읽었고 마음속으로 사내아이로 태어났으면 좋았으리라 생각했다. 호레이쇼 앨저*는 이 세상에서 가장 위대한 작가였다. 그가 만들어낸 주인공들은 언제나 마음씨가 착했고 언제나 싸움에서 이겼으며 언제나 사내다웠다. 처음 두 가지 덕목은 이룰 수 있겠지만 사내아이가 된다는 건 불가능한 일은 아닐지라도 어려운 일이 틀림없다.

신문의 일요 연재 만화는 나에게 많은 영향을 줬다. 끝에 가서 언제나 승리하는 힘센 주인공들을 존경하면서도 막상 나는 '타이니 팀'이라는 난쟁이 주인공이 된 듯한 기분이었다. 신문을 들고 화장실에 들어가곤 했는데 신문을 이리저리 뒤적거리면서 필요 없는 지면들을 골라내고 이번에는 타이니 팀이 어떻게 새로운 적을 물리치는지 알아내는 게 꽤 까다로운 일이었다. 매주 일요일 나는 타이니 팀이 악당의 손아귀에서 빠져나와 질 것 같은 싸움마다 다시 전처럼 멋지게 승리를 거두는 것을 보고 안도감을 느끼며 눈물을 흘렸다. 어른들을 골탕

---

*　130편이 넘는 대중소설을 쓴 미국 소설가로, 주로 가난한 주인공이 물질적 성공을 거두는 내용을 썼다.

먹이는 《소동을 일으키는 아이들》* 도 재밌었다. 하지만 그 아이들은 좀 건방져 보여서 내 취향에는 맞지 않았다.

세인트루이스에 봄이 찾아왔을 때 나는 첫 번째 도서 대출증을 발급받았다. 그때 베일리와 나는 사이가 점점 멀어졌기 때문에 나는 대부분의 토요일을 (누구의 방해도 받지 않고) 도서관에서 보냈다. 동전 한 닢 없는 구두닦이 소년들이 착한 마음씨와 인내심으로 결국 엄청난 부자가 되어 명절이 되면 가난한 사람들에게 선물을 한 아름씩 나누어주는 세계에서 호흡하며 지냈던 거다. 하녀로 오인당한 소공녀, 부랑자로 오해받은 집 잃은 아이들이 나에게는 우리 집과 우리 어머니, 우리 학교, 또는 프리먼 아저씨보다 더욱 현실적으로 느껴졌다.

그 몇 달 동안 우리는 외할아버지와 외할머니 그리고 외삼촌들을 만났다. (하나밖에 없는 이모는 행운을 붙잡으려고 캘리포니아로 떠나갔다.) 하지만 그들은 만날 때마다 나에게 "그동안 말 잘 듣고 있었지?" 하고 똑같은 질문을 던졌고, 대답은 언제나 마찬가지였다. 심지어 베일리조차도 감히 "아뇨" 하고 대답하지 못했다.

---

* 1897년에 루돌프 덕스가 그린, 미국에서 유일하게 3세기에 걸쳐 출간된 만화

12

어느 늦은 봄 토요일 할 일(스탬프스에서 하던 일 같은 건 절대 아니었다)을 마치고 난 뒤 베일리는 야구하러, 나는 도서관에 가려고 막 집을 나서려는 참이었다. 베일리가 먼저 아래층으로 내려가자 프리먼 아저씨가 나를 불러 세웠다.

"리티, 가서 우유 좀 사오거라."

우유는 보통 어머니가 집에 들어올 때 사가지고왔다. 그런데 그날 아침 베일리와 거실을 정리하다 보니 어머니 침실 문이 열려 있었고, 그래서 어머니가 간밤에 돌아오지 않았다는 걸 알았다.

프리먼 아저씨가 내게 돈을 줬고 나는 서둘러 가게에 갔다가 집에 돌아왔다. 우유를 아이스박스에 넣고 돌아서서 막 앞문까지 갔는데 "리티" 하고 부르는 소리가 들렸다. 아저씨가 라디오 옆에 있는 큼직한 의자에 앉아 있었다.

"리티, 이리 온."

나는 아저씨한테 가까이 다가갈 때까지는 그전에 그가 나를 안아주던 일을 미처 생각하지 못했다. 아저씨의 바지가 열려 있었고, 그의 '물건'이 팬티 사이로 저 혼자서 우뚝 솟아 있었다.

"싫어요, 아저씨."

나는 뒷걸음질을 치기 시작했다. 그 흐늘흐늘하면서도 딱딱한 걸 또다시 만지기가 싫었고, 아저씨가 나를 안아주는 것도 이제는 필요 없었다. 하지만 아저씨는 내 팔을 붙잡더니 나를 자기 다리 사이로 끌어당겼다. 그의 얼굴은 평온하고 친절해 보였지만 웃지도 눈을 깜박거리지도 않았다. 아저씨는 아무 짓도 하지 않았다. 눈을 돌려 쳐다보지도 않은 채 왼손을 뻗어 라디오를 켠 걸 빼면 아저씨는 정말로 아무 짓도 하지 않았다. 라디오에서 나오는 음악의 잡음과 공전空電 소리 사이로 아저씨가 말했다.

"자, 그렇게 아프게 하지 않을 거야. 지난번에 너 좋아했잖아, 아니니?"

사실은 아저씨가 안아주는 게 좋았다고, 그의 냄새나 쿵쿵거리던 심장박동 소리가 좋았다고 인정하고 싶지 않았기 때문에 나는 아무 말도 하지 않았다. 아저씨 얼굴은 만화 주인공 팬텀* 이 언제나 때려눕혀야 했던 비열한 원주민 인디언 중 한 사람의 얼굴처럼 바뀌었다. 아저씨의 두 다리가 내 허리를 꽉 죄었다.

"속옷을 내려라."

나는 두 가지 이유로 머뭇거렸다. 첫 번째 이유는 아저씨가 나를 너무 꽉 죄어서 움직일 수가 없었기 때문이고, 두 번째 이유는 금방이라도 어머니나 베일리 또는 만화 속 '초록 벌용사'**가 문을 박차고 들어와 나를 구해줄 것만 같았기 때문

---

*   1936년에 리 포크가 그린 만화의 주인공
**   1936년 라디오 프로그램으로 시작해 나중에 만화

이다.

"지난번에는 우리가 그냥 장난만 한 거야."

아저씨는 나를 조인 힘을 약간 늦추더니 내 반바지를 잡아채듯 내린 다음 나를 가까이 끌어당겼다. 라디오 볼륨을 더 크게, 너무 크게 높이면서 그가 말했다.

"소리를 지르면 죽여버릴 거야. 만약 네가 누구한테든 말하기만 하면 베일리를 죽여버릴 거야."

아저씨가 진심이라는 걸 알았다. 아저씨가 왜 우리 오빠를 죽이고 싶어 하는지 이해가 되지 않았다. 우리 둘 다 아저씨한테 아무 짓도 하지 않았는데 말이다. 그러고 나서 그 일이 벌어졌다.

나는 고통스러웠다. 감각마저 갈래갈래 찢기는 순간 아저씨가 내 몸을 부수고 들어왔다. 여덟 살짜리의 몸을 강간하는 행위란 낙타가 부러질 수는 없으니 결국 바늘이 부러지고 마는 꼴이었다.* 결국 어린아이가 부러지는 법이다. 몸은 부러질 수 있지만 파렴치한 짓을 저지르는 사람의 마음은 부러질 수 없기 때문이다.

나는 죽었다고 생각했다. 흰 벽에 둘러싸인 세계에서 깨어났고, 내가 지금 있는 곳이 하늘나라가 틀림없다는 생각이

로 연재되었다.

* 〈마태복음〉 19장 24절, "낙타가 바늘귀로 들어가는 것이 부자가 하느님 나라에 들어가는 것보다 쉬우니라."

들었다. 하지만 프리먼 아저씨가 그곳에 있었고 내 몸을 씻기고 있었다. 아저씨는 떨리는 손으로 나를 붙잡아 욕조 안에 똑바로 세우고 다리를 씻겼다.

"널 아프게 하려고 했던 건 아니야, 리티. 그럴 생각이 아니었다고. 하지만 아무한테도 말하지 마라. ……명심하라고. 아무한테도 절대 말해서는 안 된다는 걸."

나는 시원하고 매우 깨끗해진 듯한 느낌이 들었고 조금 피곤했다.

"네, 아저씨. 아무한테도 말하지 않을게요."

그때 몸이 마치 공중 어딘가에 붕 떠 있는 것 같은 기분이 들었다.

"많이 피곤해요. 가서 잠깐 누울래요."

나는 아저씨에게 속삭이듯 말했다. 만약 큰 소리로 말하면 아저씨가 놀라서 또 나를 아프게 할 것만 같았다. 아저씨는 내 몸에서 물기를 닦아낸 뒤 반바지를 건넸다.

"이걸 입고 도서관에 가거라. 네 엄마가 곧 돌아올 거야. 아무 일도 없었던 것처럼 행동해야 한다."

길거리를 따라 내려가면서 나는 바지 속이 축축해지는 걸 느꼈고, 밑이 제자리에서 빠져나오는 것 같았다. 도서관의 딱딱한 의자에 오래 앉아 있을 수가 없어서(그 의자들은 어린이용이었다) 베일리가 공놀이하는 공터 옆에 가봤지만 오빠는 그곳에 없었다. 잠깐 그곳에 서서 큰 사내아이들이 흙에 그려놓은 다이아몬드 주위에서 뛰어다니는 모습을 지켜보다가 집 쪽으로 발길을 돌렸다.

두 블록을 걸은 뒤 더는 못 걷겠다는 생각이 들었다. 한 발 한 발 발걸음을 세면서 금이 간 곳마다 밟고 지나가지 않고서는……. 다리 사이가 전에 슬론 오일을 너무 많이 발랐을 때보다도 더욱 화끈거렸다. 다리가 욱신거렸다. 아니, 차라리 허벅지 안쪽이 프리먼 아저씨의 심장이 고동쳤던 것과 똑같이 거세게 욱신욱신 쑤셨다고 해야 할 것이다. 절뚝절뚝…… 한 걸음…… 절뚝절뚝 한 걸음…… 금 간 곳 위를 밟고…… 절뚝절뚝…… 한 걸음. 한 번에 한 계단씩, 한 번에 한 계단씩 조심스럽게 올라갔다. 거실에는 아무도 없어서 나는 빨갛고 노란 얼룩이 진 속옷을 벗어 매트리스 밑에 감추고 곧장 침대로 들어갔다.

어머니가 방에 들어와서 말했다.

"저런, 꼬마 아가씨. 잠을 자라는 말도 하지 않았는데 침대에 누워 있는 건 처음인데. 어디 병이 났나 보구나."

병이 나지는 않았지만 명치끝이 불타는 것처럼 화끈거렸다. 어머니에게 어떻게 그 일을 말할 수 있을까? 나중에 베일리가 들어와서 무슨 일이냐고 물었다. 하지만 베일리에게도 아무런 말을 할 수가 없었다. 어머니가 식사하라고 불렀을 때 배가 고프지 않다고 하니까 어머니는 시원한 손을 내 이마와 뺨에 갖다 댔다.

"어쩌면 홍역일지도 모르겠구나. 이웃 동네에 홍역이 돈다는 말이 있던데."

어머니는 내 체온을 잰 뒤 이렇게 말했다.

"열이 약간 있구나. 아무래도 홍역에 걸린 것 같아."

프리먼 아저씨가 문간을 전부 차지하고 서서 말했다.

"그렇다면 베일리가 이 애와 함께 이곳에 있게 해선 안 되지. 아픈 아이들로 집 안이 득실거리게 하고 싶지 않다면 말야."

어머니가 어깨 너머로 대답했다.

"그 애도 나중에 걸리는 것보다는 지금 앓고 마는 게 나아요. 이번에 아주 끝내버리는 거죠."

어머니는 프리먼 아저씨를 마치 솜방망이처럼 가볍게 제치고 나가면서 말했다.

"자, 이리 온, 베일리. 찬 물수건을 갖고 와서 네 동생 얼굴을 닦아주렴."

베일리가 방에서 나가자 프리먼 아저씨가 침대로 다가왔다. 몸을 구부리자 얼굴 전체에는 나를 질식시켜버릴 것만 같은 협박의 공포가 감돌았다.

"말을 하기만 하면……."

그러고 나서 아저씨는 거의 들리지 않을 정도로 아주 조그맣게 말했다.

"말을 하기만 하면……."

나는 아저씨에게 대답할 힘도 없었다. 아저씨가 내가 아무것도 말하지 않으리라는 사실을 알아주면 좋을 텐데. 그때 마침 베일리가 수건을 가지고 들어오자 프리먼 아저씨는 방에서 나갔다.

나중에 어머니가 묽은 수프를 만들어 와서 침대 모서리에 앉아 먹여주었다. 액체가 마치 뼈다귀처럼 내 목을 타고 내려갔다. 배와 엉덩이는 차가운 쇳덩어리처럼 무거웠지만 머리는 어디론가 없어지고 그 대신 깨끗한 공기가 어깨 위에 놓여 있는 것만 같았다. 베일리는 졸려서 잠을 자러 가기 전까지 내게 《소동을 일으키는 아이들》을 읽어주었다.

그날 밤 나는 어머니와 프리먼 아저씨가 말다툼하는 소리를 듣고 계속 잠에서 깼다. 무슨 말을 하는지 들리지는 않았지만 나는 어머니가 아저씨를 화나게 해서 어머니까지 해치는 일이 없기를 진심으로 바랐다. 그 차가운 얼굴과 텅 빈 눈을 한 아저씨라면 충분히 그런 짓을 하고도 남을 것이다. 나지막한 저음에서 고음으로 발전하면서 두 사람의 목소리가 점점 더 빨라졌다. 나는 두 사람이 있는 곳으로 들어가고 싶었다. 화장실에 가는 것처럼 지나가고 싶었다. 그러면서 내 얼굴을 보여주기만 하면 싸움을 멈추지 않을까 하는 생각이 들었다. 하지만 내 다리는 움직이려고 하지 않았다. 발가락과 발목은 움직일 수 있었지만 무릎은 나무토막으로 변해버린 것 같았다.

어쩌면 내가 잠이 들었는지 모르겠지만 금방 아침이 왔고 어머니가 아름다운 모습으로 내 머리맡에 서 있었다.

"기분이 좀 어떠니, 아가야?"

"좋아요, 어머니."

나는 본능적으로 이렇게 대답하고 물었다.

"베일리는 지금 어디 있어요?"

어머니는 베일리가 아직 자고 있다고 하면서 자신은 일초도 눈을 붙이지 못했다고 했다. 내가 어떤지 보려고 밤새도록 내 방을 들락날락했다고 한다. 프리먼 아저씨가 어디에 있냐고 묻자 어머니의 얼굴은 분노가 되살아난 듯 싸늘해졌다.

"집을 나갔어. 오늘 아침에 아주 나갔어. 자, 먼저 밀로 만든 크림수프를 먹고 체온을 재보자."

이제는 어머니에게 말해도 될까? 하지만 끔찍한 통증이 나에게 그러면 안 된다고 일깨웠다. 하느님이 나를 이렇게 아프도록 내버려두시는 걸 보면, 그 아저씨가 나에게 한 짓, 내가 그에게 허락한 짓은 매우 나쁜 짓이 틀림없었다. 프리먼 아저씨가 집에서 나가버렸다면 이제 베일리는 위험에서 벗어났단말인가? 만약 그렇다면, 그래서 만약 내가 베일리에게 말한다면 그래도 그는 여전히 나를 사랑해줄까?

어머니는 내 체온을 잰 뒤 잠깐 눈을 붙일 테니 아프면 깨우라고 했다. 어머니는 또 베일리에게 내 얼굴과 팔에 발진이 생겼는지 잘 살피다가 발진이 나타나면 칼라마인 로션을 발라주라고 일렀다.

그 일요일에 대한 기억은 마치 연결 상태가 좋지 않은 국제전화처럼 이어졌다 끊어졌다 했다. 한번은 베일리가 나에게 《소동을 일으키는 아이들》을 읽어준 뒤, 어머니가 잠을 자지도 않고 내 얼굴을 가까이 들여다보고 있기도 했다. 수프가 턱 아래로 흘러내리고 조금은 입으로 들어가다가 목이 막히게 했다. 그러고 나서 의사 선생님이 와서 체온을 재고 손목을 잡았다.

"베일리!"

갑자기 오빠 모습이 나타난 걸로 보아 내가 소리를 지른 것 같았다. 나는 오빠에게 나를 도와 같이 캘리포니아나 프랑스, 아니면 시카고로 도망가자고 사정했다. 나는 내가 죽어간다고 생각했고, 사실 죽고 싶었지만 어디든 프리먼 아저씨 근처에서 죽고 싶지는 않았다. 내가 이 지경이 된 지금도 아저씨는 자기가 원하지 않는 한 나를 죽도록 그냥 내버려두지 않을 거란 사실을 잘 알았다.

어머니는 내가 땀을 너무 많이 흘렸다면서 목욕을 시키고 침대 시트를 갈겠다고 했다. 하지만 어머니와 베일리가 나를 침대에서 옮기려고 하자 나는 있는 힘을 다해 저항했고 베일리조차 나를 붙들지 못했다. 그러자 어머니가 나를 번쩍 들어 팔에 안았고 잠깐 공포감이 가라앉았다. 베일리가 침대 시트를 갈기 시작했다. 더러워진 시트를 벗겨냈을 때 그 밑에서 내가 감춘 팬티가 나왔다. 팬티는 어머니 발밑으로 떨어졌다.

13

병원에서 베일리는 누가 나에게 그런 짓을 했는지 말해야 한다고 했다. 그러지 않으면 그자가 또 다른 여자아이를 해칠 거라고 했다. 말을 하면 그 사람이 오빠를 죽인다고 했기 때문에 말할 수 없다고 하자 베일리는 뭔가를 아는 것처럼 이렇게 말했다.

"그 사람은 나를 죽일 수가 없어. 내가 그렇게 하도록 그냥 내버려두지 않을 거니까."

물론 나는 베일리의 말을 믿었다. 오빠는 내게 거짓말을 하지 않는다. 그래서 나는 오빠에게 사실대로 털어놓았다.

베일리 오빠는 내 침대 옆에서 엉엉 울었고, 마침내 나도 따라 울었다. 그로부터 거의 15년이 지난 뒤에야 비로소 나는 오빠가 우는 모습을 다시 한번 보았다.

베일리 오빠는 예의 타고난 두뇌를 사용해(그날 오빠가 사용한 표현이었다) 외할머니 백스터 부인에게 그 정보를 전했다. 프리먼 아저씨는 체포됐고, 그래서 권총을 흔들고 다니는 우리 외삼촌들에게 끔찍하게 보복당하는 걸 면했다.

나는 남은 일생을 병원에서 보내고 싶었다. 어머니는 꽃과 캔디를 사왔다. 외할머니는 과일을 사왔고, 외삼촌들은 내침대를 빙 둘러싸고 야생마처럼 씩씩거렸다. 외삼촌들이 베일리를 몰래 들여보내주면 오빠는 내게 몇 시간씩이나 책을 읽어줬다.

———————

'할 일 없는 사람들이 남의 일에 바쁜 법'이라는 격언은 유일무이한 진리가 아니었다. 흥분은 마약 같아서 삶이 폭력으로 가득 찬 사람들도 언제 어디서 그다음 '건수'가 터지나 기웃거리는 법이다.

법정은 만원이었다. 방청객 일부는 자리가 없어서 뒤쪽의 교회 의자처럼 생긴 의자 뒤에 서 있을 정도였다. 머리 위에서는 선풍기들이 늙은이들 같은 무관심한 모습으로 빙빙 돌아갔다. 외할머니 백스터 부인의 고객들이 화려한 복장을 하고 그곳에 와 있었다. 가는 세로줄무늬 양복을 입은 도박꾼들과 화장을 짙게 한 여자들이 피같이 붉은 입술로 나에게, 이제 나도 그들처럼 모든 걸 알게 됐다고 속삭였다. 나는 겨우 여덟 살밖에 되지 않았는데 벌써 어른이 된 것이다. 심지어 병원 간호사들까지도 내게 이제는 아무것도 두려워할 게 없다고 말했다. 그들은 이렇게 말했다.

"이제 너한테 최악의 사태는 지나간 거야."

그러고 보니 나는 능글맞게 웃어대는 모든 입에서 그런 말이 쏟아져 나오도록 한 장본인이었다.

나는 식구들과 함께 앉아 있었는데(베일리는 올 수가 없었다) 모두 딱딱하고 차가운 회색 묘비처럼 조용히 의자에 기대어 있었다. 어리벙벙한 상태로 영원히 움직이지 않을 것처럼……

불쌍한 프리먼 아저씨는 의자에서 몸을 틀어 실속 없이 위협하듯 나를 쳐다보았다. 아저씨는 자신이 베일리를 죽일 수 없다는 사실을 몰랐다. 결국 베일리는 거짓말을 하지 않았다. ……나에게는 말이다.

"피고가 무엇을 입고 있었습니까?"

프리먼 아저씨의 변호사가 묻는 말이었다.

"모르겠어요."

"당신은 지금 이 남자가 당신을 강간했다면서 그때 그가 무엇을 입고 있었는지도 모른다는 겁니까?"

변호사는 마치 내가 프리먼 아저씨를 강간하기라도 한 것처럼 빈정거리며 킬킬거렸다.

"당신은 강간을 당했다는 건 알고 있는 겁니까?"

떠들썩한 소리가 법정의 공기를 뒤흔들었다. (분명 웃음소리일 거라고 생각했다.) 어머니가 놋쇠 단추가 달린 짙은 푸른색 겨울 코트를 입게 해준 게 천만다행이었다. 코트는 길이가 너무 짧았고 세인트루이스의 전형적인 여름 날씨는 무더웠지만 그 코트는 낯설고 불친절한 장소에서 내가 가슴에 꼭 껴안을 수 있는 친구 같았다.

"피고가 당신을 건드린 게 그날이 처음이었습니까?"

질문을 받고 나는 멈칫했다. 프리먼 아저씨가 매우 나쁜 짓을 한 건 틀림없었지만 그가 그렇게 하도록 내가 도왔던 것도 분명한 사실이었다. 나는 거짓말을 하고 싶지 않았지만 변호사는 나에게 생각할 틈을 주지 않았고, 그래서 나는 침묵에 몸을 숨겼다.

"피고가 당신을 강간한 날, 아니 피고가 강간했다고 당신이 말한 그날 이전에도 당신을 건드린 적이 있었나요?"

나는 그 질문에 그렇다고 말할 수가 없었다. 또한 그 아저씨가 몇 분 동안 나를 어떻게 사랑했는지, 내가 침대에 오줌을 쌌다고 생각하기 전까지 나를 어떻게 꼭 안아주었는지 말할 수가 없었다. 그러면 외삼촌들이 나를 죽일 테고 외할머니 백스터 부인은 화날 때면 가끔 그러듯이 나에게 말을 걸지 않을지도 모른다. 그리고 법정 안에 있는 모든 사람이 성경에 나온 매춘부에게 돌을 던지려고 했듯이 내게도 돌을 던질 것이다.* 또한 나를 아주 착한 아이라 생각하는 어머니가 몹시 실망할 거다. 하지만 누구보다도 가장 중요한 건 베일리였다. 나는 베일리에게 아주 중요한 비밀을 감추고 있었다.

"마거릿, 질문에 대답해요. 당신이 강간당했다고 말한 그날 이전에도 피고가 당신을 건드린 적이 있었나요?"

법정 안에 있는 사람이 모두 그 질문에 대한 답이 분명히 "아뇨!"일 거라고 생각했다. 프리먼 아저씨와 나를 뺀 모든 사람이. 나는 애타게 "아뇨!" 하고 대답해달라는 듯한 표정을 짓는 아저씨의 슬픈 얼굴을 쳐다보았다. 그래서 나는 "아뇨!" 하고 대답했다.

나는 그 거짓말이 목에 걸려서 제대로 숨을 내쉴 수가 없었다. 거짓말을 할 수밖에 없게 만든 그 사람을 죽도록 경멸했다. 늙고 비열하고 더러운 놈. 늙고 더러운 검둥이 놈. 눈물을 흘려도 이번에는 전처럼 마음이 가라앉지 않았다. 그래서 나는 버럭 소리를 질렀다.

* 〈요한복음〉 8장 5~6절

"이 늙고 비열하고 더러운 놈아. 더럽고 늙은 놈아."

우리 쪽 변호사가 나를 증언석에서 데리고 내려와 어머니 팔에 넘겨주었다. 거짓말을 해서 내가 바라는 자리로 돌아오기는 했지만 마음이 전보다 편하지는 않았다.

프리먼 아저씨는 1년 하고도 하루를 선고받았지만 미처 형기를 채울 기회를 얻지 못했다. 그의 변호사가 (아니면 다른 누군가) 바로 그날 오후에 석방되도록 손을 썼기 때문이다.

베일리와 나는 시원하게 차양을 내린 거실 바닥에 앉아 모노폴리 게임*을 하고 있었다. 나는 게임을 엉망으로 했다. 베일리에게 거짓말을 한 사실, 또한 우리 관계에 더 치명적인 영향을 미칠 수도 있는 일, 즉 그에게 비밀을 감췄다는 사실을 어떻게 말하면 좋을지 생각하고 있었기 때문이다. 그때 초인종이 울렸고 외할머니가 부엌에 있어서 베일리가 문을 열어주었다. 키가 큰 백인 경찰관 한 사람이 백스터 부인을 찾았다. 경찰이 내가 거짓말을 한 사실을 알아낸 걸까? 경찰관은 위증죄로 나를 감옥에 집어넣으려고 찾아왔는지도 모른다. 나는 분명히 오직 진실만을 말하겠다고 성경을 걸고 맹세했기 때문이다. 하느님, 저를 도와주시옵소서. 우리 거실에 서 있는 그 남자는 하늘보다도 더 키가 컸고 턱수염만 없다 뿐이지 내 마음속에 그리는 하느님보다도 더 피부가 희었다.

"백스터 부인, 알고 계셔야 할 것 같아 이렇게 찾아왔습니

* 주사위로 하는 부동산 놀이

다. 프리먼이 도살장 뒤 공터에서 시체로 발견됐습니다."

그러자 외할머니가 마치 교회 프로그램을 상의하듯 부드러운 목소리로 말했다.

"불쌍한 사람이로고."

외할머니는 행주에 손을 닦고 나서 다시 마찬가지로 부드러운 목소리로 물었다.

"누가 그랬는지는 밝혀졌나요?"

"누군가 그 사람을 그곳에 떨어뜨린 것 같습니다. 어떤 사람들은 발길에 차여 죽었다고도 합니다."

경찰관이 대답했다.

그러자 외할머니의 안색이 약간 변했다.

"톰, 얘기해줘서 고마워요. 불쌍한 사람이로고. 어쩌면 그편이 잘된 일인지도 모르죠. 미친개 같은 사람이었으니까. 레모네이드 한잔할래요? 아니면 맥주라도?"

착해 보이기는 해도 그 경찰관이 내가 저지른 수많은 죄를 헤아리고 있는 무서운 천사라는 걸 나는 알 수 있었다.

"아뇨, 괜찮습니다, 백스터 부인. 지금은 근무 중이라서요. 이만 돌아가봐야겠습니다."

"그럼, 어머니께 내가 맥주 들고 한번 찾아가겠다고 전해줘요. 내가 먹을 크라우트* 좀 챙겨놓으시라고 전하고요."

---

* 소금에 절인 양배추. 발효해 먹는 독일의 피클 비슷한 음식

다행히도 죄를 기록하는 천사는 떠나갔다.* 그 사람은 가버렸고, 내가 거짓말을 했기 때문에 한 사람이 죽었다. 그 일에서 도대체 저울의 잣대는 어느 쪽으로 기울고 있단 말인가? 거짓말 한 번이 사람의 목숨만큼 가치가 없다는 건 분명했다. 베일리라면 그 모든 걸 명쾌하게 설명해줄 수 있을지 모르지만 나는 감히 그에게 물어볼 용기가 나지 않았다. 천국에 마련돼야 할 내 자리는 이제 영원히 사라져버린 게 틀림없다. 몇 해 전에 내가 갈가리 찢었던 인형처럼 나는 겁쟁이였다. 심지어 예수 그리스도조차 사탄에게는 등을 돌렸다. 그렇다면 그분은 나에게도 등을 돌리시지 않을까? 사악한 기운이 내 몸을 타고 흐르면서 갇혀 있다가 내가 입을 열려고만 하면 혀를 통해 빠져나가려고 기다리는 것 같은 느낌이 들었다. 나는 이를 꽉 악물고 그게 빠져나오지 못하도록 했다. 만약 그 사악함이 내 몸에서 탈출하는 날에는 온 세상과 모든 선량한 사람을 덮치지 않겠는가?

외할머니 백스터 부인이 베일리와 나에게 말했다.

"리티와 베일리, 너희 둘 다 오늘 일은 아무것도 듣지 않은 거다. 나는 이런 일이나 그 사악한 인간의 이름이 내 집 안에서 두 번 다시 입에 오르내리는 걸 원치 않아. 진심으로 하는 말이야."

그러고 나서 외할머니는 나를 축하해주기 위해 사과 과자

---

*   〈요한계시록〉 1장 1~11절

를 만들려고 부엌으로 돌아갔다.

심지어 베일리도 무척 놀랐다. 오빠는 저 혼자 가만히 앉아서 골똘히 한 남자의 죽음을 들여다보았다. 마치 고양이 새끼가 늑대를 쳐다보는 것과 같다고나 할까. 어떻게 된 일인지 알지는 못해도 여전히 겁에 질린 채 말이다.

그 순간 나는, 비록 베일리가 나를 사랑할지라도 나를 도와줄 수는 없다고 판단했다. 나는 악마에게 나 자신을 팔아버렸고 여기서 빠져나올 수 있는 길은 아무 데도 없었다. 내가 선택할 수 있는 한 가지 길이 있다면, 그건 베일리 말고는 누구에게든 아무 말도 하지 않는 거다. 나는 직감적으로 또는 어떻게 해서든, 내가 베일리를 너무 사랑하기 때문에 그에게만은 상처를 주어서는 안 된다는 것을 잘 알고 있었다. 그렇지만 만약 내가 그 밖의 다른 사람들에게 말한다면 아마 그 사람도 죽게 될지 모른다. 내 말을 실어 나르는 숨결만 쏘여도 사람들에게 독이 퍼져 몸이 말려들어가면서 그저 죽은 체하는 검고 통통한 민달팽이처럼 죽을 것이다.

그러므로 나는 입을 열지 말아야 했다.

완전하게 침묵을 지키려면 나 자신을 거머리처럼 소리에 밀착시키면 된다는 사실을 깨달았다. 나는 모든 것에 귀를 기울였다. 아마 정말로 모든 소리를 다 듣고 나서 그 소리를 내 귓속 깊숙이 채워 넣으면 주위 세상이 잠잠해지리라 희망을 품었던 것 같다. 사람들이 웃어대고 그들의 목소리가 돌멩이처럼 벽을 때리는 방에 걸어 들어가기라도 할 때면 나는 돌부

처처럼 그냥 서 있었다. 온통 소리의 소용돌이 한가운데에 말이다. 그렇게 일이 분이 지나면 침묵이 숨어 있던 곳에서 나와 갑자기 방 안으로 몰려들곤 했다. 내가 모든 소리를 삼켜버렸기 때문이다.

처음 몇 주 동안 가족들은 내 행동을 강간 후유증, 입원 후유증으로 받아들였다. (베일리와 내가 다시금 머무른 외할머니 집에서는 아무도 그런 용어나 그때의 경험을 입에 올리지 않았다.) 가족들은 내가 베일리 말고는 아무한테도 말을 할 수 없다는 사실을 이해해주었다.

방문 간호사가 마지막으로 집에 다녀간 뒤 의사는 이제 내가 다 치료됐다고 말했다. 치료가 다 됐다는 건 내가 다시 길거리에 나가 핸드볼을 하거나 아플 때 선물 받은 게임 장난감들을 갖고 놀 수 있다는 걸 뜻했다. 그런데 나는 사람들이 전에 알던, 받아들이던 어린애로 돌아가기를 거부했고, 그러자 사람들은 나를 건방지다고 여겼고 침묵하는 나를 무뚝뚝한 사람으로 보았다.

한동안 나는 말을 하지 않는 게 너무 건방지다는 이유로 벌을 받았다. 어떤 친척은 내가 자기를 모욕했다며 매질까지 했다.

마침내 우리는 스탬프스로 돌아가는 기차를 탔다. 이번에

는 내가 베일리를 위로해야 했다. 베일리는 차량 복도 아래쪽을 보며 목놓아 울었고 어린 몸을 차창에 바짝 붙이고 '사랑하는 어머니'의 마지막 모습을 바라보았다.

나는 마마가 우리를 도로 보내라고 했는지, 아니면 세인트루이스의 가족들이 내 지긋지긋한 모습에 신물이 났는지 알수 없었다. 하기야 언제까지나 침울한 상태로 있는 아이보다 더 가슴 섬뜩하게 하는 것도 없다.

나는 여행 자체보다도 베일리가 불행하다는 사실에 더 마음이 쓰였다. 우리가 가고 있는 목적지에 대해서는 마치 화장실에 갈 때처럼 아무런 생각도 하지 않았다.

14

스탬프스의 황량함은 정확히 내가 바라는바, 즉 의지나 의식이 없는 상태였다. 세인트루이스에서 겪은 소음과 부산함, 트럭들과 버스들, 시끌벅적한 가족 모임을 떠나 나는 스탬프스의 어두컴컴한 골목길과 흙 마당 깊숙이 들어앉아 있는 한적한 방갈로들을 반겼다.

체념하고 사는 마을 사람들 속에서 나는 오히려 휴식을 얻었다. 마을 사람들은, 엄청나게 많은 일이 일어나더라도 자신들에게는 더는 아무 일도 일어나지 않으리라는 믿음 아래 만족해했다. 삶의 불공평함에 안주하려는 그들의 결심이 나에게는 교훈이 됐다. 스탬프스로 들어서면서 나는 마치 지도의 가장자리 선을 넘어 세상의 끝 바로 아래로 떨어지는 것 같은 느낌을 받았지만 그렇다고 겁이 나지는 않았다. 스탬프스에서는 아무 일도 일어나지 않기 때문에 이제 더는 어떤 일도 일어날 수 없을 것이다.

나는 이 누에고치 안으로 살며시 기어들어 갔다.

정확히는 모르겠지만 얼마 동안 누구도 베일리와 내게 어떤 것도 요구하지 않았다. 어쨌든 우리는 헨더슨 부인의 캘리포니아 손자 손녀였고, 북쪽의 환상적인 세인트루이스로 황홀한 여행을 다녀온 아이들이었다. 한 해 전에 우리 아버지는 번쩍번쩍하는 커다란 자동차를 몰고 와서 대도시 억양으로 표준 영어를 구사했다. 그래서 우리는 몇 달 동안 조용히 있으면서 모험에서 얻은 소득을 긁어모으기만 하면 됐다.

농부들과 하녀들이며, 요리사들과 잡역부들이며, 목수들 그리고 마을 아이들 모두가 정기적으로 우리 가게에 순례를 왔다.

"여행 다녀온 아이들을 보러 왔어요."

그들은 가위로 오려놓은 마분지 인형처럼 주위에 둘러서서 이것저것 물었다.

"저기 말야, 북쪽은 어떠니?"

"커다란 빌딩들도 본 거야?"

"엘리베이터도 타봤니?"

"무섭지는 않았어?"

"소문처럼 백인들은 정말 다르게 생겼니?"

혼자서 그 모든 질문에 대답해야만 했던 베일리는 기발한 상상력을 동원해서 사람들이 재미있어할 만한 이야기를 지어냈다. 그런데 그 이야기들은 내게 낯설었던 것만큼이나 베일리에게도 낯설었을 게 틀림없다. 베일리 오빠는 언제나 그랬듯이 정확하게 이야기했다.

"북쪽에서는 말이죠, 건물들이 어찌나 높은지 겨울에는 몇 달 동안 꼭대기 층들을 볼 수가 없어요."

"거짓말하지 마."

"그곳에선요, 수박이 암소 머리통 두 배나 되는데 시럽보다도 더 단맛이에요."

그때 이야기에 열중하던 베일리의 진지한 얼굴과 마술에 걸린 듯 그 이야기를 듣고 있던 사람들의 얼굴이 지금도 또렷이 기억난다.

"그리고 수박을 자르기 전에 그 속에 씨가 몇 개 들어 있는지 알아맞히면 헤아릴 수도 없을 만큼 엄청난 돈에다 새 자동차도 한 대 받을 수 있어요."

베일리를 잘 아는 마마는 오빠에게 경고했다.

"자, 베일리, 이제부터는 진실이 아닌 말을 입에 올리는 실수를 하지 않도록 조심해라." (훌륭한 사람들은 '거짓말'이라는 말을 사용하지 않았다.)

"그곳에선 사람들이 모두 새 옷을 입고 다니고, 집 안에 화장실이 있어요. 잘못하다가 화장실에서 넘어지는 날이면 미시시피강으로 쓸려 내려가요. 어떤 사람들 집에는 아이스박스가 있는데 본래 맞는 이름은 '콜드 스폿'이나 '프리지데어'*예요. 눈은 또 얼마나 많이 내려 깊이 쌓이는지 바로 자기 집 대문 밖에서 눈 안에 묻혀 1년 동안 발견되지 못할 수도 있다고요. 우리는 눈을 가지고 아이스크림을 만들었죠."

그건 나도 맞장구를 칠 만한 단 한 가지 유일한 사실이었다. 겨울 동안 우리는 눈을 한 그릇 퍼다가 그 위에 무가당 연유를 붓고 설탕을 뿌려 아이스크림이라고 불렀다.

베일리가 이렇게 모험담으로 손님들을 즐겁게 하는 동안 마마의 얼굴에는 희색이 만연했고, 윌리 삼촌은 자랑스러움으로 가슴 뿌듯해했다. 우리는 가게의 인기를 끄는 인물이 됐고 마을 사람들의 사랑을 독차지했다. 우리가 환상적인 대도시로 여행을 떠났던 것만으로도 단조롭고 재미없는 우리 마을에는 큰 사건이었고, 이제 여행에서 돌아와 보니 우리는 전보다도 더욱 부러움의 대상이 됐다.

스탬프스에서 가장 눈에 띄는 특색이란 가뭄, 홍수, 집단구타 그리고 죽음처럼 하나같이 부정적인 것들이었다.

그런데 베일리는 기분 전환이 필요한 시골 사람들을 가지고 놀았다. 우리가 스탬프스로 돌아온 직후부터 그에겐 비꼬아 말하는 버릇이 생겼다. 마치 돌멩이를 집어 들듯 그는 비꼬는 말투를 택해 코담배처럼 입술 아래 집어넣었다. 중의적인

*　냉장고 상표명들

말, 즉 두 갈래로 갈라진 문장들이 그의 혀에서 미끄러져 우연히 걸려드는 사람이 누구든 단도처럼 따끔하게 찔러댔다. 하지만 우리 가게 손님들은 대개 직선적으로 생각하고 말하는 사람들이었기 때문에 그런 공격에 기분이 상하는 사람은 아무도 없었다. 사람들은 베일리의 말에 숨어 있는 뜻을 제대로 이해하지 못했다.

"베일리는 꼭 제 아버지처럼 말해. 어쩌면 저렇게 미끈하게 말을 잘할까. 꼭 제 아비를 닮았단 말이야."

"듣자 하니 북쪽에서는 사람들이 목화를 따지 않는다던데 그 사람들은 도대체 무슨 일을 해서 먹고산다니?"

베일리는 북쪽에 있는 목화는 키가 너무 커서 보통 사람이 따려면 사다리를 타고 올라가야만 한다고, 그래서 목화 농부들이 기계로 딴다고 말했다.

얼마 동안 베일리 오빠는 유일하게 나한테만 친절을 베풀었다. 그건 오빠가 나를 동정해서라기보다는 서로 다른 이유에서 우리가 같은 배를 타고 있다고 느꼈기 때문이다. 또한 베일리가 내 움츠림을 너그럽게 봐줬듯이 나도 베일리의 좌절감을 이해했다.

윌리 삼촌이 세인트루이스에서 있었던 사건을 알고 있는지는 모를 일이지만 나는 그가 커다란 두 눈에 아득한 표정을 짓고 나를 쳐다보는 모습을 발견할 때가 가끔 있었다. 그럴 때면 삼촌은 재빨리 내게 심부름을 시켜서 내가 눈앞에서 사라지게 했다. 이런 일이 있을 때마다 나는 안도감과 동시에 수치

145

감을 느꼈다. 나는 분명히 절름발이의 동정을 받고 싶지도 않았고(그건 장님이 장님을 인도하는 꼴이 될 테니까) 또한 내 방식대로 사랑하는 삼촌이 나를 죄지은 더러운 인간으로 생각하는 게 싫었다.

　　마치 사람들이 손수건이나 손으로 입을 막은 채 말하는 것처럼 나에게는 소리가 둔탁하게 들렸다. 색깔도 분명하게 보이지 않고 오히려 음영이 들어간 파스텔이 희미하게 모여 있는 것처럼 보여서 무슨 색깔이라기보다는 친근한 물건이 빛바랜 것처럼 보일 뿐이었다. 사람들 이름까지도 기억나지 않아서 내 정신이 정상적인 상태인가 걱정될 정도였다. 결국 우리가 스탬프스를 떠나 있었던 시간은 채 1년도 되지 않는데 전에는 장부도 보지 않고 거래 내용을 기억했던 손님들이 이제는 완전히 낯선 사람들이 됐다.

　　마마와 윌리 삼촌을 제외한 다른 사람들은 내가 말을 하려고 하지 않는 이유가 당연히 마지못해 다시 남부로 돌아왔기 때문이라고 생각했다. 대도시에서 보낸 즐거웠던 시간을 아직 그리워해서라고 받아들였다. 또한 그때 나는 '마음이 여린' 아이로 통했다. 남부 흑인들은 이 '마음이 여리다'라는 말을 민감하다는 뜻으로 사용했고, 그런 사람을 좀 아프거나 몸이 약하다고 보는 경향이 있었다. 그래서 나는 용서받았다기보다는 이해받았다.

15

나는 거의 1년 동안 더럽고 오래 묵혀 먹을 수 없는 비스킷 같은 모습으로 집과 가게, 학교, 교회를 맥없이 왔다 갔다 하면서 지냈다. 그러다가 내 삶에서 첫 번째 생명줄을 던져준 한 부인을 만났다. 아니, 차라리 그 부인을 알게 됐다고 말해야 옳을 것 같다.

버사 플라워즈 부인은 스탬프스 흑인 거주 지역의 귀족이었다. 그 부인은 추운 한겨울도 따뜻해 보이게 하는 우아함을 지녔고, 아칸소주의 무더운 여름철에는 마치 혼자서만 몰고 다니는 산들바람이라도 있어 그녀를 시원하게 하는 것 같았다. 몸매는 호리호리했지만 자칫 마른 사람들이 풍기기 쉬운 엄격한 모습은 찾아볼 수 없었다. 무늬 있는 엷은 드레스와 꽃장식이 달린 모자는 농부들에게 멜빵 있는 데님 작업복이 어울리듯 부인의 분위기와 썩 잘 어울렸다. 그녀는 읍내에서 가장 돈이 많은 백인 여자와 겨룰 수 있는 우리 쪽의 대안이었다.

플라워즈 부인의 피부는 짙은 검은색으로, 손으로 긁으면 자두 껍질처럼 벗겨질 것 같았지만 아무도 그녀의 피부를 긁는 것은 말할 것도 없고 드레스를 건드릴 정도로 가까이 다가갈 엄두조차 낼 수 없었다. 부인한테는 좀처럼 친근하게 접근할 마음이 들지 않았다. 또한 그녀는 장갑을 끼고 다녔다.

나는 플라워즈 부인이 크게 웃는 모습을 한 번도 본 적 없지만 소리 없이 빙긋 웃는 건 자주 보았다. 얇고 검은 입술이 천천히 벌어지면서 가지런하고 조그마한 하얀 치아를 드러내다가 다시 천천히 힘없이 닫곤 했다. 부인이 내게 웃어줄 때면 나는 언제나 그녀에게 고맙다는 인사를 하고 싶어졌다. 그녀가 웃는 모습은 너무나 우아하고 상냥했다.

플라워즈 부인은 내가 아는 몇 안 되는 숙녀들 가운데 한 사람으로 내 삶을 통틀어 지금까지 인간이 도달할 수 있는 척도로 남아 있다.

마마는 플라워즈 부인과 미묘한 관계를 유지했다. 부인은 우리 가게를 지나갈 때면 매우 자주 부드럽고도 낭랑한 목소리로 마마에게 인사를 했다.

"날씨가 좋은 날이에요, 헨더슨 부인."

그러면 마마가 이렇게 대답했다.

"잘 지나죠 How you, 플라워즈 자매?"

플라워즈 부인은 우리 교회에 소속되지도, 그렇다고 마마와 가깝게 지내는 사이도 아니었다. 그렇다면 도대체 왜 그녀를 고집스럽게 '플라워즈 자매'라고 부를까? 나는 부끄러워서 그만 얼굴을 가리고 싶었다. 플라워즈 부인은 '자매'보다는 더 나은 호칭으로 불릴 자격이 있었다. 더구나 마마는 인사말에서 동사까지 빼버리는 게 아닌가. 왜 "잘 지냈어요 How are you, 플라워즈 부인?" 하고 말하지 않을까? 아직 균형 잡히지 않은 어린 마음에 나는 플라워즈 부인에게 무식함을 드러내는 마마가 미웠다. 그로부터 몇 해가 지나고 나서야 비로소 나는, 한

사람은 정규교육을 받았고 한 사람은 정규교육을 받지 않았다
는 것만 빼면 두 사람은 자매처럼 서로 닮았다는 사실을 깨달
았다.

나는 그렇게 화가 나는데도 두 사람은 격식을 차리지 않
고 인사하는 데 눈곱만큼도 개의치 않았다. 플라워즈 부인은
가벼운 발걸음으로 작은 방갈로 쪽으로 계속해서 언덕을 올라
가고 마마는 계속해서 콩깍지를 까든가, 앞쪽 현관에서 하던
일을 계속했다.

어쩌다가 플라워즈 부인은 길에서 벗어나 우리 가게에 오
기도 했는데 그럴 때면 마마는 내게 이렇게 말했다.

"마거릿, 나가서 놀거라."

나는 밖으로 나가면서 두 사람이 허물없이 나누는 대화의
첫 부분을 듣곤 했다. 마마는 언제나 동사를 잘못 사용하든지,
아니면 아예 빼먹든지 둘 중 하나였다.

"윌콕스 남매란 확실히 가장 짓궂단 말이야……."

'남매란'이라고요, 마마? 오, 제발 '남매란'이 아니죠, 마
마. 그럴 때는 주격조사 '는'을 붙여서 말해야죠.* 하지만 두 사
람은 계속 이야기했다. 땅이 벌어져서 나를 삼켜버렸으면 하
는 마음으로 기다리고 있던 건물 옆에서 나는 플라워즈 부인
의 부드러운 목소리와 할머니의 독특한 목소리가 서로 뒤섞여

---

*   원문에서는 마마가 복수 동사 are 대신 단수 동사 is
     를 사용한 것에 대해 언급하고 있다.

녹아내리는 소리를 듣고 있었다. 그들의 이야기 소리는 이따금 플라워즈 부인이 냈을 게 틀림없는 킥킥거리며 웃음 소리 때문에 중단됐다. (마마는 평생 한 번도 킥킥거리며 웃는 법이 없었다.) 그러고 나서 부인은 가게를 떠나갔다.

플라워즈 부인은 내가 한 번도 직접 만나 본 적이 없는 부류의 사람이었기 때문에 마음이 끌렸다. 부인은 점잖게 거리를 두고 달리는 충실한 개들과 함께 황무지를 걷고 있는, 영국 소설에 나오는 여주인공들(그들이 누구건 간에) 같았다. 또한 활활 타오르는 벽난로 앞에 앉아 스콘이나 크럼핏 핫케이크가 가득 담겨 있는 은쟁반 위의 찻잔을 들고 끊임없이 차를 마시는 여자들을 닮기도 했다. '덤불'이 무성한 황무지 위를 걸어가고, 모로코가죽으로 장정한 책을 읽으며, 두 가문의 기다란 성姓을 가진 명문가 여자. 한마디로 말해서 부인은 그냥 그녀로서 존재하는 것만으로도 내가 흑인으로 태어난 걸 자랑스럽게 해 주었다고 해도 무리가 아닐 것이다.

부인은 영화나 책에 나오는 백인들처럼 세련되게 행동했고 그들보다 더욱 아름다웠다. 어떤 백인 여자도 부인과 비교하면 그 따뜻한 색깔에 가깝지 못하고 오히려 잿빛으로 보일 것이다.

부인이 가난한 백인들과 함께 있는 모습을 한 번도 본 적이 없는 건 천만다행이었다. 백인들은 자신들의 흰 피부색을 무슨 특권이라도 되는 것처럼 생각하는 경향이 있으니 플라워즈 부인을 보고 틀림없이 상스럽게 '버사'라고 이름을 불렀을 것이다. 그리고 내가 그 말을 듣는 순간 고고한 부인의 이미지가 다시 회복할 수 없는 험프티–덤프티*처럼 산산조각이 나고 말았을 것이다.

달달한 우유처럼 기억에도 생생한 어느 여름날 오후 플라워즈 부인이 식료품을 사러 우리 가게에 들렀다. 부인 또래의 건강한 흑인 여자라면 그 식료품 봉지들을 한 손에 들고 집에 갈 수도 있었을 것이다. 그런데 마마는 이렇게 말했다.

"플라워즈 자매, 베일리를 시켜 이 봉지들을 자매님 집까지 들어다 드리라고 할게요."

그러자 부인은 특유의 느리고 긴 웃음으로 대답했다.

"고맙습니다, 헨더슨 부인. 그런데 저는 마거릿에게 들어 달라고 하고 싶은데요."

부인의 입에서 흘러나오니까 내 이름이 아름답게 들렸다.

"어쨌든 마거릿에게 하고 싶은 얘기도 있고요."

두 사람은 어른들끼리의 눈짓을 서로 주고받았다. 마마가 이렇게 말했다.

"그래, 좋아요. 마거릿, 어서 가서 옷을 갈아입고 오너라. 네가 플라워즈 자매님 댁에 갔다 오거라."

나는 무슨 옷을 입어야 좋을지 알 수 없었다. 플라워즈 부인 댁에 갈 때는 도대체 무슨 옷을 입어야 하는 걸까? 주일에

---

* 루이스 캐럴의 《이상한 나라의 앨리스*Alice's Adventures in Wonderland*》(1865)에 등장하는 인물

151

입는 드레스를 입어서는 안 된다는 건 잘 알고 있었다. 신성모
독이 될지도 모르니까. 지금 입은 옷도 새로 빨아 입은 옷이기
는 하지만 그렇다고 집에서 입는 옷을 말하는 게 아닌 건 분명
했다. 그래서 당연히 학교에 갈 때 입는 옷을 골랐다. 플라워즈
부인 댁에 가는 것이 교회에 가는 것과 맞먹을 수 없다는 사실
을 보여주면서도 격식을 차린 거다. 나는 나 자신을 믿고 가게
로 다시 들어갔다.

"그래, 정말로 멋지구나."

나는 이번 한 번만은 올바른 선택을 했다.

"헨더슨 부인, 아이들 옷을 대부분 손수 만드신다고요?"

"네, 맞아요, 부인. 그렇고말고요. 가게에서 산 옷들은 그
옷을 꿰맬 때 쓰는 실만큼도 가치가 없죠."

"솜씨가 좋으신 것 같군요. 바느질이 아주 고운데요. 저
옷은 꼭 전문가가 만든 옷 같아요."

마마는 좀처럼 듣기 어려운 칭찬을 듣고 기분이 좋아졌
다. 우리가 아는 동네 사람은 모두가(물론 플라워즈 부인을 제외
하고) 바느질을 썩 잘했기 때문에 그 흔한 바느질 솜씨 같은 것
으로 누군가를 칭찬하는 일은 드물었기 때문이다.

"주님 덕분이지요, 플라워즈 자매님. 바깥쪽과 똑같이 안
쪽 솔기도 깨끗이 마무리하려고 애를 씁니다. 마거릿, 어디 이
리 좀 와보렴."

나는 벌써 옷깃에 단추를 채우고 앞치마처럼 벨트를 뒤로
묶었다. 그런데 마마는 나에게 뒤로 돌아보라고 했다. 마마가

한 손으로 끈을 잡아당기자 벨트가 끌러져서 허리 양쪽으로 풀렸다. 그러더니 이번에는 마마의 커다란 두 손이 내 목으로 와서 단춧고리를 열었다. 나는 그만 겁에 질렸다. 도대체 무슨 일이 벌어지고 있단 말인가?

"마거릿, 어디 옷을 벗어봐라."

마마는 두 손을 옷의 단으로 가져갔다.

"안쪽은 보여주시지 않아도 돼요, 헨더슨 부인. 보지 않아도 알 수가……."

하지만 옷은 벌써 내 머리 위로 올라와 있었고 내 두 팔은 소매에 끼였다. 마마가 말했다.

"이제 됐다. 여기를 보세요, 플라워즈 자매님. 진동 부분을 이렇게 통솔로 했잖아요."

얇은 옷을 통해서 그림자가 다가오는 게 보였다.

"이렇게 하면 옷이 오래가요. 요즘 아이들은 어찌나 옷을 험하게 입는지 얇은 금속판으로 만든 옷도 뚫고 나올 정도예요. 아이들이 너무 거칠거든요."

"정말로 훌륭한 솜씨예요, 헨더슨 부인. 자랑하실 만하네요. 마거릿, 이제 다시 옷을 입어도 좋아."

"아녜요, 부인. 교만은 죄악이지요. 성경 말씀에, 교만은 패망의 선봉이라고 했어요."*

"맞아요. 성경에서 그렇게 말씀하셨지요. 명심하는 게 좋

* 〈잠언〉16장 18절

153

겠어요."

　나는 두 사람 가운데 누구도 쳐다보지 않았다. 마마는 플
라워즈 부인 앞에서 내 옷을 벗기는 건 나를 완전히 죽이는 거
라는 사실을 깨닫지 못했다. 만약 옷을 벗지 않겠다고 했다면
마마는 내가 '여자 티'를 내려 한다고 생각하고 세인트루이스
를 떠올렸을 것이다. 플라워즈 부인은 내가 당황스러워한다는
사실을 눈치챘고, 그건 더욱 나쁜 일이었다. 나는 식료품 봉지
들을 들고 가게 밖에 나와 뜨거운 햇살을 받으며 기다렸다. 두
사람이 밖으로 나오기 전에 차라리 일사병에 걸려 죽어버렸으
면 좋겠다는 생각이 들었다. 비스듬히 기울어진 현관에 쓰러
져 죽어버렸으면…….

　돌멩이가 많은 도로 옆으로 조그마한 오솔길이 나 있었
고, 플라워즈 부인은 내 앞에서 팔을 흔들면서 돌멩이들을 건
너뛰며 걸어갔다.

　부인은 고개를 돌리지 않고 나에게 말했다.

　"마거릿, 듣자 하니 네가 성적이 아주 좋다고 하더구나.
하지만 전부 글로 써낸다면서? 선생님들이 네가 수업 시간에
말을 하게 하느라 애를 먹고 있다고 하시더구나."

　왼편으로 삼각주 모양의 농장을 지나자 우리가 나란히 함
께 걸을 수 있을 만큼 길이 넓어졌다. 나는 그녀가 아직 묻지
않은 질문들, 그리고 대답할 수 없는 질문들을 생각하며 마음
속으로 머뭇거렸다.

　"이리 와서 나하고 함께 걷자, 마거릿."

설령 거절을 하고 싶었더라도 나는 그렇게 할 수 없었을 것이다. 부인이 내 이름을 너무나 멋지게 발음했기 때문이다. 아니, 정확히 말하면 낱말 하나하나를 어찌나 또렷하게 발음하는지 영어를 모르는 외국인이라도 그녀가 하는 말은 분명히 알아들을 수 있을 것 같았다.

"그래, 아무도 네가 말하도록 할 수 없을지 모르지. …… 어쩌면 아무도……. 하지만 이 점을 명심하거라. 말이란 인간이 다른 인간과 의사소통을 하기 위한 수단이고, 또 말만이 인간을 짐승과 구별해준다는 걸."

그 말은 나에게 완전히 새로운 개념이었고, 그래서 숙고할 시간이 필요했다.

"할머니께서 네가 책을 많이 읽는다고 하시더라. 틈이 날 때마다 읽는다고. 좋은 일이지만 그것만으로는 충분하지 않아. 말이란 종이에 쓰여 있는 것 이상의 의미를 담고 있어. 인간의 목소리만이 그 말에 더 깊은 의미를 지닌 미묘한 차이를 불어넣을 수가 있거든."

나는 인간의 목소리가 말에 의미를 불어넣는다는 부분을 외워뒀다. 그 말은 너무나 적절한 데다 시적詩的이기까지 했다.

부인은 나에게 책을 몇 권 줄 테니 그 책을 반드시 읽으라고 했다. 그뿐 아니라 소리 내어 읽어보라고 했다. 한 문장을 될 수 있으면 여러 방법으로 소리 내어 읽어보라고 권하기도 했다.

"책을 함부로 다루고 반납하면 용서하지 않을 거야."

정말로 플라워즈 부인의 책을 상하게 하고 받아 마땅한 벌을 생각하니 섬뜩한 생각이 들었다. 그에 비하면 차라리 죽음이 관대하고 쉬운 벌일 것이다.

집 안에서 풍기는 냄새 때문에 나는 놀랐다. 어찌 된 일인지 나는 지금까지 한 번도 플라워즈 부인을 음식이나 먹는 행위 또는 보통 사람이 하는 보통 일과 연관 지은 적이 없었다. 틀림없이 집 바깥에 변소도 있었겠지만 내 마음은 한 번도 그걸 기록해두지 않았다.

부인이 문을 열자 달콤한 바닐라 냄새가 우리를 반겼다.

"오늘 아침에 과자를 만들었어. 사실은, 너를 초대해서 과자와 레모네이드를 먹으면서 같이 이야기하려고 미리 계획을 세웠거든. 레모네이드는 아이스박스 안에 들어 있어."

그렇다면 플라워즈 부인 집에는 특별한 날이 아닐 때도 얼음이 있는 모양이다. 우리 마을에 사는 사람들은 대부분 여름 내내 겨우 몇 번밖에 얼음을 사지 못했고, 토요일 늦은 시간에 사다가 나무로 짠 아이스크림 냉동고에 넣어두고 사용했다.

부인은 내게 물건이 든 봉지들을 받아 들고 부엌문 너머로 사라졌다. 나는 아무리 허황된 환상 속에서도 볼 수 없으리라 생각했던 방을 둘러보았다. 벽에서는 오래된 갈색 사진들이 웃고 있거나 위협적인 표정으로 쳐다보고 있었고, 새로 단 하얀 커튼은 저희끼리 바람에 부딪히면서 나풀거렸다. 나는 방을 통째로 삼켜서 그대로 베일리에게 가져가고 싶었다.

그러면 오빠는 내가 그 방을 분석하고 음미하는 걸 도와줄 거다.

"앉거라, 마거릿. 저기 저 테이블 옆에 앉으렴."

부인은 보자기로 덮은 큰 접시 하나를 들고 왔다. 부인이 한동안 과자를 만들 생각을 하지 않았다고 미리 알려주기는 했어도 나는 부인과 관련된 다른 모든 게 그렇듯이 그녀가 만든 과자도 분명히 완벽하리라 믿어 의심치 않았다.

동글납작하게 살짝 구운 얇은 과자들은 가장자리가 약간 갈색이었고 한가운데는 버터 색깔처럼 노르스름했다. 그 과자들은 차가운 레모네이드와 함께 먹으면 어린아이가 평생을 먹어도 좋을 조합이었다. 나는 예절을 기억하고는 숙녀처럼 가장자리를 아주 조금씩 베어 먹었다. 그러자 부인은 그 과자는 특별히 나를 위해 만들었다면서 부엌에 조금 남겨놓았으니 집에 가지고 가서 오빠에게 주라고 말했다. 그래서 내가 한 개를 통째로 입에 넣자, 딱딱한 과자 부스러기들이 턱 안쪽을 긁었다. 만약 그 과자를 삼키지 않고 영원히 입안에 넣고 있을 수 있다면 마치 평소 꿈이 실현되는 것 같았으리라.

내가 과자를 먹는 동안 부인은 우리가 나중에 '내 삶의 교훈'이라고 부르게 된 첫 번째 이야기를 시작했다. 부인 말로는 무지는 절대로 용납해서는 안 되지만 문맹은 이해해야 한다고 했다. 어떤 사람들은 학교에 다닐 수 없었어도 대학교수들보다 더 아는 것이 많고 심지어 지혜로운 사람들도 있다고 했다. 시골 사람들이 '어머니의 지혜'라고 일컫는 것에 조심스럽게 귀를 기울이라고도 했다. 그런 소박한 말에는 몇 세대에 걸쳐 전해 내려온 슬기가 담겨 있다는 것이다.

내가 과자를 다 먹고 나자, 부인은 식탁을 치우고 책장에서 조그마하고 두꺼운 책 한 권을 가져왔다. 《두 도시 이야기》*는 나도 전에 읽은 적이 있고 내 나름의 기준에 따라 아주 낭만적인 소설이라고 생각했다. 부인이 첫 장을 펼쳐 읽었는데 그때 나는 태어나서 처음으로 시를 읊는 소리를 들었다.

"그때는 가장 좋은 시절이요, 가장 나쁜 시절로서……."

부인의 목소리는 낱말들 속으로 미끄러져 들어갔다가 다시 커브를 돌아내려온 후 다시 그 위로 올라갔다. 마치 노래하는 것 같았다. 나는 책장을 들여다보고 싶어졌다. 내가 읽었던 것과 똑같은 글자들일까? 아니면 찬송가 책처럼 책장마다 음표와 악보가 그려져 있을까? 부인의 목소리가 부드럽게 가라앉기 시작했다. 몇천 명의 설교를 들어본 내 경험에 비추어 나는 부인이 이제 끝맺음에 다가가고 있음을 알았다. 그런데 나는 정말로 단 한마디 말도 듣지 않았다. 단 한마디 말도 이해하고자 듣지 않았다.

"어땠어?"

플라워즈 부인이 내게 대답을 기대한다는 사실이 갑자기 머리에 떠올랐다. 달콤한 바닐라 향은 아직도 혀끝에 남았고, 부인의 책 읽는 소리는 내 귓가에 경이로움으로 남았다. 나는

---

*   프랑스대혁명을 배경으로 한 찰스 디킨스의 소설

뭔가 말을 하지 않으면 안 됐다. 그래서 내가 이렇게 말했다.

"네, 부인."

이건 내가 할 수 있는 최소한의 말이었지만 또한 최대한의 말이기도 했다.

"한 가지가 더 있어. 이 시집을 갖고 가서 날 위해 시 한 편을 외워주렴. 다음에 우리 집에 올 때는 그걸 암송했으면 해."

그 뒤 닳고 닳은 세월의 뒤안길에서 나는 가끔 그때 그런 재능을 통해 그토록 쉽게 발견했던 황홀경을 다시 찾아보려 애쓰곤 했다. 본질은 날아가버려도 그 향기는 남는 법이다. 낯선 사람들의 사생활 속으로 들어가서, 아니 그들의 초대를 받아서 그들의 기쁨과 두려움을 함께 나눈다는 건 남부의 쓰디쓴 쑥을 《베오울프》*로 꿀술 한 잔과, 또는 《올리버 트위스트》**로 따뜻한 밀크티 한 잔과 바꿀 기회였다. 그래서 나는 큰 소리로 이렇게 말했다.

"이건 제가 지금 하고 있는 일보다, 지금껏 해온 일보다 훨씬, 아주 훨씬 더 좋아요……."

이 말을 할 때 이기심 없는 나 자신에 대한 사랑의 눈물이 내 두 눈을 가득 채웠다.

그 최초의 날 나는 언덕 아래쪽으로 도로까지 곧장 달려내려갔고 (길거리에는 자동차가 좀처럼 다니지 않았다) 가게에 닿

---

*   앵글로색슨어로 쓴 고대 서사시
**   찰스 디킨스가 쓴 장편소설

기 전에야 정신을 차리고 걸음을 멈췄다.

누군가가 나를 좋아한다는 것, 그것이 이 세상을 얼마나 달라 보이게 하는가. 나는 헨더슨 부인의 손녀나 베일리의 여동생이 아니라 오직 마거릿 존슨으로서 존중받았다.

어린 시절의 논리는 증명을 요구하지 않는다. (물론 모든 결론은 절대적이다.) 그러므로 나는 플라워즈 부인이 하필이면 왜 나에게 관심을 가졌는지 의문을 품지 않았고, 또한 마마가 플라워즈 부인에게 나하고 이야기를 해봐달라고 부탁했을지도 모른다는 생각을 하지도 않았다. 오직 나에게 중요한 건 그 부인이 나를 위해 과자를 만들었고 나에게 자신이 좋아하는 책을 읽어주었다는 점이었다. 그걸로 그녀가 나를 좋아한다는 사실은 충분히 입증된 셈이다.

마마는 베일리와 함께 가게 안에서 나를 기다렸다. 베일리가 먼저 말했다.

"마이, 플라워즈 부인이 네게 뭘 주셨니?"

오빠는 책들을 보았지만, 나는 그에게 줄 과자가 든 종이봉투를 시집들로 가린 채 팔에 끼고 있었다. 마마가 말했다.

"마거릿, 꼬마 숙녀처럼 행동했겠지. 살 만한 사람들이 너흴 좋아하는 것을 보면 정말로 흡족해진단다. 주님께서도 아시겠지만 난 최선을 다하고 있지. 하지만 요즘 들어서는……."

마마의 목소리가 점점 작아졌다.

"어서 들어가서 옷을 갈아입어라."

침실에서 베일리가 과자를 받고 좋아할 것을 생각하니 신바람이 났다. 그래서 내가 이렇게 말했다.

"그런데 말이지, 베일리. 플라워즈 부인이 오빠한테 이 과자를 갖다주라고 하셨어……."

그때 마마의 고함 소리가 들려왔다.

"마거릿, 너 지금 뭐라고 했니? 마거릿, 너 지금 뭐라고 했느냐 말이야?"

마마의 목소리는 불같은 노여움으로 탁탁 타는 소리가 났다. 그러자 베일리가 말했다.

"얘 말로는 플라워즈 부인이 제게……."

"베일리, 너한테 묻는 게 아냐."

마루를 지나 우리 방 쪽으로 걸어오는 무거운 발소리가 들렸다.

"마거릿, 너도 내가 묻는 말을 들었잖아. 네가 방금 뭐라고 했지?"

마마의 거대한 몸집이 더욱 부풀어서 문가를 꽉 채웠다. 그러자 베일리가 말했다.

"마마."

마마의 흥분을 달래려 애쓰며 베일리가 다시 말했다.

"마마, 쟤는……."

"넌 입 다물고 있어, 베일리. 나는 지금 네 동생에게 말하는 중이니까."

나는 도대체 내가 무슨 잘못을 저질렀는지 알 수가 없었다. 하지만 타오르는 불꽃 위에 실처럼 매달려 있는 것보다는 어떻게 된 영문인지 알아보는 쪽이 더 좋을 것 같았다. 그래서 아까 베일리에게 한 말을 다시 한번 되풀이했다.

"제가 한 말은요, '그런데 말이지, 베일리. 플라워즈 부인이 오빠한테 이 과자를 갖다주라고 하셨어……'"

"그게 바로 네가 한 말이지. 어서 옷을 벗거라. 회초리를 가져와야겠다."

처음에는 마마가 장난을 친다고 생각했다. 어쩌면 결국은 "플라워즈 자매님이 내겐 아무것도 안 주시던?" 하는 지나친 농담으로 끝낼 것 같기도 했다. 하지만 마마는 순식간에 길고 밧줄같이 생긴 복숭아나무 회초리를 들고 방에 나타났다. 나무에서 생가지를 꺾은 탓에 수액에서는 쓴 냄새가 풍겼다.

"무릎을 꿇고 앉거라. 베일리, 너도 함께."

우리 세 사람이 무릎을 꿇고 앉자, 마마는 기도했다.

"하느님 아버지, 당신께서는 당신의 이 비천한 종이 겪는 고통을 잘 알고 계십니다. 저는 당신의 도움으로 두 아들을 키웠습니다. 도저히 더는 못 참겠다고 생각한 적도 많았지만 당신이 제게 갈 길을 환히 볼 수 있는 힘을 주셨습니다. 그런데 주님, 오늘 저의 이 무거운 마음을 굽어보시옵소서. 저는 제 아들의 자식들을 바르게 키우려고 애쓰고 있습니다. 하지만 오, 주님, 악마가 곳곳에서 저를 훼방하고 있습니다. 제가 주님의 영광을 위해 헌신하려고 애쓰는 이 지붕 아래에서 그런 불경스러운 말을 듣게 될 줄은 몰랐습니다. 그것도 그 불경스러운 말이 어린아이들 입에서 나왔습니다. 하지만 당신께서는 말씀

162

하셨습니다. 마지막 심판의 날이 오면 형제가 형제에게, 자식이 부모에게 등을 돌리리라고.* 서로에게 이를 갈고 살을 갈가리 찢게 되리라고요. 하느님 아버지, 이 어린아이를 용서하십시오. 이렇게 무릎을 꿇고 당신께 비옵나이다."

그때 나는 소리 내어 엉엉 울었다. 마마의 목소리가 점점 높아지더니 고함 소리가 됐고, 내가 저지른 잘못이 무엇이든 아주 심각한 게 틀림없다는 사실을 깨달았다. 마마는 내 문제를 하느님과 의논하려고 심지어 가게까지 비우지 않았는가. 마마가 기도를 다 마쳤을 때 우리는 모두 울고 있었다. 마마는 한 손으로 나를 자기 쪽으로 끌어당기고 회초리를 들었는데 몇 번밖에는 때리지 않았다. 내 죄로 충격을 받은 데다가 기도를 드려 감정을 배출하고 나니 기진맥진했던 것이다.

마마는 바로 그때 이야기를 하지 않았지만 나중에 저녁때가 되어서야 내 잘못이 "그런데 말이지By the way"라는 말을 사용한 것임을 알게 됐다. 마마가 설명하기를 성경 말씀에 "예수님은 길이요, 진리요 빛Jesus was the Way, the Truth and the Light"**이라 했으니 '그런데 말이지'라고 말하는 것은 '예수님을 걸고by Jesus' 또는 '하느님을 걸고by God'라고 저주를 퍼붓는 것과 정말로 똑같다고 했다. 그러면서 마마의 집 안에서는 주님의 이름을 그렇게 망령되게 함부로 입에 담아서는 안 된다고 했다. 그

---

*   〈마가복음〉 13장 12절
**   〈요한복음〉 14장 6절

러자 베일리가 이렇게 설명하려고 애썼다.

"백인들은 '그런데 말이지'라는 표현을 어떤 말을 하다가 화제를 돌릴 때 사용해요."

그러자 마마는 우리에게 이렇게 다시 한번 일깨워주었다.

"백인들은 대체로 입이 헤프고, 그 사람들이 하는 말은 그리스도께서 몹시 싫어하신단다."

16

최근에 자신을 자유주의자라고 서슴없이 말하는 텍사스 출신의 한 백인 여자가 내게 고향이 어디냐고 물었다. 20세기 초부터 우리 할머니가 스탬프스에 하나밖에 없는 흑인 잡화점을 운영했다고 했더니 그 여자는 탄성을 질렀다.

"어머, 그럼 당신은 사교계의 아가씨였겠네요."

터무니없고 심지어 우스꽝스럽기까지 했다. 하지만 남부의 작은 마을에 사는 흑인 여자아이들은 가난하건, 아니면 몇 가지 생필품에 의존해서 그럭저럭 살아가건 간에, 성인이 되어가면서 잡지에 나오는 부잣집 백인 아가씨들이 받는 것만큼이나 포괄적이고 부적절한 훈련을 받았다.

물론 그 훈련이란 것이 똑같지는 않았다. 백인 소녀들이 왈츠를 배우고, 찻잔을 무릎에 올리고 우아하게 앉는 방법을 배우는 반면, 우리 흑인 여자들은 한참 뒤처져서 빅토리아 중기의 미덕을 배웠다. 배운 것을 실행에 옮길 만한 돈도 없으면서 말이다. (가령 에드너 로맥스는 목화를 따서 번 돈으로 담갈색 레이스 실 다섯 뭉치를 산다. 거친 손가락에 실이 뜯겨서 로맥스는 레이스 뜨기를 자꾸만 되풀이해야 할 테지만 그 친구는 이런 사실을 잘 알면서도 실을 산다.)

자수는 필수 과목이어서 나는 온갖 색깔의 접시 닦는 수건, 베갯잇, 식탁보, 손수건을 트렁크에 가득 가지고 있었다. 나는 코바늘 뜨개질과 레이스 뜨기에도 통달했는데, 내가 만든 우아한 도일리*들이 평생 쓸 만큼 향주머니가 달린 옷장 서랍 안에 들어 있었다. 물론 모든 여자아이는 다림질과 세탁을 할 수 있었지만 진짜 은으로 된 식기로 식탁을 차리고, 고기를 굽고, 고기를 넣지 않고 채소를 요리하는 것 같은 세련되고 고상한 집안일은 다른 곳에서 배워야 했다. 대개 그런 일들이 실제로 관습처럼 행해지는 곳이 교육 장소였다. 나는 열 살이 되던 해 한 백인 여자의 부엌을 내 예절 학교로 삼게 됐다.

바이올러 컬리넌 부인은 우체국 뒤쪽 어딘가에 있는, 세 개의 침실이 있는 집에 사는 뚱뚱한 여자였다. 그 부인은 웃을 때를 빼면 지지리도 매력이 없었다. 언제나 그녀의 표정을 지저분해 보이게 하는 눈과 입 언저리의 주름은 웃어야만 비로소 사라지면서 장난스러운 요정 가면 같은 모습으로 바뀌었다. 하지만 부인의 웃음은 여자 친구들이 놀러 오고 요리사인

*   꽃병 따위 밑에 까는 레이스 장식이 달린 깔개

165

미스 글로리가 칸막이를 한 현관으로 그들에게 시원한 음료수를 대접하는 늦은 오후나 되어야 겨우 볼 수 있었다.

부인의 집 안은 모든 게 너무나 정확해서 인간적인 구석이라곤 아무리 눈을 씻고 찾아도 찾을 수가 없었다. 유리잔은 이곳, 오직 이곳에만 있어야 했다. 컵은 컵대로 제자리가 따로 있어서 만약 그곳이 아닌 다른 장소에 놓기라도 하면 무례하게 반항하는 것으로 간주했다. 식탁은 정확히 12시에 차렸다. 그러면 12시 15분에 컬리넌 부인이 (남편이 들어왔건 들어오지 않았건 간에) 식사를 하러 식탁에 앉았다. 그러면 12시 16분에 미스 글로리가 음식을 내왔다.

샐러드 접시와 빵 접시, 디저트 접시를 제대로 구별하는 데만 내겐 꼬박 일주일이 걸렸다.

컬리넌 부인은 부유했던 부모의 전통을 그대로 이어받았다. 부인은 버지니아주 출신이었다. 컬리넌 집안에서 일했던 노예의 자손인 미스 글로리가 나에게 부인의 이력을 들려주었다. 컬리넌 부인은 (미스 글로리의 말에 따르면) 자신보다 신분이 낮은 남자와 결혼했다. 남편 집안은 재산을 가진 지 그렇게 오래되지 않았으며 그들이 가진 재산마저도 '그렇게 많지가' 않았다고 했다.

그렇게 못생긴 여자라면 자기보다 집안이 좋건 나쁘건 남편을 얻었다는 사실만으로도 운이 좋은 거라고 나는 혼자 속으로 생각했다. 하지만 미스 글로리는 주인마님에게는 어떤 험담도 허용하려고 하지 않았다. 하지만 집안일에는 무척이나 참을성 있게 나를 대했다. 그녀는 접시며 은식기며 하인을 부르는 종鐘에 대해 나에게 차근차근 설명해주었다.

수프를 담는 커다랗고 둥근 그릇은 수프 그릇이 아니라 '튜린'이었다. 그 밖에도 받침이 달린 잔, 셔벗 그릇, 아이스크림 그릇, 와인잔, 녹색 유리 커피잔과 그와 짝을 이룬 받침, 물잔 들이 있었다. 내가 마실 때 쓰는 유리잔도 있었는데 그 잔은 글로리 양의 잔과 함께 다른 선반에 따로 놔뒀다. 수프용 스푼, 그레이비 그릇, 버터나이프, 샐러드용 포크, 고기 써는 큰 접시 등이 내 어휘 사전에 새로이 추가됐고 실제로는 새로운 언어를 배우는 것과 거의 다름없었다. 나는 그 모든 새로운 것, 안절부절못하는 컬리넌 부인과《이상한 나라의 앨리스》에 나오는 것 같은 부인의 집에 매료됐다.

컬리넌 부인의 남편이 어떤 사람이었는지는 지금은 잘 기억나지 않는다. 나는 그 사람을 그냥 내가 이제껏 본 적이 있거나 보지 않으려고 했던 다른 모든 백인 남자와 마찬가지로 도매금으로 취급했다.

언젠가 저녁때 집에 돌아가는 길에 미스 글로리가 컬리넌 부인은 아이를 가질 수 없었다고 말했다. 미스 글로리 말로는 부인의 뼈가 너무 약하기 때문이라고 했다. 그런 비곗덩어리 안에 뼈가 들어 있다는 것조차 상상하기 어려웠다. 미스 글로리가 계속해서 말하기를, 의사가 부인의 여성 기관을 모두 들어냈다고도 했다. 나는 돼지의 기관에는 폐, 심장, 간이 포함되어 있다고 생각했다. 그러니까 만약 컬리넌 부인이 그런 필수적인 기관 없이 걸어 다니고 있다면 그녀가 왜 상표도 붙어 있지 않은 술병에 든 술을 마셔대는지 알 것 같았다. 부인은 자기 몸이 썩지 않도록 방부 처리를 하고 있었다.

베일리에게 그 이야기를 했더니 오빠도 내 생각이 옳다고 맞장구를 쳤다. 그러면서 오빠는 나에게 컬리넌 부인의 남편에게는 흑인 여자가 낳은 딸이 둘이 있는데 나도 잘 아는 아이들이라고 했다. 베일리 말로는 그 아이들이 자기 아버지를 쏙 빼닮았다고 했다. 겨우 몇 시간 전에 보고 왔는데도 컬리넌 부인의 남편 얼굴이 어떻게 생겼는지 기억해낼 수 없었다. 하지만 콜먼네 딸들 얼굴은 떠올릴 수 있었다. 그 아이들은 피부가 무척 흰 데다가 분명히 어머니 쪽을 별로 닮은 것 같지가 않았다. (또한 지금껏 아무도 콜먼 씨 이야기를 꺼낸 적이 없었다.)

이튿날 아침 이상하게도 컬리넌 부인에게 동정심을 느끼지 않을 수 없었다. 부인의 딸들이 될 수도 있었을 그 아이들은 얼굴이 예뻤다. 그 아이들은 머리카락을 곧게 펼 필요도 없었다. 심지어 비를 맞아도 땋은 머리카락이 길들인 뱀처럼 곧게 흘러내렸다. 게다가 입술은 큐피드의 활처럼 볼록하게 생겼다. 컬리넌 부인은 자기가 무엇을 놓쳤는지 몰랐다. 아니, 어쩌면 알았는지도 모른다. 불쌍한 컬리넌 부인.

그 뒤 몇 주 동안 나는 그 집에 일찍 왔다가 늦게 돌아가면서 어떻게든 컬리넌 부인이 아기를 낳지 못하는 사실을 보상하려고 애썼다. 만약 그녀에게 자식이 있었다면 자기 집 뒷문에서 친구 집 뒷문까지 천 번도 넘게 드나들도록 내게 심부름을 시킬 필요가 없었을 게 아닌가. 불쌍하고 늙은 컬리넌 부인.

어느 날 저녁 미스 글로리가 나한테 현관에 있는 여자들에게 마실 것을 내다 주라고 했다. 내가 쟁반을 내려놓고 부엌으로 돌아서는데 여자들 가운데 한 명이 나에게 물었다. 얼굴에 얼룩덜룩 점이 있는 여자였다.

"네 이름이 뭐니, 꼬마야?"

그러자 컬리넌 부인이 말했다.

"그 애는 별로 말을 안 해. 그 애 이름은 마거릿이고."

"그럼 벙어리란 말이야?"

"아니야. 내가 알기로는 제가 말을 하고 싶을 때 말고는 대개는 두더지처럼 입을 꼭 다물고 있다고. 안 그래, 마거릿?"

나는 그녀에게 웃어 보였다. 불쌍한 여자. 내장 기관이 없는 데다가 내 이름까지도 제대로 발음하지 못하다니.

"하지만 착한 애야."

"그래, 어쩌면 착한 애일지 모르지. 그런데 있잖아, 이름이 너무 길어. 난 그렇게 긴 이름은 귀찮아서 못 부른다고. 나 같으면 그냥 '메리'라고 부르겠어."

나는 화가 나서 씨근거리며 부엌으로 돌아갔다. 그 빌어먹을 여자가 나를 '메리'라고 부를 일은 절대 없을 것이다. 굶어 죽으면 죽었지, 그 여자 집에서는 일을 하지 않을 테니까 말이다. 그 여자라면 심장에 불이 붙었다고 해도 절대로 그 심장에 오줌도 누어주지 않겠다고 결심했다. 킬킬거리는 소리가 현관 쪽에서 미스 글로리의 부엌 안으로 들려왔다. 여자들이 무엇 때문에 웃어대는지 궁금했다.

백인들이란 참으로 이상야릇했다. 그 여자들이 내 이야기를 하고 있는 걸까? 그들이 흑인들보다 더 잘 뭉친다는 건 누구나 아는 사실이었다. 어쩌면 컬리넌 부인에게는 세인트루이스에 사는 친구들이 있어서 법정에 섰던 스탬프스에서 온 계집아이 이야기를 듣고서 부인에게 편지로 알려줬을지도 모른다. 그 여자가 어쩌면 프리먼 아저씨에 관해 알고 있는지도 모를 일이었다.

나는 점심을 먹는 둥 마는 둥 밖으로 나와 분꽃을 심은 꽃밭에 앉아 마음을 가라앉혔다. 미스 글로리는 내가 어디 몸이 아픈 것 같다고 생각했는지 그만 집에 가서 마마에게 허브차나 만들어달라고 하라면서 주인마님에게는 자기가 말하겠다고 했다.

나는 연못에 도착하기도 전에 내가 얼마나 어리석었는지 깨달았다. 물론 컬리넌 부인은 그 사실을 알 리가 없었다. 만약 그 사실을 알고 있다면 나에게 좋은 옷을 두 벌씩이나 줬을 리도 없고(마마는 그 옷을 짧게 줄여줬다) 또 나를 '착한 아이'라고 부르지도 않았을 게 분명했다. 나는 속이 편해졌고, 그래서 마마에게는 아무 말도 하지 않았다.

그날 저녁 나는, 뚱뚱하고 나이가 많고 아이가 없는 백인 여자에 관해 시를 한 편 짓기로 결심했다. 그 시는 비극적인 발라드가 될 것이다. 그런데 그 여자의 외로움과 고통의 본질을 포착하려면 그녀를 자세하게 관찰해야 했다.

바로 이튿날 그 여자는 내 이름을 잘못 불렀다. 미스 글로리와 내가 점심을 먹은 접시들을 닦고 있을 때 컬리넌 부인이 문가에 다가왔다.

"메리?"

그러자 미스 글로리가 물었다.

"누구 말인가요?"

약간 기운이 빠진 듯한 컬리넌 부인은 누군지 잘 알고 있었고 나 또한 알고 있었다.

"메리가 랜덜 부인 집에 수프 좀 갖다줬으면 해서. 부인은 며칠 동안 몸이 좋지 않았거든."

미스 글로리의 얼굴에는 자못 놀란 표정이 역력했다.

"마거릿 말씀이세요, 마님? 얘 이름은 마거릿인데요."

"그 이름은 너무 길어. 그 애는 지금부터는 메리야. 어젯밤에 먹었던 수프를 데워서 도자기 튜린에 담아라. 메리, 조심해서 가져가야 한다."

내가 아는 사람들은 하나같이 '자기 이름 외의 다른 이름으로 불리는' 것을 끔찍이도 싫어했다. 흑인들은 지난 몇 세기 동안 검둥이, 깜찍, 깜씨, 검은 새, 까마귀, 검정 구두, 도깨비 등 온갖 상스러운 말로 불렸기 때문에 어떤 흑인을 조금이라도 모욕적으로 해석할 여지가 있는 말로 부르는 것은 참으로 위험한 일이었다.

미스 글로리는 아주 잠깐 내가 안됐다는 생각을 했다. 그러고 나서 곧 나에게 뜨거운 튜린을 건네주면서 말했다.

"신경 쓰지 마라. 마음 쓰지 말라고. 작대기와 돌멩이는 네 뼈를 부서뜨릴 수 있지만 말이란……. 너도 잘 알잖니. 나는 이 집에서 20년 동안이나 부인을 위해 일해왔어."

미스 글로리는 날 위해 뒷문을 열어주었다.

"20년이야. 내가 처음 이 집에 왔을 때 너보다 그렇게 많은 나이가 아니었지. 내 이름은 본래 할렐루야였어. 그게 우리 어머니가 지어주신 이름이었어. 그런데 주인마님이 나에게 '글로리'라는 이름을 지어주셨고, 그게 지금까지 그냥 굳어졌지 뭐야. 지금은 나도 그 이름을 더 좋아해."

미스 글로리가 "그 이름이 더 짧기도 하고" 하고 소리쳤을 때 나는 벌써 집 뒤로 난 작은 길을 따라 내려가고 있었다.

나는 몇 초 동안 웃어야 할지(어떻게 이름을 '할렐루야'라고 지을 수 있을지 생각해보라), 아니면 울어야 할지(백인 여자가 자기 편리를 위해 남의 이름을 마음대로 바꾸도록 내버려두는 걸 상상해보라) 망설였다. 하지만 너무 화가 난 나는 그 어느 쪽도 할 수가 없었다. 나는 그 집에서 일하는 걸 관둬야 했지만 문제는 어떻게 관두느냐 하는 것이었다. 마마는 어떤 이유에서든 관두는 건 허락하지 않을 것이다.

"부인은 훌륭한 사람이야. 정말로 훌륭한 분이지."

랜덜 부인네 가정부가 나한테서 수프를 건네받으며 말했다. 그 집 가정부 이름은 본래 무엇이었으며 지금은 뭐라고 부르는지 궁금했다.

일주일 동안 나는 컬리넌 부인이 나를 '메리'라고 부를 때 그녀의 얼굴을 들여다보았다. 부인은 내가 늦게 오고 일찍 가는 것을 모르는 척했다. 내가 접시에 달걀노른자를 남기고 은식기를 건성으로 닦기 시작하자 미스 글로리는 조금 못마땅해했다. 나는 미스 글로리가 주인에게 불평하기를 기대했지만 그렇게 하지 않았다.

그런데 베일리가 내 딜레마를 해결했다. 오빠는 나에게 그 집 찬장에 어떤 그릇들이 들어 있으며 컬리넌 부인이 가장 좋아하는 접시들이 무엇인지 설명해보라고 했다. 부인이 가장 좋아하는 그릇은 물고기 모양의 캐서롤과 녹색 유리로 만든 커피잔이었다. 나는 베일리의 지시를 마음에 새겼다. 그래서 이튿날 미스 글로리가 빨래를 널고 있을 때 나는 현관에 있는 노파들의 시중을 들라는 부름을 받고 일부러 빈 쟁반을 바닥에 떨어뜨렸다. 컬리넌 부인이 "메리!" 하고 고함을 치는 소리를 듣자, 나는 캐서롤과 녹색 유리 커피잔 두 개를 집어 들고 준비를 했다. 그리고 부인이 부엌문에 나타나 막는 순간 그 그릇들을 타일 바닥에 떨어뜨렸다.

나는 베일리에게 그다음에 무슨 일이 일어났는지 한 번도 제대로 설명을 해준 적이 없다. 왜냐하면 컬리넌 부인이 바닥에 주저앉아 못생긴 얼굴을 일그러뜨리면서 울었다는 부분에 이를 때면 언제나 우리는 왈칵 웃음을 터뜨렸기 때문이다. 그 여자는 뒤뚱거리며 마루를 돌아다니면서 파편을 주워 모으고는 소리를 내어 울었다.

"오, 어머니. 오, 하느님. 이건 버지니아에서 가져온 엄마 그릇인데. 오, 어머니, 미안해요.”

미스 글로리가 마당에서 뛰어들었고 현관에 있던 여자들이 모여들었다. 미스 글로리는 주인마님과 거의 비슷한 정도로 충격을 받았다.

“저 애가 우리 버지니아 접시들을 깨뜨렸다는 말씀인가요? 이를 어쩌면 좋아요?”

컬리넌 부인은 더 큰 소리로 울었다.

“저 조심성 없는 검둥이 계집애 같으니라고. 조심성 없는 검둥이 계집애.”

얼굴에 얼룩덜룩 점이 있는 노파가 몸을 굽히고 물었다.

“누가 그랬어, 바이올러? 메리가 그랬어? 누가 그랬느냐 말야?”

그때 모든 일이 너무 빨리 일어나는 바람에 그녀의 말보다 행동이 앞섰는지 잘 기억나지는 않지만, 컬리넌 부인이 이렇게 말했던 건 알고 있다.

“그 애 이름은 마거릿이야. 빌어먹을, 그 애 이름은 마거릿이라고!”

그러고 나서 부인은 나에게 접시 파편 한 조각을 집어던졌다. 히스테리 때문에 조준이 빗나갔는지 모르지만 파편은 미스 글로리 귀 바로 위쪽을 맞췄고 그녀가 비명을 질렀다. 나는 동네 사람들이 모두 듣게끔 대문을 활짝 열었다.

컬리넌 부인이 한 가지는 옳았다. 내 이름은 ‘메리’가 아니었다.

17

주중에는 하루하루가 다람쥐 쳇바퀴 돌듯 그날이 그날 같았다. 언제나 똑같이 어김없이 찾아왔기 때문에 하루하루가 어제를 거의 그대로 옮겨놓은 것 같았다. 하지만 토요일만은 언제나 그 틀을 깨뜨려 전날과 달랐다.

토요일이면 농부들이 주위에 자식들과 아내들을 줄줄 달고 천천히 걸어서 읍내에 들어왔다. 그들이 입고 있는 마분지처럼 뻣뻣한 카키색 바지와 셔츠를 보면 효성 지긋한 딸이나 아내가 정성껏 손질하느라 고생깨나 했음을 알 수 있었다. 그들은 가끔 우리 가게에 들러 잔돈을 바꿔 빨리 읍내에 가자고 안달하는 아이들에게 딸랑거리는 동전을 나눠줬다. 나이 어린 아이들은 부모가 괜히 우리 가게에서 빈둥거리며 시간을 허비한다고 드러내고 불만을 터뜨렸다. 윌리 삼촌은 그 아이들을 가게로 불러들여, 운반하다가 부서진 달콤한 땅콩사탕 조각을 나눠줬다. 그러면 아이들은 사탕 조각을 게걸스럽게 삼키고는 다시 밖으로 나가 길에서 먼지 많은 흙을 발길로 걷어차면서 이러다가 오늘 과연 읍내에 갈 시간이 있을지 걱정했다.

베일리는 멀구슬나무 근처에서 나이 많은 아이들과 잭나이프 던지기 놀이를 했고, 마마와 윌리 삼촌은 농부들이 전하는 시골의 최근 소식을 듣고 있었다. 나는 한 줄기 햇살에 갇힌 먼지 알갱이처럼 가게 안에 붕 떠 있다는 생각이 들었다. 공기가 밀거나 끌기만 해도 이리 밀리고 저리 밀리지만 결코 유혹적인 어둠 속으로는 한 번도 자유롭게 떨어지지 않은 채.

날씨가 따뜻한 달에는 덥히지 않은 차가운 우물물에서 재빨리 세수하는 것으로 아침을 시작했다. 비눗물은 부엌문 옆에 있는 마당의 작은 터에 끼얹었다. 그곳은 우리가 '미끼 정원'이라고 부르는 곳이었다. (베일리가 그곳에다 미끼에 쓸 벌레를 길렀기 때문이다.) 기도를 마치고 난 뒤 먹는 여름의 아침 식사는 주로 말린 시리얼과 신선한 우유였다. 식사가 끝나면 제각기 맡은 집안일을 했다. (토요일에도 평일에 하는 일을 모두 다 했다.) 마루를 닦고 갈퀴로 마당을 치우고 일요일에 신을 신발들을 닦았으며(윌리 삼촌의 구두는 비스킷 빵으로 닦아야 했다), 토요일이라고 서두르며 숨 가쁘게 찾아오는 손님들 시중을 들어야 했다.

그 시절을 뒤돌아보면 일주일 중에서 내가 토요일을 가장 좋아했다는 것이 이상할 정도였다. 접는 부채의 접힌 부분처럼 끝도 없이 펼쳐지는 일 사이에서 도대체 무슨 즐거움을 찾을 수 있단 말인가? 어린아이들의 참고 견디는 재주는 다른 대안을 생각할 줄 모르는 데서 비롯하는 법이다.

우리가 세인트루이스에서 돌아온 뒤부터 마마는 우리에게 일주일에 얼마씩 용돈을 줬다. 마마는 돈을 받는 것하고 교회에 십일조를 바치는 것밖에는 달리 돈을 다룰 줄 몰랐다. 그렇기에 우리에게 용돈으로 일주일에 10센트씩 준다는 것은 그녀도 이제, 우리가 예전과 달라졌으며 우리가 서먹서먹하게 낯설어졌기 때문에 우리를 낯선 방식으로 대접해야 한다는 사실을 깨닫고 있다는 걸 의미한다는 생각이 들었다.

나는 대개 내가 받은 돈을 베일리에게 줬는데 오빠는 거의 매주 토요일 영화를 보러 갔다. 그리고 돌아오는 길에 나에게 '스트리트 앤드 스미스' 출판사에서 나온 카우보이 책을 갖다줬다.

어느 토요일 베일리가 '라이올토' 극장에서 늦게까지 집에 돌아오지 않았다. 마마는 토요일 저녁마다 하는 목욕을 위해 물을 데우기 시작했고, 저녁 일과는 모두 끝이 났다. 윌리 삼촌은 현관에 앉아 석양 속에서 웅얼거리거나 어쩌면 노래를 부르며 궐련을 피웠다. 꽤 늦은 시각이었다. 어머니들은 밖에서 떼지어 노는 아이들을 불러들였고, "야……야…… 날 못 잡았지" 하며 점점 줄어들던 소리가 그때까지도 공중에 떠돌다가 가게 안에 희미하게 들려왔다. 윌리 삼촌이 입을 열었다.

"마거릿, 불을 켜는 게 좋겠다."

토요일이면 우리는 막바지에 일요일 장을 보는 사람들이 언덕에서 내려다보고 아직 가게가 열려 있다는 걸 알아볼 수 있도록 전깃불을 켰다. 하지만 마마는 벌써 날이 꽤 어두워졌는데도 베일리가 아직 사악한 어둠 속에 나가 있다는 사실을 믿고 싶지 않았기 때문에 그날은 나에게 불을 켜라는 말을 하지 않았다.

부엌에서 허둥지둥 왔다 갔다 하는 모습이나 외롭고 근심 어린 두 눈으로 보아 마마는 걱정하고 있는 게 분명했다. 아들이며 손자며 조카를 키우는 남부의 흑인 여자의 마음속에는

177

언제나 교수대의 밧줄이 매달려 있었다. 조금이라도 일상에서 벗어난 일이 생기면 그것은 끔찍한 소식을 알리는 전조로 밝혀질지 모른다. 이런 이유로 오늘날까지도 남부 흑인들은 미국에서 가장 보수적인 사람들로 꼽힌다.

자기 연민이 강한 사람들이 흔히 그러하듯이 나는 내 친척들의 근심에 거의 동정심을 느끼지 않았다. 만약 베일리에게 정말로 무슨 일이 생겼다고 해도 윌리 삼촌에게는 언제나 마마가 있을 것이고, 또한 마마에게는 가게가 있었다. 그렇다면 결국 우리는 그들의 자식이 아니었다. 하지만 만약 베일리가 죽은 시체로 발견된다면 나야말로 가장 큰 타격을 받는 장본인이 될 것이다. 베일리는 내가 가진 모든 것은 아닐지 몰라도 적어도 내가 당연한 권리로서 요구하는 모든 것이었기 때문이다.

목욕물이 요리용 스토브 위에서 김을 냈지만 마마는 부엌 식탁만 계속해서 몇십 번도 넘게 닦았다.

"마마."

윌리 삼촌이 부르는 소리에 마마가 소스라치게 놀랐다.

"마마."

가게 안의 밝은 불빛 속에서 기다리던 나는 누군가 와서 이 낯선 사람들에게 내 오빠에 관한 무슨 이야기를 하고, 정작 나는 그것이 무슨 일인지 맨 마지막으로 알게 된 사실에 질투심을 느꼈다.

"마마, 마거릿하고 그 애 마중을 나가지 않겠어요?"

내 기억으로 그때 몇 시간 동안이나 아무도 베일리의 이름을 입에 올리지 않았지만, 우리는 모두 그가 말하는 그 애가 누구인지 잘 알았다.

물론이었다. 그런 일이 왜 나에게 일어나지 않을까? 나도 사라져버리고 싶었다. 마마가 말했다.

"꼬마 숙녀는 잠깐만 기다리거라. 어서 가서 스웨터를 입고 내 숄을 가져오렴."

바깥 길은 생각보다 어두웠다. 마마가 손전등을 둥그렇게 비추니 길과 잡초, 무시무시하게 생긴 나무 그루터기들이 드러났다. 갑자기 밤이 적의 영토가 된 것만 같았고, 우리 오빠가 이곳에서 길을 잃었다면 평생 길을 찾지 못할 것만 같았다. 물론 오빠는 나이가 열한 살인 데다가 영리했지만 결국 아주 작은 어린아이일 뿐이다. '푸른 수염의 사나이들'*과 호랑이들 그리고 '살인마들'**이 오빠가 미처 도와달라고 소리를 지르기도 전에 통째로 삼켜버릴 것이다.

마마는 나에게 손전등을 들라고 하고는 내 손을 찾았다. 마마의 목소리가 내 머리 위 높은 언덕에서 들려왔고 어둠 속에서 마마의 손이 내 손을 쥐었다. 나는 왈칵 마마를 사랑한다는 마음이 들었다. 할머니는 아무 말도 하지 않았다. "걱정하

---

*   프랑스 만화의 주인공 슈발리에 라울의 별명. 흔히
     잔인하게 사람을 죽이는 살인자를 가리킨다.
**   1888년 런던 매춘부 일곱을 살해한 일명 '살인마 잭'

지 마라"라든가 "마음을 약하게 먹지 마라" 같은 말 말이다. 다만 내 손을 부드럽게 잡고 있는 거친 손의 감촉이 마마의 걱정과 확신을 나에게 전달했을 뿐이다.

대낮에 내가 잘 알고 있는 집들을 지나쳤지만 너무 어두컴컴해 어디가 어딘지 기억할 수가 없었다.

"안녕하세요, 젱킨스 부인?"

마마는 내 손을 끌며 계속 걸어갔다.

"헨더슨 자매님도 안녕하세요? 무슨 일이 있나요?"

밤보다 더 검은 형체가 마마에게 물었다.

"아니에요, 부인. 아무 일도 없어요. 주님 찬양."

마마가 이 말을 마쳤을 때 우리는 벌써 걱정하는 이웃 사람들을 저만큼 멀리 뒤로했다.

윌리 윌리엄스 아저씨가 운영하는 '두 드롭 인' 선술집은 멀리서도 소름 끼치는 붉은 불빛으로 휘황찬란했고, 연못에선 물고기 비린내가 우리를 감쌌다. 마마가 내 손을 꽉 쥐었다가 놓았을 때 지쳐빠진 노인처럼 혼자서 터벅터벅 걸어오는 조그마한 모습이 눈에 들어왔다. 그는 호주머니에 두 손을 집어넣고 고개를 푹 숙인 채 마치 장의 행렬을 따라 언덕 위로 무거운 발걸음을 옮기는 사람처럼 걸었다.

"베일리."

마마가 오빠를 부르는 것과 동시에 내 입에서 베일리의 이름이 튀어나왔다. 나는 달려가려고 했지만 마마는 한 손으로 다시 내 손을 죔쇠로 죄듯 꼭 붙잡았다. 손을 빼려고 했지만 마마가 나를 자기 옆구리 쪽으로 다시 홱 잡아당겼다.

"그냥 걷는 거야. 지금까지 걸어왔던 것처럼 말야, 꼬마 아가씨."

베일리에게, 위험할 정도로 늦었으며, 모두가 지금까지 걱정했으며, 반드시 그럴듯한, 아주 그럴듯한 거짓말을 꾸며 내야 한다고 경고할 기회가 없었다. 그때 마마가 말했다.

"베일리."

오빠는 조금도 놀라지 않고 고개를 쳐들었다.

"한밤중이 돼서야 집에 돌아오다니, 뭔가 문제가 있단 걸 너도 잘 알고 있지?"

"네, 할머니."

베일리는 넋이 빠진 듯한 표정이었다. 알리바이는 어디다 두고 왔단 말인가?

"도대체 지금까지 뭘 한 거냐?"

"아무 일도 하지 않았어요."

"한다는 말이 그게 전부냐?"

"네, 할머니."

"좋아, 베일리. 어디 집에 가서 보자."

마마가 내 손을 느슨하게 풀어준 틈을 타서 베일리 손을 잡았지만 오빠는 내 손을 뿌리쳤다. 그래서 내가 말했다.

"헤이, 베일리 오빠."

내가 그의 여동생이며 유일한 친구라는 사실을 일깨우고 싶었지만 그는 이런 식으로 투덜거렸다.

"날 그냥 놔둬."

집으로 돌아오는 길에 마마는 손전등을 켜지 않았고, 우리가 어두컴컴한 집들을 지날 때 이웃 사람들이 하는 인사에도 대답하지 않았다.

나는 당황스러우면서도 덜컥 겁이 났다. 베일리는 회초리를 맞을 테고, 오빠는 정말 나쁜 짓을 저질렀는지도 모를 일이다. 나한테 말하지 못할 정도라면 심각한 일이 틀림없었다. 하지만 오빠한테는 녹초가 될 정도로 시끌벅적하게 논 것 같은 분위기는 찾아볼 수 없었다. 다만 슬퍼 보일 뿐이었다. 그래서 나는 아무런 생각도 할 수 없었다.

윌리 삼촌이 말했다.

"이제 다 컸단 말이지, 안 그래? 제 시간에 집에 들어오지도 않고. 할머니께 걱정을 끼쳐 돌아가시게 하고 싶은 거야?"

하지만 베일리는 생각이 너무나 멀리 가 있어 두려움조차 느끼지 못하는 것 같았다. 윌리 삼촌은 성한 손에 가죽 벨트를 쥐었지만 베일리는 눈치채지 못했고 또한 눈치를 챘다 해도 눈곱만치도 상관하지 않는 듯했다.

"이번에는 내가 때려줄 테야."

삼촌은 전에 딱 한 번 우리에게 매질을 했는데, 그때는 복숭아나무 회초리로 가볍게 때렸을 뿐이다. 그런데 이번에는 가죽 벨트를 든 것으로 보아 아예 우리 오빠를 죽이려는 모양이었다. 내가 비명을 지르면서 벨트를 빼앗으려고 했지만 마마가 붙들었다.

"건방지게 굴지 마라, 꼬마 아가씨. 너도 똑같이 매를 맞고 싶지 않다면 말이야. 저 애는 매를 맞을 만하니까 맞는 거야. 넌 이리로 와서 목욕이나 하거라."

부엌에서도 맨살에 벨트를 내리치는 소리가 메마르게 갈라지듯 들렸다. 윌리 삼촌이 숨을 몰아쉬는 소리가 들렸지만 베일리는 아무 소리도 내지 않았다. 나는 너무 무서워서 물을 끼얹을 수도 없었고, 심지어 소리 내어 울어서 베일리가 도와달라고 외치는 소리를 들리지 않게 할 기회도 없었다. 하지만 오빠는 끝내 도와달라고 외치지 않았고 마침내 매질은 끝이 났다.

나는 두 눈을 뜬 채로 자리에 누워서 베일리가 있는 옆방에서 신호를 보내거나 훌쩍거리거나 속삭이거나 하는, 그가 살아 있음을 알려주는 소리를 기다리며 영겁 같은 시간을 보냈다. 기다림에 지쳐 막 잠이 들려는데 베일리 목소리가 들려왔다.

"이제 잠을 자려고 누우려 합니다. 주님께서 부디 제 영혼을 지켜주시고, 만약 제가 깨어나기 전에 죽는다면 주님께서 제 영혼을 거둬주시기를 기도합니다."

그날 밤의 일에 대해 마지막으로 기억나는 것은 베일리가 도대체 왜 그런 잠자리 기도를 했을까 하는 의문이 들었던 일이다. 그 무렵 우리는 몇 년 동안이나 잠들기 전에는 "하늘에 계신 우리 아버지" 하는 주기도문을 외웠는데 말이다.

그 뒤 며칠 동안 우리 가게는 낯선 남의 나라 같았고, 우리는 모두 새로 이민 온 사람들 같았다. 베일리는 말을 하지도 않았고 웃지도 않았으며 사과를 하지도 않았다. 그의 두 눈은 너무나 텅 비어 있어서 마치 영혼이 날아간 것만 같았다. 식사 때면 내가 그에게 고기의 제일 좋은 부위와 디저트 중에서 가장 큼직한 조각을 주려고 했지만 그는 한사코 거절했다.

그러던 어느 날 저녁 돼지우리에서 베일리가 느닷없이 불쑥 이렇게 말을 꺼냈다.

"사랑하는 어머니를 봤어."

베일리가 그렇게 말하면 그건 분명히 사실이었다. 오빠는 내게 거짓말을 하지 않을 테니까. 내가 그에게 언제 또는 어디서 어머니를 봤느냐고 물었는지는 생각나지 않는다.

"영화관에서 봤어."

베일리가 머리를 나무 울타리에 기대면서 말했다.

"진짜 어머니는 아니었어. 케이 프랜시스*라는 여자였지. 그 여자는 우리 '사랑하는 어머니'와 똑같이 생긴 백인 영화배우야."

백인 영화배우가 우리 어머니와 닮았고, 베일리가 그 여배우를 보았다는 사실을 믿기란 그다지 어렵지 않았다. 오빠는 나에게 영화가 일주일마다 바뀌지만 케이 프랜시스가 주연

---

* 〈여성의 접촉〉(1941), 〈언제나 내 마음속에〉(1942), 〈우리 여자들 사이〉 등의 작품에 출연한 미국 영화배우

하는 다른 영화가 스탬프스에 오면 말해줄 테니 함께 가서 보자고 했다. 내 옆자리에 함께 앉겠다고 약속도 했다.

지난 토요일에 베일리 오빠가 늦게 집에 돌아왔을 때는 그 영화를 보고 또 보고 하느라고 늦었던 거다. 나는 그를 이해했고, 또한 오빠가 왜 그 일을 마마나 윌리 삼촌에게 말할 수 없었는지도 이해했다. 그 여자는 우리에게 속한 우리의 어머니였기 때문이다. 우리는 아무에게도 어머니 이야기를 하지 않았는데 그 이유는 남들과 나누기에는 우리가 어머니한테서 차지할 몫이 정말로 충분하지 않았기 때문이었다.

케이 프랜시스의 다음 영화가 스탬프스에 들어올 때까지 우리는 거의 두 달을 기다려야 했다. 베일리는 기분이 상당히 밝아졌지만 기대감 속에서 살았고 보통 때보다 더 긴장한 상태였다. 베일리가 내게 영화가 상영될 거라고 말했고, 우리는 최선을 다해 잘 처신하면서 할머니에게 마땅한, 할머니가 바라는 모범적인 아이들 노릇을 했다.

영화는 가볍고 유쾌한 코미디였고, 케이 프랜시스는 커다란 커프스단추가 달리고 소매가 긴 흰 실크 셔츠를 입었다. 그녀의 침실 전체가 새틴으로 꾸며져 있었고, 꽃을 꽂은 꽃병들이 있었으며, 흑인 하녀가 언제나 "어머 맙소사, 아가씨" 하고 말하면서 돌아다녔다. 그리고 눈알을 굴리고 머리를 긁적거리는 흑인 운전사도 있었는데, 도대체 어떻게 그런 바보 같은 인간에게 그녀의 멋진 자동차들을 맡길 수 있는지 의아스러웠다.

아래층에 있는 백인들은 몇 분 간격으로 웃음을 터뜨리며 위층 발코니에 앉은 흑인들을 조롱했다. 소리는 잠시 그대로 공중을 떠돌았고 이번에는 이층 발코니에 앉은 사람들이 그 소리를 받아 그것과 대항이라도 하듯 극장 벽에 너털웃음을 쏟아냈다.

나도 웃었지만 내 동족에게 퍼붓는 경멸에 찬 농담이 우스워서가 아니었다. 내가 웃은 이유는 그 대단한 영화배우가 백인이라는 것만 빼고는 우리 어머니를 꼭 빼닮았기 때문이다. 하인을 몇천 명씩 거느리고 커다란 저택에 산다는 것만 빼면 그 여자는 우리 어머니와 똑같이 살았다. 그 여자는 백인이고 우리 어머니가 더 예쁘다는 사실만 빼면 백인들이 흠모하는 그 여자가 우리 어머니와 쌍둥이일 수도 있었다. 그들이 그 사실을 모르고 있다고 생각하니 재밌었다. 단 우리 어머니는 그 여자보다 훨씬 더 예뻤다.

그 영화배우 때문에 나는 행복했다. 돈을 모았다가 언제든지 원하기만 하면 어머니를 보러 갈 수 있다는 것은 엄청난 행운이었다. 나는 마치 기대하지 않은 선물을 받기라도 한 것처럼 극장 밖으로 뛰어나왔다. 하지만 베일리는 또다시 풀이 죽었다. (나는 오빠가 한 번 더 영화를 보지 못하도록 사정해야 했다.) 집에 돌아오는 길에 베일리는 기찻길에 멈추어 서서 야간 화물열차가 오기를 기다렸다. 베일리는 열차가 건널목에 도달하기 직전에 달려 나가 철길을 건너갔다.

나는 놀라서 발작 상태가 되다시피 기찻길 반대편에 남았다. 어쩌면 거대한 열차 바퀴에 깔려 베일리의 뼈가 곤죽이 됐는지도 모른다. 아마 화물칸에 올라타려고 하다가 연못으로 튕겨 나가 물에 빠져 죽었는지도 모른다. 최악의 경우 열차를 잡아타고 영원히 이곳을 떠나버렸는지도 모를 일이다.

열차가 지나간 뒤 베일리는 기대고 있던 기둥에서 몸을 일으키더니 그렇게 소리를 지르고 야단법석을 떨었다고 나를 호되게 나무랐다. 그러고는 이렇게 말했다.

"자, 집에 가자."

1년 뒤 베일리 오빠는 정말로 화물차에 몸을 실었지만 아직 나이가 어렸던 데다가 불가사의한 운명의 장난 때문에 결국 캘리포니아에도, '사랑하는 어머니'한테도 가지 못하고 말았다. 그는 2주 동안 루이지애나주 배턴 루지*라는 곳에서 오도 가도 못하고 발이 묶여 있었다.

18

또 하루가 지나갔다. 어스름한 저녁 무렵 목화를 실어 나르는 트럭이 앞마당에 인부들을 쏟아내고 거인의 방귀 소리처럼 붕붕거리는 소리를 내며 떠나갔다. 일꾼들은 예상치 못하게 낯선 장소에 떨어진 사람들처럼 잠깐 주위를 한 바퀴 빙 맴돌았

* 루이지애나의 주도로, 뉴올리언스 북쪽에 있다.

다. 그들의 마음은 축 처져 있었다.

우리 가게에서 일꾼들의 얼굴을 쳐다보기가 무척 괴로웠지만 나한테는 별다른 선택의 여지가 없는 것 같았다. 그들은 마치 이까짓 피곤쯤은 아무것도 아니라는 듯 웃어 보이려고 했지만 몸은 마음이 그렇게 숨기려는 걸 도와주지 못했다. 두 어깨는 심지어 웃을 때조차 축 처졌고, 쾌활한 듯 두 손으로 엉덩이를 짚고 있을 때조차 마치 바지에 왁스를 칠하기라도 한 것처럼 손바닥이 힘없이 허벅지 아래로 미끄러져내렸다.

"안녕하슈, 헨더슨 자매님. 있잖아요, 출발했던 장소로 다시 돌아왔죠, 안 그래요?"

"그래, 맞아요, 스튜어트 형제님. 형제님이 출발한 곳으로 다시 돌아왔어요. 주님 찬양."

마마는 아무리 조그마한 성취도 당연하게 받아들이지 않았다. 날마다 자신의 역사와 미래가 절멸할지도 모른다는 위협을 느끼며 사는 사람들은 자신들이 그나마 살아갈 수 있는 건 오직 거룩한 하느님 보살핌 덕분이라고 생각했다. 사람들이 그토록 비천하고 가난한 삶을 하느님 뜻으로 여기는 게 흥미로워 보인다. 그런데 정작 사람들이 점점 풍요로워지고 생활 수준과 생활양식이 물질적으로 향상될수록 하느님께서는 짊어져야 할 책임의 무게를 그에 걸맞게 낮춰주신다.

"누가 하느님 나라에 들어갈 공적을 쌓는가가 문제죠. 네, 부인. 거룩하신 주님 덕분이에요."

사람들의 작업복 바지와 셔츠는 일부러 찢은 것 같았고,

머리에 묻은 목화 보푸라기와 먼지 때문에 지난 몇 시간 동안 반백이 된 듯한 모습이었다.

여자들은 발이 퉁퉁 부어올라서 남자들이 신다 버린 신발을 신고 있는데도 이제는 발에 꼭 들어맞았다. 여자들은 목화를 딸 때 팔에 달라붙은 먼지와 부스러기를 우물가에서 씻어 냈다.

나는 황소처럼 사역당하는 그 사람들이 모두 미웠고, 심지어 자신들이 하는 일이 그렇게 나쁘지 않은 척하려는 태도는 더욱 수치스럽게 느껴졌다. 그들이 유리로 된 캔디 진열장에 너무 세게 몸을 기댈 때는 '인간의 자세를 취하라고' 말하고 싶었다. 하지만 입을 열었다가는 마마에게 매를 맞을지 모른다. 마마는 그들이 기대어 서서 몸무게로 진열장을 삐걱삐걱 소리가 나게 해도 이리저리 돌아다니면서 주문받은 물건을 챙기고 계속 이야기를 했다.

"저녁거리도 살 건가요, 윌리엄스 자매님?"

베일리와 내가 마마를 거드는 동안 윌리 삼촌은 현관에 앉아 그날 있었던 일 이야기를 들었다.

"주님 찬양. 아니에요, 자매님. 어젯밤에 남은 음식으로 충분해요. 얼른 집에 가서 몸을 씻고 부흥회에 가려고요."

해면처럼 지칠 대로 지친 상태에서 교회에 간다고? 집에 돌아가 하루 종일 일하느라 고문당하다시피 한 몸뚱이를 깃털 침대에 누일 생각이 없다고? 그러고 보니 우리 동족들은 선천적으로 자학 성향을 띠고 태어난 건지도, 가장 가난하고 힘들게 살아갈 팔자일 뿐 아니라 우리 자신이 그렇게 사는 걸 좋아하는 건지도 모른다는 생각이 들었다.

"무슨 말인지 알겠어요, 윌리엄스 자매님. 육체에 음식을 먹이듯 영혼에도 양식을 먹여야지요. 주님 뜻이라면 나도 아이들을 데리고 가겠어요. 성경 말씀에도 '아이들을 올바른 길로 인도하라. 그러면 그들은 그 길을 벗어나지 않을 것이다'* 하셨잖아요."

"그렇게 말씀하셨죠. 확실히 그렇게 말씀하시고말고요."

기찻길 근처에 있는 목화밭 한가운데 평평한 땅에 천막이 세워졌다. 바닥엔 부드러운 마른풀과 목화 줄기를 겹으로 카펫처럼 깔았다. 아직도 부드러운 땅에는 접는 의자들을 박았고, 텐트 뒤쪽 중앙 대들보에 커다란 나무 십자가 하나를 걸어놓았다. 설교단 뒤에서부터 천막 입구까지 전구들을 줄지어 매달았고, 그 전구들이 다시 바깥에서는 두께 5센티미터에 폭 10센티미터짜리 거친 각목으로 만든 기둥들에 연결됐다.

어둠 속에서 다가가보면 흔들거리는 전구들은 외롭고도 무의미해 보였다. 그것들은 불을 밝히거나 그 밖의 의미 있는 목적을 위해 그곳에 매달려 있는 것처럼 보이지가 않았다. 또

---

* 〈잠언〉 22장 6절

한 A자 모양의 희끄무레한 삼차원 천막은 목화밭에 너무나 어울리지 않아서 당장이라도 벌떡 일어나 내 눈앞에서 날아갈 것만 같았다.

갑자기 사람들이 임시 교회 안으로 꾸역꾸역 몰려드는 모습이 보였다. 어른들 목소리가 진지한 사역의 의도를 중계했다. 사람들은 조용한 목소리로 서로 인사를 나눴다.

"안녕하세요, 자매님. 별일 없으시죠?"

"주님 찬양. 그냥 그럭저럭 지내고 있어요."

그들의 마음은 온통 곧 시작될 하느님과의 영적인 만남에 쏠렸다. 이 자리는 세속적인 관심사나 개인적인 질문에 몰두하는 자리가 아니었다.

"은혜로우신 주님께서는 제게 또 하루 새날을 주셨고, 저는 감사하고 있어요."

여기에 개인적인 문제가 끼어들 틈이란 도무지 없었다. 공적은 모두 하느님 것이고, '중심'이 흔들리거나 줄어들지도 모른다는 환상은 있을 수가 없었다.

십 대들도 어른들만큼이나 부흥회를 즐겼다. 십 대들은 밖에서 갖는 밤 집회를 연애 장소로 이용했다. 임시로 설치한 천막 교회가 그들의 경박한 행동에 부채질했고, 그들은 눈을 반짝이며 서로 윙크했다. 어둠 속에서 여자아이들이 작고 낭랑한 소리로 킥킥거리는 동안, 사내아이들은 폼을 잡고 우쭐대며 모른 척했다. 거의 어른이 다 된 여자아이들은 관습이 허용하는 범위에서 최대한 몸에 달라붙는 스커트를 입었고, 젊은 남자들은 모롤라인 헤어 드레싱과 물로 머리카락을 반지르르하게 빗어 내렸다.

하지만 어린아이들한테는 천막 안에서 하느님을 찬양한다는 게 아무래도 어리둥절했다. 어쩐지 불경스러운 일인 것만 같았다. 머리 위에서 아무렇게나 흔들거리는 전등불이며, 발밑의 흙바닥이며 공기로 부풀어 오른뺨처럼 부풀었다 꺼졌다 하는 천막 벽은 시골 장터를 떠올리게 했다. 더구나 좀 큰아이들이 팔꿈치로 슬쩍 찌르고 잡아당기고 윙크를 보내는 행동은 분명히 교회에서 할 짓은 아니었다. 하지만 교회 원로들의 긴장감이, 모인 사람들 모두를 마치 두꺼운 담요처럼 짓누르는 기대감이 무엇보다도 가장 당혹스러웠다.

점잖은 예수님께서 이런 임시 장소에 들어오고 싶어 하실까? 제단은 언제 뒤집어질지 모르게 흔들거렸고 헌금 테이블은 한쪽 다리가 삐딱하게 기울어졌다. 한쪽 다리는 푸석푸석한 흙 안에 있었다. 하느님 아버지께서 당신의 하나뿐인 외아들이 목화 따는 일꾼들과 하녀들, 세탁부들과 잡역부들 무리와 함께하도록 허락하실까? 하느님께서 일요일마다 교회에 성령을 내려보내주신다는 건 알고 있었지만 말이다. 결국 그곳은 교회였고 사람들은 그 전날인 토요일에 하루 종일 쉬면서 힘든 노동의 옷과 절망의 겉껍질을 훌훌 벗어버릴 수가 있었다.

모든 사람이 부흥회에 참석했다. 잘난 체하는 시온산 침례교회 사람들이 지적인 흑인 감리교파 감독교회와 흑인 감리

교파 감독교회 시온파에 속한 지적인 신도들이며 기독 감리교
파 감독교회의 평범한 노동자 신자들과 함께 뒤섞여 앉았다.
이런 집회를 통해서만 연중 유일하게 마을의 모든 선량한 사
람이 예수교파* 신도들과 함께 어울렸다. 사람들은 예수교파
신도들이 예배를 볼 때마다 너무 시끄럽고 요란스럽게 떠들어
대기 때문에 의구심이 어린 눈으로 바라보았다. 그 사람들이
"성경 말씀에 '주님이 들으시도록 즐겁게 소리를 높여라. 그리
고 매우 기뻐하여라'**라고 쓰여 있다고 설명을 해도 동료 기
독교 신자들의 오만한 태도를 바꿀 수는 없었다. 예수교파 신
도들의 교회는 다른 교회들과 멀리 떨어져 있었지만 일요일이
면 때로 기절해서 쓰러질 때까지 노래하고 춤을 추는 소리가
반 마일 밖까지 들렸다. 다른 교회 사람들은 그렇게 요란하게
소리를 질러대는 그 '열성파 신도들'이 과연 하늘나라에 가기
는 하는지 궁금해했다. 그 사람들은 바로 이곳 지상에서 천국
을 맛보고 있는 것 같았으니까 말이다.

　이번 부흥회는 그 사람들이 1년에 한 번 여는 정기 부흥회
였다.

　얼굴이 새처럼 생긴 조그마한 덩컨 부인이 집회의 첫 순
서를 시작했다.

---

*　　펜테코스트파. 곧바로 나오는 '열성파 신자들'이 믿
는 교파를 가리킨다.

**　　〈시편〉 100장 1절; 〈마태복음〉 5장 12절

"저는 제가 주님의 증인이라는 걸 잘 알고 있습니다. ……
저는 제가 주님의 증인이라는 걸 잘 알고 있습니다. 저는 제가
주님의 증인이라는 걸 잘 알고 있습니다……."

바싹 마른 손가락 같은 덩컨 부인의 목소리가 칼로 찌르
듯 공중 높이 올라가자 청중이 그 소리에 응답했다. 앞쪽 어딘
가에서 딸랑거리며 탬버린을 흔드는 소리가 들렸다. '알고'라
는 말에 두 번, '제가'라는 말에 두 번, '증인'이라는 말의 끄트
머리에 두 번.

거의 비명에 가까운 덩컨 부인의 목소리에 다른 목소리들
이 합세했다. 여러 목소리가 한데 합쳐지자 소리가 한결 부드
러워졌다. 사람들은 지붕이 날아갈 듯 손뼉을 치고 박자를 맞
추었다. 소리로나 열정으로나 노래가 절정에 이르자 그동안
줄곧 제단 뒤에서 무릎을 꿇고 있던 키가 크고 몸이 마른 남자
가 일어서서 모인 사람들과 함께 몇 소절을 불렀다. 남자는 기
다란 두 팔을 뻗어 연단을 꽉 붙잡았다. 노래하던 사람들이 흥
분을 가라앉히는 데는 조금 시간이 걸렸지만 목사님은 어린아
이의 태엽 감는 장난감처럼 노래의 태엽이 다 돌아가 통로가
잠잠해질 때까지 꼼짝 않고 서 있었다.

"아멘."

목사님이 청중을 쳐다보면서 입을 열었다.

"네, 목사님, 아멘."

거의 모든 사람이 그를 따라 했다.

"교회에 있는 사람 모두 '아멘' 합시다."

그래서 모두가 "아멘" 했다.

"주님께 감사합시다. 주님께 감사합시다."

"맞습니다. 주님께 감사합시다. 네, 주님, 아멘."

"비숍 형제께서 기도를 인도하시겠습니다."

네모난 안경을 끼고 갈색 피부에 키가 큰 남자가 앞줄에서 나와 제단 쪽으로 걸어 올라갔다. 목사님은 오른쪽에, 비숍 형제는 왼쪽에 무릎을 꿇었다.

"아버지 하느님."

그가 기도하기 시작했다.

"제 발을 수렁과 진창에서 건져주신 당신……."

교회에 모인 사람들이 신음하듯 "아멘"을 부르짖었다.

"제 영혼을 구원하신 당신. 어느 날. 보십시오, 사랑이 충만하신 예수님. 당신의 고통받는 이 자식들을 굽어살펴주시옵소서……."

그러자 모인 사람들이 애원했다.

"굽어살펴주시옵소서, 주님."

"저희를 허물어진 곳에서 다시 일으켜 세우시고…… 아픈 자와 고통받는 자를 축복하시고……."

보통 때 하는 평범한 기도였다. 다만 그의 목소리는 뭔가 색다른 분위기를 풍겼다. 그 사람은 두 마디 말을 할 때마다 숨을 헐떡거리며 공기를 성대 위로 끌어당기면서 꿀꿀거리는 돼지 소리를 뒤집어놓은 소리를 냈다.

"제 영혼을"—꿀꿀—"구원하신"—헐떡—"당신"—숨을

들이마시고—"어느 날"—흐응.

그러고 나서 사람들은 덩컨 부인의 선창에 따라 모두 함께 노래를 불렀다.

"소중하신 주님, 제 손을 잡아 저를 인도해 일어서게 하옵소서."

기독 감리교파 감독교회에서 보통 때 불렀던 것보다 빠른 속도로 불렀지만 그런대로 괜찮았다. 그 찬송가 가락에는 노랫말이 담은 슬픈 의미를 바꿔놓는 환희 같은 게 담겨 있었다.

"어둠이 내리고 밤이 다가오고 나의 인생이 거의 끝나갈 때……."

그 찬송가 가락에는 그런 온갖 것들과 함께 크나큰 환희를 맛볼 시간이 오리라 암시하는 자유분방함 같은 것이 깃들어 있는 듯했다.

신심이 깊은 고함쟁이들은 벌써 자신들의 존재를 알리고는 부채(텍사캐나의 가장 큰 흑인 장의사에서 나눠준 마분지 광고 전단)와 하얀 레이스 수건을 공중 높이 쳐들고 흔들었다. 그들이 검은 손에 들고 있는 물건들은 나무 뼈대가 없는 작은 연처럼 보였다.

키가 큰 목사님이 또다시 제단 앞에 섰다. 목사님은 노래가 끝나고 흥분이 가라앉기를 기다렸다. 마침내 목사님이 입을 열었다.

"아멘, 영광."

그러자 사람들은 천천히 노래를 멈추고는 말했다.

"아멘, 영광."

아직도 마지막 소절이 공중에서 서로의 소리 위에 계단처럼 남아 있었기 때문에 목사님은 조금 더 기다렸다.

"내가 강가에 서 있을 때……."

"그곳에 서 있을 때 내 발을 인도해……."

"내 발을 인도하시고 내 손을 잡아주소서."

사람들은 돌림노래의 마지막 단계처럼 이 노래를 불렀다. 그러다가 마침내 잠잠해졌다.

성경 봉독은 〈마태복음〉 25장 30~46절이었다. 설교 주제는 '이 중에서 가장 늦은 자'였다.

몇 번에 걸친 아멘 소리에 맞추어 성경 봉독을 마친 뒤 목사님이 말했다.

"〈고린도전서〉에서 말씀하시기를, '내가 사람과 천사의 방언으로 말할지라도, 내게 사랑이 없으면 소용이 없습니다. 내가 내 모든 옷을 가난한 사람들에게 나누어줄지라도, 내게 사랑이 없으면 소용이 없습니다. 내 몸을 불사르도록 내어준다고 해도 내게 사랑이 없으면 내게는 아무런 이로움이 없습니다. 내 몸을 불사르도록 내어준다고 해도 사랑이 없으면 아무런 이로움이 없습니다'* 했습니다. 저는 저 자신에게 물어야겠습니다. 그렇다면 사랑이라는 것이 도대체 무엇인가 하고

---

*   목사는 지금 〈고린도전서〉 13장 1~3절 내용을 자유롭게 의역하고 있다.

요? 만약 선한 행동이 사랑이 아니라면…….”

그러자 회중이 재빨리 응답했다.

“맞습니다, 주님.”

“……내 피와 살을 내어주는 게 사랑이 아니라면?”

“네, 주님.”

“사람들이 그렇게 많이들 말하는 사랑이라는 것이 도대체 무엇인지 저는 저 자신에게 물어봐야겠습니다.”

나는 그렇게 빨리 본론에 들어가는 설교자는 여태껏 한 번도 본 적이 없었다. 교회 안에서는 벌써 콧노래 소리가 날카롭게 들리기 시작했고, 다가올 흥분의 순간을 알고 있는 사람들은 기대감으로 눈알이 튀어나올 정도였다. 마마는 나뭇가지처럼 꼼짝 않고 앉아 있었지만 한 손에 손수건을 똘똘 뭉쳐 쥐고 있었다. 내가 수놓은 손수건 한쪽 귀퉁이만이 빠끔히 삐져나와 있었다.

“제가 알기로는, 사랑은 뽐내지 않습니다. 우쭐대지 않습니다.”

목사님은 깊은 한숨을 내쉬며 우리에게 사랑이 아닌 것이 무엇인지 가르쳤다.

“사랑은 돌아다니며 ‘내가 너에게 먹을 것을 주고 입을 옷을 주니 너는 마땅히 나에게 감사해야 한다’라고 말하지 않습니다.”

회중은 누구를 두고 말하는지 바로 알아듣고는 그 말에 동의했다.

"진리를 말씀해주십시오, 주님."

"사랑은 '내가 너에게 일자리를 주니 너는 내 앞에 무릎을 꿇어야 한다'고 말하지 않습니다."

한마디 한마디가 듣는 사람의 마음을 뒤흔들었다.

"사랑은 '내가 받아야 할 것을 지불하니 너는 나를 주인이라고 불러야 한다'고 말하지 않습니다. 사랑은 나더러 나 자신을 굽히고 비하하라고 요구하지 않습니다. 그러는 건 사랑이 아닙니다."

불과 몇 시간 전만 해도 목화 따는 일에 지쳐 우리 앞마당에 널브러져 있던 스튜어트 부부가 앞줄 오른쪽의 금방이라도 부서질 것 같은 의자 한쪽 가장자리에 앉아 있었다. 부부의 얼굴은 영혼에 깃든 기쁨으로 찬란하게 빛이 났다. 비열한 백인들은 이제 응분의 벌을 받게 될 것이다. 목사님이 그렇게 말하고 있지 않은가. 또한 그는 하느님 자신의 말씀을 그대로 옮기고 있지 않은가. 그들은 복수할 수 있다는 소망과 정의 실현에 대한 기대로 완전히 새로운 기분을 느꼈다.

"아아아, 라아아, 제가 말했습니다. ……사랑이란 것을. 우우우, 사랑. 그것은 자신을 위해서는 아무것도 바라지 않습니다. 사랑은 주인이 되는 것을 바라지 않습니다. ……와아아……우두머리가 되는 것을 바라지 않습니다. ……와아아……사랑은 작업 현장의 감독이 되는 것을 바라지 않습니다. ……와아아……그것은……저는 지금 사랑에 대해 말씀드리고 있습니다. ……사랑은 바라지 않습니다. ……오, 주여……오늘 밤 저를 도와주소서. ……사랑은 고개를 숙이고 인사를 받는 것도, 한쪽 발을 뒤로 빼고 절을 받는 것도 바라지 않습니다……."

고개를 숙이고 발을 뒤로 빼고 하는 절로써 미국 역사에 길이 남을 그 사람들은 임시 천막 교회에서 쉽게 감동하고 행복해했다. 비록 자신들이 비천한 사람 중에서도 가장 비천할지 몰라도 그렇다고 조금의 사랑도 없지는 않았다는 확신과, 성경 말씀대로 "위대한 심판의 날 아침에 예수님께서는 양들(자신들)을 염소들(백인들)과 갈라놓으실 것"*이라 확신했다.

"사랑은 소박합니다."

그러자 사람들이 소리를 내어 그 말에 동의했다.

"사랑은 가난합니다."

목사님은 지금 우리를 두고 말하고 있었다.

"사랑은 평범합니다."

그건 대체로 맞는 말이라는 생각이 들었다. 평범하고 소박한 것, 그것이 곧 사랑이었다.

"사랑은…… 오오오. 사─라─앙. 여러분은 지금 어디에 있습니까? 우우우……사랑."

그때 '쾅' 하고 의자 하나가 넘어지더니 장작을 패는 듯한 날카로운 소리가 교회 뒤쪽 공기를 갈라놓았다.

"저는 지금 여러분을 부르고 있는데 여러분은 대답하지

---

* 〈마태복음〉 25장 32절

않습니다. 우우우, 오, 사랑."

내 앞쪽에서 또 다른 외침이 터져 나오더니 몸집이 큰 여자 하나가 마치 세례를 받으려는 사람처럼 두 팔을 머리 위로 뻗친 채 '쿵' 하고 바닥에 떨어졌다. 감정의 분출에는 전염성이 있었다. 마치 독립기념일 폭죽처럼 여기저기서 작은 외침이 터져 나왔다.

목사님 목소리는 마치 시계추 같았다. 왼쪽에서 아래로, 오른쪽에서 아래로 그리고 또다시 왼쪽에서 흔들거렸다.

"어떻게 제 형제라고 주장하면서 저를 미워할 수가 있습니까? 그게 사랑입니까? 어떻게 제 누이라고 주장하면서 저를 경멸할 수가 있습니까? 사랑이 그런 건가요? 어떻게 제 친구라고 주장하면서 저를 학대하고 그렇게 모욕할 수가 있습니까? 그게 사랑입니까? 오, 제 자녀들이여, 제가 이곳에 멈춘 건……."

회중은 그의 말이 끝날 때마다 흔들거렸다. 그 말을 강조하면서, 또한 그 말에 동의를 보내면서 말이다.

"이곳에 멈추옵소서, 주님."

"……이 말씀을 드리기 위해서, 여러분께 마음을 열고 사랑이 널리 퍼지게 하라고 말씀드리기 위해서였습니다. 주님을 위해 원수를 용서하십시오. 이 병들고 썩은 세상에 예수님께서 말씀하신 사랑을 보여주십시오. 세상엔 사랑을 주는 사람이 필요합니다."

목사님 목소리가 점점 낮아졌고 감정을 폭발하는 소리도

점점 줄어들면서 주위가 조용해졌다.

"이제 저는 사도 바울이 하신 말씀을 되풀이하겠습니다. '그러므로 믿음, 소망, 사랑, 이 세 가지는 항상 있을 것인데, 그 가운데 으뜸은 사랑입니다.'*"

회중은 만족스러운 마음으로 나지막하게 울부짖었다. 설령 자신들이 지금은 사회의 밑바닥 인생을 살고 있을망정 흰 대리석이 깔린 천국에 가서는 천사가 될 것이고 하느님 아들인 예수님 오른쪽 자리에 앉게 될 것이다. 주님께서는 가난한 사람들을 사랑했고 이 세상에서 높은 자리에 앉은 사람들을 미워했다. 부자가 하늘나라에 들어가는 것보다 낙타가 바늘귀로 지나가는 것이 더 쉽다고 주님께서 직접 말씀하시지 않았던가?** 그들은 역사책에서 미쳤다고 말했던 존 브라운*** 같은 몇몇 백인을 제외하면 오직 자신들만이 젖과 꿀이 흐르는 땅에서 살 것이라 확신했다. 일반적으로 모든 흑인, 특히 부흥회에 참석한 사람들이 이 세상에서 온갖 고생과 걱정을 겪으면서도 꿋꿋이 참아내며 살고 있는 것은, 저 멀리 먼 훗날에 축복받은 집이 그들을 기다리고 있기 때문이다.

"아침이 밝아오고 하느님의 모든 성자가 집에 모이는 먼

---

*   〈고린도전서〉 13장 13절
**   〈마태복음〉 19장 24절
*** 미국의 노예해방론자. 버지니아주의 무기고를 습격해 무기를 강탈하고 노예를 규합, 봉기를 일으켰지만 3일 만에 투항, 교수형을 받았다.

훗날에 우리는 우리가 어떻게 시련을 극복했는지 이야기할 테고, 그때는 모든 걸 더 잘 이해할 수 있을 겁니다."

복음을 전하던 목사님이 교회 문을 열어젖히자 옆 통로에 기절해 있던 몇 사람이 깨어나기 시작했다. "예수님, 감사합니다" 하는 목소리를 덮으며 목사님은 찬송가조調로 노래를 불렀다.

상처받고 슬픔과 근심에 싸여
나는 예수님을 찾아왔네.
주 안에서 안식을 찾았네.
주께서 나를 기쁘게 했네.

나이 많은 여자들이 그 찬송가를 받아 화음을 잘 맞춰 합창했다. 사람들의 콧노래 소리가 나에게는 집에 가고 싶어서 안달하는 지친 벌 떼 소리처럼 들렸다.

"지금 제 목소리를 듣고 계신 분 중에 영적인 집이 없거나 마음의 짐이 무거운 분들은 모두 앞으로 나오시기를 바랍니다. 너무 늦기 전에 나오십시오. 저희 예수교회에 나오라고 부탁하는 말씀이 아니올시다. 그게 아닙니다. 저는 단지 하느님의 종일 뿐, 우리는 방황하는 영혼을 주님께 인도하려고 이 부흥회에 나왔습니다. 그러므로 오늘 밤 하느님을 찾고 싶은 분들은 어느 교회에 속하고 싶은지 말씀하십시오. 우리가 그 교회 대표에게 인도하겠습니다. 다음에 말씀드리는 교회에서 집사님 한 분씩 앞으로 나오시겠습니까?"

그야말로 혁명적인 행동이었다. 목사가 다른 교회에 신자들을 모아줬다는 이야기는 이제껏 한 번도 들은 적이 없었다. 설교자들 가운데서 처음 보는 사랑의 행위였다. 흑인 감리교파 감독교회, 흑인 감리교 감독교회 시온파, 침례교회, 기독감리교파 감독교회에서 대표들이 앞으로 나가 몇 걸음씩 떨어져 자리를 잡았다. 전향한 죄인들이 통로를 따라 나아가 목사와 악수하고 그의 옆에 서 있거나 또는 줄지어 선 다른 교회 대표에게 인계됐다. 그날 밤 스무 명이 넘는 사람들이 구원받았다.

죄인들이 구원받는 동안 만족스럽고 감미로운 설교를 들을 때만큼이나 흥분의 소용돌이가 일었다.

점점 숱이 적어지는 머리카락에 동그란 흰 레이스 조각을 꽂은 나이 많은 '교회의 어머니들'은 그들만의 의식을 가졌다. 부인들은 개종한 사람들 주위를 돌면서 노래를 불렀다.

내년 이맘때가 되기 전에
나는 떠날지도 모르네.
외로운 무덤으로
오, 주여 얼마나 남았는지요?

헌금 모금이 끝나고 주님을 찬양하는 마지막 찬송가를 부른 후 목사님은 회중 모두에게 영혼을 하느님께 다시 바치고 평생을 사랑으로 살아가도록 부탁했다. 그리고 나서 모두 해산했다.

밖으로 나와 집으로 돌아가는 길에 사람들은 마치 어린아이들이 게임이 끝난 것을 못내 아쉬워하며 진흙으로 만든 파이를 가지고 놀 때처럼 그날 저녁 일어난 기적을 되새겼다.

"오늘 밤 주님께서 그 목사님과 함께하신 거야, 안 그래?"

"물론이고말고. 강력한 불길이 목사님께 내리셨어."

"주님을 찬양하라. 나는 구원을 받은 게 너무 기뻐."

"그건 사실이야. 이제 모든 게 확 달라질 거야."

"내가 일하는 집 사람들도 이 설교를 들었더라면 얼마나 좋을까. 그 사람들은 자기들이 어떤 책임을 짊어지고 있는지 모르거든."

"성경 말씀에 '들을 수 있는 사람은 듣게 하라. 들을 수 없는 사람은 후회하리라'* 하셨잖아."

그들은 가난한 사람들의 의로움과 짓밟힌 사람들만이 맛보는 독특한 감정을 느끼며 행복한 기분에 취했다. 백인들이 돈, 권세, 인종차별, 빈정거림, 커다란 저택과 학교, 카펫 같은 잔디밭, 책들을 모두 갖도록 내버려두자. 그리고 무엇보다도, 무엇보다도 그들이 하얀 피부를 그들 몫으로 갖도록 내버려두기로 하자. 영원토록 지옥에서 불타느니 차라리 잠깐 이승에서 침 뱉음을 당하고 학대받으면서 힘없고 비천하게 사는 편

---

*   〈에스겔〉 3장 27절

이 나을 것이다. 기독교인들 그리고 사랑할 줄 아는 사람들은 아무도 자신들을 억압하는 자들이 영원히 지옥의 유황불에서 고통받는 것을 기쁘게 여긴다고 시인하지 않을 것이다.

하지만 그건 성경에서 말씀하신 것이고 성경은 절대로 빈 말을 하지 않는다.

"어느 구절에선가 '이 말 한마디가 바뀌기 전에 하늘과 땅 이 모두 멸망하리라'* 하지 않았던가? 사람들은 뿌린 대로 거 둘 거야."

신도들의 중심 무리가 연못에 있는 짧은 다리에 이르렀을 때 싸구려 선술집에서 흘러나오는 귀에 거슬리는 음악 소리가 그들을 공격했다. 마룻바닥을 구르는 발소리 위로 술집의 블 루스 음악이 요란스럽게 들려왔다. 몸 파는 여자 미스 그레이 는 토요일 밤 단골손님들을 받고 있었다. 커다란 하얀 술집은 찬란한 불빛과 소음으로 번쩍거렸다. 그 안에 있는 사람들은 얼마 동안 자신들의 불행을 벗어던졌다.

그 시끄러운 소리가 들리는 곳 근처를 지나가면서 신앙심 깊은 사람들은 고개를 떨어뜨리고 대화를 멈추었다. 현실이 다시 머릿속으로 천천히 꾸물꾸물 기어들기 시작했다. 결국 그들은 가난하고 배고프고 경멸받고 소외된 자들에 지나지 않 을 뿐, 저쪽 세상에 사는 죄인들이 운전석에 앉아 있는 셈이었 다. 자비로우신 하느님 아버지, 얼마나 오랫동안 이렇게 살아

* 〈마태복음〉 5장 18절

206

야 합니까? 얼마나 오래 이렇게 살아야만 하나요?

음악을 잘 모르는 사람이라면 몇 분 전에 부흥회에서 불렀던 찬송가와 기찻길 옆 선술집에서 춤을 추라고 틀어놓은 노래를 구분할 수 없을 것이다. 모두가 똑같은 질문을 던졌다. 오, 하느님, 얼마나 오래 기다려야 합니까? 얼마나 오래 기다려야 합니까?*

19

가게 안은 발 디딜 틈도 없이 만원이었지만 사람들은 계속해서 벽을 따라 비집고 들어왔다. 윌리 삼촌은 현관에 있는 젊은이들까지 한 마디도 놓치지 않고 들을 수 있도록 라디오 볼륨을 최대한 높였다. 여자들은 부엌 의자, 식당 의자, 등 없는 간이 의자로도 모자라 나무 상자까지 뒤집어 그 위에 앉았다. 무릎마다 어린아이들과 갓난아이들이 올라앉았고, 남자들은 선반에 기대거나 서로에게 기대어 섰다.

검은 하늘에 번갯불이 재빠르게 지나가는 것처럼 걱정하는 분위기에는 유쾌함이라는 빗줄기가 스치고 지나갔다.

"나는 이번 시합 걱정 안 해. 조**가 백인 녀석을 멋지게 때

---

* 〈시편〉 13편 1절; 〈이사야서〉 6장 11절
** 미국 헤비급 흑인 권투 선수로 1937~1949년 세계

207

려눕힐 거야."

"조는 백인 녀석이 자기더러 '엄마'라고 부를 때까지 펀치를 날릴 거야."

마침내 사람들 말소리가 그치고 면도칼에 관한 줄처럼 긴 노래들*이 끝나자, 경기가 시작됐다.

"머리에 짧게 잽을 날렸습니다."

그러자 가게 안의 사람들이 웅성거렸다.

"머리에 레프트, 라이트, 다시 한번 레프트."

라디오를 듣던 사람 중 하나가 암탉 같은 꼬꼬댁 소리를 내고는 입을 다물었다.

"지금 클린치** 상태입니다. 루이스 선수가 떼어내려는군요."

현관에 있던 어떤 성질 고약한 코미디언이 말했다.

"저 백인 녀석은 지금 검둥이를 끌어안고 있는 게 싫지도 않은 모양이지. 그건 내가 장담하고말고."

"지금 심판이 두 사람을 떼어놓으려고 다가옵니다. 하지만 루이스 선수, 드디어 도전자를 밀어내고 턱에 어퍼컷을 날렸습니다. 도전자가 잠시 그대로 버티다가 지금 뒤로 물러서는군요. 루이스 선수, 턱에 짧게 레프트 잽을 날렸습니다."

챔피언을 고수했으며 '갈색 폭격기'로 불렸다.

* 이 무렵 권투 시합 라디오 중계방송은 주로 질레트 면도 회사가 광고 스폰서를 맡았다.

** 권투에서 공격을 피하려고 상대를 껴안는 일

루이스의 공격에 속삭이듯 동의하는 소리가 문밖을 통해 앞마당으로 밀물처럼 밀려 나왔다.

"또다시 레프트, 또 한 번 레프트. 루이스 선수, 아직 힘이 센 라이트 훅을 사용하지 않습니다……."

가게 안의 웅얼웅얼하던 소리는 갓난아이의 작은 고함 소리와 합해져서 더 커졌다. 그러더니 그 소리를 꿰뚫고 벨을 울리는 소리와 아나운서의 목소리가 들렸다.

"3라운드를 알리는 종소리입니다, 신사 숙녀 여러분."

나는 사람들 틈을 비집고 가게 안으로 들어가면서 생각했다. 저 아나운서는 이 순간 땀 흘리고 앉아 기도하며 '주인의 목소리'*라고 적힌 라디오에 바짝 붙어 앉아 귀 기울이는 이 세상 모든 흑인을 자신이 '신사 숙녀'라고 부른다는 사실을 조금이라도 염두에 두고 있을까? 시합이 진행되는 동안 겨우 몇 사람만이 R. C. 콜라와 닥터페퍼, 하이어스 루트 비어를 찾았다. 진짜 축제는 시합이 끝난 뒤부터 시작될 것이다. 그때는 심지어 독실한 기독교 신자로서 한쪽 뺨을 치면 다른 쪽 뺨도 내놓으라고** 아이들에게 가르쳤고 스스로도 열심히 이 말을 실천한 나이 많은 부인들까지도 음료수를 사서 마실 것이다. 만약 '갈색 폭격기' 조 루이스의 승리에, 특히 유혈이 낭자하

---

*   미국 RCA 빅터사에서 만든 라디오와 축음기에는 축음기 나팔에서 들리는 소리에 귀를 기울이는 개 그림과 함께 '주인의 목소리'라는 구절이 적혀 있다.

** 〈마태복음〉 5장 39절

다면, 그들은 땅콩 과자와 '베이비 루스'* 초콜릿도 주문할 것이다.

베일리와 나는 금전등록기 위에 동전을 쌓아뒀다. 윌리 삼촌이 시합 중에는 금전등록기 여는 소리를 허락지 않았기 때문이다. 소리가 너무 요란해서 분위기를 깬다고 했다. 그다음 라운드를 알리는 공이 울리자 우리는 거의 신성하리만큼 조용해진 사람들 사이를 빠져나와 밖에 아이들이 몰려 있는 곳으로 갔다.

"백인 선수, 루이스 선수를 로프에 몰아세우고 있군요. 몸통에 레프트, 갈비뼈에 라이트. 다시 몸통에 라이트. 하지만 너무 아래쪽을 때린 것 같습니다. ……그렇습니다, 신사 숙녀 여러분, 심판이 지금 신호를 보냅니다만, 도전자가 계속해서 루이스에게 펀치를 퍼붓습니다. 또다시 몸통 공격. 지금 루이스 선수, 다운될 것 같습니다."

내 동족은 신음 소리를 냈다. 우리 동족이 지금 쓰러지고 있지 않은가. 그것은 또 한 번의 린치였고, 또 한 명의 흑인 남자가 나무에 매달리는 것이었다. 또 한 명의 흑인 여자가 습격당하고, 강간당하는 것이었다. 또 한 명의 흑인 사내아이가 매질을 당해 불구가 되는 것이었다. 진흙투성이 늪지대를 달려

---

*   22, 24대 미국 대통령 그로버 클리블랜드의 딸 루스 클리블랜드의 이름을 딴 캔디바. 야구 선수 베이브 루스와는 무관하다.

도망가는 흑인 남자를 사냥개들이 추적하는 것이었다. 그것은 백인 여자가 건망증이 심하다며 흑인 하녀의 뺨을 때리는 것이었다.

가게 안의 남자들은 기대고 있던 벽에서 몸을 일으키고 차렷 자세로 서 있었다. 여자들은 무릎 위의 아기들을 빼앗기지 않으려는 듯 꼭 부둥켜안았고, 불과 몇 분 전까지만 해도 현관에서 들려오던 발을 질질 끄는 소리며 웃는 소리며 시시덕거리는 소리가 완전히 사라졌다. 마치 세상의 종말이 다가온 것 같았다. 만약 조가 시합에서 진다면 우리는 다시 노예로 돌아가고 아무도 우리를 구하지 못할 것이다. 우리가 인간 중에서도 열등한 종족이라는 비난이 사실로 드러날 것이다. 우리가 원숭이보다는 약간 더 진화된 상태라는 사실 말이다. 우리가 멍청하고 못생기고 게으르고 더럽고 재수가 없고, 무엇보다도 하느님이 우리를 증오하셔서 영원토록 장작이나 패고 물이나 긷는 천한 일만 하고 살도록 운명 지었다는 사실이 입증될 것이다.

우리는 차마 숨을 쉴 수 없었다. 희망을 품을 수도 없었다. 우리는 그냥 기다릴 뿐이었다.

"조가 로프에서 벗어났습니다. 신사 숙녀 여러분, 조가 지금 링 한복판으로 움직입니다."

그렇다고 마음을 놓을 틈이 없었다. 아직도 최악의 사태가 발생할 여지가 있었기 때문이다.

"지금 조가 화가 난 것 같군요. 카네러*의 머리에 레프트 훅을 날리고 계속해서 다시 라이트를 날렸습니다. 몸통에 레프트 잽, 머리에 다시 레프트 훅. 레프트 크로스를 날리고, 다시 머리에 라이트. 지금 도전자의 오른쪽 눈에서 피가 흐릅니다. 도전자가 제대로 블로킹을 이어가지 못하는 것 같군요. 루이스 선수가 블록을 뚫고 계속 펀치를 날립니다. 심판이 다가오지만 루이스 선수, 몸통에 레프트 훅을 날리고 턱에 다시 어퍼컷을 날립니다. 지금 도전자가 쓰러집니다. 신사 숙녀 여러분, 지금 완전히 매트에 누웠습니다."

그러자 여자들이 벌떡 자리에서 일어났고 그 바람에 무릎에 있던 갓난아이들이 바닥으로 미끄러졌다. 남자들은 라디오 쪽으로 몸을 바싹 기울였다.

"심판이 왔습니다. 카운트합니다. 원, 투, 스리, 포, 파이브, 식스, 세븐……. 도전자가 다시 일어나려고 할까요?"

가게 안에 있는 남자들이 모두 큰 소리로 외쳤다.

"아뇨!"

"……에잇, 나인, 텐."

청중한테서 몇 마디 소리가 들리기는 했지만 모두 북받치는 감정을 억누르는 것 같았다.

"시합은 이제 모두 끝이 났습니다, 신사 숙녀 여러분. 마이크를 잠시 심판에게 넘기겠습니다……. 심판이 여기 있습니다. '갈색 폭격기'의 손을 잡고 높이 쳐드는군요. ……자, 이곳

---

*   이탈리아의 헤비급 권투 선수로 1935년 조 루이스에게 패했다.

에 그가 있습니다⋯⋯."

바로 그때 목이 쉰 친근한 목소리가 우리 위로 들렸다.

"오늘의 승리자, 여전히 세계 헤비급 챔피언인⋯⋯ 조 루이스."

세계 챔피언. 흑인 남자. 어느 흑인 어머니의 아들. 그 사람은 세상에서 가장 힘이 센 사람이었다. 사람들은 마치 신들의 음식인 것처럼 코카콜라를 마셨고 크리스마스 때처럼 캔디 바를 먹었다. 몇몇 남자는 가게 뒤로 가서 음료수병에다 밀주 위스키를 부었고, 큰 사내아이들 몇 명도 그 남자들을 쫓아갔다. 그리고 쫓겨나지 않은 사내아이들은 뽐내며 담배를 피우는 사람들처럼 입김을 내뿜고 돌아왔다.

앞으로 한 시간이나 그 이상은 되어야 사람들이 가게에서 나와 집으로 갈 것이다. 집이 너무 먼 사람들은 읍내에 숙소를 잡았다. 우리가 이 세상에서 가장 힘이 센 민족이라는 사실을 조 루이스가 증명한 날 밤에 흑인 남자와 그의 가족이 외딴 시골길에서 봉변당하는 일이 일어나서는 안 되기 때문이다.

20

애커 배커, 소디크래커Acka Backa, Sody Cracka

애커 배커, 부Acka Backa, Boo

애커 배커, 소디크래커Acka Backa, Sody Cracka

나는 너를 사랑하네.I'm in love with you.*

높은 가지들이 대위법적인 리듬을 따라 흔들리는 동안 술래잡기 놀이를 하는 소리가 나무를 뚫고 들려왔다. 나는 초록 잔디에 누워 망원경을 통해 보듯 아이들의 술래잡기를 잘 보려고 애썼다. 여자아이들이 마구 달려갔다. 이리로 달렸다가, 저리로 달렸다가, 아니 이리로도 아니고 저리로도 아니고. 아이들은 깨진 달걀보다도 방향을 잡지 못하는 듯했다. 하지만 그 모든 움직임이 더 큰 계획에 따라 짜이고 실행된다는 건 굳이 말하지 않아도 서로 알고 있었다.

나는 마음의 눈을 위해 망원경 대筆를 올린 다음 호기심을 가지고 '애커 배커' 놀이의 결과를 내려다보았다. 화려한 피크닉 드레스들이 어두운 웅덩이 위를 날아다니는 아름다운 잠자리들처럼 달려오다가 걸음을 멈추고 다시 달려갔다. 여자아이들이 도망가서 나무 그늘에 반쯤 몸을 숨긴 채 가슴을 두근거릴 때 바로 그 나무 뒤로 남자아이들이 햇살에 반짝이는 검은 채찍처럼 튀어나왔다.

연못 옆 개간지에서 열리는, 낚시로 잡은 물고기를 바로 요리해서 먹는 여름 피크닉은 연중행사에서도 가장 큰 야외 행사였다. 모두가 이 야유회에 참석했다. 엘크스**, 동방의

---

* 　어린아이들이 술래잡기할 때 부르는 동요
** 　1868년 뉴욕에서 영국 배우 찰스 비비언이 사교 클

별*, 메이슨**, 콜럼버스 기사단***, 피티아스의 딸들**** 같은 사회단체는 물론이고, 전문 직업인들(라피엣카운티의 흑인 교사들), 모든 교회, 모든 흥분한 아이가 참석했다.

동네 악사들은 시가 상자로 만든 기타와 하모니카, 구금口琴, 은박지로 싼 머리빗 피리, 심지어 목욕통을 뜯어 만든 베이스까지 들고나왔다.

차린 음식의 양과 종류는 가히 로마 시대 미식가들의 식단에 올라도 손색이 없을 정도였다. 보자기로 덮은 닭튀김 냄비들이 벤치 아래에 놓여 있었고 그 옆에는 삶은 달걀을 다져 넣은 감자샐러드가 산더미처럼 쌓여 있었다. 적갈색 볼로냐소시지들은 치즈로 만든 옷을 입었다. 집에서 담근 오이지와 차우차우, 정향과 파인애플 향으로 구운 시골 햄들은 누가 더 맛이 좋은지 경쟁이라도 하는 듯했다.

단골손님들이 시원한 수박을 주문했기 때문에 베일리와 나는 그 초록색 줄무늬 과일을 코카콜라 박스에 집어넣고 마

<hr />

럽으로 창시한 남성 친목 자선단체

*   1850년 변호사이자 교육자였던 롭 모리스가 설립해 1873년 프리메이슨 형제회의 부속 단체로 승인되었다.

**   1797년 인도주의와 박애주의를 지향하며 결성된 비밀 공제 조합

***   1882년에 창시한 가톨릭 남성 회원으로 구성된 우애 단체

**** 1864년에 창시한 피티아스 우애회의 여성 단체

마가 빨래 삶는 데 쓰는 검은 냄비는 물론 통이란 통은 모조리 얼음으로 가득 채웠다. 이제 그 냄비들도 즐거운 오후의 하늘 아래 드러누워 땀을 흘렸다.

여름 야유회는 숙녀들이 요리 솜씨를 자랑할 좋은 기회였다. 바비큐 틀에서는 닭고기와 돼지갈비가 자신에게서 흘러나온 기름과 소스로 지글지글 익었다. 소스 조리법은 마치 감추어야 할 추문처럼 집집마다 쉬쉬하는 비법이었다. 그렇지만 여름 야유회의 보편적인 정신에 따라 진짜 제빵 예술가들은 모두 자기 작품을 마을의 칭찬과 비판 앞에 공개했다. 오렌지 스펀지케이크와 허쉬 초콜릿이 뚝뚝 떨어지는 진한 갈색 빵은 얼음처럼 하얀 코코넛과 연갈색 캐러멜을 겹겹이 바른 채 수북이 쌓였다. 파운드케이크는 버터 무게 때문에 축 늘어졌다. 어린아이들은 케이크에 입힌 슈거 아이싱을 핥아먹지 않고서는 배기지 못했다. 엄마들이 그 아이들의 끈적끈적한 손가락을 찰싹찰싹 치지 않고서는 배기지 못하는 것처럼.

실력이 입증된 전문 낚시꾼들과 주말마다 낚시하는 아마추어 낚시꾼들은 연못가 나무 그루터기에 자리를 잡고 앉았다. 그들은 물살이 빠른 물에서 농어를 여러 마리 건져 올렸다. 여자아이들이 돌아가면서 잡은 물고기의 비늘을 벗기고 씻으면, 풀 먹인 앞치마를 두른 여자들이 바쁘게 소금을 뿌리고 옥수숫가루에 굴려 부글부글 끓는 기름 냄비에 집어넣었다.

개간지 한쪽 구석에서는 복음성가를 부르는 그룹이 리허설을 했다. 더할 나위 없이 잘 어울리는 그들의 화음은 컨트리

뮤직 가수들의 노랫소리 위로 흐르다가 고리 던지기 놀이를 하는 어린아이들의 노랫소리 속으로 녹아들었다.

"애들아, 공을 케이크에 떨어뜨리지 않도록 조심하거라. 그랬다간 다리몽둥이가 부러진다."

"네, 알았어요, 아주머니."

하지만 달라지는 건 아무것도 없었다. 사내아이들은 여전히 담장에서 뜯어낸 막내기로 테니스공을 치고 땅바닥에 구멍을 내며 사람들과 함께 이리저리 뛰어다녔다.

나는 뭐라도 읽을거리를 가져오고 싶었지만 마마는 다른 아이들과 어울려 노는 것이 싫으면 물고기를 씻든지, 가장 가까운 우물에서 물을 길어오든지, 아니면 바비큐에 사용할 나무라도 구해오든지 하여간 쓸모 있는 일을 하라고 했다.

나는 우연히 어떤 피난처로 어슬렁어슬렁 걸어가게 되었다. 바비큐 틀 근처에 있는 화살표가 점점 작아지는 오솔길들을 향해 '남자', '여자', '어린이' 화장실을 가리켰다. 그 오솔길에는 지난해 이후로 더욱더 풀이 우거져 있었다. 겨우 열 살밖에 되지 않았는데도 벌써 한참 나이를 먹은 것 같았고 매우 똑똑하다고 자부하던 내가 나무 뒤에 쭈그리고 앉아 볼일을 보다가 어린아이들한테 들킬 수는 없는 노릇이었다. 그렇다고 '여자'라고 쓰인 화살표를 따라갈 배짱도 없었다. 만약 그곳에서 어떤 어른이 나를 본다면 내가 '여자 티'를 내려 한다고 생각할 테고 마마에게 일러바칠지도 모를 일이다. 그러면 마마가 어떻게 나올지는 불을 보듯 뻔했다. 그래서 용변을 보고 싶었던 나는 다른 방향으로 걸어갔다.

플라타너스가 벽처럼 두르고 있는 곳을 지나자, 피크닉 장소보다 열 배 정도 작지만 시원하고도 조용한 개간지에 이르렀다. 볼일을 마친 뒤 검은 호두나무 뿌리가 둘로 갈라진 틈에 자리를 잡고 앉아 그 줄기에 몸을 기댔다. 아마 천국에 간다면 바로 이럴 것만 같았다. 어쩌면 캘리포니아도 이럴지 모른다. 곧바로 위쪽에 펼쳐진 울퉁불퉁 둥그런 하늘을 쳐다보면서 나는 저 멀리 푸른 구름 안에 떨어지는 것 같은 기분을 느꼈다. 아이들이 떠드는 소리와 노천 불 위에서 무언가를 굽는 진한 음식 냄새는 여차하면 나를 구해내려고 내가 붙잡고 있는 고리 같았다.

바스락거리며 풀을 밟는 소리가 들렸고 나는 들켰다는 사실에 깜짝 놀라 자리에서 일어났다. 루이즈 켄드릭스가 내 작은 숲으로 걸어 들어왔다. 나는 루이즈 역시 떠들썩한 분위기를 피해서 왔다는 사실을 알지 못했다. 우리는 동갑이었고 루이즈와 그녀 어머니는 학교 뒤에 있는 깨끗하고 조그마한 방갈로에 살았다. 우리와 같은 또래인 그 애의 사촌들은 부자였고 살결도 더 희었지만, 나는 속으로 플라워즈 부인 다음으로 루이즈가 스탬프스에서 가장 예쁜 여자라고 생각했다.

"혼자서 여기 앉아서 뭘 하는 거야, 마거릿?"

루이즈는 무엇을 탓하려는 게 아니라 그냥 궁금해서 물었다. 나는 하늘을 바라봤다고 대답했다. 그랬더니 루이즈가 이렇게 물었다.

"그건 왜?"

그런 질문에 마땅히 대답할 말이 없었기 때문에 나는 아무런 대꾸도 하지 않았다. 루이즈를 보면 제인 에어 생각이 났다. 루이즈의 어머니는 보잘것없는 환경에서 살기는 했지만 기품이 있었다. 비록 하녀로 일했지만 나는 루이즈의 어머니를 그 집 가정교사로 부르기로 결정했고, 실제로 베일리와 나는 우리끼리 그렇게 불렀다. (누가 낭만적이고 꿈 많은 열 살짜리 아이에게 사실을 사실대로 말하라고 가르칠 수 있을까?) 켄드릭스 부인은 나이가 아주 많지는 않았지만 내겐 열여덟 살만 넘으면 모두가 어른이었고 그 기준에는 등급이 없었다. 그들의 부탁을 들어줘야 하고 공손히 대해야 했다. 그렇다면 그들은 모습이 비슷하게 생겼고 비슷하게 말하는 비슷한 존재들로 모두가 같은 범주에 속해야만 했다. 루이즈는 같이 놀 친구들이 많았고 학교 운동장에서 고리 던지기 놀이를 할 때면 언제나 파트너로 뽑혔지만 외로운 아이였다.

루이즈의 길고 짙은 초콜릿색 얼굴에는 고인故人과 대면하고자 관 위에 놓아둔 얇은 천처럼 가볍지만 영원한 슬픔이 얇게 한 꺼풀 덮여 있었다. 또한 내가 그 아이의 얼굴에서 가장 예쁘다고 생각하는 두 눈은 마치 찾고 있는 게 금방 도망가기라도 한 듯 빠르게 움직였다.

루이즈가 가까이 다가오고 나무 사이로 쏟아져 들어오는 햇살이 그녀의 얼굴과 땋아 내린 머리카락에 떨어져 얼룩을 만들었다. 전에는 한 번도 그렇게 생각한 적이 없었는데 그녀는 베일리와 똑같아 보였다. 머리카락은 '괜찮았고'(곱슬머리보다는 곧았다는 말이다) 이목구비도 반듯한 것이 누군가 정성 들여 그렇게 만들어준 것 같았다.

루이즈는 하늘을 올려다보며 말했다.

"글쎄, 여기선 하늘을 그렇게 많이 볼 수 없을 것 같은데."

그러고는 루이즈는 나한테서 팔 하나 정도 간격을 두고 떨어져 앉았다. 그녀는 땅 위로 드러난 나무뿌리 두 개를 발견하고는 마치 안락의자에 앉을 때처럼 그 위에 가느다란 팔목을 올려놓았다. 그러고 나서는 천천히 나무에 몸을 기댔다. 나는 두 눈을 감고 다른 장소를 찾아봐야겠다고 생각했지만 이만큼 적당한 장소도 또 없을 것 같았다. 조그맣게 외치는 소리가 들렸고 그 소리에 내가 눈을 뜨기 전에 루이즈가 먼저 내 손목을 잡았다.

"나는 지금 아래쪽으로 떨어지는 중이야."

루이즈는 길게 땋은 머리를 흔들어대면서 다시 말했다.

"나는 지금 하늘에서 떨어져 내리고 있었다고."

나는 루이즈가 하늘에서 떨어져 내릴 수 있다는 것이, 또 그걸 인정할 수 있다는 게 좋았다. 그래서 내가 이렇게 제안했다.

"우리 함께 해보자. 하지만 다섯을 세면 똑바로 앉아 있어야 해."

그러자 루이즈가 물었다.

"손을 잡고 싶니? 만약의 경우를 대비해서 말이야."

나는 그러고 싶었다. 그러면 만약 우리 중 하나가 떨어지더라도 나머지 한 사람이 잡아당길 수 있기 때문이다.

몇 번인가 영원 속으로 떨어질 뻔한 다음(우리 둘 모두 그게 뭔지 알았다) 우리는 죽음과 파멸을 가지고 장난친 것에 대해, 그리고 그런 장난을 피해 나온 걸 두고 실컷 웃었다. 루이즈가 말했다.

"빙빙 돌아가는 동안 저 오래된 하늘을 쳐다보자."

개간지 한가운데에서 우리는 서로 손을 잡고 빙빙 돌았다. 처음에는 아주 천천히 돌았다. 우리는 턱을 쳐들고 유혹하는 듯한 푸른 하늘 조각을 똑바로 쳐다보았다. 더 빨리, 약간 더 빨리, 그리고 계속해서 더 빨리, 더 빨리 돌았다. 자, 도와줘요, 우리는 지금 떨어지고 있었다. 그러고 나서 결국 영원이 승리했다. 욕심 많은 중력이 갑자기 나를 루이즈한테서 떼어놓고 저 아래 아니, 아래가 아니라 저 위 내 운명 쪽으로 집어 던질 때까지 도는 것도, 떨어지는 것도 멈출 수가 없었다. 나는 안전하게 플라타너스 아래에 떨어졌는데 머리가 어지러웠다. 루이즈는 숲 반대쪽에 떨어졌는데 무릎을 꿇은 채였다.

이제는 정말로 웃을 차례였다. 우리가 졌지만 그렇다고 잃은 것은 아무것도 없었다. 우리는 처음에는 킥킥거리다가 술 취한 사람처럼 비틀비틀 서로에게 기어가서는 요란하게 큰 소리를 내어 웃었다. 우리는 상대방의 등과 어깨를 찰싹 때리며 경쾌하게 웃어댔다. 우리는 무슨 일인가를 가지고 바보나 거짓말쟁이 노릇을 했다. 그런데 이보다 더 재미있는 일이 있을까?

나와 함께 미지의 무언가에 도전함으로써 루이즈는 내 첫 번째 친구가 됐다. 우리는 지루할 때면 '터트어語'*를 배우며 시간을 보냈다. 가령 'you(yak oh you) know(kack nug oh wug) what(wack hash a tut)' 하는 식으로. 다른 아이들은 모두 '피그 라틴'을 사용했으므로 그것보다 더 말하기 어렵고 알아듣기도 힘든 터트어를 사용하는 우리는 그들보다 우월했다.

마침내 나는 여자아이들이 무엇에 대해 킥킥거리며 웃는지 알게 되었다. 루이즈는 나에게 알아들을 수 없는 터트어로 몇 문장 재잘거리고는 웃곤 했다. 물론 나도 따라 웃었다. 사실 무슨 말인지 하나도 알아듣지 못하면서 소리를 죽이고 헤죽헤죽 웃었다. 루이즈도 자신이 하는 말을 절반도 이해하지 못했을 테지만, 어쨌든 여자아이들이란 킥킥거리며 웃어야 했다. 3년 동안 여자로 지냈던 나는 이제 다시 소녀가 되려 하고 있었다.

───────

하루는 학교에서 내가 잘 알지도 못하고 거의 말을 해본 적이 없는 여자아이가 나에게 쪽지를 하나 건네주었다. 복잡하게 접은 모양으로 보아 연애편지라는 걸 금방 알 수 있었다.

---

* 글을 읽는 것이 법으로 금지됐던 미국 흑인 노예들이 알파벳으로 만든 비밀 언어

잘못 준 것 같다고 그랬는데도 그 아이는 내가 틀림없다고 했다. 나는 쪽지를 펴며 겁이 났던 심정을 부인할 수가 없다. 누군가의 장난질이라면 어쩌지? 끔찍스러운 짐승 한 마리가 그려져 있고 그 밑에 '너'라는 말이 쓰여 있으면 어쩌지? 아이들은 가끔 내가 건방진 아이라고 생각하고 그런 짓을 하곤 했다. 다행히도 나는 교실 밖에 있는 화장실에 다녀와도 좋다고 허락받았고 냄새나고 어두컴컴한 화장실에 앉아 쪽지를 읽었다.

사랑하는 친구 M. J.에게
시대는 어렵고 친구는 거의 없구나
너에게 이렇게 편지를 쓰게 되어 정말로 기쁘다
내 밸런타인이 되어주겠니?

토미 밸던

나는 곰곰이 생각했다. 이 편지를 보낸 사람이 도대체 누구일까? 토미 밸던이 누구란 말인가? 마침내 기억 속에서 어떤 얼굴이 가까스로 모습을 드러냈다. 그 아이는 연못 건너편에 사는, 잘생긴 얼굴에 갈색 피부를 한 소년이었다. 그 아이가 누구인지 생각해내자마자 이번에는 왜 나에게 그런 쪽지를 보냈는지 이유가 궁금해졌다. 왜 하필이면 나에게 보냈을까? 장난으로 보낸 걸까? 하지만 내가 기억해낸 아이가 토미가 맞다면 그는 매우 진지한 아이였고 착한 학생이었다. 그렇다면 그건 장난이 아니었다. 도대체 그 아이가 무슨 사악하고 더러운 생각을 마음에 품은 걸까? 온갖 질문이 퇴각하는 군대처럼 내게 스스로 넘겨졌다. 서둘러 참호를 파고 숨어라. 측면을 엄호하라. 적군들이 너희 틈에 들어오게 해서는 안 된다. 도대체 밸런타인이란 또 무엇인가?

쪽지를 악취 나는 구멍에 던져 넣으려는 순간 루이즈가 생각났다. 쪽지를 루이즈한테 보여주면 어떨까. 나는 쪽지를 본래대로 접은 뒤 다시 교실로 갔다. 점심때는 가게에 달려가서 손님들 시중을 들어야 했기 때문에 시간이 없었다. 양말에 쪽지를 넣어뒀는데 마마가 나를 쳐다볼 때마다 그녀가 예배할 때의 시선이 엑스레이로 변해 그 쪽지를 보고 읽을 뿐 아니라 의미까지도 해석할지 모른다는 두려움이 몰려왔다. 그래서 죄의 절벽을 아래로 미끄러져 내려가는 것 같은 느낌 때문에 다시 한번 그 쪽지를 없애버리려고 했다. 하지만 그럴 기회가 오지 않았다. 수업 시작을 알리는 종이 울리자, 베일리와 나는 학교까지 달리기 시합을 하면서 쪽지에 대한 일을 까맣게 잊어버리고 말았다. 하지만 심각한 일은 심각한 일이었고, 그래서 어떻게든 대책을 세워야 했다.

방과 후에 나는 루이즈를 기다렸다. 그녀는 여자아이들 틈에서 웃으며 이야기하고 있었다. 하지만 우리끼리만 통하는 신호(왼손을 두 번 흔드는 것)를 보내자 루이즈는 아이들에게 작별 인사를 하고 내가 걷고 있는 길로 왔다. 나는 루이즈에게 내가 무슨 생각을 하느냐고 물을 기회(루이즈가 제일 좋아하는 것이었다)를 주지 않고 불쑥 쪽지를 건넸다. 루이즈는 접은 모양을 보더니 웃음을 거뒀다. 우리는 그야말로 난처한 상황이었다. 루이즈는 쪽지를 펼쳐 두 번이나 소리 내어 읽었다.

"있잖아, 어떻게 생각하니?"

그래서 내가 대답했다.

"어떻게 생각하느냐고? 그건 바로 내가 너한테 묻고 싶은 거야. 어떻게 생각해야 할까?"

"그 앤 네가 자기 밸런타인이 되기를 바라는 것 같은데."

"루이즈, 나도 글은 읽을 수 있어. 하지만 그게 도대체 무슨 뜻이지?"

"오, 너도 알잖아. 그 애의 밸런타인. 그 애의 애인 말이야."

가증스러운 낱말이 되풀이되었다. 마치 화산처럼 당신에게 입을 딱 벌린 그 믿을 수 없는 낱말이.

"하지만 난 그러지 않을 거야. 절대로 그러지 않아. 다시는 절대로."

"그럼 전에도 그의 밸런타인이 된 적이 있었던 거야? 절대로 다시 안 할 거란 게 무슨 뜻이니?"

친구에게 거짓말을 할 수는 없었지만 그렇다고 오래된 유령의 기억을 다시 불러낼 수도 없었다.

"그러면 답장을 보내지 마. 그걸로 끝이 날 거야."

루이즈가 이 일이 그렇게 쉽게 끝날 수 있다고 생각하는 것을 보니 약간 마음이 놓였다. 나는 쪽지를 반으로 찢어 절반을 그녀에게 줬다. 언덕을 따라 내려가면서 우리는 그 쪽지를 몇천 조각으로 잘게 찢어서 바람에 날려 보냈다.

이틀 뒤에 학급 대표 하나가 우리 교실에 들어왔다. 그 여자아이가 우리 담임인 윌리엄스 선생님에게 뭔가 조용히 말했다. 그러자 선생님이 이렇게 말했다.

"여러분, 내일이 밸런타인데이라는 걸 다들 기억할 거예요. 밸런타인데이는 서기 270년경 로마에서 순교한 성 밸런타인의 이름을 따서 만든 날이지요. 이날은 애정의 징표와 카드를 서로 교환하는 날이기도 해요. 8학년 학생들은 벌써 자기들 것을 다 만들어서 학급 대표가 지금 우편 배달부 노릇을 하고 있네요. 오늘 마지막 시간에 마분지랑 리본이랑 빨간 포장지를 나누어줄 테니까 각자 선물을 만들어봐요. 풀하고 가위는 여기 작업대에 있어요. 자, 그러면 이름 부르는 대로 자리에서 일어나세요."

윌리엄스 선생님이 색색의 봉투를 뒤적거리면서 이름을 부르는 동안 나는 다른 생각을 했다. 어제 받은 평범한 초대장 그리고 루이즈와 내가 그것을 어떻게 신속하게 처리했는지에 대한 생각이었다.

윌리엄스 선생님은 봉투를 하나하나 열면서 이름을 불렀고 밸런타인 카드를 받는 아이들은 자리에 앉아서 지켜보는 아이들보다 조금 당황하는 기색이었다.

"헬렌 그레이."

루이빌*에서 온 키가 크고 멍청한 헬렌 그레이가 몸을 움찔했다.

"친애하는 밸런타인."

윌리엄스 선생님이 운율이 엉망인 허튼소리 같은 시를 읽기 시작했다. 가슴속에서 수치심과 기대감이 부글거리는 와중에 나는 내가 잠을 자면서 써도 그보다는 더 잘 쓰겠다 싶은 그 바보 같은 시에 불쾌함마저 느꼈다.

"마-거-릿 앤 존슨. 이런, 이건 밸런타인 시라기보다는 편지 같아 보이는데. '사랑하는 친구, 내가 네게 보낸 편지를 네 친구 미스 L.과 함께 찢어버리는 걸 봤어. 내 기분을 상하게 하려고 일부러 그랬다고는 생각하지 않아. 그러니 네가 답장을 보내든 보내지 않든 너는 언제나 내 밸런타인으로 남을 거야. T. V.'"

"여러분."

윌리엄스 선생님은 우리에게 앉으라는 말도 하지 않고 억지로 선웃음을 지으며 느릿느릿 말했다.

"여러분은 7학년밖에 되지 않았지만 편지에 이름을 약자로 서명하는 건방진 행동은 하지 않으리라 믿어요. 그런데 여기 이제 곧 졸업할 8학년 남학생 하나가……."

선생님은 어쩌고저쩌고, 어쩌고저쩌고하면서 말을 끝맺었다.

"나가는 길에 자기한테 온 밸런타인 카드하고 편지를 찾아가도록 해요."

토미의 편지는 내용도 좋았지만 글씨도 멋있었다. 첫 번

---

*   미국 켄터키주 주도

째 편지를 찢어버린 게 안타까웠다. 내가 답장을 보내든 보내지 않든 애정에는 변함이 없으리라는 말이 나에게 확신을 줬다. 그렇게 말하는 사람이라면 '그 짓'을 하려 들지 않을 것이다. 나는 루이즈에게 다음에 그 애가 우리 가게에 오면 특별히 멋진 말을 하겠다고 했다. 하지만 불행하게도 토미를 볼 때마다 기분이 너무 좋아서 킥킥거리고 웃느라 한마디도 조리 있는 말을 건네지 못했다. 얼마 뒤부터 그는 나에게 그 흔한 눈길 한번 주지 않았다.

21

베일리는 집 뒤쪽에 있는 마당에다 나뭇가지들을 꽂고 그 위에 낡은 담요를 덮어씌워 텐트를 하나 만들었다. 그곳은 오빠의 '캡틴 마블'*의 은신처가 됐다. 베일리는 그곳에서 여자아이들에게 처음으로 섹스의 신비를 가르쳤다. 베일리는 '엄마와 아빠' 놀이를 한다고 설명한 뒤 호기심과 기대감과 모험심으로 부푼 여자아이들을 하나씩 그 회색 그늘 안으로 데리고 들어갔다. 나는 갓난아기와 함께 망을 보는 역할을 맡았다. 여자아이들은 치마를 걷어 올리라는 명령을 받았고 베일리는 그

---

*   1939년 칼 버고스와 빌 에버렛이 창안한 만화 주인
공. 이후 영화로도 만들어졌다.

위에 누워 엉덩이를 흔들었다.

나는 때때로 텐트 덮개를 들어 올리곤 했는데(어른이 다가온다는 신호였다) 그럴 때마다 심지어는 학교 이야기며 영화 이야기를 하면서 그들이 애처롭게 버둥대는 모습이 눈에 들어왔다.

베일리는 여섯 달 정도 그 놀이를 하다가 조이스를 만났다. 시골 출신인 그 여자아이는 베일리보다 네 살쯤 나이가 많았다. (베일리는 그때 열한 살이 채 안 됐다.) 조이스의 부모님은 둘 다 돌아가셨고 형제들은 친척집으로 뿔뿔이 흩어졌다. 조이스는 과부가 된 아주머니와 함께 살러 스탬프스에 왔는데 그 아주머니는 이 마을에서 가장 가난한 사람보다도 더 못살았다. 조이스는 나이에 비해 신체적으로 무척 성숙한 편이었다. 같은 또래 여자아이들의 가슴은 단단하고 조그마한 혹 같았지만 그 아이의 가슴은 그렇지 않았다. 그녀의 가슴은 꼭 끼게 입은 작은 옷 위로 봉긋이 솟아 있었다. 그 아이는 걸을 때도 다리 사이에 나무 짐을 끼고 걷는 것처럼 뻣뻣하게 걸었다. 나는 그 아이가 천박하다고 생각했지만 베일리는 귀엽다고 하면서 그녀와 함께 소꿉장난을 하고 싶어 했다.

조이스는 여성 특유의 직감으로 자신이 베일리의 마음을 끌었다는 사실을 눈치채고 날마다 늦은 오후와 토요일이면 하루 종일 우리 가게 근처에서 맴돌았다. 우리가 가게에서 바쁠 때면 조이스는 마마의 심부름을 하느라 땀을 뻘뻘 흘리며 뛰어다녔다. 언덕을 뛰어내려와서 가게에 들어올 때면 면으로 된 옷이 땀에 젖어 가느다란 몸매에 찰싹 달라붙었고, 베일리는 그럴 때마다 옷이 다 마를 때까지 그녀에게서 눈을 떼지 못했다.

마마는 조이스에게 아주머니한테 갖다드릴 음식을 싸줬고, 토요일에는 때때로 윌리 삼촌이 '영화 볼 돈'이라며 10센트짜리 동전을 주기도 했다.

유월절 주일 동안 우리는 영화를 보러 갈 수 없었고(마마는 우리 모두가 영혼을 정화하기 위해 희생해야 한다고 말했다) 베일리와 조이스는 우리 셋이서 소꿉장난을 하자고 제안했다. 언제나 그랬듯이 나는 갓난아이 역할을 맡았다.

베일리가 텐트를 치자 조이스가 먼저 그 안으로 기어들어 갔다. 베일리는 나에게 밖에 앉아서 인형 아기를 가지고 놀라고 하면서 텐트 안으로 들어가 덮개를 내렸다.

"그런데 넌 네 바지를 열어젖히지 않을 거야?"

소리 죽인 조이스의 목소리가 들려왔다.

"아니, 그냥 네 옷이나 들어 올려."

텐트 안에서 바스락거리는 소리가 들렸고 안에서 두 사람이 일어서려고 하는지 옆쪽이 불룩 튀어나왔다.

베일리가 물었다.

"너 지금 뭐 하고 있는 거니?"

"팬티를 내리잖아."

"뭣 때문에?"

"팬티를 입은 채로는 그걸 할 수 없으니까."

"왜 할 수 없는데?"

"도대체 그걸 입고 어떻게 하겠다는 거야?"

잠깐 침묵이 흘렀다. 내 불쌍한 오빠는 조이스가 무슨 말을 하는지도 알지 못했다. 하지만 나는 알고 있었다. 그래서 텐트 덮개를 들어 올리면서 이렇게 말했다.

"조이스, 우리 오빠한테 그 짓 하지 마."

조이스는 거의 비명을 지르다시피 했지만 목소리를 계속 나지막하게 낮추어서 말했다.

"마거릿, 그 문 닫아."

그러자 베일리도 덧붙여 말했다.

"그래, 맞아. 문 닫아. 너는 우리 인형 아기하고 놀기로 했잖아."

나는 조이스가 베일리에게 그 짓을 하게 내버려둔다면 오빠가 결국 병원에 가게 될 거라고 생각했기 때문에 그에게 경고했다.

"오빠, 저 애가 오빠한테 그 짓을 하게 내버려두면 나중에 후회하게 될 거야."

하지만 베일리는 텐트 문을 닫지 않으면 한 달 동안 말을 하지 않겠다고 나를 협박했고, 나는 하는 수 없이 담요 끝자락을 내리고 텐트 앞 풀밭에 앉아 있었다.

조이스가 머리를 삐죽 내밀고 영화에 나오는 백인 여자처럼 알랑거리며 말했다.

"아가야, 가서 나무 좀 주워오렴. 아빠하고 나하고 불을 피운 뒤에 너한테 케이크를 만들어줄게."

그러고 나서 마치 나를 때리기라도 할 듯이 조이스의 목소리가 바뀌었다.

"어서 빨리 가서 가지고 오지 못하겠니."

나중에 베일리는 조이스의 그곳에는 털이 났으며 수많은 남자 아이들하고 '그 짓'을 해서 그렇게 되었다고 말했다. 심지어 그녀의 겨드랑이에, 양쪽 겨드랑이에도 털이 났다고 했다. 베일리는 그녀가 이룬 성과를 매우 자랑스럽게 생각했다.

두 사람의 연애가 진행되면서 베일리가 가게에서 물건을 훔쳐내는 일도 점차 많아졌다. 우리는 수시로 캔디랑 5센트짜리 동전 몇 개, 시큼한 오이지 같은 것을 슬쩍했지만, 이제 베일리는 조이스의 게걸스러운 굶주림을 채워주려고 정어리 통조림이며, 기름기 있는 폴란드 소시지며, 심지어 우리 가족이 좀처럼 먹을 엄두도 내지 못하는 값비싼 분홍색 연어 통조림까지 훔쳤다.

이 무렵 닥치는 대로 잡일을 하던 조이스의 열의도 식어버렸다. 그녀는 몸이 좋지 않다고 불평했다. 하지만 이제는 수중에 약간의 동전이 있었기 때문에 여전히 가게 안을 돌아다니면서 플랜터스 땅콩을 먹고 닥터페퍼를 마셨다.

마마가 몇 번이나 조이스를 쫓아냈다.

"아프다고 하지 않았니, 조이스? 집에 가서 너희 아주머니한테 뭘 좀 만들어달라고 하렴."

"네, 부인."

조이스는 그렇게 대답하고는 마지못해 현관으로 나갔고 뻣뻣한 걸음걸이로 언덕을 올라가서는 모습을 감추었다.

나는 집안 식구들을 제외하면 조이스가 베일리의 첫사랑이었다고 생각한다. 조이스는 오빠가 꿈꾼 것처럼 가까이 다가가게 해준 어머니였으며, 변덕스럽지도 않고 움츠리지도 않는, 눈물도 헤프지 않고 정에 약하지도 않은 누나였다. 베일리가 음식을 대주기만 하면 조이스는 끊임없이 애정을 베풀었다. 조이스가 거의 성숙한 여자에 가까웠다는 사실은 그에게는 그렇게 중요하지 않았다. 어쩌면 그 점이 그녀를 그렇게 매력적으로 만들었는지도 모른다.

조이스는 그렇게 몇 달인가 있다가 우리 마을에 나타났을 때처럼 홀연히 사라졌다. 조이스에 대해 떠도는 소문도 없었고, 그녀에 대한 풍문도 없었고, 왜 떠나갔는지 어디로 갔는지에 대한 단서 하나 없었다. 나는 그녀가 가버린 뒤에야 비로소 베일리에게 변화가 생겼다는 것을 눈치챘다. 오빠는 모든 일에 흥미를 잃어버렸다. 언제나 무엇인가를 골똘히 생각하며 다녔고, '안색이 창백하다'고 말할 수 있을 것 같았다. 이상한 낌새를 눈치챈 마마는 계절이 바뀌어서 그러는 거라고 했다. (그 무렵 가을이 다가오고 있었다.) 마마는 숲에서 약초 잎을 따와 차를 만들어, 유황과 당밀을 수북하게 한 숟가락 먹인 뒤 베일리에게 억지로 마시게 했다. 오빠가 어떻게든 약을 먹지 않으려고 하거나 핑계를 대지 않는 것으로 보아 무척 아픈 것이 틀림없었다.

나는 조이스가 베일리를 손아귀에 넣고 있을 때도 그 아이가 싫었지만 이곳을 떠나간 것도 몹시 미웠다. 조이스가 오빠에게 베푼 관용이 그리워졌다. (그는 냉소적으로 말하는 버릇도 사라졌고 시골 사람들에 대한 농담도 거의 하지 않았다.) 베일리는 또다시 나에게 자신의 비밀을 털어놓기 시작했었다. 하지만 이제 조이스가 가버렸기 때문에 오빠는 나와 누가 더 말을 하지 않나 경쟁하는 듯했다. 오빠는 연못이 돌멩이를 삼켜버리듯 마음의 문을 꼭 닫았고 전에 마음을 열었던 흔적은 조금도 찾아볼 수가 없었다. 내가 조이스라는 이름을 입에 올리면 오빠는 이렇게 대답했다.

"조이스 누구?"

몇 달이 지난 뒤 조이스의 아주머니가 우리 가게에 들렀을 때 마마가 말했다.

"그래요, 굿맨 부인. 삶이란 게 한 가지 일이 끝나면 또 다른 일이 생기는 거랍니다."

굿맨 부인은 붉은색 코카콜라 상자에 기대고 서 있었다.

"그래요, 정말로 맞는 말씀이에요, 헨더슨 자매님."

아주머니는 그 비싼 음료를 홀짝거리며 마셨다.

"세상이 어찌나 빨리 변하는지 머리가 빙빙 돌 지경이라니까요."

그건 마마가 대화를 시작하는 방식이었다. 나는 소문을 듣고 베일리에게 말해주려고 쥐 죽은 듯 조용히 숨어 있었다.

"이제, 조이스 이야기를 하시죠. 그 앤 줄곧 우리 가게에 와 있곤 하더니 어느 날 연기처럼 사라져버렸어요. 그러고 나서는 지난 몇 달 동안 털끝 하나 보이지 않더군요."

"그래요, 자매님. 차마 부끄러워서 말할 수가…… 그 애가 어떻게 이곳을 떠나갔는지."

굿맨 부인은 부엌 의자에 자리를 잡고 앉았다. 그때 마마가 내가 어두운 곳에 숨어 있다는 걸 눈치챘다.

"마거릿, 주님께서는 커다란 귀가 달린 작은 항아리들을 싫어하신다. 할 일이 없으면 내가 찾아주겠다."

부엌문을 통해 진실을 말하는 소리가 들려왔다.

"제가 가진 것은 별로 없지만요, 헨더슨 자매님. 그 애한테 가진 건 모두 다 줬어요."

마마는 자기도 그렇게 생각한다고 맞장구를 쳤다.

"그런데도 글쎄 그 애가 철도 짐꾼 놈하고 도망을 쳤어요. 제 엄마가 그랬던 것처럼 그 애도 행실이 나빴지요. '피는 못 속인다'라는 속담도 있잖아요?"

그러자 마마가 아주머니에게 물었다.

"그 뱀 같은 녀석이 어떻게 그 애를 낚아챘나요?"

"그게, 저, 이해하세요, 헨더슨 자매님. 기분 상하게 해드리려는 게 아니에요. 자매님의 신앙심이 두터운 줄은 저도 잘 알지요. 한데 글쎄 그 애가 그놈을 바로 여기서 만난 것 같아요."

마마는 당황했다. 그런 일이 우리 가게에서 벌어졌다니? 마마가 다시 물었다.

"우리 가게에서요?"

"네, 부인. 야구 경기를 한다고 엘크스회 사람들이 무더기로 이곳에 왔던 걸 기억하시죠?"

(마마는 분명히 기억할 것이다. 나도 기억하니까.)

"그런데 나중에 알고 보니 그놈이 그 사람들 가운데 하나였어요. 그 애가 내게 조그마한 쪽지를 남겼어요. 스탬프스 사람들이 자기를 무시했다나. 친구를 하나밖에 사귀지 못했는데, 그게 바로 자매님의 손자래요. 그러고는 텍사스주 댈러스로 간다고 하면서 그 철도 짐꾼이랑 결혼하겠다지 뭡니까."

그러자 마마가 말했다.

"오, 주여!"

굿맨 부인이 다시 말을 이었다.

"헨더슨 자매님, 아시다시피 그 애의 진짜 마음을 알 만큼 오래 같이 살지는 않았지만 그래도 그 애가 그리워져요. 마음만 먹으면 참 다정한 아이였거든요."

마마가 굿맨 부인을 위로했다.

"있잖아요, 우리는 성경 말씀을 마음에 새겨야 하지요. 성경 말씀에 이르시기를, '주께서 주시고 주께서 거두어 가신다'* 했잖아요."

굿맨 부인이 맞장구를 쳤고 두 사람은 함께 이 구절의 끝부분을 읊었다.

"주님 이름을 거룩하게 하라."

---

* 〈욥기〉 1장 21절, 기독교 장례식 때 자주 인용되는 구절이다.

나는 베일리가 언제부터 그 사실을 알았는지 알지 못한다. 그 뒤 어느 날 저녁 이야기를 하다가 조이스의 이름을 들먹이자, 베일리가 말했다.

"조이스라고? 그 애는 이제 자기한테 늘 그 짓을 해줄 사람이 생겼잖아."

그게 조이스의 이름을 입에 올린 마지막이었다.

22

바람이 지붕 위로 불어와 널빤지 지붕을 펄럭거렸다. 바람은 닫아놓은 문 아래로 날카롭게 휘파람 소리를 내며 불어댔다. 굴뚝은 돌풍의 공격을 받자, 항의라도 하듯 무시무시한 소리를 냈다.

1.5킬로미터 넘게 떨어진 곳에서는 (동경의 대상이었지만 스탬프스에 정차하기에는 너무 중요한) 구식 캔자스시티 게이트 기차가 요란한 소리를 내며 읍내 한복판을 지나갔다. 기차는 요란한 경적을 울리며 뒤도 돌아보지 않고 이름 모를 매혹적인 목적지로 달려갔다.

폭풍이 불어닥칠 듯한 날씨였고 《제인 에어》를 다시 읽기에는 더할 나위 없이 좋은 밤이었다. 베일리는 할 일을 끝낸 후 벌써 마크 트웨인 책을 들고 난로 뒤에 있었다. 내가 가게 문을 닫을 차례였고, 반쯤 읽은 내 책은 캔디 진열장에 있었다. 날씨가 나빠질 거라는 예보가 있었기 때문에 윌리 삼촌도 분명 (전기를 절약하려고) 내가 가게 문을 일찍 닫고 온 가족이 거실로 사용하는 마마의 침실로 들어가는 것에 찬성하리라는, 아니 격려하리라는 생각이 들었다. 토네이도라는 회오리바람이 불어온다는데 밖에 나올 사람은 거의 없을 것이다. (바람은 불었지만 하늘은 여름 아침처럼 맑고 조용했다.) 마마도 가게 문을 닫는 데 찬성했기 때문에 나는 현관으로 나가 셔터를 내리고 나무 막대기로 문에 빗장을 지른 뒤 불을 껐다.

마마가 저녁 식사로 야채수프와 함께 먹을 옥수수 케이크를 만드는 부엌에서는 냄비들이 달각달각 소리를 냈다. 한 영국 신사보다는 덜 추운 영국 저택에 살고 있는 제인 에어에 관한 이야기를 읽으며 편안한 소리를 듣고 냄새를 맡자니 마음이 차분히 가라앉았다. 윌리 삼촌은 밤마다 읽는 책력冊曆 책에 깊이 빠져 있었고, 베일리 오빠는 머나먼 미시시피강에서 뗏목을 타고 있었다.

내가 제일 먼저 뒷문이 덜커덕거리는 소리를 들었다. 덜커덕거리고, 쿵쿵 노크하고, 다시 노크한 뒤 덜커덕거리고. 하지만 나는 그게 탑에 갇힌 미친 아내가 내는 소리*일 거라고 생각해 신경을 쓰지 않았다. 그러고 나서 윌리 삼촌이 그 소리를 들었

* 《제인 에어Jane Eyre》의 주인공 제인은 미친 부인을 다락방에 가둬둔 로체스터 씨 집에서 가정교사로 일한다.

고 허클베리 핀에 빠져 있던 베일리를 불러내어 빗장을 열라고 했다.

열린 문을 통해 차가운 달빛이 방 안으로 들어와 희미한 램프 불빛과 경쟁을 벌이는 듯했다. 우리는 모두 뭔가를 기다리고 있었고 특히 나는 두려운 마음이었다. 하지만 밖에는 인간이라고는 아무도 없었다. 바람만이 방 안으로 들어와 배불뚝이 난로로 따뜻해진 가족의 온기를 밀치고 들쑤시면서 등유 램프의 가냘픈 불꽃을 흔들어대고 있을 뿐. 윌리 삼촌은 폭풍 때문에 난 소리라 생각하고는 베일리에게 문을 닫으라고 했다. 하지만 베일리가 막 나무 빗장을 걸려고 하는데 문틈 사이로 목소리가 들려왔다. 숨을 씨근덕거리는 목소리였다.

"헨더슨 자매님? 윌리 형제?"

베일리가 거의 문을 닫다시피 했지만 윌리 삼촌이 목소리를 듣고 물었다.

"누구세요?"

바로 그때 조지 테일러 아저씨의 여윈 갈색 얼굴이 잿빛 어둠 속에서 나타나 모습을 드러냈다. 아저씨는 우리가 아직 자지 않으리란 걸 알고 있었고, 우리는 그를 반갑게 안으로 맞아들였다. 마마는 아저씨에게 저녁을 먹고 가라며 저녁 식사 분량을 늘리려는 생각에서 나에게 고구마 몇 개를 재에 묻어두라고 했다. 불쌍한 테일러 아저씨는 지난여름 자기 아내를 땅에 묻고 난 뒤부터는 온 동네를 돌아다니며 끼니를 때웠다. 어쩌면 이 무렵 내가 낭만적인 시기를 겪고 있어서 그랬는지,

아니면 어린아이들이란 타고난 생존 본능을 지니고 있기 때문이었는지 몰라도 나는 아저씨가 마마와 결혼을 해서 우리와 함께 살고 싶어 하지나 않을까 은근히 걱정됐다.

윌리 삼촌이 책력 책을 무릎 사이에 내려놓았다.

"저희 집은 언제든지 환영이에요, 테일러 형제님. 언제든지 말입니다. 그런데 오늘 밤은 날씨가 좋지 않네요. 바로 여기 그렇다고 나와 있네요."

그러면서 삼촌은 성치 않은 손으로 책력 책을 톡톡 두드렸다.

"11월 12일, 폭풍우가 동쪽에서 스탬프스로 이동할 것이다. 험한 밤이 예상된다."

테일러 아저씨는 처음 도착했을 때와 똑같은 자세로 있었는데, 너무 추워서 몸을 움직여 불에 가까이 다가갈 수도 없는 사람처럼 보였다. 목을 굽히고 있었기 때문에 붉은 불빛이 아저씨의 대머리 위에서 번쩍거렸다. 아저씨의 눈은 독특한 매력으로 내 주의를 끌었다. 작은 얼굴에 눈이 깊숙이 박혀 있어서 마치 검은 연필로 윤곽을 그린 듯한 둥그런 모양으로 다른 부분들을 완전히 압도했기 때문에 아저씨는 올빼미 같은 인상을 풍겼다. 또한 내가 계속해서 자기를 바라보고 있다는 사실을 눈치챈 아저씨는, 머리는 꼼짝도 하지 않고 눈만 굴려 나를 쳐다보았다.

만약 그의 표정에 경멸이나 손윗사람인 체하는 태도나 어른들이 아이들을 대할 때 드러내는 저속한 감정이 들어 있었더라면, 나는 쉽게 읽던 책을 집어 들었을 것이다. 하지만 아저씨의 눈에는 물기만 어려 있을 뿐 그 어느 것도 아닌 그 무엇, 도무지 참을 수 없는 무無를 내뿜고 있었다. 아저씨의 얼굴에서는 새로운 공깃돌이나 얼음덩어리에 박힌 병마개에서 본 적이 있는 유리 같은 멍한 표정만이 보일 따름이었다. 그의 시선이 내게서 너무 빨리 움직였기 때문에 나는 가까스로 그가 그렇게 시선을 옮겼다고 상상할 수 있을 따름이었다.

"하지만 말씀드린 대로 아저씨는 우리 집에서는 환영이에요. 저희는 언제나 이 지붕 아래 아저씨 자리를 만들어드릴 수 있어요."

윌리 삼촌은 테일러 아저씨가 자신이 하는 말을 하나도 귀담아듣지 않는다는 사실을 눈치채지 못한 것 같았다. 마마는 수프를 방으로 가져온 뒤 주전자를 난로에서 내리고 대신 수증기가 모락모락 나는 냄비를 불 위에 올렸다. 그러자 윌리 삼촌이 말을 이었다.

"마마, 테일러 아저씨에게 우리 집에선 언제든지 환영한다고 말씀드렸어요."

그러자 마마가 말했다.

"맞아요, 테일러 형제님. 아무도 없는 집에서 혼자서 슬퍼만 하고 있을 필요가 없어요. 주님께서 주시고 주님께서 가져가시는 거니까요."

테일러 아저씨에게 영향을 준 것이 마마의 존재였는지, 아니면 난로에서 끓는 수프였는지는 잘 알 수 없지만 아저씨는 상당히 활기를 되찾은 듯했다. 아저씨는 귀찮은 손길을 털어내려는 듯 두 어깨를 흔들고는 웃어 보이려고 했지만 잘되지 않았다.

"헨더슨 자매님, 정말로 감사합니다. ……제 말씀은, 여러분이 아니었더라면 저는 어떻게 했을지 몰라요. ……제 말씀은, 자매님이 제게 얼마나 중요한지 잘 모르실 겁니다. ……글쎄, 제 말씀은, 참으로 고맙게 생각한다고요."

테일러 아저씨는 말을 멈출 때마다 딱지에서 나오는 거북처럼 머리를 가슴에 박았지만 눈은 조금도 움직이지 않았다.

종교적 근원으로 거슬러 갈 수 없는 감정을 남들 앞에서 표현하기를 꺼리는 마마는 나에게 같이 가서 빵과 그릇들을 가져오자고 했다. 마마가 음식을 날랐고, 나는 등유 램프를 들고 그 뒤를 따랐다. 새롭게 등유 램프 불빛이 비치니 방 안이 이상야릇하게 섬뜩한 느낌이 들었다. 베일리는 여전히 책에다 몸을 잔뜩 웅크리고 검은 꼽추 난쟁이 모양으로 앉아 손가락 하나로 글자를 짚어가며 책을 읽고 있었다. 윌리 삼촌과 테일러 아저씨는 미국 흑인 역사책에 나오는 사람들처럼 딱딱하게 얼어붙어 있었다.

"자, 이리로 오세요, 테일러 형제님."

마마가 아저씨에게 수프 한 그릇을 떠맡기다시피 했다.

"배고프지 않을지 모르지만 그래도 몸을 생각해서 드셔보세요."

마마의 목소리에는 건강한 사람이 병자에게 말할 때 보이는 부드러운 배려가 깃들어 있었고, 그녀의 평범한 말은 찌릿할 정도로 진술하게 들렸다.

"정말 고맙습니다."

베일리는 정신없이 읽던 책에서 빠져나와 손을 씻으러 나갔다.

"윌리, 네가 식사 기도를 하려무나."

마마는 베일리의 수프 그릇을 식탁에 내려놓은 뒤 머리를 숙였다. 식사 기도를 하는 동안 베일리는 고분고분한 표정으로 문간에 서 있었지만, 나는 오빠가 지금 톰 소여와 짐을 생각하고 있다는 걸 잘 알고 있었다. 나 역시 바싹 마르고 늙은 테일러 아저씨의 반짝이는 두 눈만 아니었더라면 제인 에어와 로체스터 씨를 생각했을 것이다.

우리 집에 찾아온 손님은 의무적으로 수프를 몇 숟가락 떠먹고 빵을 반달 모양으로 베어 먹고 나서 수프 그릇을 방바닥에 내려놓았다. 우리가 시끄럽게 소리를 내며 먹는 동안 불속에 있는 무언가가 그의 주의를 끌었기 때문이다.

아저씨가 움츠리는 것을 눈치챈 마마가 말했다.

"그렇게 조바심을 내면 몸에 좋지 않아요. 당신 부부가 오랫동안 함께 살았다는 건 잘 알지만······."

그러자 윌리 삼촌이 말했다.

"40년이나 함께 사셨죠."

"······이제 부인이 편히 안식을 얻게 된 지가 거의 반년가량이나 되어가는데. ······믿음을 가져야 해요. 그분께서는 감

243

당할 수 있는 만큼만 시련을 주신답니다."

마마의 그 말이 테일러 아저씨의 용기를 북돋워줬다. 아저씨는 자기 그릇을 다시 집어 들고 숟가락으로 걸쭉한 수프를 휘저었다. 마마는 자기가 한 말로 어떤 접점을 찾았다고 생각하고는 말을 계속해나갔다.

"당신 부부는 참으로 오랫동안 행복하게 함께 살았어요. 그럴 수 있었던 것에 감사해야 해요. 단 한 가지 아쉬운 게 있다면 자식이 없었다는 거겠지만."

만약 내가 머리를 숙이고 있었더라면 테일러 아저씨에게 일어난 변화를 놓치고 말았을 것이다. 내가 보기에 그것은 점진적으로 일어난 변화라기보다는 오히려 너무나 갑작스럽게 일어난 변화인 듯했다. 아저씨는 '탕' 소리를 내며 수프 그릇을 바닥에 내려놓더니 엉덩이를 쳐들고 마마 쪽으로 몸을 기울였다. 무엇보다도 이색적이었던 건 그의 얼굴이었다. 마치 그의 엷은 피부밑에서 내면의 동요가 일어나고 있다는 듯이 널찍한 갈색 얼굴이 생명감으로 어두워졌다. 기다란 이가 다 보이도록 벌어진 입은 흰 의자가 몇 개 놓인 검은 방처럼 보였다.

"아이들이라고요."

테일러 아저씨가 텅 빈 입안에서 그 낱말을 껌처럼 씹었다.

"네, 아이들요."

그런 이름으로 불리곤 하던 베일리는 (그리고 나도) 기대에 찬 눈으로 아저씨를 쳐다보았다.

"그게 바로 제 처가 바라던 거였죠."

아저씨의 눈엔 생기가 넘쳤고 두 눈이 안구에서 튀어나오려는 것 같았다.

"제 처가 한 말이 바로 그거였다고요. 아이들 말입니다."

공기가 무겁고 답답했다. 우리 지붕에 우리 집보다 더 큰 집이 올라앉아서 알아차릴 수 없을 만큼 조금씩 우리를 땅속으로 짓누르고 있었다.

마마가 마음씨 착한 사람들의 목소리로 물었다.

"누가 무슨 말을 했다고요, 테일러 형제님?"

마마는 그 답을 이미 알고 있었다. 우리 모두 그 답을 알고 있었다.

"플로리다가 그랬어요."

아저씨는 주름진 작은 손으로 주먹을 만들었다가 펴더니 다시 주먹을 만들었다.

"제 처가 바로 어젯밤에 그렇게 말했다고요."

베일리와 나는 서로의 얼굴을 쳐다보았고, 나는 내 의자를 그 사람 쪽으로 더 가까이 당겼다.

"'아이들을 갖고 싶어요' 하고 제 처가 말하더군요."

그러지 않아도 높은 목소리를 여자 목소리처럼, 아니 어쨌든 그의 아내 플로리다 부인의 목소리처럼 높이자, 그 소리가 마치 번갯불이 치는 것처럼 이리저리 꺾이면서 온 방 안에 울려 퍼졌다.

윌리 삼촌은 식사를 중단하고 동정 어린 눈길로 그를 쳐다보았다.

"꿈을 꿨나 보군요, 테일러 형제님. 아마 꿈일 거예요."

그러자 마마가 달래듯이 말했다.

"그래, 맞아요. 며칠 전에 아이들이 읽어준 적이 있어요. 사람들은 잠을 자러 갈 때, 마음속에 생각하던 것이 무엇이든 그게 꿈에 나타난다고 하더군요."

테일러 아저씨가 자리에서 벌떡 일어났다.

"절대로 꿈이 아니었어요. 저는 지금 이 순간처럼 정신이 멀쩡하게 깨어 있었다고요."

테일러 아저씨는 화를 냈고, 긴장감은 그의 연약한 기운을 북돋워줬다.

"무슨 일이 있었는지 말씀드리지요."

오, 주여, 귀신 이야기라니. 긴 겨울밤이면 늦은 손님들이 우리 가게에 들어와서 난로 주위에 둘러앉아 땅콩을 구워 먹으며, 누가 더 실감 나게 잘하는지 경쟁이라도 하듯 서로 돌아가면서 섬뜩한 귀신, 도깨비, 여자 요정, 부적, 마술, 저승 이야기 따위를 하곤 했다. 나는 그런 이야기들을 끔찍이도 싫어하고 무서워했다. 그런데 진짜 살아 있는 사람한테 바로 어젯밤에 일어난 진짜 귀신 이야기라니. 나는 참고 앉아서 들을 수가 없을 것 같아서 자리에서 일어나 창문 쪽으로 걸어갔다.

———————

플로리다 테일러 부인의 장례식은 지난 6월에 치렀고, 기

말시험이 막 끝난 무렵이었다. 베일리와 루이즈와 나는 시험을 아주 잘 쳤기 때문에 자신을, 서로를 대견해했다. 밤늦도록 피크닉과 생선튀김 파티, 블랙베리 채집, 크로케 게임*을 할 수 있는 여름이 우리 앞에 황금빛으로 펼쳐졌다. 어떤 내 개인적인 손상이 있지 않은 한, 내 행복감에 영향을 미칠 만한 거라곤 아무것도 없을 것 같았다. 이 무렵 나는 책 속에서 브론테 자매**를 만나 그들을 사랑했으며, 내가 가장 좋아하는 시를 키플링의 〈만약〉에서 〈정복하지 못하리〉***로 바꾸었다.

루이즈와의 우정은 공깃돌 놀이와 돌차기 놀이, 그리고 "가슴에 십자가를 긋고 아무에게도 말하지 않는 거지?" 하고 몇 번이나 다짐한 끝에 주고받는 깊고 어두운 고백을 통해 더욱 두터워졌다. 하지만 나는 그녀에게 세인트루이스에 대해서는 입도 뻥긋하지 않았고, 점차 그 악몽과 그에 뒤따르는 죄책감과 공포가 나한테 정말로 일어난 일이 아니라고 믿게 됐다. 그것은 아주 오래전에 나하고 아무 관계도 없는 어떤 돼먹지 않은 여자아이에게 일어난 일이었다.

처음에 나는 테일러 부인이 죽었다는 소식을 그렇게 특별한 뉴스로 받아들이지 않았다. 아이들이 으레 그렇듯이 나는 부인이 나이가 너무 많아서 이제 할 일이라고는 죽는 것밖에

---

*   잔디 위에서 하는 공놀이
**   샬럿 브론테, 에밀리 브론테, 앤 브론테 자매. 세 사람 모두 소설과 시를 쓴 작가다.
*** 영국 시인 윌리엄 어니스트 헨리의 시(1875)

남지 않았다고 생각했다. 부인은 매우 상냥한 여자로 나이를 먹었기 때문에 종종걸음쳤고 부드러운 갈퀴같이 생긴 작은 손으로 어린아이들의 피부를 만지는 것을 좋아했다. 부인이 우리 가게에 올 적마다 나는 억지로 앞으로 떠밀려갔는데, 그럴 때면 부인은 노란 손톱으로 내 얼굴을 쓰다듬었다.

"피부가 정말로 곱구나."

가뜩이나 칭찬이 적은 이 세상에서 그건 참으로 듣기 힘든 칭찬이었다. 그래서 메마른 손가락이 쓰다듬는 기분 나쁜 느낌도 상쇄할 수가 있었다.

"너도 장례식에 가야 한다, 마거릿."

마마는 나에게 장례식에 갈 거냐고 묻지 않았다. 마마는 이렇게 말했다.

"테일러 자매님이 널 무척이나 생각해서 너에게 노란 브로치를 남겨주셨어. 그래서 너도 가야 하는 거란다."

(브로치가 금이 아니었기 때문에 마마는 '금'이라고는 말하지 않았다.)

"테일러 자매님이 남편한테 '헨더슨 자매의 손녀 아기한테 내 금 브로치를 주고 싶어요' 하고 말했단다. 그러니까 너도 가야 해."

몇 번인가 교회에서 묘지까지 관을 따라 언덕을 올라갔던 적은 있지만, 마마가 내 마음이 여리다고 생각했기 때문에 단 한 번도 억지로 장례식에 참석해본 적은 없었다. 열한 살짜리한테 죽음이란 두렵다기보다는 비현실적인 것으로 느껴지는 법이다. 금도 아닐뿐더러 너무 낡아서 하고 다닐 수도 없는 보잘것없는 낡은 브로치 하나 때문에 교회에 앉아 있어야 한다니 좋은 오후를 낭비하는 것 같은 느낌이 들었다. 하지만 마마가 가야 한다면 어찌 됐든 가야만 했다.

앞쪽 의자의 조문객들은 푸른색 서지에 검은색 크레이프 드레스를 입고 앉아 있었다. 지루한 장례 찬송가가 지루하게, 그러나 성공적으로 교회 안에 울려 퍼졌다. 그 소리는 모든 즐거운 생각 속으로, 행복한 기억 속으로 천천히 녹아들었다.

"요단강 건너편에는 지친 영혼을 위한 평화가 있네. 나를 위한 평화가 있네."

살아 있는 모든 생명체의 불가피한 목적지가 바로 몇 발짝 떨어진 곳에 있는 것만 같았다. 전에는 한 번도 '임종', '죽음', '사망', '서거하다' 하는 낱말들이나 구절들이 나와 조그마한 관련이라도 있다고 생각한 적이 없다.

하지만 더할 나위 없이 마음이 괴롭고 번거롭던 그날, 나 역시 죽는다는 생각이 느린 운명의 물결 위에 나를 싣고 밀려왔다.

장례 찬송가가 끝나자마자 목사님이 제단으로 나아가 설교를 시작했지만 나에게 별로 위안이 되지 못했다. 설교 주제는 '너는 나를 매우 기쁘게 한 착하고 충실한 종이다'*였다. 목사님 목소리가 장례식 찬송가가 남긴 음울한 공기와 한데 뒤

* 〈마태복음〉 25장 21절

섞였다. 목사님의 단조로운 목소리는 청중에게 경고했다.

"오늘이 성도 여러분의 마지막 날이 될지도 모릅니다."

죄인으로 죽지 않는 최선의 방법은 "하느님 앞에 올바른 사람이 되도록" 하는 것, 그래서 운명의 그날에 주님께서 이렇게 말씀하실 거라고 했다.

"너는 나를 매우 기쁘게 한 착하고 충실한 종이다."

목사님은 우리가 차가운 무덤의 공포를 피부로 느끼게 한 뒤에 테일러 부인에 대한 이야기를 시작했다.

"가난한 사람들을 도와주었고, 아픈 사람들을 찾아보았으며, 교회에 십일조를 바쳤고, 대부분의 삶을 착하게 살았던 독실한 여성이었습니다."

이 시점부터 목사님은, 내가 교회에 도착하자마자 발견했던, 하지만 그 뒤부터 애써 피하려 했던 관에다 대고 직접 말을 했다.

"내가 굶주릴 때 당신은 나에게 먹을 것을 주셨습니다. 내가 목마를 때 당신은 나에게 마실 것을 주셨습니다. 내가 아플 때 당신은 나를 찾아왔습니다. 감옥에 있을 때도 당신은 나를 저버리지 않았습니다. 당신이 이 중에서 가장 작은 자에게 이런 일을 했다면 그것은 바로 '나'에게 그렇게 한 것입니다."*

목사님은 갑자기 연단에서 내려와 회색 벨벳을 덮은 관에

---

*　〈마태복음〉25장 35~40절을 자유롭게 풀어서 사용하고 있다.

다가갔다. 그러고는 위엄 있는 몸짓으로, 열린 관 뚜껑에서 회색 천을 왈칵 잡아채더니 그 아래쪽에 있는 신비스러운 시체를 내려다보았다.

"은혜로운 영혼이여, 그리스도께서 밝은 천국으로 부르실 때까지 편히 잠드소서."

목사님은 계속해서 죽은 여자에게 직접 말을 걸었는데, 나는 그 여자가 목사님의 무례한 접근에 기분이 상한 나머지 벌떡 일어나 말대꾸하기를 은근히 바랐다. 그때 남편인 테일러 아저씨가 비명을 질렀다. 아저씨는 자리에서 벌떡 일어나 목사님과 관 그리고 아내의 시신을 향해 두 팔을 뻗었다. 목사님이 계속해서 약속과 경고로 가득 찬 교훈적인 말을 교회 안에 쏟아내는 동안, 테일러 아저씨는 회중 쪽으로 등을 돌린 채 잠시 머뭇거렸다. 때마침 마마와 다른 여자들이 아저씨를 붙들어 의자에 앉히자, 아저씨는 토끼 형제* 헝겊 인형처럼 재빨리 주저앉았다.

테일러 아저씨와 교회에서 높은 직분을 맡은 사람들이 맨먼저 관 주위를 돌면서 고인에게 작별 인사를 고하고, 모든 인간에게 닥칠 죽음의 모습을 슬쩍 들여다보았다. 그러고 나서 죽은 사람을 바라보는 살아 있는 자의 죄책감 때문에 더 무거워진 발걸음으로, 어른들은 관까지 행진해갔다가 다시 제자리

* 미국 흑인 민담 〈엉클 리머스〉에 나오는 기지 넘치는 주인공

251

로 돌아왔다. 관에 도착하기 전에는 불안한 기색을 보이던 얼굴들이 반대편 통로를 따라 내려올 때는 자신들의 공포감을 마지막으로 확인했다는 표정이었다. 그들을 쳐다보는 것은 차양을 완전히 내리지 않은 유리창 너머로 뭔가를 엿보는 것과 비슷했다. 일부러 그러려고 하지는 않았지만 그 한 편의 드라마에서 어른들의 역할을 뚜렷이 기록하지 않을 수 없었다.

그러고 나서 검은 옷을 입은 안내인이 아이들이 앉은 자리를 보고 무뚝뚝한 표정으로 손을 내밀었다. 미처 준비가 안 되어 여기저기서 재빠르게 부스럭대는 소리가 났지만 마침내 열네 살짜리 남자아이 하나가 앞장을 섰다. 나는 테일러 부인의 모습을 보는 것이 싫었지만 그렇다고 혼자 뒤에 남는다는 건 엄두도 내지 못할 일이었다. 통로 위쪽으로는 여름 날씨에 입은 검은 모직 상복과, 노란 꽃들 위에서 시들고 있는 초록 이파리에서 풍기는 악취가 신음 소리, 외침 소리와 함께 뒤엉켰다. 내가 지금 신경을 곤두서게 만드는 고통의 소리를 냄새 맡고 있는지, 아니면 넌덜머리 나는 죽음의 냄새를 듣고 있는지 분간할 수 없을 정도였다.

얇은 망사를 통해 바라보는 쪽이 더 쉬웠을 테지만 나는 갑작스럽게 너무나 텅 비고 사악해 보이는 테일러 부인의 빳빳해진 얼굴을 그냥 내려다보았다. 그 얼굴은 내가 결코 아무한테도 말하고 싶지 않았던 비밀들을 알고 있는 듯했다. 두 뺨이 귀까지 처져 있었고 꼼꼼한 장의사는 검은 입에 립스틱까지 칠해놓았다. 시체가 썩는 냄새가 향긋하게 코에 달라붙었다. 그것은 탐욕과 증오에 찬 갈망으로 생명을 찾고 있었다.

그런데 그 냄새에는 최면 효과가 있었다. 나는 발을 떼고 싶었지만 신발이 바닥에 착 달라붙어서 그대로 관 옆에 서 있을 수밖에 없었다. 계속 움직이고 있던 행렬이 예기치 않게 갑자기 멈추자, 아이들이 서로 부딪히는 사태가 일어났고, 내 귀에 으름장을 놓는 속삭임들이 적잖이 들려왔다.

"앞으로 나아가거라, 마거릿. 앞으로 나아가."

마마가 하는 말이었다. 마마의 목소리가 내 의지를 끌어냈고 또 누군가 뒤에서 밀었기 때문에 나는 마침내 최면에서 풀려났다.

순간 나는 죽음의 냉혹함에 굴복했다. 죽음이 테일러 부인에게 가져다준 변화를 보면 그 힘에 저항할 만한 힘은 아무것도 없었다. 우리 가게 안의 공기를 갈라놓던 테일러 부인의 카랑카랑하던 목소리는 영원히 멈췄고, 포동포동하던 갈색 얼굴은 바람이 빠져 젖소의 배설물처럼 평평하게 퍼졌다.

말이 끄는 마차가 관을 묘지로 운반했고, 나는 가는 내내 죽음의 천사들과 이야기하면서 그 천사들에게 시간과 장소, 사람을 어떻게 선택하는지 물어보았다. 태어나서 처음으로 매장 의식이 나에게 의미 있게 다가왔다.

"흙에서 와서 흙으로. 티끌에서 와서 티끌로."*

＊   성공회 기도서에 나오는 구절. 〈창세기〉 3장 19절도 이와 비슷하다.

테일러 부인이 자신이 왔던 땅으로 다시 돌아가는 것은 확실했다. 사실 나는, 꼼꼼히 생각한 후에 부인이 벨벳 관 안 흰 새틴 천 위에 누운 모습은 꼭 진흙으로 빚은 갓난아기 같았다고 결론을 내렸다. 비 오는 날 솜씨 있는 아이들이 빚었다가 곧바로 뭉개서 흙으로 돌아가는 진흙 갓난아기 말이다.

─────────

소름 끼치는 장례식에 대한 기억이 너무 생생했기 때문에 나는 놀라서 고개를 들어 난로 옆에서 식사하고 있는 마마와 윌리 삼촌을 올려다보았다. 그들은 마치, 사람은 자신이 해야 할 말을 하지 않으면 안 된다는 사실을 알고 있었다는 듯이 걱정하는 기색도 머뭇거리는 기색도 없었다. 하지만 나는 테일러 부인의 이야기를 조금도 듣고 싶지 않았다. 바람이 나와 한 편이 되어 뒷문 밖에서 멀구슬나무를 위협했다.

"어젯밤 기도를 마치고 침대에 누웠죠. 아시다시피 아내가 죽은 바로 그 침대 말이에요."

오, 제발 아저씨가 그만 입을 다물었으면. 하지만 마마가 이렇게 말했다.

"마거릿, 어서 앉아서 수프를 먹거라. 이렇게 추운 밤에는 속에 따뜻한 걸 넣어두면 좋거든. 자, 테일러 형제님, 어서 계속하세요. 어서요."

나는 될 수 있는 대로 베일리 가까이에 앉았다.

"한데 뭔가 제게 두 눈을 뜨라고 말했어요."

"그게 어떤 거였는데요?"

마마가 숟가락을 든 채 물었다.

"그래요, 맞아요. 좋은 것일 수도 있고 나쁜 것일 수도 있잖아요."

윌리 삼촌이 설명했다.

"글쎄, 그게 확실치가 않았어요. 그래서 눈을 뜨는 게 낫다고 생각했죠. 좋은 것이든 나쁜 것이든 어차피 둘 중 하나였을 테니까요. 그런데 눈을 뜨고 처음 본 건 작은 아기 천사였어요. 공 모양 버터처럼 통통하게 살이 쪘고 웃고 있었는데 눈이 파랬어요. 정말로 파랬다고요."

그러자 윌리 삼촌이 물었다.

"아기 천사라고요?"

"네, 그래요. 바로 내 얼굴 앞에서 웃고 있었어요. 그때 '아흐흐흐' 하는 긴 신음 소리가 들렸어요. 한데 헨더슨 자매님, 자매님 말대로 우리는 사십 년 이상을 함께 살았어요. 그러니 저는 플로리다의 목소리를 잘 알지요. 그때 저는 놀라지 않았어요. 그래서 '플로리다야?' 하고 불렀죠. 그랬더니 천사는 더 심하게 웃어대고 신음 소리도 더욱 커졌어요."

나는 수프 그릇을 내리고 베일리 가까이 다가갔다. 테일러 부인은 언제나 웃는 표정인 참을성 있고 매우 상냥한 여자였다. 그 부인이 우리 가게에 왔을 때 유일하게 내 신경을 건드렸던 건 다름 아닌 부인의 목소리였다. 아줌마는 거의 귀먹은 사람처럼 소리를 질러댔는데, 자기가 하는 말이 자기에게 잘 들리지 않았기 때문이기도 했지만 그렇게 하면 듣는 사람들이 자기처럼 큰 목소리로 대답하리라 생각했기 때문이다. 하지만 그건 어디까지나 아줌마가 살아 있을 때 이야기였다. 그 목소리가 무덤에서 나와 공동묘지부터 언덕을 따라 내려와 내 머리 위에서 울린다고 생각하니 머리카락이 주뼛주뼛 섰다.

"그래요, 맞습니다."

테일러 아저씨는 난로를 쳐다보고 있었는데 붉은 불꽃이 얼굴에 비쳤다. 그래서 마치 아저씨의 머릿속에 불이 난 것처럼 보였다.

"먼저 아내의 이름을 불렀죠. '플로리다, 플로리다, 뭘 원하는 거야?' 그런데 그 악마 같은 천사가 맹렬히 계속 웃어대지 않겠습니까."

테일러 아저씨는 웃으려고 했지만 겨우 놀란 표정을 짓는 데 그치고 말았다.

"'저는 갖고 싶어요⋯⋯.' 제 처는 '저는 갖고 싶어요' 하고 말했어요."

테일러 아저씨는 목소리를 바람 소리처럼 만들려고 했다. 물론 그 바람이 무슨 기관지염에라도 걸렸다면 말이다. 아저씨가 숨을 헐떡이며 말했다.

"'저는 아이들을 갖고 싶어요.'"

베일리와 나는 바람이 새어 들어오는 마룻바닥 중간에서 서로 만났다. 마마가 말했다.

"저, 테일러 형제님, 어쩌면 형제님이 꿈을 꾼 건지도 몰라요. 왜 아시잖아요, 잠자리에 들 때 생각하고 있던 게 꿈에 나타난다고 하잖아요……."

"아니에요, 헨더슨 자매님. 그땐 바로 지금처럼 멀쩡하게 깨어 있었던걸요."

"테일러 부인이 자기 모습을 보이던가요?"

윌리 삼촌이 얼굴에 꿈꾸는 듯한 표정을 지으며 물었다.

"아니야, 윌리. 내가 본 거라곤 통통하고 작은 백인 아기 천사뿐이었어. 하지만 그 목소리는 틀림없었어. ……'저는 아이들을 원해요.'"

차가운 바람에 내 발과 척추가 얼어붙었고, 테일러 아저씨가 목소리를 흉내 내는 바람에 내 피가 서늘해졌다. 마마가 말했다.

"마거릿, 가서 고구마를 꺼낼 긴 포크를 가져오거라."

"할머니?"

설마하니 부엌 난로 뒤 벽에 걸려 있는 긴 포크를 말씀하시는 건 아니겠지. 무섭게도 이 방 밖 몇백만 리나 떨어져 있는 곳에.

"어서 가서 포크를 가져오래도. 고구마가 다 타잖아."

나는 집요한 공포심에 저항하면서 간신히 다리를 움직여 거의 난로까지 걸어갔다. 그때 마마의 목소리가 들렸다.

"저 애가 저러다가 바닥 깔개 무늬에 걸려 넘어지고 말지. 어서 계속해요, 테일러 형제님. 돌아가신 부인이 또 뭐라고 하지 않던가요?"

"그게, 아내가 '아아' 하고 몇 번 더 말했는데 그때 천사가 천장에서 걸어 나가기 시작했어요. 너무 겁에 질려 온몸이 뻣뻣해질 지경이었죠."

나는 아무도 없는 캄캄한 어둠의 바다에 도착했다. 엄청난 결단력을 요구하는 일은 아니었다. 하지만 윌리 삼촌의 칠흑처럼 컴컴한 침실을 통과해가는 게 고문과도 같은 일이라는 걸 잘 알고 있었다. 그래도 방에서 송장 먹는 귀신 이야기를 듣는 것보다는 차라리 그편이 나을 것 같기도 했다. 또한 더 미적거리다가 마마를 화나게 할 수도 없는 노릇이었다. 마마는 화가 나면 나를 침대 끄트머리에서 자게 했는데 오늘 밤은 마마한테 바싹 붙어서 잘 필요가 있었다.

한쪽 발을 어둠 속으로 집어넣자, 현실에서 벗어났다는 생각이 나를 거의 공포의 도가니로 밀어 넣었다. 다시는 밝은 데로 나오지 못할지도 모른다는 생각이 들었다. 그래서 재빨리 친숙한 세계로 돌아가는 문을 찾았지만 문을 열자, 무시무시한 이야기 소리가 다시 내 귀를 잡아당겼다. 나는 재빨리 문을 닫았다.

나는 자연스럽게 귀신과 유령과 '그런 것들'을 믿게 됐다. 지나치게 종교적인 남부 흑인 할머니 밑에서 자라면서 미신을 믿지 않는다면 오히려 그게 비정상일 것이다.

부엌까지 갔다 돌아오는 데는 기껏해야 2분도 걸리지 않았을 테지만 나는 그 짧은 시간 동안 질퍽질퍽한 공동묘지를 걸어 다녔는가 하면, 뽀얗게 먼지 쌓인 묘비들을 넘었고, 한밤중처럼 검은 고양이 배설물도 피해 다녔다.

가족들에게 돌아온 뒤 나는 빨갛게 달아오른 우리 집 난로의 뚱뚱한 배가 꼭 외눈박이 괴물의 눈처럼 보인다고 생각했다.

"아버지가 돌아가셨을 때의 생각이 떠올랐어요. 아시다시피 아버지와 저는 매우 사이가 좋았지요."

테일러 아저씨는 최면술로 자신을 무시무시한 공포의 세계에 빠뜨렸다. 내가 아저씨의 추억을 부수고 그 속으로 들어갔다.

"마마, 여기 포크요."

베일리는 난로 뒤에 비스듬히 누워서 두 눈을 반짝이고 있었다. 오빠는 테일러 아저씨의 이야기 자체보다는 자신의 이야기에 병적으로 흥미를 느끼는 아저씨의 모습에 더 매력을 느꼈다. 마마가 한 손으로 내 팔을 잡더니 이렇게 말했다.

"마거릿, 너 지금 떨고 있구나. 무슨 일이 있는 거냐?"

내 피부는 여전히 공포에서 벗어나지 못한 채 부들부들 떨렸다. 그러자 윌리 삼촌이 웃으면서 말했다.

"저 애가 부엌에 가는 게 무서웠나 봐요."

윌리 삼촌의 짧고 높은 웃음소리도 나를 속이지는 못했다. 모두 미지의 세계로 이끌려 들어가는 것이 편치 않았다.

"정말이고말고요. 저는 이제껏 그 조그마한 아기 천사만큼 뚜렷한 모습을 본 적이 없어요."

테일러 아저씨의 턱이 이미 물렁해질 대로 물렁해진 고구마를 기계적으로 씹어댔다.

"그저 웃고만 있었어요. 점점 더 빠르게……. 그게 뭘 의미한다고 생각하세요, 헨더슨 자매님?"

마마는 얼굴에 반쯤 웃음을 떠올린 채 흔들의자 뒤쪽에 몸을 기댔다.

"테일러 형제님, 만약 확실히 꿈을 꾼 게 아니라면요……."

"지금처럼 정신이 멀쩡했다니까요."

테일러 아저씨는 또다시 화를 냈다.

"지금과 똑같이."

"그렇다면 저, 어쩌면 그건 아마도……."

"제가 잠을 자고 있는지, 깨어 있는지는 저도 잘 알고 있다고요."

"……어쩌면 플로리다 자매님은, 형제님이 교회에서 아이들과 함께 일하기를 바라는지도 모르겠네요."

"제가 언제나 플로리다에게 한 말이 있지요. 사람들은 자기 말만 하려는 욕심에 남에게 말할 틈을 주지 않는다고……."

"어쩌면 플로리다 자매님이 형제님에게 하려던 말은……."

"저는 정신이 나가지 않았어요. 아시잖아요. 제 정신은 옛날이나 지금이나 똑같다고요."

"……주일학교 수업을 맡으라는 게……."

"삼십 년 전과 마찬가지였다고요. 제가 그 작고 통통한 천사를 봤을 때 깨어 있었다고 말한다면 마땅히 사람들은……."

"지금 주일학교에는 교사들이 더 필요해요. 주님께서도 그걸 잘 알고 계시죠."

"……제가 하는 말을 믿어야 해요."

마마와 테일러 아저씨가 주고받는 대화는 마치 네트를 건드리지 않고 상대방에게 계속 공을 던지는 탁구 시합과 같았다. 주고받는 말뜻은 사라지고 오직 운동만이 남아 있었다. 그 주고받는 운동은 박자 맞춰 호미질을 하는 것처럼 정확했고 왔다 갔다 하는 모습은 마치 월요일에 빨아서 널어놓은 빨래가 바람에 펄럭거리는 것 같았다. 오로지 옷감에서 물기를 빨리 날려 보내려고 동쪽으로 나부꼈다가 다시 서쪽으로 나부끼는 빨래 말이다.

운명의 도취는 채 몇 분도 되지 않아 아무 일도 없었던 것처럼 어디론가 사라졌고, 마마는 테일러 아저씨에게 젱킨스네 사내아이 하나를 데려다가 농사일을 거들게 하라고 권했다. 윌리 삼촌은 불을 바라보고 고개를 끄덕였고, 베일리는 다시 허클베리 핀의 조용한 모험 속으로 빠져들었다. 방 안에서 일어난 변화는 참으로 놀라웠다. 모퉁이에 놓은 침대 위에 길고 어둡게 드리워졌던 그림자는 사라져버렸거나, 아니면 낯익은 의자들 같은 가구의 검은 이미지로 모습을 드러내고 있었다. 천장 위에 마구 비쳐대던 사나운 불빛은 어느새 온화해져서 이제는 사자가 아니라 토끼를, 송장 먹는 귀신이 아니라 당나귀 모습을 흉내 내고 있었다.

나는 윌리 삼촌 방에 테일러 아저씨가 누울 자리를 깔고 나서 마마 밑으로 기어들었다. 그런데 나는 오늘 처음으로 마마가 안절부절못하는 망령을 다스릴 만큼 착하고 올바른 사람이라는 사실을 깨달았다. 예수님께서 바다를 다스렸던 것처럼 말이다.

"바다여, 잠잠히 그대로 있거라."*

23

스탬프스의 아이들은 눈에 띌 정도로 잔뜩 기대에 부풀어 있었다. 몇몇 어른도 들떠 있었는데 정확히 말하면 스탬프스 젊은 인구 전체가 졸업이라는 유행병에 걸려 있다시피 했다. 중학교와 고등학교에서 모두 많은 학생이 졸업하게 됐다. 아직 명예로운 졸업을 몇 년 앞둔 학생들까지도 일종의 예행연습으로 행사 준비를 돕고 싶어 했다. 졸업생들의 의자를 물려받게 될 3학년 학생들은 전통에 따라 자신들의 지도력과 관리 능력을 보여주려고 했다.

졸업생들은 하급생들에게 압력을 넣으면서 학교 안팎을 으스대고 돌아다녔다. 아직 새로운 권위가 몸에 배지 않은 그 학생들이 때때로 좀 심하게 굴더라도 그냥 눈감아야 했다. 결국에는 다음 학기가 올 것이고, 그러면 6학년 아이가 8학년에

* 〈누가복음〉 8장 24절

같이 놀 언니를 두거나 10학년 남학생이 12학년짜리 친한 형을 두어서 나쁠 게 없었다. 그래서 모든 걸 서로 이해하는 분위기에서 참고 받아들였다.

하지만 졸업하는 학생들 자신은 귀족계급에 속한 것 같았다. 낯선 나라 같은 이국적 목적지에 마음을 빼앗긴 여행자들처럼 졸업생들은 눈에 띄게 건망증이 심했다. 학교에 올 때 툭하면 교과서나 공책, 심지어 연필까지도 빠뜨리고 왔다. 그럴 때마다 몇몇 학생들이 자원하여 최선을 다해 그들이 빼놓고 온 물건들을 조달했다. 물건을 주고도 고맙다는 소리를 듣지 못할 때도 있었지만 졸업식 전의 의식儀式에서 그런 건 하나도 중요하지 않았다.

심지어 선생님들마저 이제는 조용해지고 나이가 든 졸업생들을 존중하면서 말할 때도 동등한 수준까지는 아니어도 자신들보다 조금만 낮은 존재로 대하는 경향이 있었다. 전교생들이 서로 대가족 같은 관계였기 때문에 시험지를 돌려받고 성적이 나오면 누가 그런대로 잘했고 누가 아주 잘했으며 또 어떤 가엾은 친구들이 낙제했는지 모두 알았다.

백인 고등학교와는 달리 잔디밭도 울타리도 테니스 코트도 담쟁이덩굴도 없는 라피엣카운티 기술학교에는 드러낼 게 별로 없었다. 두 개의 건물만이(초등학교 교사와 가사 실습실) 학교 경계선이나 인접 농장과의 경계선을 표시하는 아무런 울타리도 없이 흙 언덕 위에 세워져 있었다. 학교 왼쪽으로는 널찍한 공터가 있어서 번갈아가면서 야구장으로 사용하다가 배구장으로 사용하다가 했다. 바람에 흔들거리는 막대 위에 녹이 슨 바스켓 링은 그곳이 영원한 오락 시설이라는 걸 보여줬다. 자격이 있는 학생이라면, 또한 야구장을 다른 사람들이 쓰고 있지 않다면 야구방망이와 야구공을 체육 선생님께 빌릴 수 있긴 했지만 말이다.

키 큰 감나무 몇 그루가 가까스로 그늘을 만들어주는 돌밭 위를 졸업생들이 걸어갔다. 여자아이들은 가끔 서로 손을 잡고 다녔고 하급생들에게 일부러 말을 걸려고 하지 않았다. 마치 이제 이 친근한 세계를 떠나 더 높은 곳으로 가야 하는 것처럼 여자아이들은 슬픔을 느꼈다.

한편 사내아이들은 전보다 친절해지고 사교적으로 변했다. 기말고사 공부를 하고 있을 때 보인 폐쇄적인 태도와는 확실히 달랐다. 그 아이들은 정든 학교와 친숙한 길과 교실을 떠나갈 준비를 마친 것 같지 않았다. 졸업반 학생 중 소수의 몇 명만이 남부의 농업 및 기술대학 가운데 한 곳에 진학할 것이다. 이 대학에서는 흑인 젊은이들을 목수, 농부, 잡역부, 벽돌공, 하녀, 요리사, 보모로 키워낸다. 그들의 미래는 그들의 어깨를 무겁게 내리누르고 있어서 중학교 졸업반 학생들의 삶에 두루 퍼져 있는 집단적인 기쁨을 맛볼 수 없었다.

여유 있는 부모들은 졸업식을 위해 '시어즈 앤드 로벅'이나 '먼트가머리 워드'*에서 새 구두와 기성복을 주문했다. 또

* 미국 전역에 지점이 있던 대형 백화점들로 카탈로

한 최고로 솜씨 좋은 재봉사에게 부탁해서 공중에 떠다니는 듯한 졸업식 드레스를 맞추고 중고품 바지도 몸에 맞게 줄여 중요한 행사에서 군인처럼 멋지게 보이도록 다림질하곤했다.

아, 그건 정말로 중요한 행사였다. 백인들도 졸업식에 참석할 것이고, 그들 중 두세 명은 하느님과 가정, 남부의 생활 방식에 대해 연설도 할 것이다. 교장 선생님 부인 파슨스 여사가 졸업 행진곡을 연주하면 하급 학년 졸업생들이 통로를 따라 행진해 들어와 연단 아래에 자리를 잡을 것이다. 고등학교 졸업생들은 극적으로 입장하려고 빈 교실에서 대기하고 있을 것이다.

———————

우리 가게에서는 내가 중요한 주인공이었다. 말하자면 생일을 맞이한 사람이었으며, 중심인물이었다. 베일리는 작년에 졸업했는데 졸업하려면 베턴 루지에서 가출로 허송한 시간을 보충해야 했기 때문에 즐거움을 몽땅 몰수당하고 말았다.

우리 반은 버터 빛 노란색 피케* 드레스를 입게 돼 있었는데 마마가 직접 내 옷을 만들었다. 마마는 요크에 잔잔한 십자형 주름을 잡고 나서 나머지 몸통 부분에도 주름 장식을 넣었

그로 우편 주문을 받아 상품을 팔았다.
* 코듀로이처럼 골이 지게 짠 면직물

다. 단 주위로 데이지를 돋우어 수놓을 때는 마마의 검은 손가락들이 레몬색 천 안으로 들어갔다 나왔다 했다. 마지막으로 불룩한 소매에 손뜨개로 만든 커프스를 달고 손뜨개질한 끝이 뾰족한 칼라를 붙이고 나니 마침내 드레스가 완성됐다.

그런 드레스를 입은 나는 예뻐 보일 것이다. 온갖 스타일로 멋지게 손바느질을 한 옷을 입고 걸어 다니는 모델이 될 것이다. 내가 겨우 열두 살밖에 되지 않았고 이제 8학년을 졸업하는 중학교 졸업생일 뿐이라는 사실은 아무 걱정도 되지 않았다. 더구나 아칸소주 흑인 학교의 많은 선생님은 그 정도 자격증으로 지식을 전수할 수 있는 자격이 있었다.

대낮의 시간이 날마다 더 길어지고 더 뚜렷해졌다. 빛바랜 베이지색이 된 지난 시간은 강하고 확실한 색깔로 교체됐다. 나는 같은 반 아이들의 옷과 피부색, 그리고 보송보송한 버들가지에서 날리는 꽃가루를 유심히 쳐다보기 시작했다. 하늘을 느릿느릿 떠다니는 구름이 나에게는 상당한 관심의 대상이었다. 구름의 변화무쌍한 모습은 지금처럼 새롭게 행복한 순간 조금만 시간을 주면 금방 해독할 수 있는 메시지를 담은 것만 같았다.

이 무렵 아치처럼 둥근 하늘을 너무나 경건하게 쳐다보는 바람에 내 목엔 만성적인 통증이 생겼다. 또한 너무 자주 웃다보니 익숙지 못한 동작 때문에 턱이 아팠다. 이 두 가지 신체적 통증 때문에 혹 불편할지도 모른다고 걱정했지만, 사실은 그렇지가 않았다. 마침내 승리한 팀(1940년도 졸업반)의 일원으로 나는 그런 불쾌한 느낌을 멀리 뛰어넘었다. 나는 활짝 펼쳐진 들판의 자유로움을 향해 나아가고 있었다.

나는 나이가 어린 데다가 사회적으로 인정받았으며, 우리는 경멸과 모욕의 기억에 족쇄를 채웠다. 순조로운 인생 항로의 바람에 내 모습이 달라졌다. 내가 흘린 눈물은 진흙이 됐다가 다시 먼지가 되어 부서졌다. 나무에 밧줄처럼 매달려 기생하는 이끼 같던 지난 몇 년 동안의 움츠림을 마침내 훌훌 털고 나오는 순간이었다.

성적 한 가지만으로도 나는 최상위였고 졸업식 때는 가장 먼저 불리는 명단 중에 내 이름이 들어 있을 것이다. 강당 게시판뿐 아니라 교실 칠판에도 푸른 별과 흰 별, 빨간 별들이 붙어 있었다. 결석을 한 번도 하지 않은 데다가 지각도 없었으며 학업 성적은 그해 최고 기록이었다. 나는 미국 헌법 전문前文을 베일리보다도 더 빨리 외울 수 있었다. 우리는 외우면서 가끔 시간을 재곤 했다.

"우리미국국민은더완전한연합을위하여……."

또한 나는 미국 대통령들의 이름을 워싱턴에서 루스벨트까지 알파벳순뿐 아니라 연대순으로도 암기했다.

내 머리카락 역시 만족스러웠다. 점차 검은 곱슬머리가 길고 굵어져서 마침내 땋아놓은 그대로 있게 됐고 머리를 빗을 때도 두피를 잡아당길 필요가 없었다.

루이즈와 나는 지칠 때까지 예행연습을 했다. 헨리 리드가 졸업생 대표로 고별 연설을 하게 되었다. 그 아이는 두건을 쓴 것 같은 눈에다 길고 펑퍼짐한 코와 이상야릇하게 생긴 머리통을 가진 키가 작고 피부가 매우 검은 사내아이였다. 헨리는 학기마다 우리 반에서 나와 일등을 다투었기 때문에 나는 몇 년 동안 그에게 감탄을 금치 못했다. 대부분 그 아이가 나를 앞질렀지만 나는 실망하기는커녕 그와 최고의 자리를 나누어 가졌다는 사실에 흐뭇할 뿐이었다.

많은 남부 흑인 아이가 그렇듯이 그 아이는 마마처럼 엄격하고 마마만큼 친절할 줄 아는 할머니와 함께 살았다. 그 아이는 어른들에게 예의 바르고 공손하고 상냥했지만 운동장에서 나와 놀 때는 가장 거친 게임을 골라서 했다. 나는 그런 그에게 감탄했다. 내 생각에는 겁 많고 아둔한 사람이라면 누구나 그만큼은 공손할 수 있었다. 하지만 어른들과 아이들 모두를 대할 때 가장 높은 수준의 예의를 갖춰 상대할 수 있다는 건 감탄할 만한 일이었다.

리드의 졸업생 대표 고별사 제목은 '죽느냐 사느냐'*였다. 엄격한 10학년 선생님이 그가 고별 연설을 쓰는 것을 도왔다. 그는 지난 몇 달 동안 줄곧 말을 극적으로 강조하는 연습을 해왔다.

졸업식까지 몇 주가 분주한 작업으로 꽉 차 있었다. 꼬마 학생들은 순진한 아가씨와 데이지, 토끼들이 나오는 연극을

---

* 셰익스피어의 《햄릿*Hamlet*》에 나오는 대사 "죽느냐 사느냐, 이것이 문제로다"를 빗댄 제목

공연할 예정이었다. 토끼뜀을 연습하고 은방울 같은 목소리로 노래 연습을 하는 꼬마 학생들의 소리가 건물 전체에 울려 퍼졌다. 그보다 나이가 많은 여자아이들(물론 졸업생이 아닌 재학생이다)은 졸업식 날 밤 행사 때 마실 음료수를 만드는 일을 맡았다. 풋내기 요리사들이 자기들과 선생님들이 먹을 음식을 견본으로 만들 때는 가사 실습실 건물 주위에 톡 쏘는 생강, 계피, 육두구, 초콜릿 냄새가 풍겼다.

작업장 귀퉁이마다 재목상 젊은이들이 세트와 무대장치를 만드느라 사방에서 도끼와 톱으로 생나무를 잘라댔다. 오직 졸업생들만이 그 북새통에서 제외됐다. 우리는 건물 뒤쪽 도서관에 자유롭게 앉아 있거나, 아니면 우리를 위해 행사를 준비하는 모습을 초연한 태도로 당연한 듯이 바라보았다.

지난 일요일에는 목사님까지도 졸업에 대해 설교했다. 설교 주제는 "네 불을 밝게 비추어 사람들로 하여금 네 훌륭한 일을 보고 하늘에 계신 너희 아버지를 칭송하게 하라"*였다. 우리 졸업생들을 위한 설교였지만 목사님은 이런 기회를 이용해 교회에 다니다가 타락한 사람들, 도박꾼들, 그 밖에 쓸모없는 건달들에게 말하고 있었다. 하지만 목사님이 예배가 시작될 무렵 우리 이름을 불렀기 때문에 우리는 마음을 달랬다.

흑인 사회에서는 단순히 학년을 올라가는 아이들한테도 선물을 주는 전통이 있다. 하물며 학년에서 최우등으로 졸

---

*   〈마태복음〉 5장 16절

업하는 아이한테는 어떻게 해줄지 얼마나 기대되겠는가. 윌리 삼촌과 마마는 베일리 것과 똑같은 미키 마우스 시계를 주문했다. 루이즈는 나에게 수놓은 손수건 넉 장을 선물로 줬다. (나는 루이즈에게 손뜨개로 만든 테이블 받침 석 장을 줬다.) 또한 목사님 사모님 스니드 부인은 졸업식 때 입으라고 속치마를 만들어줬고, 거의 모든 손님이 "더 높은 곳으로 계속 올라가거라" 내지는 그 비슷한 격려와 함께 5센트짜리 동전이나 심지어 10센트짜리 동전을 줬다.

마침내 영광스러운 그날의 아침이 밝아왔고, 나는 나도 모르게 침대에서 나와 있었다. 나는 이날을 뚜렷이 보려고 뒷문을 활짝 열어젖혔지만 마마가 말했다.

"마거릿, 문간에 있지 말고 어서 옷을 입거라."

나는 그날 아침이 나에게서 떠나지 않고 영원히 기억되기를 바랐다. 햇빛은 아직도 어스름했고 몇 시간 뒤에 날이 밝으면 찾아오겠다는 집요함을 어디서도 보이지 않았다. 나는 새로 심은 콩을 보러 간다는 핑계를 대고 맨발로 가운만 걸친 채 뒷마당에 나왔다. 그런 다음 따사로운 햇살에 온몸을 맡기고 내가 지금까지 어떤 나쁜 짓을 저질렀든 간에 오늘까지 살게 하시어 이날을 보게 하신 하느님께 감사했다. 그동안 나는 줄곧 내가 우연한 사고로 죽고 말아서, 강당 계단을 올라가 힘들게 딴 졸업장을 우아하게 받을 기회가 절대로 오지 않으리라는 숙명론적인 생각을 마음 한구석에 품었다. 그런데 자비로우신 하느님의 은총으로 집행유예를 얻게 되었다.

베일리가 가운을 입고 나와서 나에게 크리스마스 포장지에 싼 상자 하나를 건네주었다. 오빠는 그걸 사려고 몇 달 동안이나 돈을 모았다고 했다. 그건 초콜릿 상자처럼 보였지만 마음만 먹으면 코앞에서 언제든지 캔디를 집어 먹을 수 있는데 굳이 베일리가 그런 것을 사려고 돈을 모았을 리가 없었다.

베일리는 나 못지않게 그 선물을 자랑스럽게 생각했다. 그것은 부드러운 가죽 표지로 장정한 에드거 앨런 포 또는 베일리와 내가 '이프'*라고 부르는 시인의 시집이었다. 나는 〈애너벨 리〉라는 시를 펼쳤고, 우리 둘은 맨발로 정원에 난 길을 따라 왔다 갔다 하면서 그 아름답도록 슬픈 시를 암송했다.

마마는 금요일인데도 일요일 같은 아침 식사를 준비했다. 식사 기도를 마치고 난 뒤 눈을 뜨니 내 접시 위에 시계가 있었다. 한낮에 꿈을 꾸는 것만 같았다. 모든 게 날 위해 순조롭게 돌아갔다. 무엇을 잊지 말라고 일깨워주는 사람도 없었고, 꾸지람을 듣지도 않았다. 졸업식이 거행될 저녁이 다가오자 나는 너무 초조해져서 집안일을 할 수가 없었고, 그래서 베일리가 자기 목욕 시간 전까지 자진해서 모든 걸 대신했다.

며칠 전 우리는 가게에 붙일 간판을 하나 만들었다. 우리가 불을 끄자, 마마는 문손잡이 위에 마분지를 걸었다. '졸업식으로 가게 문을 닫음'이라는 글씨가 또렷이 보였다.

---

*   Eap, 미국의 시인이자 소설가 에드거 앨런 포Edgar Allan Poe의 이름 첫 글자를 딴 이름이다.

내 드레스는 완벽하게 잘 맞았고, 모두 내가 그것을 입으니 햇살처럼 눈이 부시다고 했다. 학교 쪽으로 가는 언덕에서 베일리는 "빨리 앞으로 가, 베일리" 하고 중얼거리는 윌리 삼촌과 함께 뒤에서 걸었다. 삼촌은 너무 천천히 걸어서 당혹스럽다며 베일리가 우리와 같이 앞에서 걸어가기를 바랐다. 하지만 베일리는 여자들은 여자들끼리 걷게 하고 남자들은 뒤에서 천천히 걷자고 했다. 우리 모두 기분 좋게 웃었다.

어린아이들이 개똥벌레처럼 어둠 속에서 튀어나와 달려갔다. 크레이프 종이로 만든 드레스와 나비 날개는 아이들이 뛰어다닐 걸 감안해서 만들지 않았으므로 여기저기서 북북 찢어지는 소리가 났고 그럴 때마다 '어, 어' 하는 안타까운 외침이 뒤따랐다.

학교에는 썰렁하게 불빛만 번쩍였다. 아래쪽 언덕에서 바라본 창문들은 차갑고 쌀쌀맞아 보였다. 갑자기 뭔가 타이밍이 잘 맞지 않는다는 생각이 들었다. 만약 마마가 내 손을 잡아주지 않았더라면 나는 뒤쪽 베일리와 윌리 삼촌한테로, 아니 어쩌면 그보다 멀리 떠밀려 나갔을 것이다. 마마는 내 발이 차갑게 굳어지는 모양을 보고는 몇 마디 가벼운 농담을 던지며 어쩐지 낯설어 보이는 학교 건물 쪽으로 나를 이끌었다.

입구 계단 근처에 이르니 다시 자신감이 생겼다. 그곳에는 나와 동료인 '영광스러운 얼굴', 졸업생들이 있었다. 머리는 잘 빗질해서 뒤로 넘기고 다리에는 오일을 바른 데다가 새 옷에 새로 잡은 주름이며 새 포켓용 손수건이며 자그마한 핸드

백은 모두 집에서 만들었다. 아, 우리한테는 모든 일이 그야말로 순조로웠다. 나는 동료들과 합류하느라 우리 가족이 북적대는 강당에 들어가 자리를 잡는 것조차 보지 못했다.

학교 밴드가 행진곡을 연주했고 리허설 때 했던 대로 전학년 학생들이 줄지어 들어왔다. 우리는 각자 지정된 자리 앞에 서 있다가 합창단 지휘자의 신호에 따라 자리에 앉았다. 자리에 앉자마자 기다렸다는 듯이 밴드가 국가를 연주했다. 우리는 또다시 자리에서 일어나 국가를 부른 뒤에 충성의 맹세를 암송했다. 합창단 지휘자와 교장 선생님이 내가 보기에 좀 절망적인 모습으로 자리에 앉으라고 신호할 때까지 우리는 잠깐 그대로 서 있었다.

그 지시는 너무 이례적이어서 우리가 꼼꼼하게 예행연습을 한 대로 잘 굴러가던 기계가 한순간에 갑자기 멈춘 듯했다. 우리는 꼬박 일 분 정도 의자를 찾느라 더듬거렸고 서로에게 어설프게 몸을 부딪쳤다. 습관이란 압박을 받으면 변하거나 또는 더 굳어지는 법이다. 그래서 잔뜩 긴장해 있던 우리는 집회가 있을 때면 늘 하던 대로 할 준비가 되어 있었다. 즉 미국 국가를 부른 다음에는 충성의 맹세를 하고, 그다음에는 내가 아는 흑인이라면 모두 '흑인 국가'라고 부르는 노래를 부르는 것이 늘 정해진 순서였다. 언제나 똑같은 조組, 똑같은 열정으로, 대개는 똑같은 모양으로 서서 그렇게 해왔다.

마침내 자리를 찾아 앉았는데 뭔가 좋지 않은 일이 일어날 것 같다는 불길한 예감이 나를 사로잡았다. 미리 연습도 하지 않았고 계획도 없던 어떤 일이 일어날 것만 같았고, 그렇게 된다면 우리는 형편없는 꼴로 보일 것이다. 나는 지금도 그때 명시적으로 '우리'라는 대명사를 선택했던 것을 뚜렷하게 기억한다. 그때 나에게 중요했던 것은 집단으로서의 '우리', 졸업생이었다.

교장 선생님이 '학부모들과 친지들'을 환영한 뒤 침례교회 목사님에게 기도를 부탁했다. 목사님의 기도는 간결하고 힘찼으며 순간적으로 나는 우리가 정의로운 행동에 이르는 저 높은 길로 다시 들어서고 있구나 생각했다. 하지만 다시 연단으로 돌아온 교장 선생님은 목소리가 달라져 있었다. 교장 선생님 목소리는 언제나 나에게 깊은 영향을 줬는데 내가 가장 좋아하는 소리 가운데 하나였다. 집회가 있는 동안 그 목소리는 나지막하고 약하게 청중 속으로 녹아들었다. 교장 선생님 말을 듣는 것은 내 계획에 없던 일이었지만 나는 호기심이 일어 정신을 바짝 차리고 그의 말에 귀를 기울였다.

교장 선생님은 부커 T. 워싱턴*에 관해 말했다. 우리는 한손에 붙어 있는 손가락들처럼 서로 가까워질 수 있다 등등의 말을 한 '고인이 되신 우리의 위대한 지도자' 말이다. 그러고 나서 그는 우정이며 친절한 사람들이 자신보다 못한 사람들과 나누는 우정에 대해 몇 가지 모호한 말을 했다. 그 말과 함께

---

*   미국 흑인 지도자 중 가장 영향력 있는 사람으로 꼽히는 교육자이자 개혁자

교장 선생님 목소리가 점점 줄어들더니 거의 사그라졌다. 마치 강이 줄어서 시내가 되고 그 시내가 다시 실개천이 되는 것 같았다고나 할까. 하지만 교장 선생님은 기침을 해서 목을 가다듬더니 다시 말을 이었다.

"오늘 밤 연설을 하실 분은 우리의 친구이기도 한 분으로 이 졸업식 연설을 위해 멀리 텍사캐나에서 오셨습니다. 그런데 기차 시간이 불규칙한 탓에 이분은 시쳇말 그대로 '연설만 하고 뛰어나가시게' 됐습니다."

교장 선생님은 계속해서 우리가 그 연사의 사정을 이해하며 우리에게 시간을 내주어 무한히 감사하고 있음을 그분이 알아달라고 했다. 그러더니 우리는 언제나 다른 사람의 일정에 기꺼이 맞출 용의가 있다느니 하고 늘어놓은 뒤 더는 야단법석을 떨지 않고 마침내 그 연사를 소개했다.

"여러분, 에드워드 돈리비 선생님을 소개합니다."

한 명이 아니라 두 명의 백인 남자가 단상 뒤에 있는 문으로 들어왔다. 키가 작은 남자가 연단 쪽으로 걸어갔고 키가 큰 남자는 중앙에 있는 의자에 가서 앉았다. 하지만 그곳은 이미 교장 선생님 자리로 정해져 있었다. 자리에서 쫓겨난 신사는 잠깐 왔다 갔다 했는데 그때 침례교 목사님이 그 신사에게 자기 자리를 내주고 상황에 걸맞지 않게 위엄을 보이며 단상에서 내려왔다.

돈리비 씨는 청중을 한 번 쳐다보고는(돌이켜보건대 그때 그가 우리를 쳐다본 것은 오직 우리가 정말 그곳에 있는지 확인하고 싶

어서였음이 틀림없다) 안경을 바로잡고 종이 한 뭉치를 펼치더
니 읽기 시작했다.

돈리비 씨는 "이 자리에 서게 되고 다른 학교들과 꼭 마찬
가지로 이 학교에서도 일이 잘 진행되는 것을 보게 되어" 기쁘
다고 했다.

청중 속에서 첫 번째 "아멘!" 소리가 나왔을 때 나는 누군
지 몰라도 그 소리를 낸 장본인이 그 말이 목에 걸려 즉사했으
면 하고 바랐다. 하지만 "아멘!"이니 "네, 맞습니다!"라느니 하
는 소리가 강당 곳곳에서 마치 찢어진 우산 안에 비가 들듯 쏟
아지기 시작했다.

돈리비 씨는 앞으로 우리 스탬프스 어린이들에게 일어날
놀랄 만한 변화를 이야기했다. 중앙 학교(당연히 백인 학교가 중
앙 학교였다)에서는 벌써 여러 가지 개선이 이루어져 가을부터
사용 단계에 들어가게 되었다. 리틀록에서 유명한 화가가 와
서 그 학교 학생들에게 미술을 가르치기로 했다. 또한 실험실
에는 최신 현미경들과 화학 실험 기구를 갖추게 될 거라고도
했다. 돈리비 씨는 곧바로 그 중앙 고등학교가 누구 덕분에 그
렇게 개선됐는지 밝혔다. 아울러 자신이 구상하는 전반적인
개선 계획에 우리 학교도 빼놓을 수 없다고 말했다.

돈리비 씨는 아칸소주 농업기술대학에서 가장 우수한 미
식축구 태클러 중 하나가 바로 라피엣카운티 기술학교 출신이
라는 사실을 자기가 아주 높은 자리에 있는 사람들에게 지적
했노라고 했다. 이 대목에서는 아멘 소리가 전보다 적게 나왔

다. 그 몇 마디 아멘 소리마저 습관처럼 무겁고 둔탁하게 공중에 남았다.

돈리비 씨는 계속해서 우리를 칭찬했다. "피스크대학*에서 가장 우수한 농구선수 중 하나가 첫 골을 바로 이곳 라피엣 카운티 기술학교에서 넣었다"는 사실을 그가 어떻게 자랑했는지 계속 말했다.

백인 아이들이 갈릴레오나 퀴리 부인, 에디슨, 고갱 같은 사람들이 될 기회를 누렸던 데 반해, 우리 흑인 남자아이들은 (여자아이들은 그 속에 끼지도 못했다) 제시 오웬스**와 조 루이스 같은 사람들이 되려고 노력해야 했다.

오웬스와 '갈색 폭격기' 루이스는 우리가 속한 세계에서 가장 위대한 영웅들이기는 했지만, 도대체 리틀록 백인 세계의 어느 학교 공무원에게 오직 그 두 사람만이 우리의 영웅이 되어야 한다고 결정할 권리가 있단 말인가? 헨리 리드가 과학자가 되려면 꼭 조지 워싱턴 카버***처럼 구두닦이로 열심히 일해서 그 빌어먹을 현미경을 사야 한다고 어느 누가 결정한단 말인가?

우리 오빠 베일리는 누가 보아도 운동선수가 되기에는 너

---

*   W. E. B. 두 보이스, 니키 조바니 같은 흑인 시인을 배출한 내슈빌의 흑인 대학교
**   1936년 베를린 올림픽에서 4관왕을 차지한 미국 흑인 육상선수
***   농업 기술에 크게 이바지한 미국 흑인 과학자

무 키가 작았다. 그래서 만약 오빠가 변호사가 되고 싶다면 먼저 20년 동안 목화를 따고 옥수수밭을 갈고 밤에는 강의록을 공부함으로써 그의 피부색에 대한 대가를 치러야 한다고 돈만 밝히는 어떤 토착 후원자가 결정할 수 있단 말인가?

그 남자가 남긴 무의미한 말이 벽돌장처럼 강당 주위에 떨어져 내렸고 너무 많이 내 배 속에 자리를 잡았다. 나는 엄격히 배운 예절을 지키느라 차마 뒤를 돌아보지는 못했지만 내 좌우에는 자랑스러운 1940년도 졸업생들이 고개를 떨어뜨리고 있었다. 나하고 같은 줄에 앉은 여자아이들은 하나같이 손수건으로 새롭게 이것저것 만들고 있었다. 어떤 아이들은 작은 사각형으로 접어 사랑 매듭을 만드는가 하면, 어떤 아이들은 삼각형으로 접기도 했지만, 아이들은 대부분 손수건을 똘똘 뭉쳤다가 자신들의 노란 무릎에 올려놓고 납작하게 폈다.

연단에서는 고대 비극이 재현됐다. 파슨스 선생님은 조각가의 실패작 같은 모습으로 꼼짝 않고 앉아 있었다. 그의 커다랗고 무거운 몸에는 의지나 의욕 같은 것은 일절 들어 있지 않았으며, 그의 두 눈은 그가 더는 우리와 함께하고 있지 않다고 말해줬다. 다른 선생님들은 (단상 오른쪽에 드리운) 깃발을 쳐다보거나, 노트를 들여다보거나, 아니면 이제는 유명해진, 다이아몬드 모양의 운동장 쪽으로 열린 창문을 바라보았다.

주름 장식과 선물, 축하 인사 그리고 졸업장이 만들어내는 은밀한 마법의 시간과도 같은 졸업식이 미처 내 이름을 부르기도 전에 끝장이 나고 말았다. 내가 성취한 모든 것은 이제 아무것도 아니었다. 세 가지 색깔 잉크로 공들여 만든 지도도, 10음절로 된 단어를 익히고 철자를 배운 것도, 〈루크리스의 능욕〉* 전문을 암기한 것도……. 이 모든 게 이제 아무런 소용이 없었다. 돈리비 씨가 우리의 참모습을 적나라하게 보여줬다.

우리는 하녀이며 농부이며 잡역부이며 세탁부일 뿐 그 이상 바라는 것은 말도 안 되는 것이었고 주제넘은 일이었다.

바로 그때 나는 가브리얼 프로서**와 내트 터너***가 침대에 누워 잠자는 백인 모두를 죽여버렸더라면, 에이브러햄 링컨이 노예해방령에 서명하기 전에 암살당했더라면, 해리엇 터브먼****이 머리를 맞은 상처 때문에 그대로 죽었더라면, 크리스토퍼 콜럼버스가 '산타 마리아' 호를 타고 항해하다가 물에 빠져 죽었더라면 차라리 좋았으리라 생각했다.

흑인으로 태어나 내 삶을 스스로 결정할 수 없다는 게 끔찍스러웠다. 어린 나이에 벌써 내 피부색을 비난하는 소리를 듣고도 아무런 방어할 기회도 없이 조용히 앉도록 훈육을 받는다는 것이 너무나 끔찍했다. 우리 모두 죽어야만 했다. 우리가 모두 죽어서 한 사람 위에 다른 한 사람이 포개진 모습을 보고 싶다는 생각이 들었다. 백인들이 맨 밑바닥에서 넓게 기초

---

*　　셰익스피어의 시
**　　1800년 버지니아주 리치몬드에서 노예 봉기를 이끈 흑인 지도자
***　　1831년 흑인 노예 봉기를 이끈 노예해방 운동가
****　흑인 노예들의 도주를 도운 노예해방 운동가

를 만들고, 그 위에 인디언들이 그들의 어이없는 도끼와 천막과 오두막집과 평화협정과 함께 쌓이고, 그다음에는 흑인들이 그들의 자루걸레와 조리법과 목화 부대와 입에서 줄줄 흘러나오는 영가靈歌와 함께 포개져서 만든 인간 육체의 피라미드가 보고 싶어졌다. 네덜란드 어린아이들은 모두 나막신을 신고 다니다가 목이 부러져야 할 것이다. 프랑스 사람들은 1803년 미국에 루이지애나를 판 일이 목에 걸려 질식해서 죽어야 할 것이고, 바보 같은 변발을 한 중국 사람들은 모두 누에한테 잡아먹혀야 할 것이다. 한 종種으로서 인간은 그야말로 혐오 그 자체였다. 우리 모두가 그랬다.

이 무렵 선거에 출마 중이었던 돈리비 씨는 학부모들에게 만약 자신이 당선되면 우리가 아칸소주 지역에서는 유일하게 색깔로 포장을 한 운동장을 갖게 될 거라고 장담했다. 또한 그는 자기에게 동조하는 소리가 들리는데도 한 번도 고개를 들어 답례를 보내지 않았다. 그는 자기가 당선되기만 하면 가사 실습실과 작업장에 새로운 장비를 들여놓게 할 거라고 했다.

마침내 돈리비 씨가 연설을 마쳤다. 고맙다는 극히 형식적인 인사 이상은 할 필요가 없었기 때문에 그 사람은 단상에 있는 사람들에게만 고개를 끄덕였고, 끝까지 소개되지 않은 키 큰 남자가 그와 문가 쪽으로 함께 걸어 나갔다. 그들은 이제부터 진짜로 중요한 일을 하러 간다는 태도로 자리를 떴다. (라피엣카운티 기술학교의 졸업식은 그들에겐 단순한 사전 준비 행위에 지나지 않았다.)

그들이 남기고 간 추악함이 손으로 만져질 정도였다. 그것은 떠날 생각을 하지 않는 불청객과 같았다. 합창단이 기립해 〈믿는 사람들은 군병 같으니〉를 현대식으로 편곡한 곡에 자신의 세계를 찾아가는 졸업생들에 관한 새로운 노랫말을 붙인 노래를 불렀다. 하지만 그것도 별로 도움이 되지 않았다. 침례교 목사님의 딸인 엘루이즈가 〈정복하지 못하리〉를 암송했는데, "나는 내 운명의 주인이며 내 영혼의 선장이네" 하는 구절이 너무나 말도 안 돼 나는 그만 울음을 터뜨릴 뻔했다.

내 이름이 어쩐지 낯설게 느껴졌고, 그래서 누군가 팔꿈치로 찔렀을 때야 비로소 알아듣고 나가서 졸업장을 받았다. 그동안 준비했던 것이 모두 온데간데없이 사라졌다. 나는 용맹한 여전사 아마존처럼 용감하게 단상 위로 행진해 가지도 않았고, 청중 쪽을 쳐다보고 베일리가 잘했다고 고개를 끄덕이는 모습을 확인하지도 않았다. 마거릿 존슨, 나는 다시 한번 내 이름을 부르는 소리를 들었고 우등상 상장이 낭독되자 청중 속에서 칭찬하는 소리가 들려왔다. 나는 예행연습 때 하던 대로 단상 위 내 위치에 가서 섰다.

나는 담갈색, 암갈색, 라벤더, 베이지, 검은색 같은 내가 싫어하는 색깔들이 무엇인지 생각했다.

내 주위에서 이리저리 발을 끌고 옷을 스치는 소리가 들리더니 헨리 리드가 졸업생 대표로 나가 '죽느냐, 사느냐'로 고별 연설을 했다. 그는 아까 그 백인이 하는 이야기를 듣지 못했단 말인가? 우리는 '살' 수 없는 사람들이었으며, 그래서 '죽느냐, 사느냐' 하는 질문은 결국 시간 낭비에 지나지 않을 뿐이었다. 헨리의 목소리는 또렷또렷하고 힘이 있었다. 나는 그를 쳐다보기가 두려웠다. 그는 그 메시지를 알아듣지 못했단 말인가? 흑인에게는 '마음은 더 고결한'이라는 말이 통하지 않았다. 세상 사람들은 우리에게 마음이라는 게 있다고 생각하지 않으며 또한 그게 사실임을 우리에게 알려줬기 때문이다. '가혹한 운명'이라고? 그건 농담 같은 이야기가 아닌가.

졸업식이 끝나면 헨리 리드에게 몇 가지를 이야기해줘야 할 것 같다. 물론 그때까지 나에게 그만한 관심이 남아 있다면 말이다. 헨리, '문지르는rub' 것이 아니고 '지워버리는erase' 거야.

"아, 여기에 지워버릴 게 있구나."* 바로 우리 흑인 말이다.

헨리는 웅변술이 뛰어난 학생이었다. 그의 목소리는 마치 파도처럼 약속을 말하는 부분에서는 올라갔다가 경고하는 부분에서는 내려갔다. 영어 선생님이 리드를 도와 햄릿의 독백을 딴 연설문을 썼던 것이다. 인간, 행동가, 건설자, 지도자가 되느냐, 아니면 도구가, 웃기지도 않은 농담이, 더러운 독버섯 같은 파괴자가 되느냐. 나는 헨리가 마치 우리한테 선택권이 있기라도 한 것처럼 끝까지 연설을 해내는 데 감탄을 보내지 않을 수 없었다.

---

* 　《햄릿》에 나오는 독백을 패러디한 표현이다. 'rub'
　　은 '난처한 문제'를 뜻하지만 이어서 나오는 '지우다
　　erase'에 대응하도록 '문지르다'로 옮겼다.

나는 눈을 감은 채 연설에 귀를 기울이며 한 문장 한 문장을 속으로 반박했다. 그때 청중 속에서 '쉿!' 하는 소리가 나는 것으로 보아 뭔가 계획에 없던 일이 일어나고 있음을 경고한 것 같았다. 나는 고개를 들고 보수적인 데다가 예의 바른 우등생인 헨리가 청중에게 등을 돌리고 우리(자랑스러운 1940년도 졸업생들) 쪽을 바라보고 서서 거의 말하듯 노래를 부르는 걸 지켜보았다.

　　목소리를 모두 높여 노래하라.
　　하늘과 땅이 울릴 때까지
　　자유의 하모니로 울릴 때까지…….

그것은 제임스 웰던 존슨이 쓴 시에 J. 로저먼드 존슨*이 곡을 붙인 노래였다. 그 노래는 흑인 국가였다. 습관적으로 우리도 그 노래를 따라 불렀다.

어두운 강당 안에서 우리의 어머니들과 아버지들도 모두 자리에서 일어나 격려의 찬가를 함께 불렀다. 유치원 선생님 한 분이 꼬마들을 이끌고 단상으로 올라갔고, 귀여운 아가씨들과 데이지들, 토끼들이 박자를 맞추면서 노래를 따라 부르려고 했다.

---

　*　제임스 웰던 존슨의 형으로 미국 흑인 작곡가. 인용한 노래는 〈목소리를 모두 높여 노래하라〉이다.

우리가 걸었던 길은 돌밭 길이었고

소망이 사생아처럼 죽어버린 그 시절에

매서운 징벌의 매를 느꼈노라.

하지만 꾸준한 걸음으로

우리의 피곤한 발은

우리 아버지들이 간절히 그리던 그곳에 오지 않았는가?

내가 아는 아이들은 하나같이 알파벳과 〈예수님은 나를 사랑하시네〉와 함께 그 노래를 배웠다. 하지만 지금까지 나는 한 번도 그 노래를 나와 관련지어 들어본 적이 없었다. 몇천 번도 넘게 불렀지만 그 노랫말에 귀를 기울여본 적이 한 번도 없었다. 그 노랫말이 나하고 상관이 있다고 생각해본 적도 결코 없었다.

한편 패트릭 헨리*의 말은 나에게 큰 감명을 주었기에 나는 몸을 길게 빼고 떨면서 이렇게 말할 수 있었다.

"나는 다른 사람들이 어떤 길을 선택할지 알지 못한다. 하지만 나 자신으로 말하자면, 자유가 아니면 죽음을 달라."

그런데 그때 졸업장에서 정말 난생처음으로 그 노랫말이 내 귀에 들어왔다.

* 미국 독립 전쟁 때 "자유가 아니면 죽음을 달라"는 유명한 연설을 남긴 유명한 정치가이자 웅변가

눈물에 젖은 길을 걸어서

우리는 왔네.

학살된 자들의 핏속을 헤치며

우리는 왔네.

노래의 울림이 아직 공중에서 떨리고 있는 동안 헨리 리드가 고개 숙여 인사하면서 말했다.

"감사합니다."

그러고는 졸업생들이 줄지어 서 있는 자리로 돌아갔다. 많은 사람이 흘러내린 눈물을 닦는 것을 부끄러워하지 않았다.

우리는 다시 정상에 서 있었다. 언제나 그랬듯이 또다시……. 우리는 살아남았다. 깊은 밑바닥은 얼음처럼 차고 어두웠지만 이제 밝은 태양이 우리 영혼에 속삭였다. 나는 이제 자랑스러운 1940년도 졸업생 가운데 한 명이 아니었다. 나는 훌륭하고 아름다운 흑인의 자랑스러운 구성원이었다.

오, 세상에 알려지거나 알려지지 않은 흑인 시인들이여, 당신들의 경매에 부친 듯한 고통이 우리에게 얼마나 큰 격려가 됐던가? 당신들의 노래 덕분에 얼마나 많은 외로운 밤들이 덜 외로웠고, 당신들의 이야기로 얼마나 많은 굶주린 배들이 덜 슬펐는지 그 누가 헤아릴 수 있을까?

만약 우리가 비밀을 드러내길 무척 좋아하는 사람들이었다면 우리는 아마 시인들을 추모하는 기념비를 세우거나 제물이라도 바쳤겠지만 노예제도 덕분에 우리는 그런 약점을 치료할 수 있었다. 우리의 시인들이 쏟는 헌신적인 노력 여부가 우리의 생존을 결정한다고 말하는 것으로 충분할지 모른다. 물론 이 시인이라는 말에는 설교자들, 음악가들, 블루스 가수들이 포함된다.

24

캔디 진열장의 수호천사가 마침내 나를 찾아내어 그동안 밀키웨이와 마운드, 미스터 굿바, 아몬드 허쉬 초콜릿을 몰래 훔쳐먹은 대가를 혹독하게 치르게 했다. 나에게는 잇몸까지 속속들이 썩어버린 충치가 두 개나 생겼다. 통증이 어찌나 심한지 으깬 아스피린이나 정향나무 기름만 가지고서는 좀처럼 가라앉지 않았다. 통증에서 벗어날 수 있는 길은 오직 한 가지뿐이었다. 그래서 나는 집 아래 앉아 있을 때 왼쪽 턱 위로 집이 무너져 내리게 해달라고 간절히 기도했다.

스탬프스에는 흑인 치과 의사는 말할 것도 없고 일반 의사도 없었기 때문에, 치통이 생기면 마마는 아픈 이를 잡아 뽑아내고 (실 한 가닥을 이에 잡아매고 반대쪽 끝은 주먹에 감고 잡아당긴다) 진통제를 주고, 기도해서 치통을 치료했다. 하지만 이번 경우는 너무 특별해서 진통제로는 효과가 없었다. 실을 걸 만큼 상아질이 남아 있지도 않았고, 또 벌을 내리는 천사가 기도가 통하는 통로를 막아버려 기도마저 통하지 않았다.

나는 며칠 밤낮을 엄청난 치통에 시달리는 바람에 우물에라도 뛰어들까 장난삼아 생각한다기보다는 차라리 그런 행동을 진지하게 고려할 정도였다. 이러는 동안 마마는 내가 치과에 갈 것을 결정했다. 가장 가까운 흑인 치과는 40킬로쯤 떨어진 텍사캐나에 있었고, 그곳에 절반도 가기 전에 죽을 게 분명했다. 그래서 마마는 곧바로 스탬프스에 있는 링컨 의사 선생님한테 가면 그분이 치료해줄 거라고 했다. 마마 말로는 그 치과 의사가 할머니한테 신세를 진 일이 있다는 것이다.

읍내의 백인 중에 많은 사람이 우리 할머니한테 신세를 지고 있다는 사실을 나는 잘 알고 있었다. 베일리와 나는 마마가 대공황 중에 흑인들은 말할 것도 없고 백인들에게 돈을 빌려준 것을 기록한 장부를 본 적이 있는데, 그들 중 대부분은 아직도 빚을 갚지 못한 채였다. 하지만 그 장부에서 링컨 의사의 이름을 보았는지는 잘 기억나지 않았고, 또 흑인 환자가 그를 찾아간다는 말을 들어본 적도 없었다. 하지만 마마는 우리가 그 치과에 갈 거라고 했고, 난로 위에 우리가 목욕할 물을 얹어놓았다.

나는 지금까지 한 번도 의사에게 가본 적이 없었고, 그래서 마마는 의사에게 가려면 목욕을 하고 (그러면 내 입속도 좀 나아질 것이다) 안팎으로 새로 풀 먹여 다림질한 속옷으로 갈아입어야 한다고 말했다. 하지만 목욕을 해도 통증은 조금도 가라앉지 않았다. 그래서 나는 치통이 사람들이 겪어온 어떤 통증보다도 더 심각하다는 걸 깨달았다.

가게를 출발하기 전에 마마가 나에게 이를 닦고 리스테린 세척액으로 입안을 헹구라고 했다. 꽉 다문 턱을 벌려야 한다는 생각만으로도 통증이 더 심해지는 것 같았지만 의사를 찾아갈 때는 몸을, 특히 검사받을 부위를 깨끗이 닦아야 한다는 설명에 나는 용기를 내어 악물었던 이를 벌렸다. 하지만 차가운 공기가 입안으로 들어오고 어금니들이 서로 부딪치는 바람에 나는 그나마 얼마 남지 않았던 이성을 완전히 잃고 말았다. 나는 고통으로 몸이 꽁꽁 얼어붙었고 가족들은 내 칫솔을 빼내려고 나를 거의 붙들어 매다시피 했다.

그런 내가 치과에 가게 하는 것도 보통 일이 아니었다. 치과에 가는 길에 마마는 지나가는 사람들 모두에게 아는 체를 했지만 그렇다고 이야기하느라 발걸음을 멈추지는 않았다. 그냥 어깨 너머로 뒤돌아보며 우리가 치과에 가는 길이니까 집에 돌아오는 길에 '안부를 묻자' 했다.

연못이 있는 곳에 도착할 때까지는 나는 통증밖에는 아무것도 느낄 수 없었고, 통증이 반경 1미터 정도 주위에서 나를 후광처럼 에워쌌다. 하지만 백인 지역으로 들어가는 다리를 건너면서부터 정신이 들기 시작했다. 신음 소리를 멈추고 똑바로 서서 걸어야 했다. 턱 아래에서 머리 위까지 매어놓은 흰 수건도 다시 바로잡아야 했다. 만약 누군가 백인 지역에서 죽어야 한다면 품위를 지켜 죽어야 했다.

다리 건너편에 이르자 마치 흰 미풍이 불어와 백인들을 모두 날려버리고 내 턱을 포함해 근처에 있는 모든 걸 부드러운 쿠션으로 감싸는 것 같았다. 자갈길은 부드러워졌고 돌멩이들은 작아졌으며 나뭇가지들은 길가로 늘어져 거의 우리 머리를 덮다시피 했다. 만약 그때 정말로 통증이 줄어든 것이 아니었다면 친숙하면서도 낯선 풍경이 나에게 최면을 걸어 그렇게 믿게 했는지도 모른다.

하지만 베이스 드럼 박자 같은 한결같은 박자로 내 머리는 계속 고동쳤다. 도대체 어떻게 치통이, 교도소를 지나오면서 죄수들의 노랫소리와 그들의 블루스와 웃음소리를 들으면서도 여전할 수 있단 말인가? 도대체 어떻게 성난 치근 한두 개가, 아니 심지어 입속에 가득 찬 성난 치근들이, 마차 가득 타고 지나가는 가난한 백인 아이들을 만나 그 아이들이 퍼붓는 바보 같은 야유를 참고도 전처럼 당당한 기분이 들지 않는단 말인가?

치과 진료실이 있는 건물 뒤쪽으로 하인들 혹은 푸줏간과 스탬프스에 하나밖에 없는 레스토랑에 납품하는 업자들이 사용하는 작은 길이 있었다. 마마와 나는 그 골목길을 따라 링컨 치과 의사의 진료실 뒤쪽 계단으로 갔다. 우리가 이층을 향해 계단을 오르는 동안 태양은 밝게 빛나며 이날도 냉정한 현실을 보여줬다.

마마가 뒷문을 노크하자 젊은 백인 여자가 문을 열고는 그곳에 서 있는 우리를 보고 놀라는 표정을 지었다. 마마는 링컨 선생님을 뵈러 왔다면서 '애니'라고 전해달라고 했다. 백인 여자는 문을 굳게 닫아버렸다. 마마가 젊은 백인 여자에게 마치 성(姓)도 없는 사람처럼 그냥 자신을 소개하는 걸 보고 있으려니 치통 못지않은 굴욕감이 느껴졌다. 나는 치통과 두통을 느끼는 데다가 동시에 흑인이라는 무거운 짐까지 짊어져야 한다는 사실이 끔찍이도 불공평하다고 생각했다.

치통이야 언젠가 가라앉을 테고 이도 언제든 저절로 빠질 수 있는 일이었다. 하지만 마마는 기다리자고 했다. 우리는 뜨거운 뙤약볕 속에서 치과 뒤꼍 현관의 무너질 것 같은 난간에 기대어 한 시간 이상을 기다렸다. 마침내 치과 의사가 문을 열고 마마를 쳐다보았다.

"한데 애니, 무슨 일로 찾아왔지요?"

의사는 내 턱을 감싼 수건이나 부어오른 얼굴을 보지 못했다. 그러자 마마가 말했다.

"링컨 선생님, 이 아이가 제 손녀인데요, 충치가 두 개 있어서 통증이 이만저만이 아닙니다."

마마는 의사가 자신이 한 말이 사실임을 확인할 때까지 기다렸다. 하지만 의사는 말로나 표정으로나 아무런 대꾸도 하지 않았다.

"이 아이가 거의 나흘 동안이나 치통으로 고생했어요. 그래서 오늘 제가 그랬죠. '꼬마 아가씨, 치과에 가자' 하고요."

"애니?"

"네, 링컨 선생님."

의사는 사람들이 조개껍데기를 고르듯이 어휘를 골랐다.

"애니, 알다시피 나는 흑인이나 유색인종 환자를 치료하지 않아요."

"알아요, 링컨 선생님. 하지만 이 애는 나이 어린 제 손녀입니다. 이 애를 치료해주신다고 선생님께 문제가 되진 않을 텐데요……."

"애니, 누구나 다 자기 원칙이라는 게 있는 법이오. 세상을 살려면 이런 원칙이 있어야만 하지. 그런데 내 원칙은, 유색인종을 치료하지 않는다는 거요."

뜨겁게 작열하는 태양 때문에 마마의 피부에서 번져 나온 기름이 탔고, 머리에 바른 바셀린이 녹았다. 할머니가 치과 의사의 그늘에서 몸을 젖히자, 얼굴이 번지르르하게 빛났다.

"제 생각에는요, 링컨 선생님, 선생님께서 이 애를 돌봐주셔도 될 것 같은데요. 앤 작은 꼬마에 지나지 않잖아요. 또 선생님이 저한테 한두 가지 신세 진 것도 있는 것 같고요."

그러자 의사는 약간 얼굴을 붉혔다.

"신세건, 신세가 아니건, 돈은 이미 당신한테 다 갚았고 일단 그걸로 끝났소. 미안해요, 애니."

의사는 손을 문손잡이에 가져가며 다시 말했다.

"미안해요."

두 번째로 "미안해요" 하고 말할 때는 마치 진심에서 그러는 것처럼 그의 목소리가 조금 친절하게 들렸다. 그러자 마마가 이렇게 말했다.

"저 때문이라면 선생님께 이렇게 사정하지도 않을 겁니다. 하지만 전 제 손녀를 위해서 안 된다는 말을 절대로 받아들일 수가 없어요. 선생님께서 저한테 돈을 빌리러 왔을 때는 사정할 필요가 없었지요. 부탁하시자마자 제가 곧바로 빌려드렸으니까요. 그건 제 원칙이 아니었는데도 말이죠. 저는 고리대금업자가 아니었지만, 선생님께서 이 건물을 잃게 됐다기에 도와드리려고 한 겁니다."

"돈은 이미 다 갚았고, 지금 당신이 목소리를 높인다고 해서 내가 마음을 바꾸지는 않아요. 내 원칙은……."

의사는 문손잡이를 놓고 마마에게 가까이 다가섰다. 비좁은 층계참에 우리 세 사람이 서 있었다.

"애니, 내 원칙은 말이오, 검둥이 입에 내 손을 집어넣느니 차라리 개 주둥이에 집어넣겠다는 거요."

의사는 나를 한 번도 쳐다보지 않았다. 그대로 등을 돌려 문을 열고는 저 너머 시원한 곳으로 사라졌다. 마마는 몇 분 동안 혼자서 뭔가를 골똘히 생각했다. 나는 다른 것은 다 잊어도 너무도 낯설었던 그때 할머니의 얼굴만은 차마 잊을 수가 없다. 마마는 몸을 굽혀 문손잡이를 잡고는 평상시와 같은 부드러운 목소리로 나에게 말했다.

"마거릿, 아래층으로 내려가거라. 그곳에서 나를 기다리고 있어. 나도 금방 내려가마."

나는 아무리 흔한 상황에서도 마마에게 반박하는 게 아무런 소용이 없다는 걸 잘 알고 있었다. 뒤돌아보기도 겁나고 그렇다고 돌아보지 않기도 겁이 난 나는 그대로 가파른 계단을 따라 내려가기 시작했다. '쾅' 하고 문이 닫히는 순간 뒤를 돌아다보았더니 이미 마마는 그 자리에 있지 않았다.

마마는 마치 자기 방에라도 들어가듯이 그 방으로 걸어 들어갔다. 한 손으로 멍청한 간호사를 옆으로 밀치고 치과 의사의 진료실로 성큼성큼 걸어 들어간 것이다. 의사는 의자에 앉아서 별 볼 일 없는 치과 기구를 갈면서 약에 여분으로 독한 성분을 집어넣었다. 마마의 두 눈은 불붙은 석탄처럼 이글거렸고, 두 팔은 두 배로 길어졌다. 마마가 의사의 흰 옷깃을 움켜잡기 전에 그는 마마를 올려다보았다.

"귀부인을 보았으면 자리에서 일어날 일이지, 이 경멸스럽고 배은망덕한 놈아."

마마의 혀는 날카로워졌고 발음이 똑똑하게 굴러 나왔다. 또렷하고 날카로운 것이 마치 작은 천둥소리와도 같았다.

치과 의사는 R.O.T.C. 생도처럼 차렷 자세로 서 있을 도리밖에 없었다. 잠시 후 의사는 머리를 떨어뜨리며 겸손한 목소리로 말했다.

"네, 부인, 헨더슨 부인."

"이 나쁜 놈아, 내 손녀딸 앞에서 내게 그런 식으로 말하는 게 신사로서 할 짓이라고 생각하는 게야?"

마마는 충분히 의사를 흔들어댈 힘이 있었지만 그렇게 하지는 않았다. 다만 그를 똑바로 세워놓고만 있었다.

"아닙니다, 부인, 헨더슨 부인."

"아닙니다, 부인, 헨더슨 부인이라고? 도대체 뭐가 아니란 말이냐?"

그때 마마가 그를 아주 살짝 흔들었는데 마마의 힘이 너무 세다 보니 치과 의사의 머리와 두 팔이 몸통 끝에서 힘없이 흔들거렸다. 의사는 윌리 삼촌보다도 훨씬 더 심하게 더듬거리며 말했다.

"아뇨, 부인, 헨더슨 부인. 죄송합니다."

마마는 보일 듯 말 듯 혐오감을 아주 약간 드러내며 치과 의사를 다시 의자에 내동댕이쳤다.

"암 죄송하구말구. 넌 내가 이제껏 본 치과 의사 중에서 제일 형편없는 의사여."

(할머니는 능수능란하게 영어를 구사했기 때문에 무심코 사투리를 사용했다.)

"마거릿 앞에서 사과하라고는 요구하지 않겠어. 그 아이가 내 힘을 알게 하고 싶진 않으니까. 하지만 지금 이 자리에서 명령하지. 오늘 해 질 무렵까지 스탬프스를 떠나라."

"헨더슨 부인, 그때까지는 의료 기구를 챙겨갈 수가 없어서……."

치과 의사는 이제 심하게 몸을 떨었다.

"그래, 그 말을 들으니 두 번째로 내릴 명령이 생각났구나. 이제 다시는 치과 의사 노릇을 하지 마라. 절대로! 다른 곳에 정착하거든 수의사가 돼서 옴 오른 개들이나 콜레라에 걸린 고양이들, 유행병에 걸린 소 따위나 돌봐주도록. 내 말 알아듣겠어?"

침이 치과 의사의 턱을 타고 줄줄 흘러내렸고, 두 눈은 눈물로 가득 찼다.

"네, 부인. 죽이지 않고 살려주셔서 감사합니다. 정말 고맙습니다, 헨더슨 부인."

마마는 3미터 넘는 키에 2미터 반이나 되는 팔을 다시 거두어들이고는 말했다.

"천만에, 이 망나니 같은 놈아. 내가 너 같은 놈들을 죽이느라 힘을 낭비할 것 같으냐."

진료실에서 나오면서 마마는 간호사에게 손수건을 흔들어 그녀를 누런 병아리 사료 포대로 만들어버렸다.

계단을 따라 내려올 때 마마는 피곤해 보였다. 그녀가 오늘 하루 겪은 일을 겪고도 피곤해하지 않을 사람이 어딨겠는가. 마마는 나에게 가까이 다가와 턱밑 수건을 바로잡았다. (나는 이제 치통 따위는 잊은 지 이미 오래였고, 마마가 나를 아프게 하지 않으려고 손을 조심스럽게 움직인다는 사실만을 느낄 뿐이었다.)

"자, 이제 가자, 마거릿."

나는 우리가 집에 가는 거라고 생각했다. 집에 가면 마마가 고통을 멎게 할 진통제를 조제해줄 테고 나에게 새 이를 줄지도 모른다. 하룻밤 사이에 내 잇몸에서 솟아나는 그런 새로운 이 말이다. 그런데 마마는 내 예상과는 달리 우리 가게 반대편에 있는 약국 쪽으로 나를 이끌고 갔다.

"지금 너를 텍사캐나의 베이커 치과 의사 선생님께 데려가는 중이야."

나는 어쨌든 목욕을 한 데다가 '멈과 캐시미어 부케' 탤컴

파우더까지 발라서 기분이 좋았다. 참으로 놀라운 일이었다. 치통은 은근한 통증으로 수그러들었고, 마마는 사악한 백인을 없애버렸으며, 이제 우리 단둘이서 텍사캐나로 여행을 떠나고 있지 않은가.

그레이하운드 버스에서 마마는 뒤편 안쪽 자리에 앉았고 나는 할머니 옆에 앉았다. 마마의 손녀라는 사실이 무척 자랑스러웠던 나는 틀림없이 나도 마마의 마술을 조금은 물려받았을 거라고 확신했다. 마마는 내게 겁이 나냐고 물었다. 나는 그냥 고개만 내젓고 마마의 시원한 갈색 팔뚝 윗부분에 기댔다. 마마가 곁에 있는 한, 치과 의사가 특히 흑인 치과 의사가 감히 나를 아프게 할 수는 없을 것이다. 텍사캐나로 가는 여행은 마마가 나를 팔로 감싸줬다는 사실만 빼고는 평범했다. 그런데 마마가 그렇게 나를 감싸주는 일은 아주 보기 드문 일이었다.

치과 의사는 잇몸을 마취하기 전에 나에게 약과 주삿바늘을 보여줬는데 그가 그렇게 하지만 않았더라도 내가 그토록 걱정할 필요가 없었을 것이다. 마마는 치과 의사 바로 뒤에 버티고 서서 팔짱을 낀 채 일거수일투족을 지켜보았다. 마침내 이가 여러 개 뽑혀 나왔고, 마마는 조제실 카운터 옆 유리창에 있는 아이스크림콘 하나를 사줬다. 스탬프스로 돌아오는 여행은 마마가 얻어준 아주 조그마한 코담배 통에 침을 뱉어내야 하고 시골길을 덜컹거리며 달리는 버스를 탔던 걸 제외하면 편안했다.

집에 돌아와 따뜻한 소금물로 입속을 헹군 뒤에 나는 엉겨 붙은 피가 마치 파이 껍질 속처럼 차 있는 잇구멍을 베일리에게 보여줬다. 오빠는 내가 아주 용감하다고 했는데, 그 말을 신호 삼아 나는 가난뱅이 백인 치과 의사와의 대결이며 마마의 믿기 어려운 놀라운 힘을 낱낱이 말했다.

나는 마마와 치과 의사의 대화를 직접 듣지는 못했다는 걸 인정하지 않을 수 없다. 그렇지만 할머니가 내가 말한 것처럼 말하지 않았다면 달리 뭐라고 말했을까? 어떤 다른 행동을 상상할 수 있을까? 베일리는 마지못해 내 분석에 동의했고, 나는 신바람이 나서(어쨌든 그동안 나는 아프지 않았던가) 가게로 뛰어 들어갔다. 마마는 저녁 식사 준비를 했고, 윌리 삼촌은 문지방에 기대어 서 있었다. 이번에는 마마가 이 사건에 대한 자신의 이야기를 들려줬다.

"링컨 선생이 주제넘게 거만을 떨더구나. 차라리 개 주둥이에 자기 손을 집어넣겠다는 거야. 그래서 내가 나한테 신세진 사실을 상기해줬더니 안면을 싹 바꾸지 않겠어. 난 이 아이를 아래층에 내려보내고 나서 진료실로 들어갔지. 사무실엔 한 번도 들어가본 적이 없지만 대번에 그 작자가 이를 뽑는 방의 문을 찾아 열어젖혔지. 그 작자와 간호사가 도둑놈들처럼 아주 사이좋게 들어앉아 있더구먼. 그 인간이 나를 쳐다볼 때까지 거기 그대로 서 있었지."

난로 위에서는 냄비들이 요란한 소리를 냈다.

"그 인간이 마치 바늘방석에 앉았던 것처럼 펄쩍 뛰어 자리에서 일어나면서 말하더라. '애니, 검둥이 입에 손을 집어넣는 짓은 않겠다고 하지 않았소.' 그래서 내가 그랬지. '그래도 누군가는 해야 하잖아요.' 그랬더니 그 작자 하는 말이, '그 애를 텍사캐나에 있는 흑인 치과 의사한테 데려가요' 하더군. 그 말을 받아서 '당신이 내 돈을 갚으면 그곳까지 데려갈 수 있겠죠' 했지. 그랬더니 그 작자가 '돈은 이미 다 갚았잖소' 하더군. 그래서 내가 '이자만 빼고는 다 갚았죠' 하고 응수했지. 그 작자가 '이자 이야기는 없었잖소' 하기에, '하지만 지금은 있어요. 십 달러를 갚으면 모두 받은 것으로 하겠어요' 하고 말했지. 윌리, 너도 알다시피 그건 옳은 일은 아니었어. 난 돈을 꿔 주며 이자는 생각도 안 했거든.

그 작자는 조그맣고 건방지게 생긴 자기 간호사더러 나한테 십 달러를 갖다주라고 하고, 내게는 '일시불 영수증'에 서명하라고 하더군. 간호사가 내게 돈을 갖다주었고 나는 영수증에 서명했어. 비록 법적으로 그전에 돈을 다 갚긴 했지만, 그렇게 비열한 짓을 했으니 마땅히 대가를 치러야 하지 않겠어."

마마와 그의 아들 윌리 삼촌은 백인 치과 의사의 비열함과 마마의 보복을 생각하며 웃고 또 웃었다.

나는 내가 만들어낸 이야기가 훨씬, 아주 훨씬 더 좋았다.

25

나는 마마를 안다고 생각하면서도 마마의 참모습은 결코 알지 못했다. 그녀의 아프리카 오지 같은 은밀함과 의심 많은 성격은 결국 노예제도 아래서 형성된 데다가 몇 세기에 걸친 약속과 약속의 파기로 더욱 굳어졌다. 미국 흑인들 사이에서 쓰이는 격언 중에 마마의 조심성을 잘 표현한 말이 있다.

"만약 흑인에게 그동안 어디에 있었느냐고 물으면, 그 흑인은 지금 자기가 어디에 가고 있는지를 대답할 것이다."

이 말이 담고 있는 중요한 정보를 이해하려면 누가 이런 전략을 사용하며 또한 이 전략이 어떤 사람에게 통하는지를 먼저 알 필요가 있다. 만약 모든 걸 꿰뚫고 있지 못한 사람이 부분적인 진실을 듣게 되면(대답에는 반드시 진실이 담겨 있어야 한다) 자신의 질문에 대한 답을 얻었다고 만족해한다. 하지만 모든 걸 꿰뚫고 있는 사람이(자신이 이런 전략을 사용하는 사람 말이다) 진실이기는 하지만 질문과는 조금밖에는 관련 없는 대답을 듣게 되면, 자신이 요구한 정보가 사사로운 것이라서 상대편이 선뜻 그 정보를 주지 않으리란 사실을 안다. 그렇게 함으로써 대놓고 거절하고, 거짓말하고, 사적인 일을 공개하는 걸 피하게 된다.

어느 날 마마는 우리를 캘리포니아로 데리고 가겠다고 했다. 할머니는, 우리가 점점 커가는 데다가 부모와 함께 살 필요가 있으며 윌리 삼촌은 누가 뭐래도 절름발이고 할머니 자신도 점점 더 나이가 들어가고 있기 때문이라고 설명했다. 하나같이 진실이기는 했지만 어느 것 하나도 진짜 '진실'을 알고 싶어 하는 우리의 욕구를 충족해주지는 못했다.

가게와 뒤쪽 방들은 온통 떠날 준비를 하는 장소가 됐다. 마마는 온종일 재봉틀 앞에 앉아 캘리포니아에서 입을 옷들을 만들고 고치고 했다. 이웃 사람들은 헝겊에 싼 좀약과 함께 지난 몇십 년 동안 보관한 천들을 트렁크에서 꺼내 갖다주었다. (물결무늬 치마에다 누렇게 된 새틴 블라우스나, 새틴 안감을 댄 크레이프 드레스에 오글오글한 실크 속옷을 입고 학교에 다니는 여자아이는 틀림없이 캘리포니아에서 나 한 사람밖에는 없었을 것이다.)

우리를 캘리포니아로 데려가는 진짜 이유가 무엇이든 간에 나는 언제나 그것이 베일리가 주역이 된 어떤 사건과 깊은 관련이 있다고 생각하게 될 것이다. 베일리 오빠에게는 클로드 레인스와 허버트 마셜, 조지 매크리디*를 흉내 내는 버릇이 생겼다. 아직 '재건되지' 않은 남부의 스탬프스 시골에 사는 열세 살짜리 사내아이가 영국식 억양으로 말을 하는 것이 나로서는 하나도 이상하지 않았다. 오빠가 존경하는 영웅 중에는 다르타냥**과 몬테크리스토 백작이 있었고, 베일리는 자신이 생각하기에 모험과 스릴을 즐기는 그들의 만용을 흉내 냈다.

마마가 우리를 서부로 데려간다는 계획을 발표하기 몇 주 전 어느 날 오후, 베일리가 몸을 벌벌 떨면서 가게 안으로 들어

---

* 1930~1940년대에 활약한 영국 배우들

** 프랑스 소설가 뒤마가 쓴 장편 역사소설《삼총사*Les Trois Mousquetaires*》의 주인공 중 한 사람

왔다. 오빠의 조그마한 얼굴은 이제 검은빛을 띠지 않았고 더럽고 칙칙한 잿빛으로 변했다. 우리가 가게에 들어갈 적마다 하던 버릇대로 오빠는 캔디 진열장 뒤로 걸어가서 금전등록기에 몸을 기댔다. 백인 마을로 베일리를 심부름 보낸 윌리 삼촌은 베일리 오빠가 왜 그렇게 늦게 돌아왔는지 궁금해했다. 잠시 뒤 삼촌은 무슨 일이 있다는 걸 깨달았고, 스스로 처리할 수 없겠다는 생각이 들었는지 부엌에 있는 마마를 불렀다.

"무슨 일이냐, 베일리?"

하지만 베일리는 아무 말도 하지 않았다. 오빠를 보는 순간 곧바로 지금은 무엇을 물어봐도 소용이 없다는 걸 알았다. 오빠는 뭔지 몰라도 아주 험악하고 무서운 것을 보거나 들어서 그 충격으로 온몸이 마비돼버린 것 같았다. 지금보다 어렸을 적에 베일리가 설명하기를, 뭔가 몹시 나쁜 일이 생기면 자기의 영혼은 심장 뒤로 슬금슬금 기어가서 몸을 웅크리고 잠에 빠진다고 했다. 그러고는 잠이 깨면 무서운 일이 사라지고 없어진다고 했다.

우리가 함께 《어셔가의 몰락》*을 읽고 나서 맺은 협정이 하나 있다. 우리 둘 중 누구도 다른 하나가 죽었다고 '절대적으로 명백하게 확신이'(이것은 베일리가 가장 좋아하는 표현이었다) 서지 않으면 절대로 땅에 묻지 않겠다는 약속이었다. 또한 나는 그의 영혼이 잠자고 있을 때는 무슨 일이 있어도 깨우지 않

* 에드거 앨런 포의 공포 소설

겠다고 약속했다. 깨우려고 하면 그 충격으로 영혼이 영원히 잠에서 깨어나지 못할지도 모르기 때문이다. 그래서 나는 베일리를 그냥 그대로 내버려뒀고, 얼마 뒤에는 마마도 똑같이 그렇게 할 수밖에 없었다.

나는 손님들 시중을 들면서 베일리 주변을 왔다 갔다 하거나 그를 향해 몸을 굽혀보기도 했지만, 생각했던 대로 오빠는 아무 반응도 보이지 않았다. 정신이 돌아온 뒤에 베일리는 윌리 삼촌에게 도대체 처음에 흑인들이 백인들에게 무슨 짓을 저질렀느냐고 물었다. 마마를 그대로 닮아 아무것도 설명해주는 법이 없는 윌리 삼촌은 겨우 이렇게 말할 뿐이었다.

"흑인들은 백인들의 머리카락 한 올 건드린 적이 없었지."

그러자 마마가 덧붙이기를, 어떤 사람들 말로는 백인들이 아프리카로('아프리카'라는 곳이 마치 달에 있는 숨겨진 골짜기라도 되는 것처럼 말했다) 건너와서 흑인들을 잡아다가 노예로 만들었다고 하는데 지금은 아무도 그것을 사실로 여기지 않는다고 했다. '공격과 보복의 기나긴 역사를 겪은 뒤' 일어난 일을 지금 와서 설명할 길은 없지만 어쨌든 지금은 백인들이 우월한 위치에 있다고 했다. 하지만 그들의 시대는 그렇게 길지 않았다. 모세가 잔인한 파라오의 손아귀에서 이스라엘 백성을 구해내어 약속의 땅으로 인도하지 않았던가? 주님께서 히브리 아이들을 죽음의 용광로에서 보호하시고, 또한 주님께서 예언자 다니엘을 구하지 않으셨던가. 우리는 오직 주님을 받들기만 하면 된다.

베일리는 아무도 구해주지 않은 한 흑인 남자를 보았다고 했다. 그런데 그 남자는 죽어 있었다고 했다. (만약 그 소식이 그렇게 중요한 게 아니었다면, 마마가 그저 한 번 크게 소리 지르고 기도하는 걸 듣는 것으로 끝날 일이었다. 하지만 베일리는 죽은 사람에게 신성모독이 될 만한 말을 했다.) 오빠가 이렇게 말했다.

"그 죽은 남자의 시체는 썩어가고 있었어요. 악취가 나지는 않았지만 어쨌든 썩고 있었다고요."

그러자 마마가 명령조로 말했다.

"베일리, 말조심하거라."

윌리 삼촌이 물었다.

"누구였니? 그게 누구였어?"

베일리의 키는 금전등록기 위로 얼굴 전체가 보일 정도였다. 오빠가 말했다.

"교도소 앞을 지나는데 몇 사람이 모여 그 남자를 연못에서 막 끌어올리는 중이었어요. 남자는 미라처럼 온몸이 천으로 둘둘 감긴 채였죠. 그때 어떤 백인이 걸어와서는 천을 벗겨냈어요. 남자는 등을 바닥에 대고 위를 보고 있었는데 백인이 발로 툭 차서 거꾸로 돌려놓았지요."

베일리가 내 쪽으로 몸을 돌렸다.

"마이, 그 시체에는 아무런 색깔도 없더라고. 퉁퉁 불은 게 마치 공 같았어."

(우리는 그 뒤 몇 달 동안 계속 토론했다. 베일리는 아무 색깔도 없는 물체란 존재할 수 없다고 했고, 나는 색깔이라는 게 있다면 그에 반

대되는 것도 존재해야 한다고 주장해서 오빠가 결국은 내 주장을 받아들였다. 하지만 내가 이긴 게 웬지 그렇게 기분이 좋지 않았다.)

"흑인들이 뒤로 물러섰고 나도 물러섰지만 그 백인은 거기 그대로 선 채 아래를 내려다보면서 히죽 웃었어요. 윌리 삼촌, 백인들은 도대체 왜 그렇게 우리를 미워하는 거죠?"

그러자 윌리 삼촌이 중얼거리며 대답했다.

"백인들은 우리를 정말로 미워하는 게 아냐. 그들은 우리를 잘 알지 못하거든. 그러면서 어떻게 우리를 미워할 수가 있겠니? 대부분은 겁을 내는 거야."

마마가 베일리에게 그 남자가 누군지 알아볼 수 있었는지 물었지만 오빠는 오로지 사건에만 깊이 빠져 있을 뿐이었다.

"바버 아저씨가 그런 걸 보기에는 제가 너무 나이가 어리다며 어서 집으로 가라고 했어요. 하지만 저는 그대로 남았어요. 그때 그 백인이 우리에게 가까이 오라고 했어요. 그 사람이 이렇게 말했어요. '좋아, 너희가 이자를 감방에 끌고 가서 눕혀. 보안관이 오면 알아서 가족들에게 알릴 거야. 여기 있는 이 검둥이 녀석은 이제 아무도 걱정할 필요가 없게 됐어. 이젠 아무 데도 못 갈 테니까.' 남자들이 천의 네 귀퉁이를 잡고 들어올렸지만 시체에 가까이 가지 않으려고 모두 끄트머리를 붙잡는 바람에 시체가 거의 땅바닥에 굴러떨어질 뻔했어요. 그때 백인이 저를 부르더니 와서 도우라고 했어요."

그때 마마가 갑자기 소리를 쳤다.

"그게 누구였느냔 말야?"

마마는 다시 분명하게 물었다.

"그 백인이 누구였느냔 말야?"

베일리는 공포감에서 벗어날 수가 없었다.

"그래서 저도 천 한쪽 가장자리를 붙들고 다른 사람들하고 함께 감방 안으로 곧장 걸어 들어갔어요. 죽어서 썩어 문드러진 흑인을 들고 감방으로 걸어 들어갔다고요."

베일리의 목소리는 충격으로 나이가 들어버린 듯했다. 그의 두 눈은 말 그대로 튀어나와 있었다.

"그 백인은 우리를 모두 그곳에 가둘 것처럼 행동했어요. 그러자 바버 아저씨가 '오, 짐 나리, 우리가 그런 짓을 한 게 아닌데요. 우리는 잘못한 일이 하나도 없어요' 하고 말했어요. 그러니까 백인이 웃으면서 농담도 모르냐며 문을 열어줬어요."

베일리가 안도의 한숨을 내쉬었다.

"어휴, 그곳에서 빠져나오게 되어 얼마나 기뻤는지 몰라요. 감방에서, 그리고 자기들은 죽은 검둥이랑 함께 있고 싶지 않다고 소리를 질러대는 죄수들한테서 빠져나오게 되었으니까요. 죄수들은 시체가 악취를 풍길 거라고 야단들이었어요. 죄수들은 그 백인을 '보스'라고 불렀어요. '보스, 여기다 또 검둥이를, 그것도 죽은 놈을 집어넣으실 정도로 우리가 잘못하지는 않았어요.' 그러고는 모두 웃었어요. 무슨 재밌는 일이라도 일어난 것처럼 모두 웃어댔다고요."

어찌나 말을 빨리하는지 베일리는 말을 더듬는 것도 잊어버렸고 머리를 긁적거리지도, 이로 손톱을 정리하지도 않았다.

오빠는 미스터리에 갇혀 있었다. 일곱 살 때 시작해 죽을 때까지 남부 사내아이들이 푸는, 풀려고 노력하는 바로 그 수수께끼 속에 말이다. 불평등과 증오라는 그 재미없는 수수께끼. 그의 경험은 가치와 중요한 의미, 공격적인 열등감과 공격적인 오만함에 대한 의문을 불러일으켰다. 흑인 남자이고 남부 사람이고 더구나 절름발이인 윌리 삼촌이 입 밖에 내어 직접 묻지도 않은 그런 의문에 답하고 싶어 할까? 백인들의 방식과 흑인들의 계략을 모두 알고 있는 마마가, 그 수수께끼를 진정으로 이해하지 못해야만 목숨을 부지할 수 있는 손자에게 대답을 해주려고 할까? 모르긴 몰라도 아마 그럴 리가 없을 것이다.

두 사람은 나름대로의 방식으로 반응을 보였다. 윌리 삼촌은 도대체 세상이 어떻게 되어가는지 모르겠다는 말 비슷하게 했다. 마마는 "주여, 불쌍한 사람의 영혼을 편히 쉬게 하시옵소서!" 하고 기도했다. 나는 그날 밤 마마가 우리를 캘리포니아로 보낼 세부 계획을 세웠음을 확신한다.

우리가 무엇을 타고 갈 것인가 하는 게 몇 주 동안 마마의 주요 관심사였다. 마마는 어떤 철도 직원에게 식료품을 주고 통행권 한 장을 얻기로 했다. 그 통행권으로 마마 한 사람의 요금이 할인됐고 그것마저도 승인을 받아야 했다. 그래서 우리는 우리가 한 번도 본 적이 없는 백인들이, 우리가 한 번도 가본 적 없는 사무실에서 통행권에 서명하고 도장을 찍은 뒤 마마에게 다시 돌려보낼 때까지 어정쩡한 상태에서 기다릴 수밖에 없었다. 내 요금은 '현금'으로 지불해야 했다.

니켈을 입힌 금전등록기에서 이렇게 갑작스럽게 돈을 지출하는 바람에 우리 재정 상태의 균형이 깨어졌다. 통행권은 정해진 기간에만 사용할 수 있었기 때문에 마마는 이번에는 베일리를 함께 데려가지 않기로 했다. 오빠는 한 달쯤 뒤에 미결제 청구서를 청산하고 난 뒤 뒤따라오도록 했다. 이 무렵 어머니가 샌프란시스코에 살았지만, 마마는 아버지가 있는 로스앤젤레스로 먼저 가는 편이 현명하리라 생각한 듯하다. 마마는 어머니와 아버지 모두에게 우리가 그곳으로 갈 거라는 소식을 알리는 편지를 나에게 받아쓰게 했다.

그렇게 해서 우리는 떠나게 됐는데 정확히 언제 출발하게 될지는 알 수 없었다. 우리 옷은 모두 빨아서 다림질해 싸뒀기 때문에 발이 묶여 있던 기간 동안 우리는 캘리포니아의 햇빛 아래에서 입기에는 그저 그런 옷들을 입었다. 여행의 복잡한 절차를 아는 이웃 사람들은 잘 가라는 인사를 수도 없이 했다.

"글쎄, 차표가 도착하기 전에 다시 못 보더라도요, 헨더슨 자매님, 여행 잘하시고 속히 돌아오세요."

마마의 과부 친구 한 사람이 (요리며, 빨래며, 친구 노릇을 해주면서) 윌리 삼촌을 돌봐주기로 했고 몇천 번도 넘게 지연에 지연을 거듭한 끝에 마침내 우리는 스탬프스를 떠났다.

내가 스탬프스를 떠나는 것을 슬퍼한 건 우선 한 달 동안 베일리와 떨어져야 하는 게 싫었고(우리는 지금까지 한 번도 서로 헤어져본 적이 없었다) 윌리 삼촌이 혼자서 외로워할 것 같아 보였고(윌리 삼촌은 서른다섯 살이 되도록 한 번도 자기 어머니와 떨어져 있어본 적이 없으면서도 아무렇지도 않은 표정을 지어 보였다) 내 첫 번째 친구 루이즈를 잃게 되기 때문이었다.

나는 플라워즈 부인을 그리워하지는 않을 것이다. 부인이 평생토록 내 시중을 들어줄 요정을 불러내는 비밀 주문을 나에게 일러줬기 때문이다. 그건 바로 책이었다.

26

젊은 사람들은 워낙 격렬한 삶을 사는 탓에 될 수 있는 대로 자주 '기억을 접을' 필요가 있다. 나는 여행 마지막 날이 되어서야 비로소 실제로 어머니를 만나게 될 거라는 생각을 했다. 나는 이제 '캘리포니아로 가고' 있었다. 오렌지와 햇빛과 영화배우들과 지진 그리고 (마지막으로 깨달은 것이지만) 어머니한테 가고 있었다. 오래된 죄의식이 마치 무척 그리운 친구처럼 나를 다시 찾아왔다. 프리먼 아저씨의 이름이 거론될지, 아니면 내가 직접 그 일에 대해 스스로 뭔가를 말해야 할지 알 수가 없었다. 틀림없이 마마에게 그걸 물어볼 수 없었고, 베일리는 지금 몇만 리 밖에 떨어져 있지 않은가.

고통스러운 두려움 때문에 푹신한 의자가 딱딱하게 느껴

졌고 삶은 달걀은 시큼한 맛이 났다. 마마를 쳐다보니 마마는 몸집이 너무 크고 너무 검고 너무 구식처럼 보였다. 나에게 보이는 것이라고는 하나같이 나에게 문을 닫아버리는 것만 같았다. 손을 흔들어주는 사람 하나 없는 창밖의 작은 마을들과 이제는 거의 가족처럼 친해진 기차 안의 다른 승객들도 다 같이 낯섦 속으로 사라져버렸다.

죄인이 창조주를 만나기를 꺼리듯 나는 어머니를 만날 준비가 되어 있지 않았다. 그런데 어느 날 갑자기 내가 기억하던 것보다는 몸집이 작았지만, 그 어느 때보다 멋있어 보이는 어머니가 내 앞에 서 있었다. 어머니는 연한 황갈색 스웨이드 정장에 옷과 색이 잘 어울리는 구두를 신고, 가장자리에 깃털이 달린 남자 모자 같은 모자를 쓰고, 장갑 낀 두 손으로 내 얼굴을 톡톡 두드렸다. 립스틱을 바른 입술과 하얀 치아, 반짝이는 검은 눈만 빼면 방금 베이지색 목욕탕에 들어갔다 나온 것만 같았다.

기차역 플랫폼에서 어머니와 마마가 포옹하던 모습이 그 무렵의 당혹스러움에 지금의 성숙한 마음이 덧칠된 채 어슴푸레하게 남아 있다. 어머니는 크고 당당한 암탉에게 부리를 비비대는 쾌활한 병아리 같았다. 두 사람이 내는 소리가 깊은 내면의 화음을 만들어냈다. 마마의 그윽하고 느린 목소리가 쏜살같이 흐르는 물살 아래 놓인 돌멩이처럼 어머니의 빠르게 재잘거리는 소리 밑에 깔렸다.

어머니는 키스하고, 웃고, 바쁘게 움직이면서 우리 코트

를 받아 들고 우리 짐을 카트에 실어 날랐다. 시골 사람이라면
반나절은 걸려서 할 일들을 어머니는 그렇게 손쉽게 해치웠
다. 나는 다시 한번 어머니가 보여주는 경이로움에 감동받았
고 그 감동에 도취하고 있는 동안 자못 불안한 심정에서 벗어
났다.

우리는 아파트로 이사를 했고, 나는 밤이면 마치 마술을
부리듯 커다랗고 편안한 침대로 바뀌는 소파에서 잠을 잤다.
어머니는 우리가 자리를 잡을 때까지 로스앤젤레스에 머물다
가 갑자기 늘어난 가족들이 살 집을 마련하려고 샌프란시스코
로 돌아갔다.

마마와 베일리(오빠는 우리가 도착한 지 한 달 뒤에 우리와 합
류했다)와 나는 우리가 정착해 살 집이 마련될 때까지 여섯 달
동안 로스앤젤레스에서 살았다. 그동안 아버지가 이따금 과일
봉지를 들고 찾아왔다. 그는 자신의 검은 백성을 따스하고 밝
게 비추는 자비로운 태양신처럼 빛을 내뿜었다.

그 무렵 나는 자신이 창조한 세계에 도취해 있었기 때문
에, 마마가 낯선 생활에 얼마나 놀라울 정도로 잘 적응했는지
는 몇 년이 지난 후에야 돌이켜 생각했다. 평생 고향의 포근한
품 안에 안겨 살아온 남부의 흑인 할머니는 백인 집주인들과
멕시코 출신 이웃들, 낯선 흑인들을 상대하는 법을 배웠다. 또
한 자기가 살던 마을보다도 더 큰 슈퍼마켓에서 장을 보았다.
틀림없이 귀에 거슬렸을 이상한 억양을 감당했다. 자신이 태
어난 곳에서 80킬로미터 이상 밖으로 나가본 적이 없는 할머

니는 수수께끼 같은 로스앤젤레스에서 스페인식으로 이름을 지은 미로 같은 길들을 가로지르는 법을 배웠다.

이곳에서도 마마는 언제나 사귀던 친구들과 같은 유형의 친구들을 사귀었다. 일요일 늦은 오후 저녁 예배가 시작되기 전이면 자신을 그대로 복사해놓은 듯한 할머니들이 우리 아파트로 와서 일요일 식사 때 먹다 남은 음식을 나누어 먹으며 '광명의 저 세상'에 관한 종교 이야기를 했다.

북쪽으로 이사 갈 준비가 다 됐을 때 마마는 아칸소주로 돌아가야겠다는 청천벽력 같은 소식을 발표했다. 이곳에서는 자신이 할 일을 다했으며 이제 윌리 삼촌에게 자신이 필요하다고 했다. 우리는 마침내 우리 부모를 갖게 됐다. 적어도 우리 식구는 모두 같은 주^州에 살고 있었다.

그로부터 며칠 동안 베일리와 나는 안개에 갇힌 것처럼 어찌할 바를 몰랐다. 낳아준 부모와 함께 있다고 말하는 건 참 좋았지만 부모란 도대체 누구란 말인가? 그 사람들이 마마보다 우리의 짓궂은 장난에 더 엄격할까? 그렇다면 좋지 않을 것이다. 아니면 덜 엄격할까? 그렇다면 더욱더 나쁠 것이다. 우리도 그 사람들처럼 말을 빨리하는 걸 배우게 될까? 그렇게 되지는 않을 것 같았고, 더구나 그 사람들이 도대체 무엇을 가지고 그토록 자주 크게 소리 내어 웃어대는지도 도저히 알 수가 없을 것만 같았다.

나는 심지어 베일리와 함께 돌아가지 않더라도 기꺼이 스탬프스로 다시 돌아가고 싶었다. 하지만 마마는 단단히 묶어

놓은 목화처럼 요지부동이어서 나를 남겨둔 채 아칸소로 떠나
갔다.

어머니가 샌프란시스코까지 운전해서 우리를 데려갔는
데 그 커다랗고 하얀 고속도로가 영원히 끝이 나지 않는다고
해도 놀라울 게 없을 것만 같았다. 어머니는 쉴 새 없이 이야기
했고 흥미로운 장소를 지날 때마다 손가락으로 가리켰다. 카
피스트라노*를 지날 때는 나도 라디오에서 들어본 적이 있는
유행가를 부르기도 했다.

"카피스트라노에 제비들이 다시 찾아오면."

어머니는 샌프란시스코로 가는 길 내내 우스운 이야기를
깨끗한 빨래를 늘어놓듯 길게 늘어놓으면서 우리 마음을 끌
려고 애썼다. 하지만 어머니의 존재, 그 여자가 우리 어머니라
는 것 자체만으로도 우리 마음을 끄는 데 충분했기 때문에 어
머니가 그렇게 쓸데없이 에너지를 낭비하는 모습을 보는 것이
좀 혼란스러웠다.

어머니가 한 손으로 운전을 하는데도 커다란 자동차는 말
을 잘 들었다. 어머니는 럭키 스트라이크**를 어찌나 깊이 빨
아들이는지 두 뺨이 빨려 들어가서 얼굴이 계곡처럼 파였다.
마침내 우리가 어머니를 찾아냈으며, 움직이는 자동차라는 폐

---

* 캘리포니아주 오렌지카운티에 있는 유적지로 해마
다 제비들이 이곳에 둥지를 튼다고 한다.
** 1940년대의 미국 담배 상표

쇄된 세계에서 그녀를 온통 우리 것으로 독점할 수 있다는 사실보다 더 매력적인 일은 아무것도 없었다.

비록 우리 둘 다 좋아서 어쩔 줄 몰랐지만 베일리도 나도 어머니가 긴장해 있다는 걸 눈치채지 못할 정도는 아니었다. 우리에게 여신을 당황하게 할 힘이 있다는 사실을 깨닫고 베일리와 나는 공모자처럼 서로를 쳐다보며 웃었다. 또한 그것 때문에 어머니도 우리와 같은 인간이 되었다.

우리는 몇 달 동안 부엌에 욕조가 달려 있고 남태평양 철도역* 바로 옆에 있어서 기차가 도착하고 출발할 때마다 건물 전체가 흔들리는 오클랜드 아파트에서 따분하게 지냈다. 여러모로 그 집은 세인트루이스 집을 옮겨놓은 것과 같았다. 토미 삼촌과 빌리 삼촌, 그리고 코안경에 몸가짐이 엄격한 외할머니 백스터 부인까지 기거하고 있었다. 단 한 가지 달라진 게 있다면 몇 년 전에 외할아버지 백스터 씨가 돌아가신 다음부터 힘을 자랑하던 백스터 가문이 궁핍한 상태로 전락했다는 점이었다.

베일리와 나는 학교에 다녔지만 가족 중 누구도 학교 성적을 묻지 않았다. 우리는 농구 코트에 축구장, 비막이 덮개를 씌운 탁구대가 있는 운동장에 가서 놀았다. 일요일에는 교회에 가는 대신 영화를 보러 갔다.

나는 외할머니 백스터 부인과 함께 잠을 잤는데 외할머니

---

*   샌프란시스코 중앙에 있는 두 언덕 트윈 픽스를 지나가는 지방 기차

는 만성 기관지염에 걸렸는데도 담배를 심하게 피웠다. 외할머니는 낮에 반쯤 피운 담배들을 비벼서 침대 옆 재떨이에 담았다. 밤에 기침을 하다가 잠이 깨면 그녀는 어둠 속에서 더듬더듬 꽁초(그녀는 그걸 '윌리'라고 불렀다)를 찾아 불을 붙이고 아픈 목이 니코틴으로 무감각해질 때까지 독해진 담배를 피웠다. 외할머니와 같이 자기 시작한 처음 몇 주 동안은 흔들거리는 침대와 담배 냄새 때문에 잠이 깨곤 했지만 곧 익숙해져서 밤새도록 편안하게 잠을 잤다.

어느 날 저녁 여느 때처럼 잠자리에 든 뒤에 뭔지 모를 흔들림 때문에 잠에서 깼다. 창문 차양을 통해 들어오는 희미한 불빛에 어머니가 내 침대 옆에 무릎을 꿇고 있는 것이 보였다. 어머니는 얼굴을 내 귀 가까이에 가져다 댔다.

"리티."

어머니가 속삭였다.

"리티, 이리 오너라. 대신 조용히 하고."

그러고 나서 어머니는 조용히 일어나 방에서 나갔다. 나는 정신이 몽롱한 상태로 의무감에 마지못해 어머니를 따라갔다. 부엌문이 반쯤 열려 있는데 그 틈새로 베일리의 파자마를 입은 다리가 뚜껑을 덮어놓은 목욕통 위에서 흔들거리는 것이 보였다. 식당의 시계는 새벽 2시 30분을 가리켰다. 나는 지금껏 한 번도 이 시간에 일어나 본 적이 없었다.

무슨 일인지 알아내려고 베일리를 쳐다보았지만 베일리도 부스스한 시선을 보낼 뿐이었다. 하지만 무서워할 일은 아니라는 것을 곧 깨달았다. 그래서 마음속으로 중요한 날짜들을 꼽아보았다. 누군가의 생일은 아니었고, 만우절도 아니었으며, 할로윈도 아니었지만 무슨 날인 것만은 틀림없었다.

어머니는 부엌문을 닫고 나에게 베일리 옆에 앉으라고 했다. 어머니는 두 손을 엉덩이에 올려놓더니 우리가 파티에 초대됐다고 했다. 그게 우리를 한밤중에 깨운 이유였다니! 우리 두 사람은 아무 말도 하지 않았다.

어머니가 말을 이었다.

"내가 파티를 열려고 하거든. 그리고 너흰 내 특별하고도 유일한 손님들이란다."

어머니는 오븐을 연 후 바삭바삭한 갈색 비스킷 그릇을 꺼냈고 난로 뒤에 있는 밀크초콜릿 그릇을 보여줬다. 우리는 아름답고 엉뚱한 어머니를 쳐다보며 웃는 것밖에는 달리 할 일이 없었다. 베일리와 내가 웃자, 어머니도 따라 웃으면서 손가락을 입에 대고 조용히 하라는 시늉을 했다.

우리는 정식으로 대접을 받았고 어머니는 오케스트라 연주가 없어서 미안하다고 사과하면서 대신 자기가 노래를 부르겠다고 했다. 어머니는 노래를 부르면서 그에 맞추어 타임 스텝과 스네이크 힙스*와 수지 큐**를 췄다. 어떤 아이라도, 특

---

*   허리를 비틀며 추는 스윙 댄스의 일종

**   1930년대 미국에서 유행한 춤으로 지터벅풍 스윙과 비슷하다.

히 농담의 뜻을 잘 알아들을 수 있을 정도로 위트 넘치는 아이라면 그토록 거리낌 없이 자주 웃는 어머니를 사랑하지 않을 수 있을까?

———

어머니의 아름다움은 어머니에게 힘을 실어주었고, 그 힘은 어머니를 대담하리만큼 솔직하게 만들었다. 우리가 어머니에게 무슨 일을 하는지, 직업이 무엇인지 묻자, 어머니는 거리에 면한 교회들 앞자락에 먼지 낀 술집들과 담배 가게들이 늘어서 있는 오클랜드 7번가로 걸어서 우리를 데리고 갔다. 어머니는 '레인코트 피노클 도박장'과 젠체하는 '슬림 젱킨스 술집'을 가리켰다. 어머니는 돈을 벌려고 때때로 밤에 피노클 카드놀이를 하거나, '마더 스미스 도박장'에 들러 포커 게임 딜러 일을 하거나, '슬림 술집'에 들러 술을 몇 잔 마시기도 했다. 어머니는 누구에게도 속임수를 써본 적이 없고 앞으로도 그럴 생각이 없다고 했다.

어머니가 하는 일은 우리 이웃에 사는 뚱뚱보 워커 아줌마의 직업(하녀였다)만큼이나 정직한 것인데도 그 아줌마보다 '훨씬 더 돈을 많이' 벌었다. 어머니는 남의 빨래를 하거나 남의 집 부엌데기 노릇은 하지 않으려고 했다. 주님께서는 어머니에게 머리를 주셨고, 그래서 어머니는 그 머리를 발휘해서 자기 어머니와 자식들을 부양할 작정이었다. "그러면서 조금 재미도 느끼면서 말이다" 하는 말은 덧붙일 필요가 없었다.

길거리에서 어머니를 만나는 사람들은 진심으로 반가워했다.

"헤이, 귀여운 아줌마, 별일 없어?"

"별일 없어, 귀여운 아줌마. 별일 없고말고."

"어떻게 지내, 예쁜 아줌마?"

"몸이 이래서야 어디 되는 일이 있겠어."

(진담이 아니라는 듯이 웃으면서 말했다.)

"잘 지내고 있는 거예요, 마마?"

"아, 사람들 말로는 백인들이 아직도 앞서간다나 봐."

(사실은 꼭 그렇지만도 않다는 듯이 말했다.)

어머니는 유머와 상상력을 발휘해서 우리를 효율적으로 부양했다. 가끔 중국 음식점이나 이탈리안 피자집에 데리고 가기도 했다. 헝가리 굴라시*와 아일랜드 스튜 맛을 소개하기도 했다. 우리는 그런 음식을 통해 세상에 다른 사람들도 살고 있다는 사실을 알게 됐다.

어머니 비비언 백스터는 성격이 무척 쾌활했지만 인정머리라곤 없었다. 어머니가 직접 한 말은 아닐지라도 그 무렵 오클랜드 사람들 입에 오르내리던 말 중에 그녀의 태도를 잘 보여주는 말이 있다. 그것은 "사전에 보면 '동정심sympathy'이라는 말이 '똥shit'이라는 단어 옆에 나오는데 그나마 나는 글을 읽을

---

*   양파를 볶아서 파프리카로 양념을 한 쇠고기 스튜

줄도 모른다" 하는 말이었다. 어머니의 기질은 세월이 흘러도 누그러지지 않았다. 그런 격정적인 성질이 순간순간 동정심의 힘으로 가라앉지 못할 때는 멜로드라마가 공연되기 마련이다. 하지만 분노를 폭발시킬 때마다 어머니는 공정했고 천성적으로 관대함이나 자비심이 없는 것만큼이나 한쪽으로 치우치지는 않았다.

우리가 아칸소주에서 오기 전에 어떤 사건이 발생했고, 그 사건에 개입된 중심인물들이 감옥에 가고 병원 신세를 졌다. 어머니에게는 도박장이 딸린 레스토랑을 경영하는 사업 동업자 한 사람이 있었다. (어쩌면 그 이상의 관계였는지도 모른다.) 그런데 어머니 말에 따르면, 동업자는 자신이 책임을 지기로 한 부분을 제대로 해내지 못했다. 어머니가 따지자, 그 사람은 오만하고 건방지게 굴면서 도저히 용서할 수 없는 짓을 했다. 어머니를 갈보라고 불렀다는 것이다. 비록 어머니 자신은 잘 웃는 것만큼이나 거리낌 없이 욕을 해대긴 했지만 어머니 주변에서는 아무도 어머니에게 욕을 하지 못했고, 더군다나 아무도 어머니에게 욕을 하지 않는다는 걸 모두가 알고 있었다. 모르긴 해도 그 무렵 사업상의 문제 때문에 어머니는 즉각 대응하지 않았다고 한다. 어머니가 동업자에게 이렇게 말했다.

"갈보가 돼주지요. 이미 그렇게 되어버렸으니까요."

그런데 그 남자는 무모하게도 또 한 번 '갈보'라는 말을 내뱉었다. 그러자 어머니는 그 남자를 총으로 쏘았다. 어머니는 그에게 따지기로 결심했을 때 문제가 생길지도 모른다는 걸 예상하고 대비책으로 자그마한 32구경 권총을 커다란 스커트 주머니에 넣고 왔었다.

　총을 한 발 맞은 동업자는 어머니한테서 물러서기는커녕 오히려 어머니 쪽으로 비틀비틀 다가왔고, 어머니는 그 남자를 총으로 쏠 작정이었기 때문에(죽일 작정이 아니고 쏠 작정이었다는 점을 명심하기를 바란다) 도망갈 이유가 없다면서 한 발을 더 쏘았다. 두 사람 모두 미친 사람처럼 화가 난 상황이었던 게 틀림없다. 어머니로서는 총을 쏠 적마다 자신이 바라는 것과는 정반대로 그 남자가 더 앞으로 다가왔다. 한편 그 남자로서는 자신이 어머니에게 가까이 다가가면 갈수록 자기에게 총을 더 쏴댔던 것이다. 어머니는 그 남자가 다가와서 두 팔로 자기 목을 감고 바닥으로 끌어낼 때까지 꼼짝도 하지 않고 그대로 서 있었다. 나중에 어머니가 한 말에 따르면, 경찰이 와서 그 남자를 앰뷸런스에 싣고 가기 전에 먼저 어머니한테서 떼어내야 했다고 한다. 이튿날 어머니가 보석금을 내고 풀려난 뒤 거울을 보니 '눈에 시퍼렇게 멍이 들어' 있었다. 두 팔로 어머니를 휘감으면서 그 남자가 쳤던 것이 틀림없다. 어머니는 쉽게 멍이 드는 사람이었다.

　동업자는 두 번이나 총을 맞고서도 살아남았다. 그렇게 해서 비록 동업자 관계는 깨졌지만 그들은 서로에게 여전히 존경심을 간직했다. 그에게 정말로 총을 쏘긴 했지만 어머니는 공정성을 발휘해 미리 경고했다. 그 남자는 그 와중에도 어머니의 두 눈을 멍들게 했을 뿐 아니라 죽지 않고 살아날 만한 힘을 지녔다. 정말로 감탄할 만한 자질들이 아닌가.

2차 세계대전이 터진 것은 일요일 오후 내가 극장에 가고 있을 때였다. 사람들이 길거리에서 소리를 질렀다.

"전쟁이 터졌어. 우리가 일본한테 선전포고했어."

나는 집까지 줄곧 달려갔다. 베일리와 어머니에게 닿기 전에 폭격당하지 않는다고 장담할 수 없었기 때문이다. 프랭클린 딜라노 루스벨트가 대통령으로 있는 한 미국이 폭격당하는 일은 없을 거라고 외할머니 백스터 부인이 내 걱정을 잠재웠다. 루즈벨트야말로 결국 정치인 가운데 정치인이었고 자신이 하는 일을 잘 알고 있는 사람이었다.

그로부터 얼마 뒤 어머니는 내가 처음으로 아버지라고 느끼게 된 클라이델 씨와 결혼했다. 그는 성공한 사업가였다. 그와 어머니는 우리를 데리고 샌프란시스코로 이사했다. 토미 삼촌과 빌리 삼촌, 외할머니 백스터 부인은 오클랜드의 큰 집에 그대로 남았다.

27

2차 세계대전이 시작되고 나서 처음 몇 달 동안 샌프란시스코 필모어* 지구, 즉 웨스턴 어디션에는 눈에 띄게 혁명 같은 변화가 일어났다. 겉보기에는 너무나 평화로워서 '혁명 같은 변화'라는 말을 사용할 수 없을 정도였다. 야카모토 수산물 시장이 조용히 새미의 구두닦이 겸 담배 가게로 바뀌었다. 또한 야시기라 철물점은 클로린더 잭슨 양의 미용실로 바뀌었다. 모험심 강한 흑인 기업가들이 일본인 2세들에게 물건을 팔던 일본인 가게들을 인수했고, 그 가게들은 채 1년도 지나지 않아 새로 이주해온 남부 흑인들에게 영원한 제2의 고향이 됐다. 일본 사람들의 튀김과 날생선, 차 냄새가 풍기는 대신에 이제는 곱창과 푸성귀와 족발 냄새가 강하게 풍겼다.

아시아계 주민들의 숫자가 눈에 띄게 줄어들었다. 나는 중국 사람과 일본 사람을 제대로 구별하지 못했고, '칭Ching'과 '찬Chan' 또는 '모토Moto'니 '가노Kano'니 하는 발음이 각각 어느 나라 말에 속하는지도 아직 정확히 구별할 수도 없었다.

일본 사람들이 저항도 하지 않고 조용히 소리 없이 사라지자 흑인들이 요란한 주크박스와 새삼 품게 된 적대감을 가지고 그리고 남부의 속박에서 벗어났다는 안도감과 함께 밀어닥쳤다. 일본인 지역은 겨우 몇 달 사이에 샌프란시스코의 할

---

* 샌프란시스코 중심부의 전통적인 흑인 거주 지역

렘이 됐다.

억압을 야기하는 모든 요인에 대해 잘 모르는 사람이라면 아마 새로 도착한 흑인들이 쫓겨난 일본 사람들에게 동정심을 갖거나, 심지어 그들을 지지해줄지도 모른다고 생각할 것이다. 특히 그들(흑인들 말이다)이 자신들도 지난 몇 세기 동안 노예 농장에서, 그다음에는 소작인 오두막에서 비참한 집단 수용소 같은 생활을 해본 경험이 있다는 걸 감안하면 더욱더 그러하다. 하지만 그들에게서는 그런 동병상련의 유대감은 찾아볼 수 없었다.

군수공장에 필요한 인력 공급에 따라 조지아주와 미시시피주의 고갈된 농토에서 새로 이주한 흑인들을 모집했다. 2층이나 3층짜리 아파트 건물(그 건물들은 그들이 들어오자마자 즉시 빈민굴로 바뀌었다)에 살면서 매주 두 자리나 심지어 세 자리 숫자로 된 수표를 받을 수 있다는 것은 그들로서는 현기증이 나도록 매혹적인 일이었다. 그 흑인들은 이 세상에 태어나 처음으로 자신을 '보스'나 '소비자'로 생각했다. 그들은 세탁소 주인, 택시 운전사, 웨이트리스 같은 사람들에게 돈을 주고 일을 시켰다. 전쟁 덕분에 특수를 누리게 된 조선소며 탄약 공장이 그들이 필요한 존재이며 심지어 감사받을 만한 존재임을 그들에게 일깨워주었다. 그들에게는 아주 낯설기는 해도 매우 기분 좋은 일자리였던 건 틀림없다. 이렇게 새롭고 정신이 아찔할 만큼 중요한 자리를 그들이 존재하는 줄조차 몰랐던 인종과 나누어 갖기를 기대할 수 있을까?

일본 사람들의 퇴출에 그들이 무관심했던 또 한 가지 이유는 조금 미묘했지만 더욱 깊이 느낄 수 있었다. 일본 사람들은 백인이 아니었다. 눈동자며 언어며 관습은 그들이 백인이 아니라는 것을 말해줬고, 흑인들로서는 두려워할 필요가 없는 존재였기 때문에 고려할 필요도 없었다. 이 모든 건 무의식적으로 결정됐다.

우리 가족이나 가족의 친구 중에서 일본 사람들이 없어진 사실을 언급하는 사람은 아무도 없었다. 일본 사람들은 마치 우리가 지금 살고 있는 집을 가진 적도, 아니 아예 살았던 적이 없었던 것 같았다. 우리 집이 자리한 포스트가街에서 우리 구역의 시장 중심지인 필모어까지는 완만한 내리막길 언덕이었다. 필모어에 이르기 전 짧은 두 블록에는 철야로 영업하는 레스토랑 두 군데, 당구장 두 군데, 중국 음식점 네 군데, 도박장 두 군데가 있었고 간이식당과 구두닦이 가게, 미장원, 이발소, 교회도 적어도 네 군데나 있었다. 전쟁 당시 샌프란시스코 흑인 동네가 얼마나 드넓었는지 완전히 파악하려면 앞서 설명한 두 블록이 골목일 뿐이며 8평방 블록 혹은 10평방 블록에 걸쳐 그런 골목이 몇 배로 많이 있었다는 사실을 알아야 한다.

집단적인 이주 분위기와 전시戰時의 불안정한 삶 그리고 최근에 도착한 사람들의 투박스러운 성격은 소속감을 갖지 못하던 나를 치유하는 데 도움을 줬다. 샌프란시스코에 와서 처음으로 나는 나 자신이 뭔가에 소속되어 있다는 느낌을 받았다. 내가 일체감을 느낀 것은 새로 도착한 흑인들도, 보기 드문 샌프란시스코 토착민의 흑인 후예들도, 백인들이나 심지어 아시아인들도 아니었다. 그것은 오히려 당시의 시대와 도시 자체였다.

나는 비적匪賊들처럼 거리를 활보하며 눈에 띄는 젊은 여자들마다 집적거리는 젊은 수병들의 오만함을 이해했다. 그들은 기껏해야 그 여자들이 창녀인 것처럼, 최악의 상황에서는 미국을 전쟁에서 지게 하려고 혈안이 되어 있는 추축국樞軸國* 첩자인 것처럼 행동했다. 매주 내리는 공습경보와 학교에서 하는 민방위 훈련 때문에 더욱 실감 나게 된 샌프란시스코 폭격에 대한 은근한 공포감이 내 소속감을 더욱 강화해줬다. 삶이란 생존을 위한 커다란 모험에 지나지 않는다고 언제나 예나 다름없이 생각해오지 않았던가?

이 무렵 전시의 도시는 공격당하는 영리한 여성 같았다. 자신이 안전하게 지킬 수 없는 건 포기하는 반면, 손에 닿는 가능한 것들은 위험에서 지켰다. 내게 이 도시는 내가 어른이 됐을 때 되고 싶은 이상적인 모습이었다. 상냥하지만 지나치게 감상적이지 않고, 냉정하지만 무관심하거나 소원하지 않으며, 뛰어나지만 엄격한 격식에 치우치지 않는 그런 모습 말이다.

샌프란시스코에 사는 사람들에게 '해결 방법을 아는 도시'를 상징하는 것은 만灣과 안개, 프랜시스 드레이크경卿 호

---

*　　2차 세계대전 때의 독일·일본·이탈리아를 가리킨다.

텔, 탑 오브 더 마크*, 차이나타운, 선셋 지구 등으로 하나같이 매우 희다. 남부와 남부 흑인의 생활 방식이 부여하는 제약에서 자유롭지 않았던 열세 살짜리 흑인 여자아이인 나에게 이 도시는 아름다움의 상태와 자유의 상태 그 자체였다. 안개는 단순히 만에서 올라오는 수증기가 언덕 사이에 붙잡혀 있는 것이 아니라 수줍은 여행자들을 편안하게 가려주는 부드러운 익명성의 숨결이었다.

나는 샌프란시스코에 취해서 대담하고 겁이 없어졌다. 방어적인 오만 속에서 안전을 느끼던 나는 나처럼 편견 없이 이 도시를 사랑하는 사람은 없다고 확신했다.** 마크 홉킨스 호텔 주변을 거닐면서 탑 오브 더 마크를 지그시 올려다보기도 했지만, 나에게는 (어쩌면 《이솝 우화》에 나오는 여우가 신 포도에 가진 감정 비슷한 것이었는지도 모른다) 층층이 솟아 있는 건물이나 모피를 늘어뜨리고 그 안으로 들어가는 사람들보다도 언덕에서 내려다보이는 오클랜드 전경이 훨씬 더 인상적이었다.

나는 나의 소속감을 두고 샌프란시스코와 타협을 한 뒤 몇 주 동안 이름난 관광지들을 뻔질나게 찾아다녔지만 그런 곳들은 하나같이 아무런 의미도 없었고 샌프란시스코답지도 않았다. 잘 차려입은 부인들과 깔끔한 백인 아기들을 데리고

---

* 전망대로 유명한 마크 홉킨스 호텔의 스카이라운지

** 이 무렵 마야 앤절로가 좋아하던 제인 오스틴의 소설 《오만과 편견Pride and Prejudice》의 제목을 패러디하고 있다.

외출 나온 해군 장교들은 나하고는 차원이 다른 시공간에 살고 있었다. 운전사가 모는 자동차에 타고 있는 우아한 노부인들과 양가죽 구두에 캐시미어 스웨터를 입은 금발의 소녀들은 물론 샌프란시스코 사람들이었을 테지만, 나에게는 그들이 기껏해야 내가 그린 샌프란시스코 초상화를 끼워 넣은 액자에 붙어 있는 금박 장식에 지나지 않았다.

'오만과 편견'이 샌프란시스코의 아름다운 언덕을 일렬종대로 확보했다. 이 도시를 소유한 샌프란시스코 토박이들은 밀려드는 외부 침입자들을 감당해야만 했다. 그런데 그들이 감당해야 할 대상은 감탄의 눈으로 사방을 두리번거리는 여행객들이 아니라, 소란스럽고 세련됨과는 거리가 먼 시골 사람들이었다. 그들은 또한 자신들의 옛 학교 친구였던 일본인 2세들을 그렇게 취급한 것에 비록 피상적으로나마 죄책감을 느끼며 살지 않을 수 없었다.

남부의 무식한 백인들은 아칸소주의 언덕과 조지아주의 늪지대에서 자신들의 편견을 고스란히 챙겨 서부로 가지고 왔다. 농부 출신 흑인 또한 역사가 뼈저리게 가르쳐준 백인에 대한 불신과 두려움을 빠뜨리지 않고 함께 가지고 왔다. 이들 두 집단은 군수공장에서 서로 어깨를 나란히 한 채 일해야 했고, 그들의 증오심이 도시의 얼굴 위에서 종기처럼 곪아 터졌다.

샌프란시스코 사람들은 냉방이 잘된 자신들의 도시 심장부에는 인종차별이란 존재하지 않는다고 금문교를 걸고라도 맹세할 것이다. 하지만 안타깝게도 그들은 이 점에서 잘못 생각하고 있었다.

샌프란시스코의 백인 부인 한 사람이 전차에서 흑인 시민이 옆으로 비키면서까지 앉을 공간을 만들어줬는데도 그 옆자리에 앉기를 거부했다는 이야기가 입에서 입으로 전해졌다. 그런데 부인의 설명에 따르면, 자신은 징병 기피자에다 흑인인 그 사람 옆에는 앉고 싶지 않았다고 했다. 이오지마섬*에서 싸우고 있는 자기 아들처럼 그 흑인도 최소한 조국을 위해 싸워야 한다고 부인은 덧붙였다. 소문에 따르면 흑인 남자는 창문에 기대고 있던 몸을 일으키더니 팔이 잘려 나가 텅 빈 한쪽 소매를 그녀에게 보여주었다고 한다. 그러면서 조용히 위엄 있게 이렇게 말했다고 한다.

"그러시면 부인, 아드님께 그곳에다 두고 온 제 팔을 좀 찾아봐달라고 부탁하시죠."

28

나는 학교 성적은 매우 좋았지만(스탬프스에서 오자마자 두 학기를 건너뛰었다) 고등학교에 적응을 할 수가 없었다. 내가 다니

---

*   일본 도쿄 남부에 있는 화산섬으로 1945년 2월 이
     곳에서 미군이 일본군과 치열한 전쟁을 벌여 큰 희
     생을 치렀다.

던 학교는 우리 집 근처에 있는 여학교였는데, 그 학교 학생들은 라피엣카운티 직업학교에서 내가 만난 누구보다도 동작이 빠르고 건방진 데다가 비열하고 편견이 심했다. 흑인 여자아이들은 대부분 나처럼 곧장 남부에서 왔지만 그들은 '거대한 D'(텍사스주 댈러스를 뜻한다)나 'T 도시'(오클라호마주 털사를 뜻한다)의 밝은 빛에 대해 알고 있거나 알고 있다고 주장했고 그들의 말투로 보아 사실인 것 같았다. 그 여학생들은 아무도 자기들을 건드릴 수 없다는 듯이 우쭐대며 걸어 다녔고, 이마 위로 높이 틀어 올린 퐁파두르 머리에 칼을 찔러넣고 다니는 몇몇 멕시코 학생들과 함께, 백인 여학생들을, 대담성이라는 방패를 갖추지 못한 흑인과 멕시코 여학생들을 위협했다. 다행히도 나는 조지 워싱턴 고등학교로 전학을 가게 됐다.

흑인 거주 지역에서 60블록쯤 떨어진 백인 거주 지역 안의 완만한 언덕 위엔 아름다운 학교 건물들이 자리했다. 첫 학기 동안에는 흑인 학생은 나를 포함해서 전교에 세 명밖에 되지 않았고, 그런 귀족적인 분위기에서 나는 내 동족을 더욱 사랑하게 됐다. 아침에 전차가 우리 동네를 지나갈 때마다 나는 불안과 충격이 서로 뒤섞인 감정을 느꼈다. 전차는 금방 낯익은 풍경을 벗어났고, 전차에 탈 때는 있던 흑인들이 모두 내린 뒤에 나 혼자서 40블록이나 되는 깔끔한 길거리들과 잘 깎은 잔디와 하얀 집들과 부유한 아이들을 견뎌내곤 했다.

저녁때 집으로 돌아오는 길은 그 반대로 '바비큐'나 '선술집'이나 '가정식 요리' 같은 간판들과 갈색 얼굴들을 만나기 시작하면서 기쁨과 기대감과 안도감으로 가슴이 뛰었다. 나는 마침내 다시 내 고향에 돌아왔다는 사실을 깨달았다.

학교에서는 실망스럽게도 내가 가장 똑똑하지도 않고 심지어 가장 똑똑한 수준에 가깝지도 않다는 사실을 깨닫고 실망했다. 백인 아이들은 나보다 어휘가 풍부했다. 그보다 더욱 놀라운 것은 그 아이들이 교실에서 겁을 먹지 않는다는 사실이었다. 그들은 선생님이 질문을 하면 머뭇거리는 법이 없이 손을 들었다. 대답이 틀렸을 때조차 당당하기 이를 데 없었다. 한편 나는 내 대답이 완벽하다는 확신이 들 때까지는 감히 손을 든다는 건 엄두도 내지 못했다.

조지 워싱턴 고등학교는 내가 다닌 첫 번째 진짜 학교였다. 하지만 독특한 개성을 지닌 훌륭한 선생님이 계시지 않았더라면 그 학교에서 보낸 시절은 무의미한 시간 낭비로 끝나고 말았을 것이다. 커윈 선생님은 여자분으로 지식을 무척이나 중요하게 생각하는 보기 드문 교육자였다. 난 언제나 선생님의 교육에 대한 열정이 학생들을 좋아하는 마음에서 우러나왔다기보다는 선생님이 아는 지식을 학생들 머릿속에 저장했다가 또다시 누군가에게 전달하려는 욕망에서 우러나왔다고 믿고 싶다.

커윈 선생님과 아직 결혼하지 않은 선생님의 여동생은 샌프란시스코에서 20년 넘게 선생님으로 일했다. 키가 크고 혈색이 좋은 은발의 토실토실한 숙녀인 커윈 선생님은 사회 과목을 가르쳤다. 선생님이 가르치는 과목의 교과서는 학기 말이 되어도 처음 받을 때처럼 깨끗하고 페이지도 빳빳했다. 커원 선생님은 학생들에게 교과서를 펴라는 말을 일절 하지 않거나 거의 하지 않았다.

커원 선생님은 수업을 시작할 때면 언제나 학생들에게 이렇게 인사했다.

"안녕하세요, 신사 숙녀 여러분."

나는 어른이 십 대 아이들에게 그렇게 정중하게 인사하는 것을 이제껏 한 번도 들어본 적이 없었다. (어른들은 보통 아이들을 대접하면 자신들의 권위가 떨어진다고 생각한다.)

"오늘 《크로니클》 잡지에 캐롤라이나주의 광산 업계에 관한 기사가 (또는 그 밖에 수업과는 동떨어진 어떤 주제) 났습니다. 여러분 모두 그 기사를 읽었겠죠. 누가 자세하게 설명해주면 좋겠는데요."

선생님 반에서 처음 두 주가 지나자, 흥미를 느낀 다른 학생들처럼 나도 샌프란시스코에서 발행하는 신문들과 《타임》, 《라이프》, 그 밖에 구할 수 있는 잡지들을 구해서 읽었다. 커원 선생님은 베일리의 말이 옳다는 것을 입증했다. 언젠가 베일리는 나에게 이렇게 말했다.

"모든 지식이란 시장에 따라 사용하는 화폐 같은 거야."

선생님이 특별히 좋아하는 학생은 없었다. 선생님은 아무도 편애하지 않았다. 어떤 학생이 수업 시간에 선생님을 만족시켰다고 해서 다음 시간에도 특별한 대우를 받으리라 기대할 수는 없었으며, 이와 반대 경우도 마찬가지였다. 선생님은 수업 시간마다 새로운 기분으로 우리를 대했고, 우리 역시 그럴 거라고 기대했다. 과묵하고 주관이 강했던 선생님은 시시한 일을 가지고 시간을 낭비하는 법이 없었다.

선생님은 학생들을 위협하는 대신 자극했다. 어떤 선생님들은 도가 지나칠 정도로 나를 친절히 대했다. 나를 '관대하게' 대했다는 말이다. 어떤 선생님들은 나를 완전히 무시했다. 하지만 커윈 선생님은 내가 흑인이고 그래서 어딘가 다른 학생들과 다르다는 사실을 전혀 눈치채지 못한 것 같았다. 나는 단순히 존슨 양이었을 뿐이다. 선생님 질문에 제대로 대답했어도 내가 들을 수 있는 말은 "맞아요"라는 말 외에 그 이상은 없었고, 그건 맞게 대답하는 다른 모든 학생에게도 똑같이 하는 말이었다.

몇 년이 지난 뒤 샌프란시스코에 돌아와 선생님 교실을 몇 차례 찾아간 적이 있다. 선생님은 그럴 때마다 내 이름 존슨 양을 기억하면서 깊이 생각할 줄 아는 능력이 있었는데 반드시 그 능력을 사용하고 있을 거라고 했다. 방문할 때마다 선생님은 한 번도 나를 선생님 책상 옆에 오래 머물도록 권하지 않았다. 내가 틀림없이 다른 데 또 가볼 곳이 있으리라는 듯이 행동했다. 나는 가끔 선생님은, 자신이 내가 기억하는 유일한 스승이라는 사실을 알고 있는지 궁금하게 여기곤 했다.

나는 어떻게 해서 내가 캘리포니아 산업학교의 장학금을 받게 됐는지 알 수가 없었다. 그 학교는 어른들을 위한 대학으로 오랜 세월이 지난 뒤에 나는 그 학교가 반정부 단체로 '하원의 반미 활동'* 목록에 올라 있다는 사실을 알게 됐다. 나는 겨우 열네 살 나이에 그 장학금을 받았고 이듬해에도 또다시 받았다. 야간 수업 시간에 나는 백인들, 흑인 어른들과 함께 드라마와 댄스 강의를 들었다. 내가 드라마를 선택한 이유는 단순히 "죽느냐 사느냐"로 시작하는 햄릿의 독백이 좋았기 때문이다. 나는 이제껏 한 번도 연극을 본 적이 없었고 영화와 연극을 연관 짓지도 않았다. 사실 내가 햄릿의 독백을 들어본 것이라고는 나 혼자 멜로드라마풍으로 읊어본 것이 전부였다. 그것도 거울 앞에 서서 말이다.

연극 속의 과장된 몸짓과 격정적인 목소리에 대한 내 열정을 억제하기는 쉽지 않았다. 나와 베일리가 함께 시를 읽을 때면 오빠는 격렬한 베이즐 래스본** 같은 목소리를 내는 반면, 나는 화가 잔뜩 난 베트 데이비스*** 목소리를 냈다. 하지만 캘리포니아 산업학교에서 설득력 있고 통찰력 있는 선생님 한 분이 재빨리 그리고 예의를 차리지도 않고 나를 멜로드라마에

---

*   파시스트들, 공산주의자들, 그 외 반미 행위자들을 뿌리 뽑으려 한 미국 하원의 위원회
**   영국 배우로 셜록 홈즈 역할을 맡았다.
*** 아카데미상을 두 차례 수상한 미국의 배우로 〈이브의 모든 것〉 등에 출연했다.

서 떼어놓았다.

그 여자 선생님은 나에게 여섯 달 동안 팬터마임을 하라고 했다.

베일리와 어머니는 나에게 댄스 과목을 권했다. 베일리가 댄스를 하면 다리가 커지고 엉덩이가 넓어진다고 은밀히 일러줬다. 나에게 이보다 설득력 있는 말은 없었다.

그래서 그렇게 오래지 않아 나는 검은 타이즈를 신고 텅 빈 큰 방을 빙빙 돌아다니는 것을 수줍어하지 않게 됐다. 물론 처음에는 모두가 무릎이라는 마디, 팔꿈치라는 마디 그리고 아, 가슴이란 마디가 달린 오이같이 생긴 내 몸매를 쳐다보고 있으리라 생각했다. 하지만 실제로 아무도 나를 주목하지 않았으며, 선생님이 마룻바닥 위를 날아다니듯이 누비다가 아라베스크*로 마무리하는 동작을 보면서 나는 발레에 마음을 빼앗겼다. 그리고 나도 그렇게 움직이는 법을 배워야겠다고 마음먹었다. 나도 그 선생님의 표현처럼 '공간을 점령하는' 법을 배울 것이다. 내 생활은 커윈 선생님의 수업과 베일리, 어머니와 함께하는 저녁 식사 그리고 드라마와 댄스로 골고루 나뉘었다.

이 무렵 내가 내 삶에서 전념하고 있던 일들은 아주 이상 야릇한 조합을 이뤘다. 그 조합은 근엄한 결단력의 소유자인

* 한 발을 뒤쪽으로 올리고 상체를 꼿꼿이 세운 채 다른 쪽 발끝으로 서는 발레의 기본 동작

마마, 플라워즈 부인과 그녀의 책들, 베일리 오빠와 그의 사랑, 어머니와 그녀의 쾌활함, 커원 선생님과 그분의 지식 그리고 드라마와 댄스를 배우는 야간 수업으로 되어 있었다.

29

우리 집은 대지진 이후에 지은, 방 열네 개가 딸린 전형적인 샌프란시스코 주택*이었다. 끊임없이 오가는 세입자들은 저마다 다른 억양과 성격, 음식을 가지고 있었다. 한동안 부두 노동자들이 끝이 쇠로 된 부츠와 금속 모자를 쓰고 철커덕거리며 계단을 올라 다녔고(어머니와 클라이델 아빠를 제외하고는 모두 이 층에서 잠을 잤다) 그들이 떠나자 뒤이어 분을 뽀얗게 바른 창녀들이 들어와 두껍게 화장을 한 채 킬킬거리며 가발을 문손잡이에 걸어놓았다.

한 부부(대학을 졸업한 사람들이었다)는 아래층에 있는 커다란 부엌에서 나하고 오랫동안 어른처럼 대화하곤 했는데 마침내 남편이 전쟁에 나간 뒤부터는 그렇게 매력적이고 잘 웃던 부인이 어쩌다가 말없이 벽을 따라 움직이는 그림자로 바뀌어버리고 말았다.

---

*   1906년 샌프란시스코 대지진 후 이 도시에서는 내진 설계로 건물을 지었다.

한 노부부는 우리하고 1년 정도 함께 살았다. 그들은 레스토랑을 하나 가지고 있었는데 십 대의 관심을 끌 만한 것이라고는 남편이 '짐 아저씨', 아내가 '보이 아줌마'라고 불린 것밖에는 아무것도 없었다. 나는 그들을 왜 그렇게 불렀는지 끝내 알아내지 못했다.

강인한 성격이 부드러움과 함께하면 지성과 욕구가 제도 교육으로 다듬어질 때 그러하듯이 더할 나위 없이 좋은 짝이 되게 마련이다. 나는 클라이델 아빠를 어머니가 정복한 명단에 추가할 또 하나의 얼굴 없는 이름으로 받아들일 준비가 되어 있었다. 지난 몇 년 동안 나는 속으로는 전혀 다른 생각을 하면서도 관심이 있는 척하거나 적어도 주의를 기울이는 척할 수 있도록 나 자신을 성공적으로 훈련한 덕분에 그를 쳐다보지 않고 또한 그가 아무것도 눈치채지 않도록 하면서도 안전하게 그의 집에서 살 수 있었을 것이다. 하지만 그분의 성품이 내 관심을 끌었고 감탄을 자아낼 만했다. 그는 자기가 제대로 교육을 받지 못한 것에 열등감을 갖지 않았고, 더욱 놀라운 건 학력이 낮은데도 성공한 것에 우월감을 느끼지 않는 단순한 분이었다는 사실이다. 그는 가끔 이렇게 말하곤 했다.

"나는 평생 3년밖에는 학교에 다니지 못했어. 그 당시 텍사스주 슬레이튼에서는 사는 게 무척 어려워서 농장에서 아버지를 거들어드려야 했거든."

그 평범한 진술에는 누군가를 탓한다든지 하는 것이 감추어져 있지 않았다.

"내가 지금 그때보다 좀 잘살고 있다면 그건 내가 모든 사람을 옳게 대하기 때문이야."

이런 말에서도 뽐내는 태도 같은 것은 찾아볼 수 없었다.

클라이델 아빠는 아파트 건물 몇 채를 갖고 있었고 나중에는 당구장까지 사들였으며 보기 드물게 '명예를 존중하는 사람'으로 통했다. 많은 '정직한 사람'이 흔히 그러하듯이 덕성의 빛을 흐리게 하는 경멸할 만한 독선에 빠져 평판에 흠이 가게 하는 일도 하지 않았다. 그는 언제 어떤 카드를 써야 할지 잘 알고 있었고, 사람들 마음을 꿰뚫어 볼 줄도 알았다. 그래서 어머니가 우리에게 개인위생, 바른 자세, 식탁 예법, 좋은 레스토랑을 고르는 법, 팁을 주는 법 같은 삶의 방식을 가르쳐줄 때 클라이델 아빠는 나에게 포커, 블랙잭, 통크 앤드 하이, 로우, 직, 잭 앤드 더 게임 같은 카드놀이를 가르쳤다. 그는 비싼 맞춤 양복을 입었고, 커다란 노란 다이아몬드 넥타이핀을 꽂고 다녔다. 보석만 빼면 그의 옷차림은 보수적인 편으로 생활이 안정된 사람에게서 볼 수 있는 무의식적인 화려함이 배어났다. 뜻밖에도 나는 그와 닮아서 내가 어머니와 아저씨와 함께 길거리를 지나가면 그의 친구들이 보고 가끔 이렇게 말하곤 했다.

"클라이델, 저 애는 틀림없이 자네 딸이겠지. 아니라고 부인하진 못할걸."

한 번도 아이를 가져본 적이 없었기 때문에 그런 말을 들으면 아저씨는 자랑스럽게 웃었다. 비록 뒤늦게 나타나기는 했지만 강한 부성애를 지녔던 아저씨는 내게 흑인 뒷골목에서 가장 개성 있는 인물들을 소개해줬다. 어느 날 오후 아저씨는 나를 담배 연기 자욱한 우리 집 식당으로 불러들여 스토운월 지미, 저스트 블랙, 쿨 클라이드, 타이트 코우트, 레드 레그 같은 아저씨들에게 소개했다. 클라이델 아빠는 내게 그 사람들은 이 세상에서 가장 성공한 사기꾼들로서 지금부터 내게 몇 가지 게임을 말해줄 텐데 그 이야기를 잘 들어두면 앞으로 절대로 '그 누구의 먹잇감'이 되는 일은 없을 거라고 설명했다.

무엇보다도 먼저 한 아저씨가 내게 경고했다.

"지금까지 먹잇감이 된 인간 중에서 뭔가를 공짜로 바라지 않은 인간은 하나도 없단다."

그러고 나서 아저씨들은 한 사람씩 돌아가면서 나에게 자신들의 속임수를, 그들이 돈 많고 편견이 많은 백인 중에서 어떻게 먹잇감(쉽게 속아 넘어가는 사람 말이다)을 선택했는지, 그리고 그럴 때마다 먹잇감들이 자신들에게 갖고 있던 편견을 어떻게 역이용했는지 설명했다.

아저씨들 이야기는 우스운 것도 있었고, 애처로운 것도 있었지만, 나에게는 하나같이 유쾌하고 흐뭇했다. 매번 흑인 사기꾼이 지독히 바보 같은 짓을 한 후 힘 있고 교만한 백인을 이겼기 때문이다.

그중에서도 레드 레그 아저씨의 이야기는 내가 좋아하는 선율처럼 아직도 내 기억에 남아 있다.

"일단 '역逆의 원리'라는 걸 이해하기만 하면 아무리 네게 불리하게 작용하는 것도 네게 유리하게 작용하도록 만들 수가 있지."

"털사에 흑인들을 어찌나 많이 등쳐먹었는지 '흑인 사기 주식회사'라도 차릴 만한 백인이 하나 살았지. 당연히 그 녀석은 본래부터 피부 검은 인간이라면 지독한 멍청이라고 생각하는 놈이었어. 저스트 블랙하고 내가 그 녀석에 대해 알아보려고 털사로 갔지. 자세히 알고 보니 그 녀석은 그야말로 완벽한 먹잇감이었어. 그 녀석 엄마는 아프리카에서 인디언 대량 학살을 보고 겁을 먹은 게 틀림없어. 그 인간은 인디언들을 경멸했는데 흑인들을 인디언들보다 조금 더 미워했지. 그리고 무엇보다도 그자는 욕심이 무척 많았어.

블랙과 내가 그 녀석을 연구해보니 가게 하나쯤은 걸 만한 가치가 있다는 판단이 들더라고. 그 말은 우리가 준비 자금으로 몇천 달러 정도는 쓸 각오가 돼 있다는 뜻이야. 우리는 뉴욕에서 온 실력 있는 백인 사기꾼 하나를 끌어들여 털사에 사무실을 열게 했지. 그 백인 사기꾼 녀석은 오클라호마주의 금싸라기 땅을 몽땅 사들이려는 북부의 부동산 중개인 역할을 맡았어. 우리는 털사 근처에 있는 땅을 하나 물색해뒀는데 그 위로 유료 다리가 하나 지나갔지. 그곳은 본래 인디언 보호구역의 일부였는데 뒤에 주州 정부가 인수했거든.

저스트 블랙이 미끼가 됐고, 나는 바보 역할을 맡았어. 뉴욕에서 온 우리 친구가 비서를 고용하고 명함을 찍자 블랙이 그 봉에게 접근해 제안했지. 블랙이 표적한테 다가가서 당신

이야말로 흑인들이 믿을 수 있는 유일한 백인이라는 말을 들었다고 했어. 그러면서 그 사기꾼에게 당한 불쌍한 바보 몇 사람 이름을 댔지. 이 이야기를 들어보면 백인들이 어떻게 자기 꾀에 스스로 넘어가는지 알 수 있을 거야. 그 먹잇감은 블랙이 한 말을 그대로 믿었어.

블랙이 그 먹잇감에게 이야기하기를, 절반은 인디언이고 절반은 흑인인 친구가 있는데 북부의 백인 부동산 중개인 한 사람이 그 친구가 가치 있는 땅의 유일한 소유주라는 걸 알아내고 그 땅을 사고 싶어 한다고 했어. 녀석은 처음엔 뭔가 이상한 냄새가 난다는 듯이 머뭇거리더라고. 하지만 나중에는 집어삼키다시피 제안을 받아들이는 걸 보니 그 냄새라는 게 바로 자기 손아귀에 들어온 검둥이의 돈 냄새였구나 하고 생각한 게 분명했어.

그 먹잇감이 땅의 위치를 물었지만 블랙이 핑계를 대면서 질질 시간을 끌었어. 먼저 당신이 이 일에 관심이 있는지부터 확실히 알고 싶다고 말이지. 백인이 그렇다고 말하자 블랙은 친구한테 말을 해보고 다시 연락하겠다고 했지. 블랙은 그렇게 3주가량을 자동차 안이나 골목에서 녀석을 만났지만 그자가 걱정과 탐욕으로 거의 미칠 지경이 될 때까지 계속 질질 끌었어. 그러고 나서야 블랙은 슬쩍 실수처럼 땅을 사고 싶어 하는 북부의 부동산 중개인의 이름을 흘렸지 뭐야. 바로 그 순간부터 우리는 낚싯줄에 월척이 걸렸다는 걸 알았고, 남은 일이란 그걸 끌어올리는 것뿐이었어.

우리는 그자가 사무실로 연락하리라 예상했고, 그자는 예상대로 그렇게 했어. 그 백인 녀석은 우리가 쳐놓은 그물로 걸어 들어와서 자기가 백인이라는 것만 믿고 우리의 백인 동업자 스포츠와 제휴하려고 했지. 하지만 스포츠는 거래에 관해서는 말하지 않고, 다만 남부에서 가장 큰 부동산 회사가 그 땅을 철저히 조사했다는 둥, 당신이 괜스레 먼지를 일으키면서 돌아다니지만 않는다면 당신에게도 괜찮은 액수가 돌아가도록 보장하겠다는 둥 너스레를 떨었지. 만약 그 땅의 소유권에 대한 조회가 들어온다든지 해서 괜히 들쑤셔놓으면 주 정부에서 경계하고 매매를 금지하는 법을 통과시킬 거라고도 설명했지. 스포츠는 그 먹잇감에게 연락해주겠다고 했어. 녀석은 그 뒤로 서너 번 더 사무실로 찾아왔지만 아무 소득도 없었지.

그가 지쳐 떨어지기 일보 직전 블랙이 나를 데리고 그자를 만나러 갔어. 그 바보는 '민간 자연보호 청년단'* 캠프에 가는 꼬마 계집애처럼 무척이나 좋아하더라고. 자네들은 내 목이 올가미에 걸렸고 이제 그자가 내 발밑에 불을 붙이려는 참이라고 생각할 테지. 그때만큼 사기 치는 게 그렇게 재밌던 적이 없었어.

어쨌든 나는 처음엔 좀 겁먹은 시늉을 했지만 저스트 블

---

* 1933년에 프랭클린 루스벨트 대통령이 만든 구호 프로그램으로 많은 젊은이를 자연보호에 동원했다.

랙이 나에게 말하기를 이 사람은 우리가 믿어도 되는 유일한 백인라고 했지. 그래서 내가 이렇게 말했지 뭐야. 나는 어떤 백인도 믿지 않는다고. 그들이 원하는 건 오직 흑인을 합법적으로 죽이고 그의 마누라와 잠자리를 같이할 기회를 넘보는 것뿐이라고. (미안하이, 클라이델.) 그 봉은 자신이야말로 그렇게 생각하지 않는 유일한 백인이라며 나를 안심시키더군. 그의 친한 친구들 중에는 흑인도 있다고. 또 사실, 내가 아는지 모르지만 자기를 길러준 여자도 흑인이며 그 여자를 아직도 만나고 있다면서 말이야.

내가 그 말에 넘어가는 척하니까 그 봉이 이번에는 북부의 백인들을 깎아내리기 시작했어. 북부 사람들은 흑인들을 길거리에서 잠자게 하고, 손으로 변기를 닦게 하는가 하면, 심지어 그보다 더러운 일도 시킨다는 거야. 그래서 내가 놀라면서 이렇게 말했지. '그렇다면 나는 내 땅에 7만 5,000달러를 주겠다고 나선 그 백인한테는 팔고 싶지 않아요.' 그러자 저스트 블랙이 말했어. '나 같으면 그렇게 많은 돈으로 무엇을 해야 좋을지조차 모르겠는걸.' 그래서 내가 말해줬지. 내가 원하는 건 오직 노모를 위해 집 한 칸을 마련하고, 사업체를 하나 사고, 할렘까지 갈 수 있을 정도의 돈이라면 충분하다고. 그랬더니 그 먹잇감이 내게 그게 얼마나 되는 돈이냐고 물었고, 나는 5만 달러 정도면 가능할 것 같다고 대답했지.

그 먹잇감이 내게 흑인이 그런 돈을 가지고 있으면 신변이 안전할 수가 없다고 하더군. 백인들이 빼앗아가고 만다는 거야. 그래서 내가 그랬지. 그건 나도 잘 알지만 적어도 4만 달러는 있어야겠다고. 그러자 그자가 동의하더군. 우리는 악수를 했어. 내가 그랬지. 그 비열한 양키가 '우리 땅' 일부를 차지하지 못하게 되어 내 마음이 흡족하다고. 우리는 이튿날 아침다시 만났고, 그자의 자동차 안에서 내가 양도 증서에 서명하고 그자가 내게 현금을 건네주었어.

블랙과 나는 짐을 챙겨 아칸소주 핫스프링스*에 있는 한호텔에다 미리 갖다 뒀지. 거래가 끝난 뒤 우리는 자동차로 걸어가서 주 경계선을 넘어 차를 몰고 핫스프링스까지 날라버렸어. 그게 전부야."

아저씨의 이야기가 끝난 뒤에도 의기양양한 승리의 이야기들이 웃음소리를 타고 방 안을 무지개처럼 화려하게 수놓았다. 20세기로 접어들기 전에 흑인에다 남자로 태어난 그 이야기꾼들은 어떤 면에서 보나 아무짝에도 쓸모없는 티끌처럼 살아갈 수밖에 없었다. 하지만 그들은 머리를 써서 거부의 문을비집어 열고 부를 얻었을 뿐 아니라 그런 과정에서 덤으로어느 정도 복수까지 했다.

나는 그들을 범법자로 여길 수가 없었고 오히려 그들이해낸 일들을 자랑스럽게 여길 수밖에 없었다.

사회에 필요한 것이 그 사회의 윤리를 결정한다. 미국의흑인 빈민 거주 지역에서 영웅이란, 자기 조국의 식탁에서 떨

* 아칸소주의 휴양도시

어진 부스러기밖에 얻어먹지 못하는 형편일지라도 스스로 재간과 용기를 발휘해 호화로운 진수성찬을 마련할 수 있는 사람을 말한다. 그러므로 단칸방에 살면서 청록색 캐딜락 자동차를 타고 다니는 수위는 비웃음을 받는 것이 아니라 찬사를 받는다. 40달러짜리 구두를 사는 하녀는 비난받는 것이 아니라 그 안목을 인정받는다. 그렇게 하려면 그들이 자신들의 정신적, 육체적 역량을 최대한 발휘해야 한다는 사실을 우리는 잘 알고 있다. 저마다의 개별적인 소득이 합쳐져서 전체 집단의 소득이 되는 법이다.

범법 행위에 대한 이야기들이 흑인들 마음속에서는 백인들과는 다른 척도로 평가받는다. 흑인 사회는 사소한 범죄에 곤혹스러워하고, 왜 흑인들이 더 많은 은행을 털지 못하고 더 많은 공금을 횡령하지 못하고 조합에서 부정 이득을 얻지 못하는지 안타까워한다.

"우리는 세상에서 가장 철저한 강도 행위의 희생자들이다. 삶에는 형평성이 있어야 한다. 그러므로 우리가 지금 약간 도둑질을 한다 해도 잘못된 것은 아니다."

이런 믿음은 특히 자신들의 동료 시민들과 합법적으로 경쟁할 수 없는 사람들에게 호응을 받게 마련이다.

나나 내 흑인 동료들이 받는 교육은 백인 동창생들이 받는 교육과는 매우 달랐다. 우리는 모두 함께 교실에 앉아 과거분사를 배웠지만 흑인들의 경우에는 길거리나 집에서, 복수형에서 s자를, 과거형 동사에서 접미사를 떼고 사용하는 걸 배웠다. 우리는 그런 문어체 언어와 구어체 언어의 차이에 신경썼다. 마침내 우리는 의식적으로 애쓰지 않고도 한 언어에서 슬그머니 빠져나와 다른 언어로 자연스럽게 옮겨가는 걸 배웠다. 학교에서 주어진 상황에 부닥치면 이렇게 대답할 것이다.

"그건 드문 일이 아니죠."

하지만 길거리에서 같은 상황을 맞는다면 우리는 쉽게 이렇게 말할 것이다.

"그런 일은 때때로는 있구먼."

30

제인 위더스*와 도널드 오코너**와 꼭 마찬가지로 나도 방학을 맞이했다. 친아버지 베일리가 남부 캘리포니아에서 함께 여름을 보내자고 나를 초대하자 나는 흥분해서 어쩔 줄 몰랐다. 나는 좀 삐기는 듯한 아버지의 태도로 봐서 아버지가 정원으로 둘러싸인 저택에서 제복 입은 하인들의 시중을 받으면서 살 거라고 은근히 기대했다.

어머니는 내가 여름옷 사는 걸 도와주면서 협조를 아끼지

---

 * 조지아주 애틀랜타에서 태어난 아역 배우 출신 영화배우

 ** 영화 〈싱잉 인 더 레인〉에 출연하고 〈도널드 오커너 쇼〉 사회를 맡은 미국 뮤지컬 코미디 배우이자 댄서

않았다. 샌프란시스코 사람들이 자신들보다 더 따뜻한 곳에 사는 사람들에게 보이는 오만한 태도로 어머니는 그곳에서 필요한 옷이라곤 반바지와 여성용 스포츠 바지, 샌들, 여러 벌의 블라우스뿐이라며 이렇게 말했다.

"남부 캘리포니아 사람들은 그 밖에 다른 옷이라곤 입지 않는단다."

친아버지에겐 여자 친구가 있었는데 그 여자와 나는 몇 달 전부터 서로 편지를 주고받았고, 그 여자가 기차역에 나를 마중 나오기로 했다. 우리는 옷깃에 흰 카네이션을 달아 서로 알아보기로 했고, 기차 짐꾼이 목적지인 작고 무더운 마을에 도착할 때까지 내 카네이션을 식당 칸 냉장고에 보관해주었다.

플랫폼에 내리자, 나는 백인들은 대강 건너뛰고 사람을 찾는 듯 왔다 갔다 하는 흑인들을 살폈다. 아버지처럼 키가 큰 남자들도, 또한 정말로 눈부시게 아름다운 부인들도 눈에 띄지 않았다. (나는 아버지의 첫 번째 선택을 고려할 때 그 뒤에 선택한 여자들도 하나같이 빼어나게 예쁘리라 짐작했다.) 흰 카네이션을 달고 있는 소녀가 하나 있었지만 그 소녀가 아버지의 여자 친구일 리는 없다고 무시해버렸다.

우리가 여러 번 서로를 지나쳐 걸어가는 동안 어느덧 플랫폼이 텅텅 비었다. 마침내 소녀가 미심쩍은 표정으로 "마거릿이니?" 하고 물으면서 나를 불러 세웠다. 여자의 목소리에서는 충격과 성숙함으로 쉿소리가 났다. 그러니까 그 여자는 결국 나이 어린 소녀가 아니었다. 믿기지 않기는 나도 마찬가지였다. 여자가 나에게 말했다.

"내가 돌로레스 스톡랜드야."

나는 무척 놀랐지만 격식을 잊지 않으려고 애쓰며 말했다.

"안녕하세요. 제 이름은 마거릿이에요."

이 여자가 우리 아버지의 여자 친구라고? 그녀는 이십 대 초반 정도밖에는 되어 보이지 않았다. 빳빳한 얼룩무늬 아마 정장에 스펙테이터 펌프스 구두를 신고 장갑을 끼고 있는 모습이 예의 바르고 진지한 사람처럼 보였다. 키는 보통이었지만 몸매는 아직 발달하지 않은 소녀 같았다.

그 여자가 우리 아버지와 결혼할 생각이었다면 키가 180센티미터가 넘는 얼굴도 예쁘지 않은, 장차 의붓딸이 될 아이를 보고 틀림없이 충격을 받았으리라. (나중에 안 사실이지만, 아버지는 그 여자에게 자기 아이들이 여덟 살과 아홉 살인데 꽃봉오리같이 귀엽다고 소개했다. 그녀는 그의 말을 너무 믿고 싶었던 나머지 나와 편지를 주고받던 당시에 내가 여러 음절로 된 단어와 복잡한 문장을 구사하는 데 재미를 붙이고 있었는데도 명백한 모든 정황증거를 무시해버렸다.)

그 여자에게 나는 길고 긴 실망의 쇠사슬에 달린 또 하나의 고리였다. 아버지는 그녀와 결혼을 약속하고도 계속 미루고 미루다가 마침내 남부 출신의 작고 아담한 다른 여자 앨버타와 결혼했다. 내가 돌로레스를 만났을 때 그녀는 흑인 부르주아다운 태도는 모두 갖추고 있었지만 그런 태도를 뒷받침

할 만한 물질적 기반이 없었다. 아버지는 저택과 하인들을 거느리고 사는 대신에, 읍내 변두리에 있는 트레일러 주택 단지에 살고 있었다. 돌로레스는 그곳에서 아버지와 함께 살면서 집 안을 마치 시체를 넣는 관棺처럼 질서정연하고 청결하게 유지했다. 조화들은 유리 꽃병에 밀랍처럼 창백하게 꽂혀 있었다. 그녀는 언제나 세탁기와 다림질 판을 가까이 두었다. 또한 늦는 법도 없이 꼬박꼬박 미용실에 가서 부지런히 머리를 손질했다. 한마디로 여러 방해 요소만 없었다면 그녀의 생활은 완벽했을 것이다. 그런데 그때 내가 그녀의 삶에 끼어든 거다.

돌로레스는 나를 자신이 그런대로 받아들일 만한 사람으로 만들어보려고 무척 애를 썼다. 하지만 자질구레한 것들에 대한 주의를 환기하려는 시도는 완전히 실패하고 말았다. 그 여자는 나에게 내 방을 정돈하라고 부탁했다가 구슬렸다가 마침내 명령을 하기에 이르렀다. 나는 기꺼이 그렇게 하고 싶었지만 어떻게 해야 제대로 하는 건지 잘 몰랐고 작은 물건들을 제대로 다루지 못했기 때문에 난처했다.

내 방 서랍장 위에는 파라솔을 들고 있는 백인 여자들이며, 도자기 강아지들이며, 배불뚝이 큐피드들이며, 온갖 종류의 유리 동물이 진열되어 있었다. 침대를 정돈하고 방을 쓸고 옷을 건 뒤에 혹시 생각이 나서 장식품들의 먼지를 터는 날에는 어느 하나를 너무 꽉 쥐다가 다리를 한두 개 부숴놓든지, 아니면 너무 느슨하게 쥐다가 방바닥에 떨어뜨려 무참히 박살내든지 하는 일이 어김없이 벌어졌다.

아버지는 언제나 똑같이 재미있어하면서도 도대체 속을 헤아릴 수 없는 표정을 지었다. 아버지는 잔인하게도 우리의 불편함을 즐기고 있는 듯했다. 틀림없이 돌로레스는 자신의 몸집 큰 애인을 무척 좋아했고, 혀를 굴리면서 연발하는 '어'와 '어어' 소리가 양념처럼 곁들여진 아버지의 웅변은(아버지는 말을 예사롭게 하는 법이 없었고 언제나 연설조였다) 중산층 이하의 생활을 꾸려가는 그녀에게 조금 위안이 됐다. 아버지는 해군 병원 취사장에서 일했는데 그 두 사람의 말로는 미국 해군의 의료 영양사라고 했다.

그들은 언제나 냉장고를 새로 산 햄, 반쯤 익힌 로스트비프, 그리고 사등분한 닭고기로 채워놓았다. 아버지는 훌륭한 요리사였다. 1차 세계대전 중에는 프랑스에 있었고, 또한 고급 호텔인 브레이커스 호텔에서 도어맨으로 일한 적도 있었다. 그래서 아버지는 유럽 요리를 만들곤 했고 우리는 가끔 코코뱅*, 프라임 립스 오 쥐**, 그리고 온갖 장식이 달린 코트레트 밀라네즈***를 먹었다.

하지만 뭐니 뭐니 해도 아버지의 주특기는 멕시코 요리였다. 아버지는 주일마다 국경을 넘어 멕시코로 가서 조미료와

---

*   포도주 소스로 요리한 닭고기
**   천연 주스와 함께 내놓는 소갈비 요리
***   달걀과 파마산치즈와 버터로 요리한 닭가슴살 요리

여러 가지 재료를 사가지고 와서 포요 엔 살사 베르데*와 엔칠라다 콘 카르네** 같은 음식으로 식탁을 우아하게 꾸몄다.

만약 돌로레스가 조금만 더 무관심하고 조금만 더 현실적이었더라면 그녀가 살고 있는 마을에서도 얼마든지 그런 재료들을 구할 수 있다는 사실을 알아냈을 것이다. 그러면 아버지가 그런 재료를 구하러 굳이 멕시코까지 갈 필요가 없었을 것이다. 하지만 그녀는 그 냄새 나는 멕시코 장터 안으로 들어가는 것은 말할 것도 없고 지저분한 시장 안을 들여다보는 것조차 꺼렸다. 또한 그녀에겐 이렇게 말하는 게 부티 나게 들렸다.

"해군 영양사인 제 남편 존슨 씨가 멕시코로 저녁거리를 사러 갔어요."

그렇게 말하면 백인 동네로 아티초크***를 사러 가는 다른 부티 나는 사람들한테 반응이 좋았다.

아버지는 스페인어를 유창하게 했고 나도 1년 동안 스페인어를 배웠기 때문에 우리는 스페인어로 서로 약간은 대화를 할 수 있었다. 외국어에 대한 재능은 내가 가진 자질 중에서 유일하게 돌로레스를 감탄시켰다고 믿는다. 돌로레스로 말하자면 낯선 발음을 시도하기에 입은 너무 긴장해 있었고 혀는 너무 굳어 있었다. 하지만 누가 뭐래도 영어만큼은 그녀에 관한

---

*   칠리소스로 만든 닭고기 요리
**   고기로 싸고 칠리소스를 덮은 토르티야
*** 지중해 연안이 원산지인 식용식물

다른 모든 것처럼 아주 완벽했다.

우리가 몇 주 동안 서로 힘겨루기를 하는 동안 아버지는 비유적으로 말해서 응원도 야유도 하지 않고 모든 걸 있는 그 대로 즐기면서 한 발 비켜 있었다. 한번은 아버지가 나에게 이 렇게 물었다.

"어, 어머니를, 어어 좋아하느냐?"

나는 아버지가 우리 어머니를 말하는 거라고 생각하고 그 렇다고 대답했다. 아름답고 명랑하고 아주 친절하다고. 그러 자 아버지는 비비언이 아니라 돌로레스에 대해 묻고 있는 거 라고 했다. 그래서 나는 돌로레스가 심술궂고 쩨쩨한 데다가 허세로 가득 차 있어 좋아하지 않는다고 말했다. 그랬더니 아 버지는 웃었다. 돌로레스가 나를 좋아하지 않는 이유는 내가 너무 키가 크고 거만하고 자신의 청결 기준에 미치지 못하기 때문이라고 덧붙이자, 아버지는 더더욱 크게 웃으며 이와 비 슷한 말을 했다.

"글쎄, 그런 게 인생이란다."

어느 날 저녁 아버지가 주말에 먹을 음식을 사러 이튿날 멕시코에 간다고 했다. 아버지가 나를 데리고 가겠다고 덧붙 이기 전까지는 그런 말은 하나도 이상할 게 없는 일상적인 이 야기였다. 갑작스러운 충격으로 침묵이 이어졌는데, 아버지 는 멕시코에 가면 나에게 스페인어를 연습할 기회가 생긴다는 말로 침묵을 깼다.

돌로레스가 침묵을 지켰던 건 아마 질투 때문이었겠지만

내 침묵은 순전히 놀라움 때문이었다. 우리 아버지는 지금껏 특별히 나를 자랑스럽게 여긴 적도 없었으며 애정 표시도 거의 하지 않았다. 아버지는 나를 자기 친구들에게 데려가지도 않았고, 남부 캘리포니아의 몇 군데 안 되는 관광지를 구경시켜주지도 않았다. 그런 아버지가 나를 멕시코에 가는 것처럼 이국적인 일에 끼워주다니 도무지 믿기지가 않았다. 그래서 재빨리 머리를 굴려보니 결국 나에게는 그럴 만한 가치가 있었다. 어쨌든 나는 그의 딸이었고, 내 방학은 기대에 훨씬 미치지 못했다.

그때 만약 내가 돌로레스도 함께 가면 좋겠다고 했더라면 뒤에 일어난 폭력과 거의 비극에 가까운 사건은 겪지 않아도 됐을지 모른다. 하지만 내 어린 마음은 이기심으로 가득 찼으며, 내 머릿속은 솜브레로*, 란체로**, 토르티야***, 판초 비야****를 본다는 생각에 흥분되어 걷잡을 수 없었다. 우리는 조용한 밤을 보냈다. 돌로레스는 그녀의 완벽한 속옷을 수선했고, 나는 소설책을 읽는 척했다. 아버지는 한 손에 술잔을 들고 라디오를 들으면서 지금 와서 생각하면 참으로 딱한 광경이었던 우리 두 사람의 모습을 쳐다보았다.

이튿날 아침 우리는 이국 모험에 나섰다. 멕시코의 먼지 투성이 길들은 뭔가 색다른 것을 기대하던 나를 만족시켰다.

---

*   챙이 넓은 펠트 모자
**   카우보이
***   옥수수로 만든 멕시코 빵
**** 멕시코의 의적이며 혁명가

캘리포니아의 말쑥한 고속도로와 나에게는 높다란 건물들을 벗어난 지 몇 마일밖에 지나지 않아 차는 어느덧 거칠기라면 아칸소주의 최악의 도로와 경쟁할 만한 자갈길을 따라 덜컹거리며 달리고 있었다. 또한 지나가는 풍경에선 벽돌로 지은 오두막들과 골함석으로 벽을 한 오두막집들이 뽐내고 있었다. 바싹 마르고 더러운 개들이 집 주위를 돌아다녔고, 아이들은 완전히 발가벗거나 거의 발가벗은 채 폐타이어를 가지고 천진스럽게 놀고 있었다.

인구 중 절반은 타이론 파워*와 돌로레스 델 리오**처럼 생겼고 나머지 절반은 아킴 타미로프***와 카티나 파크시누****처럼 생겼는데, 만약 차이가 있다면 그들보다 더 뚱뚱하고 늙어 보인다는 점이었다.

우리가 국경 마을을 통과해서 더 안쪽으로 들어가는 동안 아버지는 아무런 설명도 하지 않았다. 비록 놀랐지만 나는 아버지에게 질문을 해서 내 호기심을 충족하고 싶지 않았다. 몇 킬로미터를 더 가자, 제복 입은 경비병 한 사람이 우리를 세웠

---

*   1930~1940년대에 활약했으며 〈면도날〉과 〈제시 제임스〉 등의 영화에 출연한 미국 영화배우
**   멕시코 여배우
***   〈누구를 위하여 종은 울리나〉에서 파블로 역을 맡았던 러시아 영화배우
**** 〈누구를 위하여 종은 울리나〉에서 필라르 역을 맡았던 그리스 여배우

다. 경비와 아버지는 친숙하게 인사를 주고받았고 아버지는 자동차에서 내렸다. 아버지는 뒤로 가더니 자동차 문에 달린 주머니에서 술병을 하나 꺼내어 경비 초소로 가지고 들어갔다. 그들이 30분 넘게 웃고 이야기를 나누는 동안 나는 자동차에 앉아 잘 들리지 않는 그들의 말소리를 해석하려 애썼다. 마침내 그들이 초소에서 나와 자동차를 향해 걸어왔다. 아버지는 여전히 술병을 들었는데 술은 반밖에 남지 않았다.

그때 아버지가 경비병에게 우리 딸하고 결혼하고 싶으냐고 물었다. 그들의 스페인어는 내가 학교에서 배운 것보다 일관성이 없었지만 그래도 나는 무슨 말인지 알아들을 수는 있었다. 아버지는 그의 구미를 당기려고 내가 열다섯 살밖에 되지 않았다는 사실을 덧붙였다. 그러자 경비는 곧바로 자동차 안으로 몸을 구부리더니 내 뺨을 어루만졌다. 짐작건대 그 사람은 그 말을 듣기 전까지는 내가 못생긴 데다가 나이까지 많다고 생각한 모양인데, 이제 나이를 듣고 보니 내가 숫처녀일지도 모른다는 사실에 마음이 끌린 것 같았다.

경비병은 아버지에게 나와 결혼하겠으며 '아이들을 많이' 낳겠다고 했다. 아버지는 경비병의 그 말이 집을 떠나온 뒤에 들은 말 중에서 가장 우스운 말이라고 생각했다. (아버지는 우리가 출발할 때 돌로레스가 내 작별 인사에 아무런 대꾸도 하지 않자, 한 차례 요란스럽게 웃은 적이 있다. 자동차를 타고 오면서 나는 돌로레스가 내 말을 듣지 못했다고 설명했다.) 경비병은 내가 더듬어대는 듯한 그의 손길을 노골적으로 피하고 있는데도 기가 죽지 않았다. 마침 아버지가 자동차 문을 열고 타지 않았더라면 나는 그 손길을 피하느라 운전석까지 꿈틀거리며 갔을 것이다. '아디오스', '보니타', '에스포시타'('안녕', '예쁜', '어린 신부')라는 말을 수없이 되풀이한 끝에 마침내 아버지가 자동차를 출발시켰고, 우리는 또다시 지저분한 길에 올라섰다.

도로 표지판으로 보아 우리가 엔세나다* 쪽으로 달린다는 것을 알 수 있었다. 가파른 산 옆에 난 꼬불꼬불한 길을 따라 몇 킬로미터를 달려가면서 나는 다시는 미국과 관련된 세상과 문명 세계와 영어와 넓은 길거리들로 돌아가지 못할지도 모른다는 두려움을 느꼈다. 우리가 산길을 따라 힘겹게 올라가는 동안 아버지는 술병에서 술을 홀짝거리면서 멕시코 노래를 띄엄띄엄 흥얼거렸다. 우리 목적지는 결국 엔세나다 읍이 아니라 읍 경계에서 8킬로미터쯤 벗어난 곳이었다.

우리는 어느 조그마한 건물의 지저분한 앞마당에 차를 세웠는데, 그 마당에서는 옷을 반밖에는 걸치지 않은 아이들이 심술궂게 생긴 닭들을 쫓아 이리저리 뛰어다녔다. 시끄러운 자동차 소리를 듣고 여자들이 금방이라도 무너질 것 같은 건물 안에서 문간으로 나왔지만, 오직 한 가지만 생각하면서 쫓아다니는 지저분한 아이들과 바싹 마른 닭들은 아랑곳하지도 않았다. 그때 한 여자의 목소리가 노래하듯 들렸다.

*　멕시코와 미국 국경 남쪽으로 60마일 떨어진 멕시코 북서부에 있는 도시

"베일리이, 베일리이."

그러자 갑자기 한 떼의 여자들이 문간으로 몰리더니 마당으로 쏟아져 나왔다. 아버지는 나에게 자동차에서 내리라고 했고, 우리는 함께 그 여자들을 만나러 갔다. 아버지가 빠른 소리로 내가 자기 딸이라고 설명하자 모두 그 말이 너무 재미있어 죽을 지경이라고 생각하는 듯했다.

우리는 한쪽 끝에 바가 있는 길쭉한 방으로 이끌려 들어갔다. 삐걱거리는 판자 바닥에 테이블들이 기우뚱하게 놓여 있었다. 천장이 내 주의를 끌었다. 형형색색의 색종이테이프가 거의 움직이지 않는 공기 속에서 흔들거렸고, 내가 쳐다보는 동안 그중 몇 개가 바닥으로 떨어졌다. 아무도 그 사실을 알아차리지 못한 것 같았는데 비록 알아차렸다고 해도 그 사람들은 하늘이 무너져 내려도 중요하게 생각지 않는 것이 분명했다.

바 안에는 남자 몇 명이 등받이 없는 의자에 앉아 있었는데 그들은 우리 아버지를 친근하게 맞아들였다. 아버지는 나를 그들 중 한 사람에게 소개했고 보는 사람마다 내 이름과 나이를 말해야 했다. 사람들은 내가 고등학교에서 정식으로 배운 "코모 에스타 우스텟?"("안녕하세요?")이라는 말을 마치 세상에서 가장 매력적인 말처럼 받아들였다. 사람들은 내 등을 토닥거렸고 아버지와 악수를 한 후 내가 알아들을 수 없는 따발총 같은 스페인어를 내뱉었다. 그날의 주인공인 아버지가 멕시코 사람들의 자유로운 애정 표시에 즐거워하는 동안 나는 아버지의 새로운 면모를 보았다. 아버지의 이상야릇한 미소는 온데간데없이 모습을 감추고 젠체하는 말투도 없어졌다. (어쩌면 빠른 스페인어에 '어'라는 말을 끼워 넣기가 힘들어서였을지도 모른다.)

아버지가, 세상에 태어나기도 전에 잃어버리고 그 뒤로 다시 찾지 못한 '개인적인 세계'를 찾아 술병과 여자들 치마 밑과 교회 일과 높은 직함을 그토록 헤매고 다니는 외로운 사람이라는 사실이 믿기 어려웠다. 그 무렵 내가 보기에 아버지는 한 번도 스탬프스에 소속되었던 적이 없었고, 느릿느릿 움직이고 천천히 말하는 존슨 집안에 소속된 적은 더더욱 없었다. 원대한 포부를 지니고 목화밭에 태어났으니 얼마나 미칠 지경이었겠는가.

그 멕시코 바에서 아버지는 긴장이 풀린 편안한 모습이었는데 나는 그전에는 한 번도 아버지의 그런 모습을 본 적이 없었다. 멕시코 농부들 앞에서는 젠체할 필요가 없었다. 자신의 본래 모습만으로도 그들에게 깊은 인상을 주기에 충분했기 때문이다. 아버지는 미국인이며 흑인이었다. 게다가 스페인어에 능통했다. 아버지에게는 돈이 있었고 무엇보다도 그들 중 가장 훌륭한 사람들과 테킬라를 마실 수 있었다. 여자들도 아버지를 좋아했다. 아버지는 키가 크고 미남인 데다가 씀씀이도 헤펐다.

축제 파티가 벌어졌다. 누군가 주크박스에 돈을 집어넣었고 손님들 모두에게 술을 대접했다. 나에게는 미지근한 코카콜라를 줬다. 고음의 테너 목소리가 열정적인 시골 농부들을 위해 떨리면서 흘러나오다가 끊기고, 다시 흘러나오다가 끊기곤 하는 동안 레코드 기계에서 음악이 쏟아져 나왔다. 남자들은 처음에는 혼자서 추다가 나중에는 서로 어울려서 춤을 추었고, 가끔씩 여자 하나가 발을 구르면서 춤을 추는 축제에 합세했다.

나도 춤을 추라는 제의를 받았다. 하지만 스텝을 따라 할 수 있을지 자신이 없었기 때문에 망설였는데 아버지가 고개를 끄덕이며 한번 해보라고 용기를 북돋워줬다. 나는 적어도 한 시간 동안은 정신없이 즐겁게 지냈다.

한 젊은 남자가 나에게 천장에다 스티커를 붙이는 방법을 가르쳐줬다. 먼저 멕시코 껌을 씹어 단물을 모두 빨아내고 나면 바텐더가 종이테이프 몇 장을 준다. 그러면 지망자는 거기다 속담이나 감상적인 문구를 적는다. 입에서 껌을 꺼내 종이 테이프 끝에 붙인다. 그런 뒤 천장에서 조금 덜 복잡한 부분을 찾아 겨냥하고 던지는 순간 야생마를 길들이는 로데오에서나 어울릴 법한 소름 끼치는 고함을 지른다. 몇 번의 실패 끝에 나는 더는 머뭇거리지 않고 편도선을 찢을 듯 울리면서 사파타*의 목소리라고 해도 좋을 만한 고함을 질렀다. 나는 행복했다. 아버지는 자랑스러워했고, 나의 새 친구들은 상냥했다.

한 여자가 기름 묻은 신문에다 치차로네를(남부에서는 '크

*　멕시코의 혁명가

랙클링'이라고 부른다) 담아왔다. 나는 그 구운 돼지 껍질 요리를 먹고 춤을 추고 고함을 지르고 유별나게 달고 끈적끈적한 코카콜라를 마셨는데, 그것은 내가 이제껏 경험한 가장 방종에 가까운 행동이었다. 그들은 새로운 파티 손님들이 올 적마다 나를 '베일리이의 어린 딸'이라고 소개했고 그들은 즉시 나를 받아들였다. 하나밖에 없는 창문을 통해 들어오던 오후 햇살이 희미해지자 사람들의 체온과 냄새와 소리가 한데 녹아 향기롭고 인위적인 황혼을 만들어냈다. 그때 갑자기 아버지를 본 지가 한참이 됐다는 생각이 들었다. 그래서 춤을 같이 추던 파트너에게 물었다.

"돈데 에스타 미 파드레?"("우리 아버지 어디에 계시나요?")

그런데 학교에서 배운 내 정식 스페인어는 시골 농부들의 귀에는 마치 반쯤 문맹인 오자크* 사람에게 "폐하께서는 지금 어디로 행차하시나이까?" 하는 말을 하는 것만큼이나 과장된 말로 들린 게 틀림없었다. 어쨌든 내 말을 듣고 그들은 배를 움켜쥐고 웃었고 으스러뜨릴 듯 포옹을 하고서는 아무 대답도 하지 않았다. 춤이 끝난 뒤 나는 될 수 있는 대로 눈에 띄지 않으려고 애쓰면서 사람들 틈을 헤집고 나갔다. 공포감이 짙은 안개처럼 휘감아 거의 숨이 막힐 것 같았다.

그런데 아버지는 방에 있지 않았다. 검문소에 있던 경비병에게 나를 넘기기로 약속하지 않았던가? 아버지는 충분히

---

*　미주리주, 아칸소주, 오클라호마주에 걸쳐 있는 산

그러고도 남을 위인이었다. 내 음료수에 술을 탄 것이 틀림없었다. 그런 확신이 들자 무릎이 휘청거렸고, 춤추는 사람들이 내 눈앞에서 희뿌옇게 아른거렸다. 아버지가 어디론가 가버렸다. 아마 나를 팔아서 생긴 돈을 주머니에 챙겨 넣고 지금쯤 집에 반 정도 갔을지도 모른다. 문까지 다가가야 하는데 마치 산을 넘고 강을 건너야 할 것처럼 멀게만 느껴졌다. 사람들이 나를 붙잡고 물었다.

"돈데 바스?"("지금 어디에 가고 있는 거야?")

"요 보이 포르 벤틸라르메."("바람 좀 쐬려고요.")

내 대답이 딱딱한 말투였던 데다가 이중적인 의미를 지닌 말로 해석될 수도 있었다. 내가 또 한 번 대히트를 친 것도 무리가 아니다.

열린 문을 통해 아버지의 허드슨 자동차가 외롭게 홀로 번쩍이고 있었다. 아버지는 나를 두고 떠나가지 않았다. 그렇다면 물론 나는 술을 탄 음료를 마시지도 않았을 것이다. 금방 기분이 좋아졌다. 누구도 나를 따라, 늦은 오후의 태양이 한낮에 본 거친 풍경을 부드럽게 누그러뜨리고 있는 마당으로 나오지 않았다. 아버지가 멀리 가지 않았을 거라는 생각이 든 나는 자동차에 앉아서 기다리기로 했다. 아버지는 여자와 함께 있을 것이다. 나는 그 사실을 알았고, 그 일을 생각하면 할수록 아버지가 그 애교스러운 젊은 여자 중 어떤 여자를 데리고 갔을지 쉽게 짐작할 수 있었다. 우리가 처음 도착했을 때 아버지에게 정열적으로 매달렸던 선홍빛 입술을 한 작고 깔끔한 여자가 있었다. 그때는 별로 신경 쓰지 않고 그냥 매력적인 모습을 눈에 담아두기만 했다.

하지만 나는 이제 자동차에 앉아서 그때의 장면을 돌이켜보았다. 제일 먼저 아버지에게 달려온 것도 그 여자였고, 그때 아버지가 재빨리 "이 아이는 내 딸이야. 스페인어를 할 줄 알지" 하고 말한 상대도 바로 그 여자였다. 만약 돌로레스가 이 사실을 안다면 담요처럼 두터운 애정에 돌돌 말려서 조심스럽게 죽어갈 것이다. 고통받을 돌로레스를 생각하며 나는 한참 동안을 심심치 않게 보냈지만, 시끌벅적한 음악과 웃음소리, 그리고 시스코 키드*의 고함 소리가 복수에 가득 찬 내 즐거운 공상을 깨뜨렸다. 마침내 날이 어두워졌고 아버지는 내가 가볼 수 없는 뒤쪽 작은 오두막집 중 하나에 있는 것이 분명했다.

밤새도록 혼자서 자동차에 앉아 생각에 잠겨 있는 동안 두려움이 어색하게 천천히 찾아왔다. 그 두려움은 조금 앞서 느꼈던 공포감과 어렴풋하게나마 관계가 있었다. 공포감은 나를 한꺼번에 사로잡지 않고 마치 조금씩 꾸준히 진행되는 마비처럼 내 마음을 타고 서서히 올라왔다. 나는 자동차 문을 모두 올리고 문을 잠글 수도 있었다. 차 밑바닥에 누워 내 몸을 눈에 띄지 않게 작게 만들 수도 있었다. 하지만 그것은 불가능

---

*   멕시코의 '로빈후드'에 해당하는 인물로 서부영화,
     라디오, 텔레비전 시리즈, 1950년대 만화에 주로 등
     장했다.

했다! 나는 홍수처럼 밀려오는 두려움을 어떻게든 막아보려고 애썼다. 왜 나는 멕시코 사람들을 두려워하는 것일까? 어쨌거나 그들은 나한테 친절했고 또 분명히 우리 아버지도 자기 딸이 해코지당하도록 내버려두지는 않을 것이다. 아버지는 그렇게 하지 않을까? 아니 그렇게 할까? 아버지는 어떻게 나를 그 천한 싸구려 바에 그냥 남겨두고 여자와 함께 나갈 수 있단 말인가? 나한테 무슨 일이 일어나든 상관없단 말인가?

아버지가 나를 눈곱만큼도 걱정하지 않을 거라고 나는 결론 내렸고, 그렇게 단정 짓자 홍수처럼 히스테리가 터져 나왔다. 일단 눈물이 나오기 시작하자 도저히 멈출 길이 없었다. 결국 나는 멕시코의 더러운 마당에서 죽음을 맞이할 것이다. 나 같이 특별한 사람이, 하느님과 내가 공동으로 만들어낸 뛰어난 지성의 소유자가 인정도 받지 못하고 아무런 기여도 하지 못한 채 이 세상을 떠나고 마는 것이다. 운명이란 얼마나 가혹하고 이 불쌍한 어린 흑인 소녀는 또 얼마나 무력하단 말인가.

그러던 나는 거의 어둑어둑해진 바깥에서 아버지의 그림자를 찾아냈고 뛰어나가 아버지에게 달려가려는 순간, 아버지가 아까 보았던 자그마한 여자와 한 남자에게 이끌려가는 모습이 눈에 들어왔다. 그들은 비틀거리는 아버지를 단단히 붙잡고 술집 문 쪽으로 데리고 갔다. 아버지가 일단 그 안으로 들어간 다음엔 우리는 절대로 떠나지 못할 것이다. 나는 자동차에서 나와 그들에게로 다가갔다. 그러고는 아버지에게 자동차에 들어가서 잠시 쉬고 싶지 않냐고 물었다. 정신을 가다듬은 아버지는 나를 알아보고는 곧바로 그러고 싶다고 대답했다. 몸이 좀 피곤하니 집으로 출발하기 전에 쉬고 싶다고 했다. 아버지가 친구들에게 스페인어로 자기 의사를 전달하자 그들은 아버지를 도로 자동차로 데려왔다. 내가 앞문을 열자 아버지는 싫다면서 잠깐 뒷자리에 눕겠다고 했다. 우리는 아버지를 자동차에 태우고 긴 다리를 편안하게 펴놓았다. 아버지는 뒷자리에 제대로 눕히느라 팔다리를 당길 때부터 이미 코를 골았다. 그 소리는 깊고 긴 잠에 빠져드는 소리였고, 우리가 결국 멕시코에서 자동차에 앉아 밤을 보내게 될 거란 경고였다.

두 사람이 웃으면서 내게 알아들을 수 없는 스페인어로 재잘거리는 동안 나는 재빨리 생각했다. 나는 한 번도 자동차를 운전해본 적이 없지만 어떻게 하는지 자세히 봐뒀고, 또 우리 어머니로 말하면 샌프란시스코에서 가장 운전을 잘하는 사람이었다. 적어도 어머니 스스로가 그렇게 말했다. 나는 상당히 머리가 좋은 데다가 신체 조건도 좋았다. 그러니 물론 나는 운전을 할 수 있었다. 백치나 미친 사람들도 운전을 하는데 하물며 영리한 마거릿 존슨이 못할 이유가 없지 않은가?

나는 또다시 고등학교에서 배운 세련된 스페인어로 멕시코 남자에게 자동차를 돌려놓아달라고 부탁했다. 그가 내 말을 알아듣는 데 무려 15분쯤이나 걸렸다. 남자는 나에게 운전을 할 줄 아느냐고 물었겠지만 나는 스페인어로 '운전하다'라는 동사가 뭔지 몰랐기 때문에 그가 차 안에 들어와 자동차를 고속도로 쪽으로 돌려놓을 때까지 계속 '시, 시'('네, 네')와 '그

라시아스'('고맙습니다')라는 말만 되풀이했다. 그다음 행동을 보니 남자가 내 처지를 이해하고 있다는 것을 알 수 있었다. 그가 자동차 시동을 걸어놓은 채 차에서 내렸기 때문이다. 나는 액셀러레이터와 클러치에 발을 올리고 기어변속 장치를 재빨리 움직인 뒤에 두 발을 모두 들었다. 그러자 불길한 굉음과 함께 차는 마당 밖으로 달려나갔다.

선반같이 생긴 도로에 이르자 자동차는 거의 정차하다시피 했기 때문에 나는 다시 두 발로 액셀러레이터와 클러치를 밟았다. 자동차는 앞으로 나가는 대신 굉장한 소음을 냈지만 엔진은 꺼지지 않았다. 앞으로 나아가려면 클러치에서 발을 떼야 한다는 사실을 그제야 비로소 깨달았고, 갑작스레 그렇게 하면 자동차가 무도병舞蹈病에 걸린 사람처럼 진동한다는 사실도 알게 됐다. 그렇게 자동차의 운행 원리를 완전히 터득한 뒤 나는 80킬로미터쯤 밖에 있는 칼렉시코* 쪽으로 산의 내리막길을 따라 차를 몰았다. 상상력이 왕성하고 겁이 많은 내가 그때 멕시코의 절벽길 위에서 유혈이 낭자한 충돌 사고 장면을 떠올리지 않았다는 것이 이해하기 힘들다. 다만 덜컹거리며 움직이는 자동차를 운전하는 데만 온 신경을 집중했다는 생각이 들 뿐이다.

칠흑처럼 날이 어두워지자 나는 조종판에 붙어 있는 스위치들을 더듬더듬 찾아 이것저것 돌리고 잡아당기고 한 끝

* 멕시코 국경 근처에 있는 캘리포니아의 한 지방

에 마침내 라이트를 켰다. 내가 그것들을 찾는 데 신경을 쓰고 있는 동안 자동차 속도가 늦추어졌고, 페달을 밟는 것을 잊어 버리자 모터가 꾸르륵거리고 자동차가 앞뒤로 흔들거리더니 그만 엔진이 꺼져버리고 말았다. 뒷자리에서 발로 차는 소리 가 난 것으로 보아 아버지가 자동차 바닥으로 떨어진 게 틀림 없었다. (사실 나는 몇 킬로미터 달려오는 동안 이런 일이 일어날 것을 예상했었다.)

　나는 핸드브레이크를 당기고 이제 어떻게 해야 할지 곰곰 이 생각했다. 아버지에게 물어본다는 것은 말도 안 되는 일이 었다. 바닥에 떨어져도 일어나지 않는 아버지를 내가 깨울 수 있을 리가 만무했다. 지나가는 자동차가 있을 것 같지도 않았 다. 아침에 경비 초소를 지나온 뒤부터 지금까지 다른 자동차 를 한 대도 구경하지 못했다. 우리는 내리막길로 가고 있었기 에 운이 좋으면 그대로 굴러 내려가서 바로 칼렉시코까지나 아니면 적어도 경비 초소까지는 갈 수 있을지도 모른다는 생 각이 들었다.

　잠시 멈춰 있는 동안 나는 마침내 브레이크를 풀기 전에 먼저 경비병을 만나면 어떻게 하는 게 좋을지 생각했다. 초소 에 도착하면 자동차를 세우고 거드름 피우는 표정을 짓는다. 그러고는 경비병에게 시골 농부를 대하는 것처럼 무식한 말투 로 말을 건다. 경비병에게 자동차에 시동을 걸어달라고 명령 하고 떠나기 전에 아버지 주머니에서 25센트나 1달러를 꺼내 팁으로 준다.

확실하게 계획을 세운 뒤 나는 브레이크를 풀고 자동차를 언덕 아래로 몰기 시작했다. 속도를 내는 데 도움이 될까 싶어 클러치와 액셀러레이터를 밟았다 떼었다 했더니 놀랍게도 모터가 다시 돌아가기 시작했다. 허드슨 트럭은 언덕길을 미친 듯이 내려갔다. 자동차는 반항하다시피 했고 내가 단 일 초라도 고삐를 늦추면 산으로 펄쩍 뛰어올라 나를 자리에서 내팽개쳐 파멸로 몰기라도 할 기세였다. 그야말로 신바람 나는 도전이었다. 나 마거릿은 지금 엄청난 반항에 맞서고 있었다. 핸들을 비틀고 액셀러레이터를 끝까지 내리밟으면서 나는 멕시코, 힘, 외로움, 경험 없는 젊음, 아버지 베일리 존슨, 죽음과 불안, 심지어 중력까지도 제어하고 있었다.

천신만고의 도전 끝에 마침내 길이 평평해지더니 도로 양쪽에 여기저기 보이는 불빛을 지나치기 시작했다. 그 뒤에 무슨 일이 일어났든 간에 이 모험에서는 승리를 거둔 것은 나였다. 자동차는 마치 길들어서 체면을 무릅쓰고 항복하려는 것처럼 속도를 늦췄다. 나는 페달을 더욱 세게 밟았고 드디어 경비 초소에 도착했다. 나는 핸드브레이크를 당겨서 차를 멈춰 세웠다. 모터가 돌아가고 있었기 때문에 경비병에게 말을 걸 필요는 없었지만 그가 차 안을 들여다본 뒤 가라는 신호를 할 때까지 기다려야 했다. 내가 방금 정복한 산 쪽을 보고 차가 한 대 서 있었고 경비병은 그 차에 탄 사람들과 이야기하느라 바빴다. 초소에서 새어나오는 불빛을 통해 경비병이 허리를 굽히고 상체를 완전히 자동차의 열린 창문 안에 집어넣는 모습이 보였다. 나는 우리의 다음 여정을 위해 언제라도 자동차를 출발시킬 준비를 해놓고 있었다.

그때 경비병이 굽혔던 몸을 펴고 똑바로 섰다. 그리고 나는 그가 아침에 나를 당혹스럽게 했던 그 사람이 아니라는 것을 알아차렸다. 그 사실에 순간적으로 깜짝 놀란 나는 그가 날쌔게 경례를 하면서 "통과!"를 외치는 순간, 브레이크를 풀고 조금 세다 싶을 정도로 두 발로 페달을 밟았다 떼었다 했다. 그러자 자동차는 내가 의도한 것보다 훨씬 빠르게 움직였다. 차는 앞쪽뿐 아니라 왼쪽으로도 달려나가더니 그때 마침 막 서려고 하던 자동차의 옆구리를 들이받았다. 쇠가 부딪치는 소리가 나자 금방 사방에서 나에게 스페인어를 빗발치듯 퍼부었다. 하지만 이상하게도 그때 역시 나는 아무런 두려움을 느끼지 않았다. 나는 이런 순서로 생각했다. 내가 다쳤을까? 다른 사람이 다쳤을까? 감옥에 가게 될까? 저 멕시코 사람들이 뭐라고 말하는 걸까? 그리고 마지막으로, 아버지가 깨어났을까? 그런데 첫 번째와 마지막 의문은 즉시 풀렸다.

산길을 질주해 내려갈 때부터 내 머릿속에 넘쳐흐르던 아드레날린 효과 덕에 나는 컨디션이 더할 나위 없이 좋았고, 아버지의 코 고는 소리 때문에 차창 밖에서 항의하는 불협화음 소리가 들리지 않았다. 나는 경찰을 불러달라고 할 작정으로 자동차에서 내렸지만 경비병이 선수를 쳤다. 경비병이 구슬처럼 줄줄 엮어 몇 마디 말했는데 그중 한마디가 '폴리시아'('경찰')라는 말이었다. 피해 차량에 타고 있던 사람들이 부스럭거리며 밖으로 나오자 나는 통제력을 되찾아 크게 그리고 지나칠 정도로 깍듯하게 말했다.

"고맙습니다, 나리."

여덟 명 아니 그 이상 되어 보이는 그 가족들은 노인부터 어린아이까지 다양한 연령층에다가 키도 가지각색이었다. 그들은 마치 내가 시내 공원에 있는 동상이고 그들이 비둘기 떼라도 되는 것처럼 내 주위를 빙빙 돌면서 열띠게 말을 주고받으며 나를 평가했다. 그중 하나가 '호벤'이라고 했는데 그건 내가 어리다는 뜻이었다. 나는 그들 중 누가 똑똑해 보이는지 살펴보았다. 그런 사람을 찾으면 그 사람을 상대로 대화할 작정이었지만 그 사람들이 위치를 너무 빨리 바꾸는 바람에 제대로 알아볼 수가 없었다. 그때 누군가 이렇게 설명했다.

"보라초."("술에 취한 거야.")

아버지가 시끄럽게 숨을 몰아쉬며 계속 술기운을 내뿜었고 차가운 밤공기 때문에 내내 창문을 꼭 닫았기 때문에 틀림없이 나한테서도 테킬라 양조장 냄새가 났을 것이다. 비록 그 모든 걸 스페인어로 말할 수 있었다 할지라도 나는 낯선 사람들에게 그런 설명을 하지 않았을 것이다. 내 스페인어로는 그것이 가능하지도 않았다.

누군가 자동차 안을 들여다볼 생각을 했고 비명 소리에 모두가 멈칫했다. 이제 몇백 명은 되어 보이는 사람들이 이 창문으로 몰려왔고 비명 소리가 더 크게 터져 나왔다. 순간적으로 뭔가 끔찍한 일이 일어났을지도 모른다는 생각이 들었다.

어쩌면 충돌이 일어났을 때……. 나도 창문을 들여다보려는 순간, 리드미컬하게 코 골던 소리가 기억이 났다. 그래서 침착하게 뒤로 물러섰다. 경비는 무슨 대단한 범죄 사건이라도 다루고 있다고 생각하는 모양이었다. 그는 "저 아이를 지키고 있어"라느니 "눈앞에서 사라지게 하면 안 돼"라느니 하며 부산하게 움직였다. 어디선가 가족들이 돌아왔는데 이번에는 그렇게 가까이 다가오지는 않았지만 위협적인 분위기였다. 나는 그들이 하는 말 중에서 간신히 한마디를 알아들을 수 있었다.

"키엔 에스?"("이 사람이 누구야?")

그래서 나는 있는 힘을 다해 냉정하고 초연하게 이렇게 대답했다.

"미 파드레."("우리 아버지예요.")

가족 간의 유대가 돈독하고 주일마다 축제가 열리는 나라에서 사는 사람들인 만큼 즉시 상황을 파악했다. 나는 축제에 너무 오래 머물다가 술에 취한 아버지를 데려가는 가엾은 어린 딸이었다. 그들 말로 '포브레시타'('가엾은 어린 소녀')였다.

그 역시 아버지이고 집에 한두 명 어린 자식이 있을 법한 경비병이 무척 힘들게 우리 아버지를 흔들어 깨우기 시작했다. 나는 나머지 사람들이 행진하면서 내 주위와 심하게 찌그러진 그들의 자동차를 둘러싸며 8자 모양을 만드는 것을 침착하게 지켜보았다. 아이들이 아버지의 가슴 위로 뛰어올라갔다 내려왔다 하는 동안 남자 두 명이 아버지를 흔들고 잡아당기고 끌고 했다. 마침내 아버지를 깨우는 데 성공한 데는 아이들의 노력이 컸다. 아버지 베일리 존슨 1세가 스페인어로 말하면서 잠에서 깨어났다.

"케 티에네? 케 파사? 케 키에로?"("갖고 있는 게 뭐야? 무슨 일이 일어났어요? 뭘 원하는 거죠?")

이럴 때 아마 다른 사람 같았으면 이렇게 물었을 것이다.

"내가 지금 어디에 있는 거죠?"

분명히 이런 일이 멕시코에서는 흔히 일어나는 일이 틀림 없었다. 나는 아버지가 정신이 꽤 돌아온 것을 확인하고 사람들을 조용히 밀치면서 자동차 쪽으로 나아갔다. 그러고는 날강도처럼 미쳐 날뛰는 자동차를 성공적으로 굴복시키고 심술궂은 산을 정복한 사람만이 가질 수 있는 오만한 태도로 아버지에게 말했다.

"아버지, 사고가 났어요."

그러자 아버지는 점차 나를 알아보고 멕시코 축제 전의 아버지로 되돌아갔다.

"뭐, 사고라고? 어, 누구 잘못이냐? 너냐, 마거릿? 어어, 네가 잘못한 거냐?"

아버지에게 내가 자동차를 몰고 80킬로쯤 운전했다고 말해봤자 쓸모없는 일이었다. 그때 나는 아버지의 칭찬을 기대하지도 않았고 심지어 칭찬받을 필요도 없었다.

"네, 아버지, 제가 저 자동차를 박았어요."

아버지는 아직 완전히 일어나 앉지 못했기 때문에 우리가 지금 어디에 있는지 알 수 없었다. 하지만 자신이 쉬고 있는 바닥에서 마치 그곳이 자신이 마땅히 있어야 할 자리라도 되는 것처럼 아버지가 말했다.

"앞자리 장갑 박스 안에 보험증서들이 들어 있다. 그걸 꺼내서 경찰에게 갖다주고 오너라."

내가 차갑지만 공손하게 대답하려고 하기 전에 경비가 반대편 문으로 고개를 디밀었다. 그 사람은 아버지에게 자동차에서 내리라고 했다. 아버지는 조금도 당황하지 않고 장갑 박스로 손을 뻗어 접힌 종이 뭉치와 그곳에 남겨뒀던 반쯤 남은 술병을 꺼냈다. 아버지는 경비병을 보고 예의 그 임기응변에 능한 모습을 보이면서 웃었고 무릎 관절을 사용해 자동차에서 내렸다.

일단 땅에 내려서자 아버지의 키는 성난 사람들 위로 탑처럼 우뚝 솟아올랐다. 아버지는 자신의 위치와 상황을 재빨리 파악한 후 피해 차량 운전사의 어깨에 팔을 감았다. 그러고는 친절하게 그리고 손아랫사람을 대하듯 으스대지 않는 태도로 몸을 굽혀 경비에게 뭐라고 말을 했고 세 사람은 함께 초소로 들어갔다. 몇 분이 안 되어 오두막 초소에서 웃음소리가 터져나왔다. 그렇게 위기는 끝이 났지만 즐거움도 함께 사라져버렸다.

아버지는 모든 남자와 악수했고, 어린아이들을 토닥거렸으며, 여자들에게는 매력적인 웃음을 날렸다. 그러고 나서 찌그러진 자동차들을 한번 쳐다보지도 않고 운전석에 편안히 자리를 잡았다. 아버지는 나를 불러 자동차에 타라고 했고 반 시

간 전까지만 해도 형편없이 술에 취했던 것이 거짓말이라는
듯 능숙하게 집 쪽으로 차를 몰았다. 아버지는 내가 운전을 하
는 줄 몰랐다면서 자기 차가 어땠냐고 물었다. 나는 아버지가
그렇게 빨리 정신을 차린 것에 화가 났고 내 눈부신 활약을 알
아주지 않는 데 실망했다. 그래서 아버지가 뭐라고 말을 하거
나 질문을 하거나 그냥 "네!" 하고만 대답했다. 아직 국경에 닿
기 전에 아버지가 창문을 열었는데 신선한 공기는 반갑기는
했지만 불편할 정도로 냉랭했다. 아버지는 나에게 뒷자리에
있는 재킷을 가져다 입으라고 했다. 차갑고 은밀한 침묵 속에
서 우리는 도시 쪽으로 차를 몰았다.

31

돌로레스는 전날 밤과 똑같은 자리에 앉아 있는 것 같았다. 자
세가 어찌나 똑같은지 그녀가 잠을 자고 아침을 먹고 심지어
머리를 새로 매만져 단단히 손질했다는 사실이 믿기지 않았
다. 아버지는 경쾌하게 인사를 하며 욕실 쪽으로 걸어갔다.

"안녕, 꼬마 아가씨."

나도 그녀에게 인사를 했다.

"잘 있었어요? 돌로레스."

(우리는 벌써 오래전에 가족인 척하기를 그만뒀다.)

돌로레스는 짤막하지만 예의 바르게 인사를 받고는 바늘

코에 신경을 쓰면서 뜨개질을 했다. 그녀는 지금 꼼꼼한 솜씨로 귀여운 부엌 커튼을 만들고 있었고, 그 부엌 커튼은 이제 곧 풀을 먹인 빳빳한 상태로 바람에 나부끼게 될 것이다. 더 할 말이 없었던 나는 내 방으로 들어갔다. 그러고 나서 몇 분이 지나지 않아 거실에서 말다툼이 벌어졌는데, 마치 내 방과 거실 사이에 있는 벽이 망사로 되어 있는 것처럼 다투는 소리가 또렷이 들렸다.

"베일리, 당신은 당신 아이들이 우리 사이를 가로막게 하고 있어요."

"꼬마 아가씨, 당신 너무 민감한 것 같아. 아이들, 어, 내 아이들이 우리 사이를 가로막을 수는 없어. 물론 당신이 그렇게 하도록 하지만 않는다면 말이지만."

"내가 어떻게 그걸 막을 수가 있나요?"

이렇게 말하면서 돌로레스는 울었다.

"그 애들이 우리 사이를 가로막고 있는 거라고요."

그러고 나서 그녀는 다시 말을 이었다.

"당신이 당신 딸한테 당신 재킷을 줬잖아요."

"그러면 그 애가 얼어 죽도록 내버려둬야 했단 말이야? 그게 당신이 바라는 거야, 꼬마 아가씨?"

아버지가 이렇게 말하면서 웃었다.

"설마 그건 아니겠지, 안 그래?"

"베일리, 당신도 알다시피 나는 당신 아이들을 좋아하고 싶었어요. 한데 그 애들은……."

그녀는 차마 우리에 대해 뭐라고 설명하지 못했다.

"도대체 무슨 말을 하려는 건지 한번 해보시지? 당신은 허세만 부리는 보잘것없는 암캐야, 안 그래? 마거릿이 그런 말을 한 적이 있는데 아무래도 그 애 말이 옳은 거 같네."

나를 엄청나게 미워하는 돌로레스에게 나를 미워해야 할 이유를 또 한 가지 보탰다고 생각하니 온몸이 오싹해졌다.

"마거릿더러 지옥에나 떨어지라고 해요, 베일리 존슨. 나는 당신하고 결혼하려는 거지, 당신 아이들하고 결혼하려는 게 아니라고요."

"그것 참 더 안됐군, 재수 없는 암퇘지 같은 여자. 난 이 집 구석을 나가버릴 거야. 잘 있으라고."

'쾅' 소리가 나면서 앞문이 닫혔다. 돌로레스는 조용히 울면서 가엾게 흐느끼다가 사이사이 코를 훌쩍였고, 몇 번인가 손수건에다 우아하게 코를 풀었다.

내 방에 돌아와 생각하니 아버지는 비열하고 잔인했다. 자기는 멕시코에서 실컷 휴일을 즐기고 와서는 집에서 주부의 의무를 다하면서 인내심 있게 기다린 여자에게 눈곱만큼의 친절도 베풀 수 없단 말인가. 돌로레스는 분명히 아버지가 술을 마셨다는 사실을 알았을 테고 우리가 열두 시간 넘게 나가 있으면서도 집에 토르티야 하나 사오지 않았다는 것도 알아차렸을 것이다.

나는 미안한 생각이 들었고 심지어 죄책감마저도 조금 느꼈다. 나 또한 그 여행을 즐겼다. 돌로레스가 아버지의 안전한 귀가를 기도하는 동안 나는 치차로네를 먹었다. 그녀가 아버지의 정절에 대해 깊이 생각하는 동안 나는 자동차와 산을 정복했다. 돌로레스를 너무 불공평하고 불친절하게 대했다는 생각이 든 나는 내 방에서 밖으로 나가 그녀를 위로하기로 마음먹었다. 아무런 차별 없이 자비를 베푼다는 생각, 아니 정확히 말하면 아무 관심도 없는 누군가에게 자비를 베푼다는 생각으로 나는 황홀한 기분을 느꼈다. 나는 근본적으로 착한 사람인거다. 이해받지도 못했고 사랑을 받지도 못했지만 그래도 공정했고, 아니 공정 그 이상이었다. 나는 인정이 많았다.

나는 마루 한가운데 서 있었지만 돌로레스는 나에게 눈길 한번 주지 않았다. 그녀는 마치 자신의 찢어진 삶을 꿰매기라도 하는 것처럼 꽃을 수놓은 천에 열심히 바늘을 꽂아 넣고 있었다. 내가 플로렌스 나이팅게일 같은 목소리로 말을 건넸다.

"돌로레스, 아버지하고 당신 사이에 끼어들려던 건 아니었어요. 믿어줘요."

그리하여 마침내 나는 할 일을 다했다. 그 뒤에 일어난 일은 이 착한 행동으로 상쇄됐다. 돌로레스는 여전히 고개를 숙인 채 말했다.

"아무도 너 들으라고 말하지 않았어, 마거릿. 다른 사람들의 대화를 엿듣는 건 버릇없는 짓이야."

돌로레스가 이 집의 종잇장 같은 벽들이 대리석으로 만들어졌다고 착각할 만큼 그렇게 바보는 아니었다. 그래서 나는 아주 조금 건방진 목소리로 대꾸했다.

"나는 이제껏 남의 말을 엿들어본 적이 없어요. 당신이 한 말은 아무리 귀머거리라도 듣지 않기 어려웠을 거예요. 난 당신과 아버지 사이를 가로막을 마음이 전혀 없다고 말해줘야겠다는 생각이 들었어요. 그 이상 그 이하도 아니에요."

내 임무는 실패이면서 동시에 성공이었다. 돌로레스는 마음을 달래려고 하지 않았지만 어쨌든 나는 우호적이고 기독교인다운 태도를 보였기 때문이다. 그래서 가려고 몸을 돌렸다.

"아니야, 그게 전부가 아니지."

그 여자가 나를 올려다보았다. 얼굴은 푸석푸석했고 눈은 충혈되고 부었다.

"네 어머니한테 돌아가지 그러니. 만약 너한테 어머니란 사람이 있다면 말이야."

그 여자의 목소리는 어찌나 차분한지 나에게 밥을 지으라고 말하는 듯했다. 나한테 어머니라는 사람이 있다면이라고? 그래, 그렇다면 말을 해주지.

"물론 내게는 어머니가 계시죠. 게다가 그분은 당신보다 훨씬 더 훌륭하고 예쁘고 지적인 데다가……."

그러자 그 여자가 울부짖는 소리로 이렇게 쏘아붙였다.

"그리고 창녀지."

그때 내가 조금 더 나이를 더 먹었거나, 내 어머니와 조금 더 오래 살았거나, 아니면 돌로레스의 좌절감을 조금 더 깊이 이해했더라면 그때 그렇게 폭력적으로 반응하지는 않았을지도 모른다. 그 끔찍한 비난은 자식으로서 어머니에 대한 사랑에 타격을 받았다기보다는 차라리 내 새로운 삶의 기반 자체에 타격을 주었다. 만약 그 비난이 조금이라도 사실일 가능성이 있다면 나는 살아갈 수가, 계속해서 어머니와 함께 살 수가 없을 것이다. 그런데 나는 간절히 어머니와 함께 살기를 바랐다.

나는 그 위협적인 말에 격분해 돌로레스 쪽으로 발걸음을 옮겼다.

"그런 말을 한 보답으로 한 대 갈겨주지, 이 멍청한 갈보년아."

그렇게 경고한 후 나는 그 여자를 세게 한 대 후려쳤다. 그러자 그 여자는 마치 벼룩처럼 의자에서 튀면서 일어나 내가 뒤로 물러설 사이도 없이 두 팔로 나를 감았다. 돌로레스의 머리카락이 내 턱 아래에 있었고, 그녀는 두 팔로 내 허리를 두세 번쯤 감았다. 문어같이 죄고 있는 팔을 풀려면 있는 힘을 다해 그 여자의 어깨를 밀어붙여야 했다. 내가 그녀를 소파로 밀어붙일 때까지 우리 두 사람은 아무 소리도 내지 않았다. 그런데 그때 갑자기 그녀가 비명을 질렀다. 바보같이 멍청한 년 같으니라고. 내 어머니를 창녀라고 부르고도 무사할 줄 알았단 말인가?

나는 그 집에서 걸어 나왔다. 계단 위에서 내 팔에 뭔가 축축하다는 느낌이 들어 내려다보니 피였다. 그 여자의 비명 소리가 수면 위로 튕겨나가는 돌멩이처럼 저녁 공기 속으로 퍼져나갔지만 나도 피를 흘렸다. 팔을 자세히 살펴보았지만 아무 데도 베인 곳은 없었다. 팔을 다시 허리로 가져다 놓은 뒤 다시 들어 올리자 피가 또 흘러나왔다.

상처가 난 게 틀림없었다. 내가 상황을 완전히, 아니 대처할 수 있을 정도로 파악하기도 전에 돌로레스가 다시 비명을 지르면서 문을 열었고, 나를 보자마자 문을 닫는 대신 미친 여자처럼 계단을 달려 내려오기 시작했다. 그녀가 손에 망치를 들고 있는 걸 보고 나는 망치를 빼앗을 수 있을지 없을지 생각하지도 않은 채 그냥 도망쳐버렸다. 앞마당에 서 있는 아버지의 자동차가 하루에 두 번씩이나 나에게 훌륭한 피난처 구실을 해주었다. 나는 자동차 안으로 뛰어 들어가 창문을 올리고 문을 잠가버렸다. 돌로레스는 죽음의 요정처럼 날카롭게 비명을 지르며 자동차 주위를 뛰어다녔는데 분노로 얼굴이 시뻘겋게 되었다.

아버지 그리고 그와 함께 있던 이웃 사람들이 비명 소리를 듣고 달려나와 돌로레스 주위에 몰려들었다. 그녀는 내가 자기한테 달려들어 죽이려고 했다면서 다시는 나를 집에 들여놓아서는 안 된다고 아버지한테 고함을 쳤다. 사람들이 그녀의 분노를 진정시키는 동안 나는 피가 엉덩이로 흘러내리는 것을 느끼면서 차 안에 앉아 있었다. 아버지가 창문을 열라는 시늉을 했다. 창문을 열자 아버지는 돌로레스를 안으로 데리고 갈 테니 그대로 자동차 안에 있으라고 했다. 그런 다음 돌아와서 나를 돌봐주겠다고 했다.

하루 동안 모든 일이 한꺼번에 몰아닥치는 바람에 숨을

쉬기도 어려웠다. 그날 내가 결정적인 승리를 거둔 뒤에도 내 삶은 몹시 불쾌한 죽음으로 막을 내리려 했다. 만약 아버지가 집 안에 아주 오래 머물러 있다고 해도 나한테는 문을 두드려 나오라고 할 용기가 없었다. 더구나 나는 여자가 옷에 피를 묻히고 두 발짝 이상 발걸음을 내딛는 것은 허락하지 않는 교육을 받았다. 언제나 두려워했듯이, 아니 언제나 알고 있었듯이 그런 식의 실험적인 교육은 아무짝에도 쓸모가 없었다. (그 따위는 아무 쓸모가 없을지도 모른다는 두려움 때문에 나는 평생 괴로워했다.) 흥분과 걱정과 해방감과 분노로 말미암아 나는 조금도 몸을 움직일 수가 없었다. 나는 내 행동을 배후에서 조종하는 운명의 신이 지시를 내리기를 기다릴 뿐이었다.

몇 분이 지나자 아버지가 계단을 내려오더니 화가 잔뜩 난 채로 자동차에 탄 뒤 '쾅' 하고 문을 닫았다. 아버지가 피 고인 구석에 앉아 있었지만 나는 아무 경고도 보내지 않았다. 아버지는 앉아서 날 어떻게 해야 할지 궁리하고 있는 순간, 바지 밑이 축축해진 것을 느낀 것 같았다.

"도대체 이게 뭐야?"

아버지는 엉거주춤 엉덩이를 일으키고 손으로 바지를 쓸어내렸다. 현관에서 버려진 듯 비치는 불빛 덕분에 손에 묻은 붉은 것이 보였다.

"도대체 이게 뭐냐?"

내가 아버지를 매우 자랑스럽게 할 만한 쌀쌀맞은 말투로 이렇게 대답했다.

"베였어요."

"베이다니 그게 무슨 소리야?"

일 분밖에 되지 않는 시간이었지만 삽시간에 아버지가 곤혹스러워하는 표정을 읽을 수 있었다.

"베였다니까요."

너무나 통쾌했다. 그래서 나는 격자무늬 자동차 시트를 피로 물들이는 것도 개의치 않았다.

"언제 그랬어? 누가 그랬어?"

"돌로레스가 그랬어요."

나는 짤막하게 잘라 말함으로써 그들 두 사람 모두에게 경멸감을 드러냈다.

"많이 다쳤니?"

나는 의사가 아니기 때문에 철저하게 진찰할 자격을 갖추지 못했다고 대꾸할 수도 있었지만, 그렇게 건방지게 굴다가는 우위에 있는 내 처지가 불리해질 것 같았다.

"잘 모르겠어요."

아버지가 부드럽게 자동차에 시동을 걸었고, 나는 부러운 마음으로 비록 아버지의 자동차를 몰기는 했어도 정작 나는 운전을 할 줄 모른다는 사실을 깨달았다.

나는 우리가 병원 응급실로 가는 것으로 생각했고, 그래서 침착한 마음으로 죽음과 유언에 관한 계획을 세웠다. 시간의 영원한 어둠 속으로 사라지는 순간 나는 의사에게 이렇게 말할 것이다.

"움직이는 손가락이 적고 있나니, 이제 다 적고 다음 차례로 넘어가고 있고……."*

그러고 나서 내 영혼은 우아하게 육체를 떠날 것이다. 내책과 레스터 영**의 레코드판과 내세에서 보내는 내 사랑은 베일리가 차지하게 될 것이다. 내가 기진맥진한 상태에서 망각에 몸을 내맡겼을 때 자동차가 멈추었다. 아버지가 말했다.

"좋아, 얘야, 어어, 가자."

우리는 어떤 낯선 집의 차도에 왔고, 아버지는 내가 자동차에서 내리기도 전에 벌써 전형적인 캘리포니아 목장 스타일로 된 그 집 계단에 올라갔다. 아버지는 초인종을 누른 뒤 나에게 올라오라고 손짓을 했다. 문이 열리자 아버지가 나에게 밖에 서 있으라는 시늉을 했다. 결국 나는 피를 뚝뚝 흘렸는데 열린 문 사이로 보이는 그 집 거실에는 양탄자가 깔려 있었다. 아버지는 안으로 들어가면서 문을 완전히 닫지 않았다.

몇 분 뒤에 한 여자가 집 옆쪽에서 속삭이는 목소리로 나를 불렀다. 나는 그 여자를 따라 응접실로 들어갔고, 그 여자는 내게 어딜 다쳤냐고 물었다. 그녀는 조용했고 걱정은 진심에서 우러난 듯 보였다. 나는 옷을 벗었고 우리는 함께 내 옆구리에 난 상처를 들여다보았다. 상처 가장자리에 피가 굳기 시작

---

*   오마르 카이얌의 《루바이야트*Rubáiyát*》에 나오는 시구로 운명은 인간의 소망과는 무관함을 암시한다.
** 테너 색소폰 연주자로 주로 카운트 베이지 악단을 위해 연주했다.

한 것을 보며 내가 실망한 것 못지않게 그녀는 기뻐했다. 그러고 나서 그 여자는 상처에 하마멜리스 약을 바르고 아주 긴 반창고를 단단히 붙였다. 그리고 우리는 거실로 들어갔다. 아버지는 이야기하던 남자와 악수했고, 내 상처에 응급치료를 해준 간호사에게 고맙다는 말을 한 뒤 나를 데리고 그 집에서 나왔다.

자동차 안에서 아버지는 그 부부가 자기 친구들이며 부인에게 나를 돌봐달라고 부탁했다고 설명했다. 베인 상처가 너무 깊지 않으면 치료를 좀 해주면 고맙겠다고 부탁했다고 한다. 상처가 너무 깊으면 병원에 데려가겠다고 하면서.

베일리 존슨의 딸이 자기 여자 친구한테 당해 상처를 입었다는 사실이 사람들에게 알려지면 어떤 망신을 당하게 될지 상상할 수 있을까? 결국 아버지는 프리메이슨 회원이고, 엘크 회 회원인 데다가, 해군 영양사요, 루터교회에서 흑인으로서는 최초로 집사가 된 사람이었다. 오늘 일이 알려지기라도 한다면 시내 흑인들 누구도 고개를 들고 다닐 수 없을 것이다.

그 부인(나는 부인의 이름을 모른다)이 내 상처를 치료하는 동안, 아버지는 다른 친구들에게 전화를 걸어 내가 그날 밤에 머물 곳을 마련했다. 나는 다른 트레일러 주택 단지에 있는 또 다른 낯선 트레일러에 가서 잠옷과 잠자리를 제공받았다. 아버지는 이튿날 정오쯤에 나를 찾아오겠다고 했다.

나는 잠자리에 들었고 마치 죽어버렸으면 하는 내 소망이 이루어진 것처럼 잠을 잤다. 아침에 눈을 뜨니 텅 빈 낯선 공간도, 뻑적지근한 옆구리도 내 기분을 나쁘게 하진 않았다. 나는 푸짐하게 아침을 만들어 먹고 싸구려 잡지를 읽으면서 아버지가 찾아오기를 기다렸다.

열다섯 살이라는 나이에 삶은 나에게 확실하게, 특히 다른 선택의 여지가 없을 때는 항복하는 것도 저항하는 것만큼이나 명예롭다는 사실을 가르쳐줬다.

줄무늬 면으로 만든 해군 영양사 제복 위에 재킷을 걸치고 아버지가 돌아왔다. 아버지는 나에게 기분이 어떠냐고 물었고, 1달러 50센트를 주면서 키스하고는 저녁 늦게 다시 들르겠다고 했다. 그리고 평소처럼 웃었다. 긴장했기 때문일까?

나는 혼자 있으면서 집주인들이 돌아와 자기들 집에서 나를 다시 발견하는 모습을 상상했는데 그 사람들이 어떻게 생겼는지 통 기억이 나지 않았다. 그들의 경멸이나 동정을 견뎌낼 수 있을까? 내가 사라지면 돌로레스는 말할 것도 없고 아버지도 마음을 놓을 것이다. 난 너무 오랫동안 망설였다. 도대체 어떻게 하면 좋단 말인가? 나에게 자살할 용기가 있는가? 바다에 뛰어들어 죽는다면 베일리가 스탬프스에서 보았던 그 남자처럼 온몸이 퉁퉁 불어서 물 위에 떠오르지 않을까? 오빠 생각이 떠오르자 다른 생각들이 멈추었다. 베일리 오빠라면 어떻게 할까? 나는 인내심을 발휘해서 기다리고 또 기다렸다. 마침내 오빠가 나에게 집을 떠나라고 명령했다. 하지만 자살은 하지 말라고 했다. 그것은 언제든 상황이 아주 나빠졌을 때 해도 늦지 않다고 했다.

나는 오이 피클을 잔뜩 넣어 참치샌드위치를 몇 개 만든 뒤 여분의 반창고를 호주머니에 챙겨 넣었고 가지고 있는 돈을 세어본 후(3달러가 넘었고 멕시코 동전도 몇 개 있었다) 밖으로 걸어 나갔다. 뒤에서 문이 닫히는 소리가 났을 때 나는 이제 돌이킬 수 없음을 깨달았다. 나에게는 열쇠가 없었고, 이 세상을 다 준다고 해도 아버지 친구들이 돌아와서 불쌍하다는 듯이 다시 안으로 들여보내줄 때까지 그 자리에서 서성거리고 있을 수 없었다.

이제 비로소 나는 자유의 몸이 되었기 때문에 미래를 생각했다. 집이 없다는 문제에 대한 명백한 해답이 잠시 머릿속에 떠올랐다가 곧 사라졌다. 어머니가 있는 집으로 가는 방법이 있었지만 그럴 수는 없었다. 나는 결코 어머니에게 옆구리 상처를 숨기지 못할 게 분명했다. 어머니는 너무 눈치가 빨라서 더러운 반창고나 내가 상처 부위에 신경을 쓴다는 사실을 알아차리지 못할 리가 만무했다. 그리고 내가 어머니에게 상처를 숨길 수 없다면 분명히 또 한 번 폭력 장면이 연출되리라. 나는 불쌍한 프리먼 아저씨를 생각했다. 많은 세월이 흘렀지만 가슴에 새겨진 죄의식은 여전히 끈질기게 나를 괴롭혔다.

32

나는 정처 없이 밝은 길거리를 쏘다니면서 그날을 보냈다. 시끄럽게 웃고 떠들어대는 선원들과 아이들로 가득 찬 오락실, 요행을 바라는 게임들이 나를 유혹했다. 하지만 오락실 중 한 군데 들어간 뒤에는 결국 운을 믿고 돈만 날리고 말 게 분명했다. 그래서 나는 도서관에서 공상과학소설을 읽으며 한나절을 보냈고, 대리석으로 된 도서관 화장실에서 반창고를 갈아 붙였다.

활기 없이 축 처진 길거리에서 나는 낡은 자동차 잔해를 버려놓은 폐차장을 지나갔다. 폐차들은 왠지 너무 흉측한 모습이어서 가까이 가서 자세히 살펴보기로 마음먹었다. 버려둔 자동차들 사이를 이리저리 돌아다니는 동안 문득 머리에 임시방편이 떠올랐다. 깨끗하거나 깨끗해 보이는 자동차를 한 대 골라서 그 안에서 밤을 보내면 될 것 같았다. 무지한 사람의 낙천적인 생각으로는 내일 아침이면 더 좋은 해결책이 생길 것도 같았다. 담장 근처에 있는 큼직한 회색 자동차 한 대가 눈길을 끌었다. 그 자동차는 의자도 찢긴 데 없이 멀쩡했고 바퀴나 바퀴 테도 없이 기울어지지 않고 흙받기 위에 똑바로 앉아 있었다.

바깥이나 다름없는 곳에서 잠을 잔다고 생각하니 자유로움에 새삼 가슴이 벅차올랐다. 나는 부드러운 바람에 실려 자유롭게 떠다니는 연이었고 오직 내 의지만이 그 연을 조종했다. 자동차를 정하고 난 뒤 나는 차 안에 들어가 참치샌드위치를 먹고는 혹시 구멍 난 데가 없는지 차 밑바닥을 살펴보았다. 잠을 자는 동안 쥐들이 들어와 내 코를 갉아 먹을지도 모른다

(최근에 그런 신문 기사를 몇 번 본 적이 있었다)는 공포감이 폐차장에 서 있는 거대한 자동차들의 그림자나 짙게 내리는 어둠보다도 나를 더욱 불안하게 했다. 하지만 내가 선택한 회색 자동차라면 쥐가 들어올 염려는 하지 않아도 될 것이다. 그래서 한 번 더 둘러볼 생각을 버리고 그대로 조용히 앉아 잠을 청하기로 했다.

내 자동차는 섬이고 폐차장은 바다였다. 나는 아무도 없는 가운데 혼자였지만 무척 따뜻했다. 마음만 먹으면 언제든지 갈 수 있는 거리에 육지가 있었다. 완전히 저녁이 되자 길거리의 가로등에 불이 켜졌고 지나가는 자동차들의 불빛이 내 세계를 꿰뚫을 듯이 훑고 지나갔다. 나는 헤드라이트 수를 세다가 기도하고 잠이 들었다.

아침 햇살에 잠에서 깨어나 보니 온통 낯선 것들에 둘러싸여 있었다. 의자에서 미끄러져 밤새 어색한 자세로 잠을 잤던 것 같다. 몸을 뒤틀며 일어나니까 차창 밖으로 흑인, 멕시코인, 백인 등 다양한 인종의 사람들이 눈에 들어왔다. 그 사람들은 웃었고 말하는 듯 입을 움직였지만 소리는 들리지 않았다. 그들의 얼굴에는 많은 호기심이 깃들어 있어서 내가 누구라는 걸 알기 전에는 절대로 그냥 물러설 것 같지가 않았다. 그래서 나는 평화를 되찾을 수만 있다면 무슨 이야기라도(진실까지도 말이다) 해줄 작정으로 자동차 문을 열었다.

조금 전에는 창문을 통해서 본 데다가 또 불편한 잠에서 막 깨어난 멍한 상태여서 그들의 얼굴 모습이 일그러져 보였

다. 나는 차창 밖에 있는 사람들이 어른들이고 적어도 거인국*
사람들인 줄 알았다. 하지만 실제로 밖에 나와서 보니까 나보
다 큰 사람은 한 명뿐이었고 나이도 다들 나보다 겨우 몇 살 정
도밖에는 더 들어 보이지 않았다.

그 아이들이 나에게 이름이 무엇이며, 어디서 왔으며, 폐
차장에는 무슨 일로 왔는지 물었다. 내가 샌프란시스코에서
왔고, 이름은 마거릿이지만 '마야'라고 불리며, 다만 있을 곳
이 없어서 이리로 왔다고 대답하자 그 아이들은 내 설명을 그
대로 받아들였다. 자신의 이름이 '부치'라고 밝힌 키 큰 소년이
너그러운 몸짓으로 나를 환영했고, 이성 간에는 두 사람이 절
대로 같이 잠을 자지 않는다는 자신들의 규율만 지킨다면 얼
마든지 머물러도 좋다고 했다. 사실 비만 오지 않으면 모두 제
각각 잠자리가 있었다.

하지만 몇몇 자동차들은 비가 샜기 때문에 날씨가 좋지
않을 때는 하는 수 없이 함께 자야만 했다. 도둑질은 금지했는
데 그 이유는 도덕 때문이 아니라 범죄를 저지르면 경찰이 폐
차장을 찾아오기 때문이다. 그렇게 되면 모르긴 몰라도 미성
년자인 그 아이들은 붙잡혀서 양부모 집에 보내지거나 비행
청소년으로 법정에 설 수도 있었다. 모두 무언가 일을 했다. 여
자아이들은 대부분 병을 모으고 주말에는 식당에서 기름때 묻

*   아일랜드 작가 조너선 스위프트의 《걸리버 여행기
          Gulliver's Travels》(1726)에 나오는 나라

은 숟가락을 닦았다. 사내아이들은 잔디를 깎고 당구장 청소를 하고 흑인이 주인인 작은 가게에서 심부름을 했다. 그렇게 벌어들인 돈은 모두 부치가 맡아서 공동으로 사용했다.

폐차장에서 지내는 한 달 동안 나는 운전을 배웠고(어떤 소년의 형이 움직이는 자동차를 한 대 가지고 있었다) 욕하는 법과 춤을 추는 방법도 배웠다. 리 아서라는 아이는 우리 패거리 가운데 집에서 어머니와 함께 사는 유일한 소년이었다. 아서의 어머니는 저녁때 일을 나가기 때문에 금요일 저녁마다 여자아이들은 모두 그 집에 가서 목욕을 했다. 세탁은 코인 세탁소에서 했지만 다림질이 필요한 옷가지들은 리의 집으로 가져가서 다른 모든 일과 마찬가지로 서로 분담했다.

토요일 밤이면 우리는 춤을 출 줄 알든 모르든 간에 모두 '실버 슬리퍼'에서 열리는 지터벅 대회에 참가했다. 상금이 탐날 만큼 꽤 괜찮았고(1등 한 쌍에게는 25달러, 2등 한 쌍에게는 10달러, 3등 한 쌍에게는 5달러를 줬다) 부치는 만약 우리가 모두 참가한다면 그만큼 우승할 확률이 높아진다고 판단했다.

멕시코 소년인 후안이 내 파트너였다. 후안도 나 못지않게 춤을 못 췄지만 그래도 우리가 무대에 올라갔을 때 반응이 매우 좋았다. 후안은 키가 아주 작은 데다 회전할 때마다 아무렇게나 헝클어진 빳빳한 검은 머리카락을 채찍처럼 휘두르는 반면, 나는 몸이 바싹 마른 데다 흑인이고 나무처럼 키가 컸다. 폐차장에서 보낸 마지막 주말에 우리는 진짜로 2등을 했다. 그날 우리가 보여준 춤은 누구도 흉내 내거나 묘사할 수 없는 것이었다. 굳이 말하자면, 좁은 무대를 누비면서 서로를 내뿜던 우리의 열정은 진지한 레슬링 시합이나 주먹싸움에서 볼 수 있는 열정과 비슷했다.

그렇게 한 달을 보내고 나니까 사고방식이 너무나 많이 변해버려서 나 자신도 이게 내 모습이 맞나 생각할 정도였다. 폐차장 친구들이 나를 무조건 받아들인 탓에 보통 느끼게 마련인 불안감이 사라져버렸다. 전쟁의 광란이 만들어낸 진흙투성이 집 없는 아이들이 뜻밖에도 나에게 처음으로 형제애라는 걸 가르쳐줬다. 미주리주에서 온 백인 소녀와 로스앤젤레스에서 온 멕시코 소녀, 오클라호마주에서 온 흑인 소녀와 함께 깨어진 빈 병들을 주워 파는 생활을 하고 나니까 나 자신이 인류라는 울타리 밖에 있는 것으로 느껴지지가 않았다. 임시로 만들어진 우리의 특별한 공동사회가 보여준 편견 없는 분위기는 내게 큰 영향을 주고 내 삶에 관용이라는 색조를 더해주었다.

나는 어머니에게 전화를 걸어서(어머니의 목소리는 나에게 또 다른 세계를 일깨웠다) 나를 데려가달라고 부탁했다. 어머니가 아버지한테 비행기표를 보내겠다고 했을 때 나는 요금을 그냥 항공사로 보내어 내가 바로 찾도록 하는 것이 더 편하다고 설명했다. 자신이 아량을 베풀 기회가 생길 때마다 선뜻 너그럽게 동의하는 어머니는 쉽게 내 말을 들어주었다.

우리가 누려온 자유로운 생활로 짐작해볼 때 내가 사귄 새 친구들은 내가 떠나는 것에 별로 이렇다 할 감정을 드러낼 것 같지 않았다. 그리고 내 짐작이 들어맞았다. 비행기표를 찾아온 다음 나는 아무렇지도 않은 듯 이튿날 그곳을 떠난다고 발표했다. 내 발표는 마찬가지로 무관심하게 받아들여졌고 (일부러 꾸민 태도가 아니라 정말로 그랬다) 모두가 내 행운을 빌어주었다. 나는 폐차장이나 내 자동차에 작별 인사를 하고 싶지 않았기 때문에 마지막 밤을 심야 영화관에서 보냈다. 이름과 얼굴이 세월에 잊혀버린 한 소녀가 나에게 '영원히 변치 않는 우정의 반지'를 줬으며, 후안은 언젠가 교회에 가고 싶은 마음이 들면 사용하라고 검은 레이스 손수건 한 장을 선물로 줬다.

나는 전보다 더 마르고 꽤 남루한 모습으로 아무 짐도 없이 샌프란시스코에 도착했다. 어머니가 나를 한번 훑어보고는 이렇게 말했다.

"네 아버지 살림살이가 그렇게도 어렵든? 그 뼈에 전부 살을 붙이려면 상당히 많이 먹어야겠구나."

어머니 표현을 빌리자면 어머니는 행동에 들어갔고, 나는 곧 나를 위해 특별히 만든 음식을 마주하면서 식탁보를 덮은 식탁에 앉았다.

그리하여 나는 다시 집에서 살게 됐다. 그리고 우리 어머니는 훌륭한 귀부인이었다. 돌로레스는 바보 멍텅구리였고, 그보다 더욱 나쁜 건 거짓말쟁이라는 사실이었다.

33

캘리포니아 남부를 여행하고 돌아오니 집이 더 작고 조용해
보였고, 꽃이 만발한 것 같던 샌프란시스코의 매력도 처음에
비하면 한풀 꺾여 시들해졌다. 어른들의 얼굴에서는 지혜가
사라져버렸다. 생각하니 나에게는 젊음이 조금 없어진 대신에
지식이 생겼지만 얻은 것이 잃은 것보다 훨씬 더 소중했다.

베일리 또한 훨씬 성숙해 있었다. 오빠는 나보다 몇 년이
나 더 나이가 들어 보였다. 우리의 젊음이 부서져버린 그 여
름에 그는 겉멋이 잔뜩 든 길거리 소년들과 사귀었다. 사용하
는 말투까지 달라져서 말할 때마다 냄비에 만두를 집어넣듯
계속 저속한 표현을 섞어 썼다. 나를 보고 반가웠을 텐데 반
갑다는 듯이 행동하지도 않았다. 내가 겪은 모험과 재난을 이
야기하려고 해도 오빠가 아무 관심 없는 듯한 반응을 보이는
바람에 나는 입을 굳게 다물어버리고 말았다. 오빠의 새 친구
들은 최신 유행하는 화려한 옷에 챙이 넓은 모자를 쓰고 뱀 모
양 긴 체인을 벨트에 매달고는 거실과 홀을 뒤죽박죽으로 만
들어버렸다. 그들은 몰래 슬로 진을 마시고 음담패설을 늘어
놓았다. 비록 나는 후회는 없었지만 어른이 된다는 건 생각보
다 더 고통이 따르는 과정이라고 슬픈 마음으로 자신을 위로
했다.

한 가지 점에서 오빠와 내가 전보다 더 가까워졌다. 내가
사교춤의 숙련된 기교를 터득했다는 사실 말이다. 힘 하나 들

이지 않고 멋들어지게 춤을 추는 어머니에게 많은 레슨을 받고도 제대로 성과를 거두지 못했던 나는 거리 생활을 겪으며 새롭게 얻은 값비싼 자신감 덕분에 이제 리듬에 모든 걸 내맡기고 리듬이 이끄는 대로 움직일 수 있게 됐다.

어머니는 우리가 시 공회당의 북적거리는 사람들 틈에 끼여 큰 밴드 연주에 맞추어 춤춰도 된다고 허락했다. 우리는 카운트 베이시에 맞추어 지터벅을, 캐브 캘러웨이에 맞추어 린디 앤드 빅 애플을, 듀크 엘링턴*의 노래에 맞추어 하프타임 텍사스 홉을 추었다. 그로부터 몇 달이 지나지 않아 멋진 베일리와 그의 껑다리 여동생은 댄스광으로 이름을 날렸다('댄스광'이라는 말은 우리 두 사람에게 딱 어울리는 표현이었다).

비록 나는 (의도적인 것은 아니었다고 해도) 어머니를 변호하려고 목숨까지 내걸었지만 이제 어머니의 평판과 명성, 사회적 이미지는 내 관심거리가 아니었거나 거의 관심거리가 아니다시피 했다. 물론 그렇다고 해서 내가 어머니를 덜 좋아하게 된 건 아니다. 그냥 모든 일과 모든 사람에게 전보다 신경을 덜 쓰게 됐을 뿐이다. 나는 일단 삶의 놀라운 사건들을 모두 보고 난 뒤에 느끼는 지루함에 대해 가끔 생각했다. 그렇게 두 달을 보낸 뒤에 나는 삶에 싫증을 느끼게 되었다.

---

*   베이시, 캘러웨이, 엘링턴은 '빅 밴드' 시대를 대표하는 흑인 가수들

어머니와 베일리는 오이디푸스콤플렉스*와 관련한 혼란에 빠졌다. 두 사람은 상대방 없이는 살 수 없었지만 그렇다고 함께 살 수도 없었다. 그런데 양심과 사회, 도덕과 윤리의 압력이 그들에게 서로 떨어질 것을 명령했다. 어머니는 속이 뻔히 들여다보이는 구실을 대어 베일리에게 집을 나가라고 했다. 오빠도 마찬가지로 속이 뻔히 들여다보이는 구실을 대면서 그 명령을 받아들였다. 베일리는 이제 열여섯 살이었고 나이에 비해 몸집이 작았지만, 누구보다도 머리가 영리했고, '사랑스러운 어머니'와 절망적으로 사랑에 빠져 있었다.

하지만 어머니의 영웅들은 어머니의 친구들로서 불법적인 조직 활동에서 거물들이었다. 그 남자들은 200달러짜리 체스터필드 코트를 걸치고 한 켤레에 50달러나 하는 부쉬 구두를 신고 녹스 모자를 썼다. 입고 있는 셔츠에는 이름의 머리글자를 수놓았고 손톱에는 매니큐어를 칠했다. 열여섯 살짜리 소년이 감히 어떻게 그런 엄청난 상대들과 경쟁을 할 수 있겠는가?

그래서 베일리는 자기가 해야 할 일을 했다. 한물간 백인 창녀를 하나 구했고, 새끼손가락에 다이아몬드 반지를 끼고 래글런형 소매가 달린 해리스 트위드 코트를 입고 다녔다. 오

---

* 프로이트가 제시한, 아들이 무의식적으로 어머니를 좋아하는 심리

빠는 그렇게 하는 것이 '사랑스러운 어머니'의 굳게 닫힌 문을 열 수 있는 비결이 된다고는 의식적으로 생각하지 않았다. 또한 어머니는 자신의 선택이 베일리를 그런 극단적인 행동으로 몰았다는 사실을 전혀 깨닫지도 못했다.

나는 무대 옆에서 그 비극의 파반*이 클라이맥스를 향해 줄기차게 치닫고 있는 모습을 귀로 듣고 눈으로 지켜보았다. 두 사람 사이에 끼어든다는 것은 생각조차 할 수 없었다. 차라리 해가 뜨는 것을 막고 다가오는 허리케인을 막을 궁리를 하는 쪽이 더 쉬울 것이다. 어머니가 모든 남자에게 복종의 명예를 받아낸 아름다운 여인이었다고 해도 어쨌든 그녀는 한 어머니였고 그것도 '아주 훌륭한 어머니'였다. 그런 여자의 아들이 젊음을 다 빨아먹고 어른이 되기 전에 망쳐버리려는 퇴물 백인 창녀에게 이용당할 순 없었다. 정말이지 도저히 그럴 수는 없는 노릇이었다.

베일리로 말하면 그런 여자의 아들이었고, 그 여자는 그의 어머니였다. 하지만 베일리는 심지어 상대가 이 세상에서 가장 아름다운 여인일지라도 그녀한테서 굴욕을 감수할 의도가 전혀 없었다. 비록 우연히도 그 상대가 자신의 어머니가 되었다 해도 조금도 자신의 결심을 굽히려고 하지 않았다.

집에서 나가라고? 오, 제기랄, 그러지 뭐. 내일 나가라고? 오늘은 어떻고? 오늘이라고? 지금 당장은 안 되나? 하지만 모

* 속도가 느리고 장엄한 춤

든 계획을 신중하게 타협하기 전까지는 아무도 어떤 행동에 옮길 수 없었다.

격렬한 말다툼이 벌어졌던 몇 주 동안 나는 절망을 느끼면서도 경이감에 도취되어 앉아 있었다. 우리는 불경스러운 말이나 노골적으로 비꼬는 말을 하지 못하게 돼 있었는데도 베일리는 혀끝에 말을 교묘하게 빙빙 돌리면서 어머니를 신랄하게 공격했다. 한편 어머니는 어머니대로 욕설을 내뱉었다. (그 열정적인 폭발 앞에서는 세상에서 아무리 강한 남자라도 가슴털이 모조리 다 뽑히고 말 것이다.) 그리고 그 일에 대해 어머니는 나중에 (나한테만) 상냥하게 사과했다.

나는 그들의 힘겨루기 혹은 사랑싸움에서 제외되어 있었다. 아니, 그들 두 사람에겐 박수갈채를 보내줄 사람이 필요하지 않았기 때문에 나라는 존재는 열외가 되고 잊혀버렸다고 하는 쪽이 더 정확할 것이다.

이 무렵 내가 놓인 상황은 2차 세계대전 당시의 스위스와 어느 정도 비슷했다. 내 주위에서 폭탄이 터지고 사람들이 고문당했지만 나는 중립이라는 한계 때문에 아무런 힘도 행사할 수가 없었다. 이런 상황에서 희망은 사라지고 있었다. 그러다가 평상시와 다름없는 어느 날 저녁, 모두의 고통을 덜어준 대결의 순간이 왔다. 11시가 넘었고, 나는 어머니가 집 밖으로 나가는 소리나 베일리가 삐걱거리며 조심스럽게 계단을 올라오는 소리를 들으려고 내 방문을 조금 열어뒀다.

아래층에 있는 전축은 "내일 밤, 당신이 오늘 밤 내게 한 말을 기억하실 건가요?" 하는 로니 존슨*의 노래를 있는 대로 크게 쏟아냈다. 유리잔이 짤랑거리고 목소리들이 서로 비비댔다. 아래층에서는 파티가 한창 무르익었는데, 베일리는 어머니가 정해놓은 11시 통행금지를 무시했다. 만약 자정 전에만 돌아온다면 어머니가 따귀 몇 대 때리며 꾸짖는 것으로 끝날지 모른다.

자정이 됐는가 싶더니 금방 지나가버렸다. 나는 침대에 앉아 혼자 하는 카드놀이의 첫 패를 깔았다.

"베일리!"

내 손목시계의 바늘이 비스듬히 기울어진 V자 모양으로 1시를 가리켰다.

"네, 사랑스러운 어머니?"

말하자면 대결 준비를 하는 자세인 셈이다. 베일리의 목소리가 달콤하면서도 신랄하게 찌르고 들어왔는데 그는 '사랑스러운'이라는 말에 힘을 줬다.

"이제 너도 어른이란 말이지……. 전축 좀 못 끄겠니!"

어머니가 마침내 소란스럽게 파티를 벌이는 아이들에게 소리를 질렀다.

---

*   미국의 블루스, 재즈 가수

"저는 어머니 아들인데요, 사랑스러운 어머니."

날쌔게 몸을 돌려 공격을 슬쩍 피하는 말이다.

"지금이 11시니, 베일리?"

이 부드러운 말투는 상대방의 방어 자세를 무너뜨려 허를 찌르려는 페인트 모션이다.

"1시가 넘었는데요, 사랑스러운 어머니."

베일리가 드디어 본격적인 게임에 들어갔고 이제부터는 직접적인 공격이 전개될 것이다.

"이 집 남자 중에 어른은 오직 클라이델뿐이야. 만약 네가 그렇게 어른이라고 생각한다면……."

어머니의 목소리는 마치 면도칼을 가죽끈에 가는 것처럼 갑자기 튀어나왔다.

"지금 떠나려고요, 사랑스러운 어머니."

공손한 말투가 그 말의 의미를 더욱 부각했다. 피 한 방울 흘리지 않고 멋진 일격으로 베일리는 어머니의 투구 바로 밑을 찔렀다.

이제 방어가 뚫린 이상 어머니가 할 수 있는 일이라곤 곧장 분노의 터널을 따라 달려들어가는 길밖에는 없었다.

"빌어먹을, 그렇다면 당장에 썩 나가버려."

그리고 베일리가 탭댄스를 추듯 계단을 올라가 자기 방으로 들어가는 동안 어머니 구두 소리가 딸각딸각 리놀륨을 깐 홀을 지나갔다.

누런 황토빛 낮은 하늘을 쓸어내리며 마침내 비가 오면

자연현상을 지배할 수 없는 우리는 결국 안도감을 느끼게 된다. 세상의 종말을 목격하는 것 같은 신비에 가까운 느낌도 결국에는 빗방울이라는 현실적인 것들에 굴복하고 만다. 뒤따라오는 감정들은 비록 평범하지는 않지만 적어도 그렇게 신비스럽지는 않다.

베일리가 지금 집을 떠나려고 한다. 새벽 1시에, 지옥에서 보낸 내 외로운 시절에 도깨비들과 악마들과 나쁜 요정들에게서 나를 지켜준 어린 오빠가 집을 떠나려고 한다.

나는 이제껏 줄곧 이런 피치 못할 결과가 오리라는 걸 알고 있었다. 심지어 오빠가 불행이라는 배낭을 걸머지는 것을 돕겠다고 제안하면서도 감히 그 배낭 안을 뒤져볼 수는 없다는 걸 잘 알고 있었다.

그래선 안 된다는 판단과는 달리 나는 오빠의 방으로 들어갔다. 오빠는 세심하게 간수해온 옷들을 베갯잇 안에 마구 던져 넣었다. 오빠의 어른스러움이 나를 당황하게 했다. 단단한 주먹처럼 굳어진 작은 얼굴에서 나는 오빠의 흔적이라고는 아무것도 찾아볼 수 없었다. 무슨 말을 해야 할지 몰라서 망설이다가 도와줄 게 없느냐고 묻자, 오빠가 이렇게 대답했다.

"젠장, 날 그냥 내버려둬."

나는 아무 말도 하지 않고 그냥 문설주에 기대어 섰다.

"어머니가 나를 쫓아내고 싶어 하셔, 그런 거지? 그렇다면 번개같이 나가줘야지. 그러고도 우리 어머니라고? 체! 빌어먹을. 어머니는 이제 절대로 나를 다시 보지 못할걸. 그렇게 만들 수 있어. 영원히 말이야."

그러다가 오빠는 문득 내가 아직도 문간에 서 있다는 사실을 깨달았고 마침내 우리 관계를 기억해낼 정도로 의식이 돌아왔다.

"마야, 너도 지금 떠나고 싶으면 같이 가도 좋아. 내가 널 돌봐줄게."

베일리는 내 대답을 기다리는 대신 금방 또다시 자신의 영혼에게 중얼거리기 시작했다.

"어머니는 나를 보고 싶어 하지 않을 거야. 나도 절대로 어머니를 그리워하지 않을 거고. 어머니라고? 집어치워. 다른 사람들도 마찬가지고."

베일리는 셔츠와 넥타이 위에 신발을 구겨 넣고는 양말들을 베갯잇 안에 쑤셔 박았다. 오빠가 또다시 내 존재를 기억해냈다.

"마야, 네가 내 책들을 가지려무나."

내가 흘리는 눈물은 베일리 때문도, 어머니 때문도, 심지어 나 자신 때문도 아니었다. 그것은 삶이 눈감아준 덕분에 살아가는 인간들의 무력함 때문에 흘리는 눈물이었다. 이런 쓰라린 종말을 피하려면 우리 모두 다시 태어나는 수밖에 없었다. 다른 대안이 있다는 사실을 깨닫고 다시 태어나는 수밖에는 말이다. 하지만 그런다고 과연 상황이 크게 달라질까?

베일리는 퉁퉁해진 베갯잇을 집어 들고는 나를 밀어젖히고 계단 쪽으로 걸어갔다. 앞문이 '쾅' 하고 닫히자 아래층 전축이 온 집 안을 흔들었다. 냇 킹 콜*이 "허리를 곧게 펴고 똑바로 날아" 하고 세상에 경고했다. 마치 인간들에게 선택의 여지가 있기라도 한 것처럼.

이튿날 아침 어머니의 두 눈은 빨갛게 충혈된 데다가 얼굴도 부스스했다. 하지만 어머니는 '인생이란 그런 것'이라는 식으로 웃으며 조그마한 원을 그리듯 부산하게 움직였고 아침 식사를 준비하고 사업 이야기를 하고 자신의 주위를 눈부시게 만들었다. 마치 모든 일이 제대로 되어 있고 언제나 그랬던 것처럼 아무도 베일리가 없어진 사실을 언급하지 않았다.

집 안은 입에 올리지 않은 생각들로 얼룩이 지다시피 했고, 나는 내 방으로 들어가 숨을 쉬어야 했다. 지난밤에 베일리가 어디로 갔을지 짐작이 갔고, 그래서 오빠를 찾아 도와줘야겠다고 마음을 먹었다. 오후에 창문에 초록색과 오렌지색 글자로 '셋방들'이 있음을 자랑하는, 밖으로 내민 창문이 달린 그 집을 찾아갔다. 누가 보아도 서른은 넘은 어떤 여자가 문을 열어줬고 베일리 존슨은 맨 꼭대기 층에 있다고 했다.

베일리의 두 눈도 어머니 눈처럼 빨갛게 충혈됐지만 엊저녁 경직되어 있던 얼굴은 조금 누그러져 있었다. 오빠는 정중하다고 해도 좋을 만한 태도로 나에게 깨끗한 셔닐 천으로 덮인 침대와 안락의자, 가스식 벽난로와 테이블이 있는 방 안으로 들어오라고 했다. 우리의 이상한 처지를 무마하려는 듯 베

＊　미국의 흑인 가수

일리가 먼저 말을 꺼냈다.

"좋은 방이야, 그렇지? 너도 알다시피 요즘은 방을 구하기가 무척 어려워. 전쟁 중인 데다 또…… 베티(그 백인 창녀 말이다)가 여기 살고 있는데, 내게 이 방을 얻어줬어. 마야, 너도 알잖니, 이렇게 하는 게 더 낫다는걸. ……내 말은, 나는 이제 어른이고, 그러니 나 혼자 힘으로 살아가야만……."

베일리가 운명에게도, 어머니에게도, 아니면 적어도 자신에게 무거운 짐을 지운 그 무엇에도 저주하고 욕하지 않는데 화가 치밀었다.

"글쎄."

나는 베일리의 화를 돋울 만한 말을 생각했다.

"만약 어머니가 정말로 어머니라면, 이렇게 하지는……."

베일리는 마치 내가 손금을 읽어주기라도 할 것처럼 작고 검은 손을 들어 올려 내 말을 가로막았다.

"잠깐, 마야, 어머니는 옳았어. 모든 사람의 삶에는 때라는 게 있는 법이야……."

"베일리 오빠, 오빠는 이제 겨우 열여섯 살이야."

"나이로 치자면 그렇지. 하지만 나는 여러 해 전부터 이미 열여섯이 아니었어. 어쨌든 남자가 어머니의 앞치마 끈을 끊고 스스로 삶과 마주해야 할 때가 있어. ……사랑스러운 어머니께도 말씀드렸듯이 내게 지금이 그런 시기가……."

"어머니하고는 언제 이야기했는데……?"

"오늘 아침에. 사랑스러운 어머니께 말씀드렸어……."

"전화를 건 거야?"

"그래. 그리고 어머니가 이곳으로 찾아오셨어. 우린 유익한 이야기를 많이 했지."

베일리는 마치 주일학교 선생님처럼 정확하게 어휘를 선택했다.

"어머니는 완전히 이해하셨어. 모든 사람의 삶에는 안전한 부두에서 떠나 기회의 바다로 나가야 할 때가 있어. ……어쨌든 어머니가 오클랜드에 있는 친구한테 연락해서 남태평양철도회사에 일자리를 얻어주기로 하셨어. 마야, 이건 다만 시작에 지나지 않아. 나는 식당칸 웨이터로 시작해서 다음에는 차장이 될 거고, 배울 걸 다 배우고 난 뒤에는 점점 영역을 넓혀갈 거야. ……미래는 밝아 보여. 흑인 남자는 아직 미래를 위한 전선에 돌격도 하지 않았어. 나는 모든 위험을 무릅쓰고 최선을 다할 거야."

베일리의 방에서는 음식 기름 냄새와 리졸 냄새 그리고 세월의 냄새가 풍겼지만 오빠의 얼굴에는 자기 말의 신선함을 믿는 표정이 감돌았다. 나에게는 오빠를 다시 우리 삶과 우리 시대의 악취 나는 현실로 끌어오고 싶은 마음도, 그럴 만한 재주도 없었다.

옆방에서는 창녀들이 가장 먼저 자리에 눕고 가장 나중에 일어났다. 아래층에서는 24시간 철야 영업을 하는 닭고기 요리 저녁 식사와 도박이 한창이었다. 바깥에서는 죽음이 기다리는 전쟁에 나갈 해군과 육군 병사들이 몇 블록에 걸쳐 창문을 깨고 자물쇠를 부숴댔다. 건물이나 피해자의 기억에라도 자신들의 흔적과 모습을 남기고 싶어 하면서……. 베일리는 단단한 결심으로 무장했고 젊음에 마취되었다. 비록 내가 제안할 것이 있었다고 해도 나는 베일리의 불운한 갑옷을 뚫고 들어갈 수가 없었을 것이다. 그리고 무엇보다 유감스러웠던 건 내겐 그에게 제안할 것이 아무것도 없었다는 사실이다.

"나는 오빠 동생이야. 그러니 무엇이든 내가 할 수 있는 일이라면 할게."

"마야, 내 걱정은 하지 마. 그게 내가 너한테 바라는 거야. 걱정하지 말라고. 난 괜찮을 거야."

우리가 할 수 있는 말을 모두 했기 때문에, 오직 그 한 가지 이유로 나는 베일리의 방에서 나왔다. 미처 하지 못한 말들이 언어로 표현할 기술이 없는 생각에 파도처럼 거칠게 부딪치면서 밀려와 방 안을 불편할 정도로 가득 채웠다.

34

그 뒤로 내 방은 지하 감옥이 보여줄 수 있는 모든 유쾌함과 무덤이 가질 수 있는 모든 매력을 두루 갖추었다. 그런 곳에 그대로 머물러 있을 수는 없었지만, 그렇다고 떠난다는 것 또한 그렇게 매력적이지 않았다. 지금 가출해봤자 멕시코에서의 사건을 겪었으니 김빠진 일이었고, 또한 한 달 동안 폐차장 생활을 경험한 뒤에는 한낱 진부한 이야기에 지나지 않았다. 하지만 변화에 대한 욕구가 불도저처럼 내 의식 한가운데를 뚫고 몰려왔다.

나는 그 해답을 알고 있었다. 해답은 충돌 사고처럼 갑작스럽게 나를 찾아왔다. 일자리를 구하면 되는 일이었다. 어머니를 설득하기는 그렇게 어렵지 않을 것이다. 결국 나는 학교에서 동급생들보다 1년이나 앞섰고, 어머니는 자급자족 정신을 굳게 믿는 사람이었다. 실제로 어머니는 내가 자신을 닮아 진취적 기상이 있다고 생각하며 흐뭇해할 것이다. (어머니는 자신을 두고 '자기 일은 스스로 자기가 하는' 첫 번째 여자였다고 말하는 것을 좋아했다.)

일단 일자리를 갖기로 마음을 정하자 이제 어떤 일이 나에게 가장 잘 맞느냐를 결정하는 일이 남았다. 지적인 자부심 때문에 학교에서 타이핑이나 속기, 문서 정리 같은 과목을 일절 듣지 않아서 사무직은 선택에서 제외됐다. 군수공장과 조선소는 출생증명서를 요구했고, 열다섯 살밖에 되지 않은 나는 자격 미달이었다. 그래서 보수가 좋은 군수 업종 일도 고려 대상에서 제외됐다. 그 무렵에는 여자들이 남자들 대신 전차 차장과 운전사 일을 했는데, 나는 짙푸른 제복을 입고 잔돈 교환 주머니를 벨트에 맨 채 샌프란시스코 언덕들을 오르락내리락하는 모습을 열렬하게 공상했다.

내가 예상한 대로 어머니는 설득하기 쉬웠다. 세상이 너무나 빠르게 돌아갔고, 돈을 무진장 벌 수 있었던 데다가, 수많은 사람이 괌과 독일에서 죽어가고 있기에 낯선 사람들이 하룻밤 사이에 좋은 친구가 되는 판국이었다. 목숨은 값이 싸고 죽음은 완전히 공짜였다. 이런 때에 어떻게 어머니가 내 학문적 진로를 생각할 여유가 있었겠는가?

무슨 일을 할 거냐는 어머니의 질문에 나는 전차에서 일자리를 찾고 싶다고 대답했다. 어머니는 내 생각에 반대하며 이렇게 말했다.

"전차 회사에서는 흑인을 고용하지 않는단다."

나는 즉시 화를 낸 뒤 곧바로 그런 차별적인 관례를 타파하겠다는 숭고한 결의를 보이고 싶었다. 하지만 실제로 내가 보인 첫 반응은 실망의 빛이었다. 푸른 서지 제복을 단정하게 차려입고, 허리에는 잔돈 교환 주머니를 멋지게 매달고, 명랑하게 웃는 얼굴로 승객들의 하루를 밝게 해주는 내 모습을 그렸는데 말이다.

실망의 구렁텅이에 빠졌던 내 감정은 사다리를 타고 올라가 점차 도도한 분노로 바뀌어갔다. 그리고 마침내 내 정신은 성난 불도그의 턱처럼 굳게 닫힌 완고한 상태에 이르렀다.

나는 전차에서 일을 할 것이고 푸른 서지 제복을 입을 것이다. 어머니는 평상시처럼 간결하게 혼잣말을 하며 나를 지지했다.

"그게 네가 원하는 거란 말이지? 그렇다면 실패할 때 실패하더라도 한번 시도는 해봐야지. 네가 가진 걸 모두 바쳐라. 너한테 여러 번 말했지만 '할 수 없다는 말은 하고 싶지 않다'

는 말과 같으니까. 그 두 가지 말은 아무런 의미가 없어."

　그 말을 해석하자면 사람이 할 수 없는 일이란 아무것도 없고, 또한 인간이 관심을 가져선 안 되는 일이란 아무것도 없어야 한다는 걸 뜻했다. 나한테 그보다 적극적인 격려는 없을 것 같았다.

　마켓 스트리트 전차 회사 사무실 안내 직원은 내가 그 사무실의 지저분한 내부와 칙칙한 실내장식을 보고 놀란 것만큼이나 나를 보고 놀랐다. 나는 왠지 그 회사가 가구에는 왁스 칠을 하고 바닥에는 카펫을 깔았으려니 기대했다. 만약 내가 그곳에서 거부당하지만 않았더라면 나는 그런 별 볼 일 없어 보이는 싸구려 회사에서 일하겠다는 결심을 접었을지도 모른다. 하지만 어쨌든 나는 일자리를 알아보러 왔다고 설명했다. 그러자 그 여자는 소개소에서 보냈느냐고 물었고, 아니라고 대답하자 자기들은 소개소에서 보내는 지원자들만 받는다고 했다.

　하지만 조간신문 직업 소개란에는 그 회사에서 여자 운전사와 차장을 모집한다는 광고가 버젓이 실렸고, 나는 그녀에게 그 사실을 상기시켰다. 그러자 그 여자는 나에게 놀라움이 가득한 표정을 지어 보였는데 의심 많은 내 성격으로 판단할 때 그 표정은 분명 진짜가 아니었다.

　"저는 지금 오늘 아침 《크로니클》에 실린 일자리에 지원하는 겁니다. 인사 담당 매니저를 만났으면 하는데요."

내가 건방진 말투로 말하면서 마치 우리 집 뒷마당에 유전油田이라도 있는 듯한 태도로 방 안을 둘러보는 동안, 몇백 개의 뜨거운 바늘 같은 것이 내 겨드랑이를 찔렀다. 안내 직원은 탈출구를 찾았고 이렇게 그 속으로 피해 들어갔다.

"인사 담당 직원은 지금 외출 중이에요. 오늘은 들어오지 않을 겁니다. 그러니 내일 다시 들러보세요. 그때 그분이 계시면 틀림없이 만날 수 있을 거예요."

그러고 나서 여자는 녹슨 나사못을 삐걱거리며 의자를 회전시켜 돌아앉았고, 그렇게 해서 나를 퇴장시키려고 했다.

"그분 이름을 가르쳐주시겠어요?"

의자를 반쯤 돌린 여자는 내가 아직 그곳에 있는 것을 보고 놀라는 척했다.

"이름이라고요? 누구 이름 말인가요?"

"당신 회사 인사 담당 직원 말이에요."

우리는 이제 본격적으로 위선이라는 연극을 연출하기 시작했다.

"인사 담당 직원요? 오, 그분은 쿠퍼 씨예요. 하지만 그분이 내일 여기 나올지는 알 수 없어요. 그분은…… 오, 하지만 어쨌든 한번 와보세요."

"고마워요."

"천만에요."

나는 그 곰팡내 나는 방을 나와 곰팡내가 더 짙게 풍기는 로비로 들어갔다. 길거리에 나와 그 안내 직원과 내가 친근하다 못해 진부한 연기를 충실히 하는 모습을 그려보았는데, 나는 이전에 한 번도 이런 상황을 겪은 적이 없었고 그건 그 여자도 마찬가지였을 것이다. 우리는 각본을 모조리 암기하고 있으면서도 여전히 케케묵은 비극에서 새롭게 눈물을 흘리고 우스운 상황에서 자동으로 웃을 수 있는 배우들과 같았다.

그 비참하고 하찮은 만남은 그 멍청한 여직원에게 그랬던 것처럼 나하고도, 정말로 진짜 나하고도 아무런 상관이 없었다. 그 사건은 끊임없이 오래전에 바보 같은 백인들이 만들어낸 악몽으로 되돌아와 우리 모두를 괴롭혔다. 그 여직원과 나는 《햄릿》의 마지막 장면에 나오는 주인공 햄릿과 레어티스 같았다. 그 장면에서 우리는 한 조상이 다른 조상에게 끼친 피해 때문에 죽음의 결투를 벌일 수밖에 없었다. 또한 연극은 어떤 식으로든 끝이 나지 않으면 안 됐다.

나는 그 여직원을 용서하는 데서 한 걸음 더 나아가 그 여자를 나처럼 똑같은 꼭두각시놀음 연출자에게 희생당한 동료로 받아들였다.

전차를 타고 요금을 상자에 넣자, 차장이 보통 때처럼 백인들의 경멸이 담긴 매서운 눈빛으로 나를 쳐다보았다.

"차 안쪽으로 들어가. 안쪽으로 들어가라고."

그러면서 그 여자는 잔돈 교환 주머니를 두드렸다.

콧소리 나는 그 여자의 남부 억양이 내 명상을 산산조각이 나게 깨뜨렸고 나는 부서진 생각들을 자세히 들여다보았다. 모두가 다 거짓말이었다. 모두가 다 편의상 거짓말이었다. 안내 직원도 결백하지 않았고, 나도 결백하지 않았다. 우리가 지저분한 대기실에서 벌인 제스처 게임은 전부 내가 흑인이고 그 여자가 백인이라는 사실과 직접 관계가 있었다.

나는 전차 안쪽으로 들어가지 않고 차장 위쪽에 있는 발판에 서서 그녀를 노려보았다. 내 마음이 어찌나 힘차게 소리를 질러대는지 그 소리에 내 정맥이 다 솟고 입이 단단하게 오므라들었다.

나는 전차 일자리를 따내고 말 거야. 차장이 될 거고, 잔돈이 가득 찬 잔돈 교환 주머니를 벨트에 매달 거야. 그러고 말거란 말이야.

그 뒤 3주 동안 나는 벌꿀처럼 단호한 마음으로 여기저기를 들락날락하면서 시간을 보냈다. 내가 도움을 청한 흑인 단체들은 나를 배드민턴 코트의 공처럼 서로 넘겼다가 받았다가 했다. 나는 왜 하필이면 그 일을 고집하는 걸까? 보수가 두 배 가까이 되는 직장들이 사람을 못 구해서 야단인데 말이다. 간신히 만나서 이야기를 할 수 있었던 하급 직원들은 내가 미쳤다고 생각했다. 어쩌면 그럴지도 모른다.

샌프란시스코 다운타운은 낯설고 추운 곳으로 변했고, 내가 친밀감을 느끼고 좋아한 거리들은 심술궂게 비틀어진 이름 모를 도로들로 바뀌었다. 포티 나이너즈*와 다이아몬드

* 샌프란시스코 미식축구팀

릴*, 로버트 서비스**, 서터***, 잭 런던****에 대한 내 추억을 간직한, 오래되고 화려한 회색빛 로코코식 건물들은 악의적으로 한데 뭉쳐 나를 내쫓으려는 당당한 구조물들이었다. 나는 월급을 받는 그 회사 직원처럼 자주 전차 사무실에 들락거렸다. 그러면서 투쟁 범위도 넓어졌다. 나는 마켓 스트리트 전차 회사뿐 아니라 회사 사무실들과 엘리베이터들과 그 운전사들 모두가 들어 있는 그 건물의 대리석 로비 전체와 싸움을 벌였다.

이런 긴장이 계속되는 동안 어머니와 나는 어른으로 서로를 존중하는 긴 행로의 첫발을 내딛기 시작했다. 어머니는 한 번도 나에게 성적표를 보자고 하지 않았고, 나 또한 그에 대해 아무런 자세한 이야기도 하지 않았다. 하지만 어머니는 매일 아침 마치 내가 출근하는 것처럼 아침을 지어주고 교통비와 점심값을 주었다. 어머니는 삶이 얼마나 짓궂은지 이해했고, 삶과 벌이는 싸움에 기쁨이 존재한다는 사실도 분명히 알고 있었다. 또한 내가 허영을 좇는 것이 아니라는 사실을 명백히 알고 있었으며, 할 수 있는 모든 것을 다하기 전까지는 절대로 굴복하지 않으리라는 것도 잘 알고 있었다.

---

*   만화 《마블*Marvel*》의 등장인물

**   캐나다에서 활약한 영국 시인

***   1848년 캘리포니아에서 처음 금을 발견한 군인

****   《야성의 부름*The Call of the Wild*》(1903), 《마틴 에덴*Martin Eden*》(1913)을 쓴 샌프란시스코 출신 소설가

하루는 아침에 집에서 나오는데 어머니가 이렇게 말했다.

"삶이란 공들인 만큼 되돌아오는 법이란다. 무엇을 하든 네 모든 정성을 쏟도록 해라. 그리고 기도하고 나서 기다리는 거야."

또 언젠가는 이런 격언을 나에게 일깨워주기도 했다.

"하늘은 스스로 돕는 자를 돕는다."

어머니는 필요할 때마다 불러 쓸 수 있는 온갖 격언을 머릿속에 저장하고 있었다. 그런데 신기한 건 그 상투적이고 진부한 말이 따분하게 느껴지면서도 어머니의 억양은 그 말들에 뭔가 새로운 의미를 불어넣었고 내가 잠깐이나마 생각하도록 만들었다는 사실이다.

나중에 어떻게 일자리를 얻어냈느냐는 질문을 받았을 때 나는 끝내 정확하게 설명할 수가 없었다. 다만 내가 아는 것이라고는 그전의 다른 날들과 진절머리가 나도록 똑같은 어느 날 내가 인터뷰를 기다리는 척하면서 전차 회사 사무실에 앉아 있었다는 점이다. 그런데 안내 직원이 자기 책상으로 나를 부르더니 나에게 서류 한 다발을 휙 넘겨주었다. 일자리 지원서 양식들이었다. 직원은 세 통을 작성해야 한다고 했다.

그런데 지원서에 있는 통상적인 질문들은 내가 교묘하게 거짓말을 할 필요가 있는 것들이라 나는 과연 내가 승리를 거두었는지 그렇지 않은지 생각할 여유가 없었다. 나이는 몇 살인가? 가장 최근에 다닌 직장부터 최초에 다닌 직장까지 역순으로 과거의 경력을 나열하라. 임금은 얼마나 받았으며 그만

둔 이유는 무엇인가? (친척은 제외하고) 보증인 두 명을 적어라.

벽에 면한 사이드 테이블에 앉아서 나는 거의 진실에 가깝지만 완전히 거짓말인 답안을 실뜨기놀이처럼 복잡하게 짜냈다. 멍한 표정을 지은 채(오랜 수법이다), 나이는 열아홉 살에, 아칸소주 스탬프스에 사는 애니 헨더슨 부인(백인 부인이다)의 친구이자 운전사였던 마거릿 존슨의 우화를 재빨리 꾸며내어 적었다.

혈액검사, 적성검사, 체력 일치 검사, 로르샤흐 검사*를 받은 뒤 더없이 행복하던 날에 나는 마침내 샌프란시스코 전차 회사에서 최초의 흑인 직원으로 고용됐다.

어머니는 나에게 푸른 서지 제복을 맞출 돈을 줬고, 나는 근무 카드를 작성하고 잔돈 교환 주머니를 관리하고 환승표에 구멍을 뚫는 법을 배웠다. 시간이 빨리 흘러 나는 마침내 흔들거리는 전차 뒤에 매달려 상냥히 웃으며 승객들을 설득했다.

"안쪽으로 들어가세요."

한 학기 동안 전차와 나는 샌프란시스코의 깎아지른 듯한 언덕을 덜덜거리면서 올라갔다 쏜살같이 질주해서 내려갔다. 종소리를 딸랑거리면서 집 없는 선원들이 묵는 싸구려 환락가가 있는 마켓 스트리트를 내려가 금문교 공원의 조용한 휴식처를 지나고, 폐쇄적이고 사람이 살지 않는 것처럼 보이는 선

---

* 잉크 얼룩 같은 도형을 해석해 사람의 성격을 판단
하는 심리 검사

셋 지구 주택가를 통과하면서 내겐 흑인 집단 지역의 보호막 같은 것이 별로 필요하지 않게 됐다.

내 근무 교대 시간은 너무나 마구잡이로 배정되어 있어서 명백히 상급자들이 나를 골탕 먹이려고 일부러 그렇게 짜놓은 것처럼 보였다. 어머니에게 의구심을 말하자 어머니가 이렇게 일러주었다.

"그 점은 걱정하지 마라. 네가 원하는 것을 얻지 않았니. 얻은 것에는 대가를 치르는 법이야. 대가를 두 배로 치른다고 해도 아무 문제도 안 된다는 걸 내가 보여주마."

어머니는 잠을 자지 않고 깨어 있다가 새벽 4시 30분에 나를 차고까지 태워다 주었고, 동이 트기 전에 내가 일을 마치면 다시 나를 데리러 왔다. 세상이 위험하다는 것을 충분히 인식하고 있던 어머니는 일단 대중교통 수단은 안전하지만 택시 운전사에게는 절대로 날 믿고 맡길 수 없다고 판단했다.

봄 학기가 시작되자 나는 다시 정규 교육에 매진했다. 나는 훨씬 더 현명해지고 어른스러워졌으며, 은행 계좌를 개설하고 내가 번 돈으로 옷을 사는 등 훨씬 더 독립적으로 지냈다. 그래서 내 동년배들이 누리는 즐거움을 조금이라도 누리게 해주는 마법 공식을 확실히 배우고 얻었다고 믿었다.

하지만 사실은 조금도 그렇지가 않았다. 몇 주도 되지 않아 나는 동급생들과 서로 정반대 방향으로 가는 길에 서 있다는 사실을 깨달았다. 동급생들은 다가오는 축구 시합에 관심을 가지고 흥분했지만, 나는 얼마 전까지만 해도 어둡고 낯선 멕시코의 산을 따라 자동차를 질주하고 있었다. 내가 한 달 동안 버려진 자동차에서 잠을 자고, 새벽에 들쑥날쑥한 교대 시간에 맞춰 전차 차장 노릇을 했던 기억을 떠올릴 때, 동급생들은 누가 학생회장감으로 적당한지, 언제 이에서 금속 교정기를 떼어낼 수 있을지에만 관심이 있었다.

비록 의도하지는 않았어도 나는 무지하다는 사실도 모르는 단계에서 뭔가를 알고 있다고 깨달은 단계로 발전했다. 그리고 이런 인식에서 가장 나빴던 것은 나 스스로 내가 알고 있는 것이 무엇인지 모른다는 점이었다. 어쨌든 나는 아주 조금밖에는 아는 게 없다는 사실을 알게 됐지만, 아직도 더 배워야 할 것들을 조지 워싱턴 고등학교에서는 배울 수 없다고 확신했다.

나는 수업을 빼먹고 금문교 공원을 거닐거나 임포리엄 백화점의 번쩍거리는 진열장을 따라 어슬렁거리기 시작했다. 어느 날 내가 무단결석한다는 사실을 알게 된 어머니는 나에게 학교에 가고 싶지 않으면 시험을 보지 않아도 좋고 또 내 성적이 기준에 도달하면 어머니한테 말하고 집에서 쉬어도 좋다고 말했다. 어머니는 어떤 백인 여자가 자기한테 전화를 걸어 자기 아이에 관해 자신이 알지 못하는 사실을 말하는 것이 싫다고 했다. 그리고 내가 아직 스스로 자신을 변호할 만큼 어른이 되지 않았기 때문에 자신이 백인 여자에게 거짓말을 해야 하는 처지가 되는 게 싫다고 했다. 그래서 나는 이제 무단으로 결석을 하지는 않았지만, 학교에서 보내는 길고 울적한 시간을 위로해줄 만한 것은 아무것도 없는 것 같았다.

젊음의 무지라는 팽팽한 곡예사의 밧줄 위에 홀로 남아 있는 것은 곧 완전한 자유라는 극도의 아름다움과 영원한 망설임이라는 위협을 동시에 경험하는 것이다. 설령 살아남는 사람이 있다고 해도 아주 극소수만이 십 대를 견뎌내고 살아남는다. 대부분은, 성인으로서 순응하라는 모호하지만 살인적인 압력에 굴복하고 만다. 성숙이라는 우월한 세력과 끝없이 전쟁을 벌이는 것보다는 차라리 죽어서 싸움을 피하는 쪽이 더 쉽다.

최근까지 각각의 세대는 저마다 젊고 무지하다는 혐의에 유죄를 인정하는 것이 더 편리하고, 기성세대가 (불과 몇 년 전만 해도 그들 자신도 그 범죄를 자백했으면서도) 부과하는 형벌을 받는 쪽이 더 견디기 쉬운 일이라고 생각했다. 젊음이라는 흔들리는 목적을 가진 얼굴 없는 공포보다는 당장 어른이 되라는 명령이 오히려 더 견딜 만했다.

젊은이들이 서쪽으로 기우는 태양에 반항한 찬란한 시간은, 숫자와 함께 이름으로 구분하는 24시간으로 이루어진 날에 굴복해야만 했다.

흑인 여자들은, 젊은 시절이면 누구나 겪는 그 모든 자연의 힘에 공격받는 동시에 남성의 편견과 백인의 불합리한 증오, 흑인의 무력함이라는 삼중으로 된 집중 포격을 받는다.

미국의 성인 흑인 여성이 가공할 만한 존재로 부상한다는 사실은 흔히 놀라움과 혐오감, 심지어는 호전적인 반응을 불러 일으킨다. 그 사실은 좀처럼 생존자들이 쟁취한, 투쟁에서 얻은 불가피한 승리로 받아들여지지 않으며 열정적인 호응까지는 아니더라도 적어도 존중을 받기는 한다.

35

《고독의 샘》*은 나에게 처음으로 레즈비어니즘과 포르노그래 피의 세계를 소개해준 책이었다. 그 책은 몇 달 동안 나에게 큰 기쁨이자 위협이었다. 나는 그 책을 통해 성도착자의 신비한 세계를 조금이나마 엿볼 수 있었다. 그 책은 내 리비도**를 자극했고, 나는 그 책이 나에게 성도착자가 비밀스러운 세계에서 겪는 온갖 어려움을 알게 해주었다는 점에서 교육적 가치가 있었다고 스스로를 위로했다.

분명히 내가 아는 사람 중에 성도착자는 없었다. 물론 가끔 우리 집에 머물면서 화장한 얼굴에 땀을 줄줄 흘리며 터무니없이 여덟 가지 코스나 되는 저녁 식사를 요리하는 쾌활한 여장 남자들은 여기서 제외했다. 모두가 그들을 스스럼없이 받아들였으며 무엇보다도 특히 그들 자신이 스스로를 받아들

---

* 레즈비어니즘을 다룬 마거릿 래드클리프 홀의 소설 (1928)

** 정신분석학에서 말하는 성적 충동이나 성욕

였기 때문에 나는 그들의 웃음이 진짜이며 그들의 생활이 옷을 갈아입고 화장을 고치는 동안에만 잠깐 중단되는 유쾌한 코미디라고 생각했다.

하지만 진짜 성도착자들인 '여성 연인들'은 내 상상력을 사로잡으면서도 나를 긴장시켰다. 책에는 그 여자들이 가족에게 버림받고 친구들에게 냉대받고 사회에서 배척당했다고 쓰여 있었다. 스스로도 통제할 수 없는 신체 상태 때문에 그렇게 엄청난 처벌을 받았다고 한다.

《고독의 샘》을 세 번 읽고 나니까 사람들한테 짓밟히고 오해받는 레즈비언들에게 동정을 금할 수 없었다. 나는 레즈비언을 자웅동체 인간과 동의어라고 생각했다. 레즈비언들의 가엾은 상황을 그렇게 마음 아파하지 않았을 때 나는 가끔은 그 여자들이 단순한 신체 기관을 어떤 식으로 다루는지 궁금하게 생각했다. 여러 기관 중에서 사용할 기관을 선택하는 걸까? 만약 그렇다면 그런 기관들을 교대로 사용할까, 아니면 좋아하는 것만 계속 사용할까? 또는 두 자웅동체가 어떻게 성관계를 할 수 있을까, 하고 상상하려 했지만 생각하면 할수록 혼란스러워질 뿐이었다. 다른 사람들이 갖고 있는 기관들을 모두 두 개씩 갖고 있고 보통 사람한테 두 개씩 있는 것을 네 개씩 갖고 있다면, 일이 너무 복잡해져서 성행위를 하겠다는 생각 자체를 포기하게 될 것만 같았다.

이런 식으로 생각이 많던 그 무렵에 나는 내 목소리가 지나치게 굵어졌다는 사실을 깨달았다. 내 목소리는 동급생들의 목소리보다 확실히 두 톤이나 세 톤 정도 나지막하게 윙윙거리고 둥둥거렸다. 내 손과 발도 여성스럽고 우아한 것과는 거리가 멀었다. 나는 거울 앞에 서서 내 몸을 초연하게 살펴보았다. 열여섯 살 치고 내 가슴은 민망할 정도로 발육이 덜 됐다. 아무리 친절하게 잘 봐주는 사람이라도 피부가 조금 부어오른 것으로밖에는 보이지 않는다고 할 수 있을 것 같았다. 그리고 흉곽에서 무릎까지의 선은 방향을 틀 만큼 튀어나온 데 하나 없이 일직선으로 내려왔다. 나보다 나이가 어린 여자아이들도 어깨 밑을 면도해야 한다고 떠들었지만 내 겨드랑이는 내 얼굴만큼이나 매끄러웠다. 내 몸에는 또 하나 알 수 없는 것이 자랐는데 뭐라고 설명을 할 수 없었다. 그건 아무짝에도 쓸모없어 보였다.

그때부터 이불 안에 누운 나에게 은밀한 질문들이 싹텄다. 레즈비어니즘은 처음에 어떻게 시작되는 걸까? 어떤 자각 증세들이 있는 걸까? 공립 도서관에 가봤지만 이미 레즈비언이 된 사람에 대한 정보는 찾을 수 있어도(물론 그것마저도 지극히 불충분한 것이었지만) 레즈비언이 되어가는 과정에 관한 정보는 도무지 찾을 수 없었다. 자웅동체 인간과 레즈비언의 차이란, 자웅동체의 경우에는 '그런 식으로 태어난다는' 사실을 알아냈을 뿐이었다. 레즈비언들이 점진적으로 만들어지는지, 아니면 사회에 혐오감을 주는 만큼이나 자신을 당황하게 하면서 갑자기 발생하는지 알 길이 없었다.

나는 하나도 이해할 수 없었고 아무런 마음의 평화도 얻지 못했다. 만족스럽지 못한 책들과 채워지지 않는 머리만 들볶았다. 한편 나는 의식적으로 다른 여자아이들처럼 목소리를 높이려고 했지만 언제나 그러고 있기는 쉽지 않았다. 또 신발 가게에 가면 '부인들을 위한 편한 신발 코너'에서 신발을 골라야 했다.

그래서 나는 어머니에게 물어보았다.

어느 날 저녁 클라이델 아빠가 아직 클럽에서 돌아오지 않았기에 나는 어머니 침대 한쪽 편에 앉아 있었다. 언제나처럼 어머니는 즉시 완벽하게 잠에서 깨어났다. (비비언 백스터는 하품을 하거나 기지개를 켜는 법이 없었다. 어머니는 깨어 있거나 잠들어 있거나 둘 중 하나였다.)

"어머니, 할 말이 있는데요……."

공연히 묻다가 내가 정상이 아니라는 의심을 받게 되면 어머니에게 물어본 걸 죽도록 후회하게 되지 않을까? 내가 범죄에 가까운 행동을 저질렀어도 진실을 고백하기만 하면, 어머니가 나와 의절하지 않고 날 보호해줄 거란 정도는 알고 있었다. 하지만 내가 레즈비언이 되어간다면 어머니는 과연 어떤 반응을 보일까? 더구나 베일리 문제도 아직 걱정거리로 남았다.

"어디 말해보렴. 담배도 한 대 주고."

어머니의 침착한 태도는 한순간도 나를 기만하지 않았다. 어머니는 자신의 인생 비결이 '최고를 바라면서 최악에 대비하는 것'이고, 따라서 그 중간에 해당하는 어떤 일이 발생해도 그렇게 놀라지 않는다고 언제나 말하곤 했다. 그건 아주 훌륭한 말이었고 대부분의 일에 적용됐지만, 만약 하나밖에 없는 외동딸이 레즈비언이 되어간다면…….

어머니가 몸을 옆으로 움직이면서 침대를 툭툭 쳤다.

"이리 온, 아가. 이불 안으로 들어오렴. 질문을 하기도 전에 동태처럼 몸이 얼겠구나."

하지만 지금 당분간은 현재 내가 있는 위치에 그대로 있는 것이 나았다.

"어머니, ……제 돈지갑이…….."

"리티, 네 성기를 말하는 거니? 그런 남부 사투리는 사용하지 말거라. '성기'란 낱말은 나쁜 말이 아니야. 그건 의학 용어란다. 그건 그렇고 그게 어쨌다는 거지?"

담배 연기가 침대 옆 램프 아래에 모여 있다가 방 안으로 자유롭게 퍼져나갔다. 어머니에게 뭔가 물으려 입을 뗀 게 죽도록 후회스러웠다.

"응? ……그래서? 크랩*에라도 걸린 거니?"

나는 그게 무슨 말인지 몰랐기 때문에 어리둥절했다. 어쩌면 그 병에 걸렸는지도 몰랐고 또 아니라고 대답하면 나에게 유리하지 않을 수도 있었다. 한편 걸리지 않았을 수도 있는데 걸렸다고 거짓말한다면?

"잘 모르겠어요, 어머니."

---

* 털이 난 신체 부위에 이가 기생하는 병

"가렵니? 성기가 가렵냐고?"

어머니는 한쪽 팔꿈치에 몸을 의지하고 담배 한 개비를 날쌔게 꺼냈다.

"아니에요, 어머니."

"그렇다면 매독에 걸린 게 아니야. 매독에 걸리면 확실하게 알 수가 있거든."

나는 그 병에 걸리지 않은 게 후회스럽지도 기쁘지도 않았지만 다음번에 도서관에 가면 이 '크랩'이라는 낱말을 찾아봐야겠다고 마음속에 메모를 해두었다.

어머니가 나를 자세히 쳐다봤다. 오직 어머니의 얼굴을 잘 아는 사람만이 그 얼굴에서 근육이 이완되는 것을 알아차리고 그것이 근심을 의미한다는 것도 알았을 것이다.

"성병에 걸린 건 아니지, 그렇지?"

어머니가 심각하게 묻지는 않았지만 어머니를 잘 아는 나로서는 어머니가 그런 생각을 한다는 데 충격을 받지 않을 수 없었다.

"왜 그러세요, 어머니. 물론 아니에요. 끔찍한 이야기를 다 하시네요."

나는 내 방으로 돌아가 전력을 다해 내 걱정거리를 혼자서 처리하려고 했다.

"앉아라, 리티. 담배 한 개비만 더 건네주려무나."

아주 잠깐 어머니는 웃을까 말까, 생각하는 것처럼 보였다. 그러면 정말로 문제가 해결될 것만 같았다. 만약 어머니가 웃으면 나는 이제 아무 이야기도 하지 않을 작정이었다. 어머니가 웃으면 나의 사회적 고립과 인간으로서의 기형을 받아들이기가 더욱 쉬워질 것이다. 하지만 어머니는 가벼운 웃음조차 띠지 않았다. 다만 천천히 담배 연기를 빨아들여 부푼 두 뺨에 담고 있다가 내뿜을 뿐이었다.

"어머니, 제 성기에서 뭔가 자라나고 있어요."

나는 마침내 말을 내뱉고 말았다. 이제 어머니가 나와 의절할 건지, 아니면 나를 병원에 보내 수술을 받게 할 건지 알게 될 것이다.

"성기 어디에 말이냐, 마거릿?"

아니, 이런. 징조가 좋지 않았다. '리티'나 '마야' 또는 '아가'가 아니라 '마거릿'이라니.

"양쪽 모두에요. 안쪽으로요."

나는 차마 두툼하게 피부가 늘어진 것같이 생긴 게 몇 달째 그곳에서 점점 자라고 있다고 덧붙일 수는 없었다. 그랬더라면 어머니가 그걸 잡아당겨보려 했을 것이다.

"리티, 가서 커다란《웹스터 사전》을 가져오고 맥주도 한 병 가져오너라."

갑자기 일이 그렇게 심각하지 않게 되었다. 나는 또다시 '리티'가 되었고, 어머니는 그저 맥주를 갖다 달라고만 할 뿐이었다. 내가 예상한 것만큼 상황이 나빴더라면 아마 스카치와 물을 가져오라고 했을 것이다. 나는 어머니가 클라이델 아빠에게 생일 선물로 사준 커다란 사전을 가져와서 침대에 올렸다. 그 무게에 눌려 매트리스 한쪽이 내려앉았고, 어머니는 침대 램프를 비틀어 불을 켠 뒤 책을 비췄다.

부엌에서 돌아온 내가, 어머니가 베일리와 나에게 가르친 대로 맥주를 따르자 어머니가 침대를 톡톡 두드렸다.

"앉아라, 아가야. 이걸 읽어봐."

어머니는 손가락으로 '음문陰門'이라는 낱말을 가리켰다. 내가 읽자 어머니가 말했다.

"크게 소리를 내어 읽어봐."

모든 것이 매우 명확하고 정상적인 말처럼 들렸다. 내가 읽는 동안 어머니는 맥주를 마셨고, 다 읽자 일상적인 용어로 설명해주었다. 안도감이 두려움을 녹였고 녹아버린 두려움이 모두 액체로 변해 내 얼굴을 타고 흘러내렸다. 어머니가 갑자기 몸을 일으키더니 나에게 팔을 둘렀다.

"아무것도 걱정할 게 없어, 아가야. 그건 여자라면 다 겪는 일이야. 인간에게 자연적으로 나타나는 현상이란다."

그렇다면 이제 내 무겁고 무거운 마음의 짐을 벗어버려도 괜찮았다. 나는 굽은 팔에 얼굴을 파묻고 울었다.

"나는 어쩌면 레즈비언이 되어가는 건지도 모른다고 생각했어요."

내 어깨를 두드리던 어머니의 손이 느려지더니 멈추었고 어머니가 나한테서 몸을 뗐다.

"레즈비언이라고? 대체 어째서 그런 생각을 하게 됐지?"

"그게 제…… 성기에서 자랐고, 또 목소리가 너무 낮은 데다가, 발은 크고, 엉덩이도 가슴도 아무것도 없어요. 게다가 두 다리는 또 너무 바싹 말랐고요."

그러자 어머니가 웃었다. 하지만 나를 비웃는 게 아님을 곧바로 알 수 있었다. 아니 차라리 비웃고 있다고 할 수 있었지만 나에 관한 뭔가가 어머니를 즐겁게 한 모양이었다. 담배 연기 때문에 웃음이 목에 조금 걸렸다가 마침내 시원하게 쏟아져 나왔다. 하나도 우습지 않았지만 나도 조금 웃어야 했다. 어쨌든 다른 사람이 뭔가를 즐거워하는 것을 쳐다보면서도 그 사람의 기쁨을 이해한다는 표시를 하지 않는 것은 짓궂은 처사 아닌가.

어머니는 모두 웃고 난 뒤에도 다시 한 차례씩 키득거리더니 눈을 닦으면서 나를 쳐다보았다.

"나는 아주 오래전에 아들 하나하고 딸 하나를 달라고 부탁했단다. 베일리가 내 아들이고 네가 내 딸이지. 저 위에 계신 그분은 실수를 하지 않으셔. 그분이 너를 내게 딸로 주었고, 그게 바로 너란다. 자, 어서 가서 세수하고 우유 한 잔 마시고 잠을 자려무나."

나는 어머니가 말한 대로 했지만 새로 얻은 확신이 그전의 불편함이 남겨놓은 자리를 메울 만큼 그렇게 크지 않다는 사실을 곧 깨달았다. 그 확신은 양철 컵에 든 동전처럼 짤랑거리면서 내 마음속을 돌아다녔다. 나는 그걸 가슴속에 소중히 간직했지만 그건 미처 2주도 가지 않아 완전히 쓸모없는 게 되어버리고 말았다.

어느 날 자기 어머니는 혼자 방을 얻어 살고 자신은 여자 기숙사에서 사는 같은 반 아이 하나가 밖에서 귀가 시간을 넘겼다. 그래서 나에게 전화를 걸어 우리 집에서 하룻밤 잠을 잘 수 있는지 물었다. 어머니는 친구가 우리 집에 와서 자기 어머니한테 전화를 건다는 조건으로 허락했다.

친구가 도착하자 나는 침대에서 나왔고 친구와 함께 이층 부엌에 가서 핫초콜릿을 만들었다. 우리는 내 방에서 함께 친구들에 관한 짓궂은 소문을 이야기했고 남자아이들 이야기를 하면서 킥킥거렸고 학교와 인생의 따분함에 대해서 푸념했다. 누군가와 함께 내 침대에서 잠을 잔다는 신기함과(나는 할머니들을 제외하고는 그 누구하고도 함께 자본 적이 없었다) 한밤중의 들뜬 웃음 때문에 나는 기본적인 예의를 망각하고 말았다. 친구가 나에게 잠자리에서 입을 옷이 없다고 했다. 나는 친구에게 내 잠옷 한 벌을 줬고 호기심도 관심도 없이 친구가 옷 벗는 모습을 쳐다보았다. 친구가 옷을 벗는 처음 얼마 동안은 친구의 몸을 전혀 의식하지 않았다. 그러다가 갑자기 아주 짧은 순간 친구의 가슴을 쳐다보았다. 나는 그만 정신이 아찔했다.

친구의 가슴은 싸구려 잡화점에서 본 적이 있는 연갈색 가짜 유방처럼 생겼지만 가짜가 아니라 진짜였다. 박물관에서 보았던 나체 그림들이 모두 실물로 나타난 것 같았다. 한마디로 아름다웠다. 우주는 친구가 가진 것과 내가 가진 것을 서로 구분했다. 친구는 여자였다.

내 잠옷은 친구에게 너무 꼭 맞았고 또한 너무 길었다. 친구는 자신의 우스꽝스러운 모습을 보며 웃고 싶어 했지만 난 이미 내 유머가 다시 돌아올 기약도 없이 사라지고 말았다는 것을 알았다.

그때 만약 나이가 더 들었더라면 내가 마음의 동요를 느낀 이유가 심미적 안목과 순수한 부러움의 감정 때문이라고 생각했을 것이다. 하지만 그런 가능성이 필요할 시점에 그것은 나한테 찾아와주지 않았다. 그 무렵 내가 생각한 것은 오로지 내가 한 여자의 가슴을 보고 동요되었다는 사실뿐이었다. 그래서 몇 주 전 어머니가 해준 침착하고 편안한 설명도, 노아 웹스터*의 의학 용어들도 결국 나에게 근본적으로 이상한 면이 있다는 사실을 바꿔주진 못했다.

나는 점점 더 불행의 구렁텅이로 빠져들었다. 공격적일 만큼 대담한 여성 동성애자들에 관해 읽고 들은 모든 것에 비추어 자신을 스스로 자세히 살펴본 끝에 나에게는 그들이 공통으로 가지고 있는 분명한 특징이 아무것도 없다는 결론에 이르렀다. 즉 나는 바지를 입지도 않았고, 어깨가 넓지도 않았고, 스포츠를 좋아하지도 않았고, 남자처럼 걷거나, 심지어 여자를 만지고 싶어 하지도 않았다. 나는 다만 여자가 되고 싶었지만 그건 나에게 영원히 입장을 거절하는 세계인 것 같

---

* 미국의 사전 편집자. '웹스터'는 사전을 가리키는 말로 통용된다.

았다.

　나에게 필요한 것은 남자 친구였다. 남자 친구는 나를 거부하는 그 세계에 대해, 그리고 그보다 더 중요하게는 나 자신에게 내 위치를 분명하게 밝혀줄 것이다. 남자 친구가 나를 받아들인다면 나는 비로소 주름 장식과 여자다움이라는 이상야릇하고 이국적인 세계로 안내받을 수 있을 것이다.

　학교 동기 중에는 그럴 만한 사람이 없었다. 내 또래에 나와 비슷한 처지인 남자아이들은, 털이 보송보송한 다리에 부드럽고 작은 입술에 머리카락은 '말갈기처럼 늘어진' 노란 피부나 연갈색 피부의 여자아이들에게 빠졌는데 이해하고도 남을 일이었다. 그런데 심지어 그런 선망의 대상인 여자아이들조차 '그것을 내놓든지, 아니면 그것이 어디에 있는지 말하도록' 요구받았다. 이 무렵 유행하던 노랫말에까지 그런 내용이 들어 있을 정도였다.

　"웃으면서 '좋아요' 하고 대답할 수 없다면, 울면서 '싫어요' 하고 말하지도 말아요."

　예쁜 여자아이들도 그렇게 엄청난 희생을 치러야만 여자의 세계에 '소속'될 수 있는 판국에 하물며 매력이라곤 없는 여자아이가 무엇을 할 수 있단 말인가? 빙글빙글 돌아가기는 하지만 한 번도 변하지 않는 삶의 표면에 스쳐온 그런 여자아이는 낮에는 물론이고 어쩌면 밤에도 '동료'로서만 지낼 각오를 해야 했다. 그런 여자아이는 오직 예쁜 여자아이들을 구할 수 없을 때에만 인심을 쓰듯 요구받을 따름이었다.

정숙하지 않고 싶어도 그럴 기회가 거의 주어지지 않는다는 점에서 나는 못생긴 여자아이들은 대부분 정숙하다고 믿는다. 그들은 주로 남자들에게 선택되지 않는 분위기를 방어 전술로 삼아 자신을 지킨다. (시간이 지나면서 그들은 그렇게 선택되지 않는 것을 자신들의 명예로 생각한다.)

하지만 나 같은 특별한 경우에는 그런 자발적인 미덕의 장막 뒤에 숨을 수가 없었다. 나는 두 개의 무자비한 힘, 즉 내가 정상적인 여성이 아닐지도 모른다는 불안한 의혹과 새롭게 눈을 뜬 성적 욕구에 짓눌렸다.

나는 이 문제를 내 손으로 직접 해결하기로 결심했다. (유감스럽지만 적절한 표현이다.)

우리 집에서 언덕을 더 올라가서 길거리 쪽에 잘생긴 형제가 둘 살았다. 그 아이들은 확실히 이웃에서 가장 적격자에 해당하는 젊은이들이었다. 만약 위험을 무릅쓰고 섹스를 할 거라면 동네에서 최고의 상대와 하지 말아야 할 까닭이 없었다. 나는 그들 형제 중 누구하고도 지속해서 교제할 수 있으리라 기대하지는 않았지만, 임시로 한 명을 낚기만 하면 관계를 더 발전시킬 수 있을지도 모른다고 생각했다.

나는 기습 작전으로 유혹 계획을 세웠다. 어느 날 저녁 젊음의 막연한 권태감에 괴로워하면서 (정말로 아무것도 할 일이 없었다) 언덕을 오르는데 내가 선택한 형제 중 하나가 내 덫으로 곧장 걸어 들어왔다.

"안녕, 마거릿."

그는 거의 나를 지나치다시피 했다. 그래서 나는 계획을 실천에 옮겼다.

"헤이."

내가 작전을 개시했다.

"나하고 섹스하고 싶지 않니?"

일이 계획대로 착착 진행됐다. 그의 입이 정원 문처럼 활짝 열려 닫힐 줄 몰랐다. 나는 이런 이점을 이용해서 곧바로 밀어붙였다.

"날 아무 데나 데리고 가줘."

그 아이의 응답은 품위가 없었지만, 공정하게 말하면 내가 그에게 점잖게 행동할 여유를 주지 않았던 것이다. 그가 나에게 물었다.

"나한테 벗어주겠다는 말이니?"

나는 내가 그에게 하려는 것이 정확하게 그것이라고 확인해주었다. 이런 장면을 연출하는 동안 나는 그의 가치 체계가 심히 불균형 상태에 있다고 생각했다. 그는 내가 자기한테 뭔가를 주고 있다고 생각했지만 실제로는 그한테서 뭔가를 얻으려는 사람은 바로 나였다. 그는 잘생긴 외모와 인기 덕분에 어처구니없이 자만심에 빠져 있어 그런 가능성이 존재할 수 있다는 사실을 도무지 몰랐다.

우리는 그의 친구 중 하나가 세 들어 사는 방으로 찾아갔고, 친구는 즉시 상황을 파악하고는 코트를 집어 들고 우리를 남겨두고 집 밖으로 나갔다. 유혹당한 아이가 재빨리 불을 껐다. 나는 불을 그대로 켜두고 싶었지만 이미 충분히 적극적이어서 이보다 더 적극적으로 보이고 싶지는 않았다. 만약 그게 가능하다면 말이다.

나는 긴장되기보다는 흥분이 됐고 두렵다기보다는 기대가 됐다. 하지만 사내를 유혹하는 행위가 그토록 육체적인 것일 거라고는 미처 생각지 못했다. 나는 혀로 하는 길고 정열적인 키스와 부드러운 애무를 기대했었다. 하지만 내 두 다리를 밀어젖히는 무릎에도, 내 가슴에 느껴지는 털투성이 피부의 감촉에도 낭만적인 데라고는 하나도 없었다.

부드러움을 서로 나누는 일도 일절 없이 더듬고 잡아당기고 밀고 비틀고 하는 힘겨운 동작을 하는 가운데 시간이 흘러갔다.

단 한마디 말도 없었다.

내 파트너는 갑자기 일어나버림으로써 우리의 경험이 클라이맥스에 도달했음을 알렸고, 이제 나의 주된 관심사는 어떻게 하면 빨리 집에 돌아가느냐 하는 것밖에 없었다. 나한테 이용당했다는 것을 그가 눈치챌지도 몰랐고, 그의 시큰둥한 표정으로 보아 내가 별로 만족스럽지 못했을지도 모른다. 하지만 어느 쪽도 나에게는 상관이 없었다.

밖으로 나온 우리는 "그래, 또 보자" 정도의 말만 하고 헤어졌다.

9년 전 프리먼 아저씨와의 일 덕분에 그가 들어올 때 아무 고통도 없었고, 또한 낭만적인 일도 없었기 때문에 우리 두 사람 모두 무슨 큰일을 치렀다는 느낌을 받지 못했다.

집에 돌아와 나는 그 실패를 검토하면서 내 새로운 위치를 평가하려고 했다. 나는 이제 남자를 가졌고, 남자도 나를 가졌다. 그런데 나는 그것을 하나도 즐기지 못했을 뿐 아니라 내 신체의 정상 여부도 여전히 수수께끼로 남아 있었다.

달빛 아래 들판을 걷는 분위기는 과연 어디로 갔단 말인가? 나에게 뭔가 너무나 잘못된 부분이 있는 탓에 시인들이 열정적인 노래를 끝도 없이 부르게 하고, 리처드 알렌*이 북극의 황무지에 용감히 맞서게 하고, 베로니카 레이크**가 자유세계 전체를 배신하게 만든 그 감정을 나는 가질 수 없단 말인가?

내 신체적 결함은 어떻게 설명할 길이 없는 것 같았다. 하지만 나는 남부 흑인 교육의 산물로서(차라리 '희생물'이라고 하는 편이 낫지 않을까?) '모든 걸 앞으로 점점 더 잘 이해하리라' 마음먹었다. 그러고 나서 나는 곧 잠이 들었다.

서먹서먹하고 이상야릇하게 공허했던 그 밤을 거의 생각도 하지 않던 나는 3주 뒤 임신했다는 사실을 알게 됐다.

*　미국의 개성파 배우
**　미국 영화배우

36

세상은 이제 끝장이 났고, 그 사실을 아는 사람은 오직 나 혼자밖에 없었다. 발밑의 포장도로가 온통 부스러져서 가루가 되어버렸는데 사람들은 그것도 모르고 아무 일도 없다는 듯이 거리를 걸어 다녔다. 하느님 자신의 가공할 흡입력에 공기가 모두 빨려 들어가 한 줌도 남아 있지 않다는 사실을 나는 내내 알았는데도, 사람들은 여전히 숨을 들이쉬고 내쉬는 척했다. 오로지 나 혼자만이 외롭게 악몽 속에서 질식해가고 있었다.

만약 내가 아이를 가질 수 있다면 나는 분명히 레즈비언이 아니다. 이 사실에서 얻을 수 있는 작은 만족감은, 두려움과 죄의식과 자기혐오의 엄청난 힘에 밀려 마음속 아주 작은 구석에 몰려 있었다.

나는 아주 오랫동안 운명과 복수의 여신에게 이용당한 비운의 희생자라고 받아들이면서 내 어려운 처지를 달랬지만 이번 경우는 스스로 이 새로운 재앙을 자초했다는 사실을 인정해야 했다. 내가 유인해 잠자리를 같이한 결백한 남자아이를 어떻게 탓할 수 있단 말인가?

지극히 부정직한 사람이 되려면 다음 두 가지 중 하나가 되어야 한다. 즉 파렴치할 정도로 야심이 많든지, 아니면 단호하게 자기중심적이든지 말이다. 그런 사람은 자신의 목적을 달성하려고 모든 사물과 사람을 필요에 따라 이리저리 옮겨놓을 수 있거나, 아니면 자기 자신이 자기 세계의 중심일뿐

더러 다른 사람들이 살고 있는 세상의 중심이라고 믿어야 한다. 그런데 내 성격에는 그 두 가지 중 어느 요소도 없었고, 그래서 나는 열여섯 살 나이에 임신이라는 무거운 짐을 내 두 어깨에 짊어졌다. 그 두 어깨는 바로 그 짐이 얹혀야 할 제자리였다. 그리고 나는 그 무게에 짓눌려 비틀거렸다는 사실을 인정할 수밖에 없다.

나는 마침내 상선을 타고 바다에 나가 있는 베일리한테 편지를 썼다. 오빠는 답장을 보내왔는데 내 상황을 어머니에게 알리지 말라고 경고했다. 우리는 둘 다 어머니가 낙태에 맹렬히 반대하리라는 사실을 알고 있었고, 어머니는 십중팔구 나에게 학교를 그만두라고 할 거라고 했다. 베일리는 내가 고등학교 졸업장을 받기도 전에 학교를 그만둔다면 다시 학교로 돌아가는 건 거의 불가능한 일이라고 충고했다.

임신이라는 사실에 적응하면서 보낸 첫 석 달 동안(나는 출산 몇 주 전까지만 해도 임신과 아이를 갖게 된다는 사실을 서로 연관 짓지 못했다) 하루하루가 수면 바로 아래 잠겨서 물 위로 완전히 떠오르지 않고 그대로 버티는 듯 흐릿하고 몽롱했다.

다행히도 어머니는 자기 삶이라는 매듭에 단단히 묶여 있었다. 어머니는 언제나 그랬듯이 이른바 곁눈질로 나를 쳐다보았다. 내가 건강하고 옷을 입고 있고 웃고 있는 한, 어머니는 나에게 특별히 주의를 기울일 필요를 느끼지 못했다. 언제나 그랬듯이 어머니의 주요 관심사는 자신에게 주어진 삶을 사는 것이었고, 자신의 아이들도 자신들에게 주어진 삶을 살기를 기대했다. 그리고 그런 과정에서 너무 자주 소동을 일으키지 않기를 바랐다.

어머니의 눈길이 느슨해져 있는 동안 나는 점점 더 몸이 토실토실해졌고, 내 피부는 기름을 칠하지 않은 프라이팬에서 부친 팬케이크처럼 부드러워지고 땀구멍이 좁아졌다. 그래도 어머니는 여전히 의심하는 기색이 없었다. 몇 년 전에 나는 지금까지 한 번도 바꾼 적이 없는 규율을 하나 만들었다. 절대로 거짓말을 하지 않는다는 규율이었다. 모두 내가 자존심이 너무 강한 나머지, 거짓말을 하다가 들켰을 때 그런 당당하지 못한 짓을 할 수 있다는 사실을 인정하기 싫어서라고 이해했다. 어머니는 내가 절대로 거짓말을 하지 않기 때문에 속이는 일도 없을 거라고 결론을 내린 게 틀림없다. 하지만 어머니는 결국 속고 말았다.

나는 중간고사에 대해 생각하는 것보다 더 지치게 하는 것이 없는 순진한 여학생인 척하는 데 모든 행동의 초점을 맞추었다. 신기하게도 나는 그 역할을 연기하면서 십 대들의 변덕스러움의 요점을 거의 정확하게 포착하다시피 했다. 다만 신체적으로 이따금 뭔가 매우 중요한 일이 내 몸속에서 일어나고 있다는 사실을 나 자신에게 부인할 수가 없었다는 점을 제외하고는 말이다.

아침마다 나를 온통 휩쓸어버릴 듯한 맹렬한 기세로 위협하는 메스꺼움을 느끼기 직전에 내가 전차에서 뛰어내리게 될 줄은 정말로 상상하지 못했다. 나는 배처럼 흔들거리는 전차에서 내려오고 방금 먹은 아침 식사 냄새가 밴 손을 멀리한 채 단단한 땅바닥에 서서야 비로소 균형을 잡고 다시 다음 전차를 기다렸다.

학교는 그동안 잃었던 마력을 회복해주었다. 스탬프스 시절 이래 처음으로 정보 자체 하나만으로도 흥미로웠다. 나는 사실의 동굴로 파고들었으며 논리적으로 수학 문제를 푸는 데 재미를 느꼈다.

이 무렵 내가 이런 새로운 반작용을 보였던 건(당시에는 내가 그런 것들에서 뭔가를 얻었다는 것도 알지 못했다) 중요한 시기가 틀림없었을 그 시절, 절망에 빠지지 않았던 덕분이라고 생각한다. 삶에는 마치 컨베이어 벨트 같은 성질이 있다. 그것은 누가 쫓아오지 않는데도, 누구를 쫓아가지 않는데도 계속 돌아가고, 내 마음속에 생각하던 거라고는 오직 똑바로 서서 균형을 유지하며 내 비밀을 계속 지키는 것뿐이었다.

출산 일까지 거의 반이 남았을 무렵 베일리가 남아메리카산産 은실 팔찌와 토마스 울프*의 《천사여, 고향을 보라》, 그리고 선원 생활에서 새로 배운 수많은 저질 농담을 가지고 집에 돌아왔다.

여섯 달째가 다가오자 어머니가 샌프란시스코를 떠나 알래스카주로 갔다. 어머니는 그곳에 나이트클럽을 열고 가게가 자리 잡을 때까지 서너 달 동안 머물 예정이었다. 클라이델 아

*   미국 소설가

빠가 나를 돌봐주기도 했지만 나는 대충 모든 걸 스스로 알아서 했고 가끔 우리 집에 세 들어 사는 여자들이 마음 내킬 때마다 돌봐주기도 했다.

어머니는 떠들썩한 환송 파티를 뒤로하고 도시를 떠나갔고(그런데 흑인 중 몇 명이나 알래스카주에 있을까?) 머지않아 할머니가 될 거란 사실을 알리지 않고 어머니를 그냥 떠나보낸 나는 어머니를 배반한 것 같은 느낌이 들었다.

––––––––––

2차 세계대전 승전일 이틀 뒤에 나는 미션 고등학교에서 샌프란시스코 여름학교 동급생들과 나란히 서서 졸업장을 받았다. 그날 저녁 나는 이제는 사랑스럽고 단란한 가족의 마음으로 내 무서운 비밀을 털어놓기로 결심한 뒤 용감하게도 클라이델 아빠의 침대에 그 비밀을 적은 메모 한 장을 놔뒀다.

사랑하는 부모님,
집안에 이런 수치를 가져와 죄송합니다만, 저는 임신했습니다.

마거릿 올림

내가 양아버지에게 3주만 지나면 아이를 낳는다고 설명한 뒤에 벌어진 혼란은 몇 년의 세월이 흐른 뒤에야 비로소 우습게 느껴졌다는 사실을 빼면 몰리에르*의 희극 한 편을 떠올리게 했다. 클라이델 아빠는 어머니에게 내가 '임신한 지 3주' 됐다고 말했고, 어머니는 처음으로 나를 여자로 취급하면서 버럭 화를 내고는 말했다.

"3주는 더 됐어요."

두 사람 모두 자신들이 처음에 들은 것보다 내 임신 기간이 더 오래됐다는 사실을 받아들였지만, 내가 자기들 몰래 8개월하고도 일주일 동안이나 아이를 가졌다는 사실은 차마 믿지 못했다.

어머니가 나에게 물었다.

"누구 아이냐?"

내가 대답하자 어머니는 그 아이를 어렴풋이 기억해냈다.

"그 애하고 결혼하고 싶니?"

"아뇨."

"그 애는 너하고 결혼하고 싶어 하니?"

아이 아버지는 임신 4개월째부터 나한테 말조차 걸지 않았다.

"아뇨."

"그래. 그럼 그걸로 끝장이지. 세 사람의 삶을 망가뜨려봤자 무슨 좋은 일이 있겠니."

어머니는 드러내고 나를 비난하지도, 은밀하게 비난하지

---

* 프랑스의 대표적인 극작가이자 배우

도 않았다. 어머니는 비비언 백스터 잭슨이었다. 최고를 원하지만 최악에 대비하고 그 중간의 어떤 일에도 놀라지 않는 여자였다.

클라이델 아빠는 나에게 아무것도 걱정할 것이 없다고 했다. 클라이델 아빠는 이렇게 말하면서 나를 안심시켰다.

"여자란 하와가 선악과를 따먹은 이래로 계속 임신을 해왔어."

클라이델 아빠는 자기가 데리고 있는 웨이트리스 한 명을 I. 매그닌 상점에 보내 내 임신복을 사오게 했다. 그 뒤 2주 동안 의사에게 가고, 비타민 주사를 맞고, 알약을 먹고, 아기 옷을 사면서 시내를 어지럽게 돌아다녔는데, 드물게 혼자 있는 시간을 빼고는 곧 닥칠 축복받은 순간이 즐겁게 느껴졌다.

오랜 시간이 걸리지도 않았고 그렇게 심한 진통도 없이 (그때 나는 분만의 진통이 지나치게 과장되어 있다고 생각했다) 아들이 태어났다. 내 마음속에서 감사와 사랑이 혼동됐던 만큼 소유욕과 모성애도 한데 뒤섞여버렸다. 나는 아기를 얻었다. 아기는 예뻤고 내 것이었다. 완전한 내 것이었다. 아무도 아기를 나에게 사주지 않았다. 또한 아무도 그 진저리나게 우울했던 시간을 견뎌내는 동안 나를 도와주지 않았다. 아이를 임신할 때 도움을 받기는 했지만 한 점 오점 없이 임신했다*는 사실을

---

*   가톨릭에서 말하는 성모마리아의 원죄 없는 잉태,
즉 무염시태無染始胎를 말한다.

아무도 부정하지 못할 것이다.

아기는 완전히 내 소유였고 나는 아기를 만지기가 두려웠다. 병원에서 집으로 돌아온 뒤 몇 시간을 아기 침대 옆에 앉아 신기할 정도로 완벽한 아기의 모습에 온통 마음을 빼앗겼다. 아기의 팔다리는 어찌나 가냘픈지 아직 완성되지 않은 것만 같았다. 어머니는 소아과 간호사 같은 노련한 솜씨로 아기를 힘들이지 않고 다뤘지만 나는 기저귀를 갈아 채울 때마다 불안에 떨었다. 나는 서툴기로 악명높지 않았던가? 만약 아기를 놓치거나, 정수리에서 뛰는 맥박을 손가락으로 누르기라도 한다면?

어느 날 밤 어머니가 3주 된 내 아기를 안고 침대로 왔다. 어머니는 이불을 젖히더니 침대에 고무 시트를 까는 동안 나보고 일어나서 아기를 안고 있으라고 했다. 어머니는 아기를 내 옆에 재울 거라고 설명했다.

나는 그러지 말라고 사정했지만 아무 소용이 없었다. 반드시 자다가 아기를 덮쳐서 눌러 죽이든지, 아니면 연약한 뼈를 부러뜨릴지 모른다. 하지만 어머니는 내 말을 들으려 하지 않았고 어느새 황금빛 예쁜 아기는 내 침대 한가운데 누워 나를 쳐다보며 웃었다.

나는 겁에 질려 뻣뻣하게 굳은 채 침대 가장자리에 누워 밤새도록 잠을 자지 않겠다고 맹세했다. 하지만 병원에서부터 먹고 자고 하는 습관을 들인 데다가 하루 종일 어머니의 명령에 시달렸기 때문에 그대로 잠에 곯아떨어지고 말았다.

내 어깨가 살짝 흔들렸다. 어머니가 나에게 속삭였다.

"마야, 일어나거라. 몸을 움직이지는 말고."

나는 어머니가 나를 깨운 게 아기와 관련이 있다는 사실을 즉시 알아차리고 긴장했다.

"잠 깼어요."

어머니가 불을 켜며 말했다.

"아기를 쳐다보거라."

두려움이 너무 커서 나는 차마 몸을 움직여 침대 한가운데를 쳐다볼 수가 없었다. 그러자 어머니가 다시 입을 열었다.

"아기를 쳐다보래도."

어머니의 목소리에는 슬픔은 없었고, 그래서 나는 힘을 얻어 두려움에서 벗어났다. 아기는 침대 한가운데에 없었다. 처음에는 아기가 움직였을 거라고 생각했다. 하지만 자세히 살펴보니 내가 한 팔을 직각으로 구부린 채 엎드려 있었다. 내 팔꿈치와 팔뚝이 장대가 되어 받친 담요 텐트 아래에서 아기가 내 옆구리에 몸을 붙이고 잠들어 있었다.

어머니가 속삭였다.

"봐라. 옳은 일을 할 때는 생각할 필요가 없는 거야. 만약 네가 하려는 일이 옳은 일이라면 생각하지 않고서도 저절로 하게 된단다."

어머니가 불을 껐고, 나는 내 아들의 몸을 가볍게 토닥거리다가 다시금 잠에 빠져들었다.

조롱 속에 갇혀서도 노래하는 새, 마야 앤절로

자유와 평등의 깃발을 높이 내걸고 출범한 신생 국가 미국이건만 아직도 차별의 장벽은 만리장성처럼 높기만 하다. 백인이 주류를 이루고 있는 미국 사회에서 흑인은 요즈음 지식인 사회에서 자주 입에 오르내리는 용어를 빌려 말하자면 한낱 '타자他者'에 지나지 않는다. 동일자同一者에 대한 타자의 삶, 바로 그것이 그동안 흑인이 겪어온 삶의 방식이다. 이러한 삶의 조건은 다문화주의 시대에 이르렀다고 소리 높여 외치며 국경이 없는 세계화 시대, 정보와 지식을 돈 주고 사고팔 수 있는 정보화 시대에 접어들었다고 부르짖는 오늘날에 이르러서도 크게 달라지지 않았다.

흑인은 그동안 미국 사회에서 주류 인종인 백인의 '타자'로서 중심부에서 밀려나 주변부에서 맴돌며 살아왔다. 미국의 독립선언문은 "인간은 모두 평등하게 창조되었다"라는 구절로 시작한다. 미국 민주주의의 집을 세운 주춧돌이라고 할 이 말은 미국 국부國父 토머스 제퍼슨에서 에이브러햄 링컨을 거쳐 최근의 정치 이론가들까지도 민주주의의 이상을 요약한 말로 사용해왔다. 하지만 흑인이 그동안 미국 땅에서 받아온 온갖 푸대접을 생각해보면 이 말이 자칫 공허하게 들린다. 여기서 말하는 '인간'의 범주에는 흑인을 비롯한 소수민족은 좀처럼 들어가지 않기 때문이다.

　인종이 흑인인 데다가 성별이 남성 아닌 여성이라면 주변부에서 한 발 더 바깥쪽으로 밀려난다. 흑인 여성은 백인 남성보다 훨씬 더 불리한 처지에 놓여 있다. 비록 정도의 차이는 있을망정 남성 중심의 가부장 질서는 미국이라고 크게 달라지지 않는다. 미국에서 여성이 참정권을 얻은 것은 우리가 흔히 생각하는 것처럼 그렇게 오래된 일이 아니다. 1차 세계대전이 끝난 뒤 1920년이 되어서야 비로소 헌법을 열아홉 번째로 수정하면서 여성이 선거에 참여할 수 있었다고 말한다면 아마 고개를 갸우뚱할 사람이 적지 않을 것이다. 페미니즘 운동이 일찍이 미국에서 일어났다는 것은 역설적으로 미국 사회에서 그만큼 여성이 남성한테서 지배와 종속을 받아왔다는 것을 보여주는 반증이다.

　그런데 흑인이요 여성인 데다가 사회 계급마저 저 밑바닥이라면 과연 어떠할까. 이러한 흑인 여성은 아마 세 배, 아니 세 곱절로 불리한 처지에 놓일 것이다. 말하자면 '타자 중의 타자'로 거의 모든 가치를 박탈당한 채 미국 사회의 가장 바깥 주변부에서 서성거릴 것이다. 그 어느 때보다도 겉으로 드러나는 미모에 무게를 싣는 요즈음, 겉모습까지도 평균 이하라면 그 여성은 훨씬 더 힘든 삶을 살아갈 것이다. 백인 여성이 자유롭게 푸른 하늘을 훨훨 나는 새라면, 이러한 흑인 여성은 말하자면 '새장에 갇힌 새'와 크게 다르지 않다. 자유를 구속받으며 새장의 좁은 공간에서 살아가야 하는 새, 창공을 날지 못하고 좁은 창살을 통해 세상을 바라보아야 하는 새, 흑인 여성은 어쩌면 이러한 새와 같은 삶을 살아갈 수밖에 없는지도 모른다.

그러나 이렇게 조롱에 갇혀 있으면서도, 아니 조롱에 갇혀 있기 때문에 한껏 노래를 부를 수 있는 검은 새 한 마리가 있다. 두 겹 세 겹으로 불리한 환경에 놓여 있으면서도, 역경과 마주해 있으면서도 그러한 장애물을 모두 극복하고 미국 문단, 나아가 미국 예술계와 지식인 사회에서 거인처럼 우뚝 섰던 마야 앤절로(1928~2014)가 바로 그러한 사람이다. 그야말로 파란만장한 삶을 살아온 그녀의 삶 자체가 가슴 뭉클한 한 편의 드라마 같다.

팔방미인의 예술가 마야 앤절로

앤절로는 그동안 미국에서 가장 영향력 있는 흑인 여성 가운데 한 사람으로 꼽혀왔다. 너무나 여러 방면에 걸쳐 활약해온 탓에 그녀를 공식적인 자리에서 소개하는 사람은 언제나 적잖이 어려움을 겪었다. 여러 권의 시집을 펴낸 시인인가 하면 소설가요, 소설가인가 하면 자서전 작가다. 가수, 작곡가, 연극 배우, 극작가, 영화배우, 영화감독, 영화제작자, 여성운동가,

흑인 인권운동가, 저널리스트, 역사학자, 대학교수, 교육자, 강연자…… . 그 어떤 직함으로 불러도 조금도 부족함이 없다. 이렇게 여러 방면에 두루 지식을 갖춘 그녀는 가히 르네상스적인 인물이었다고 할 만하다. 같은 흑인 여성으로 흔히 미국 '토크쇼의 여왕'으로 일컬어지는 오프라 윈프리는 앤절로를 자신이 가장 존경하는 인물이라고 밝히기도 했다.

본명이 '마거릿 앤 존슨Marguerite Ann Johnson'인 마야 앤절로는 1928년 4월 4일 미국 미주리주 세인트루이스에서 태어났다. 앤절로는 세 살 때 부모가 이혼하는 바람에 아칸소주에서 조그마한 가게를 경영하는 친할머니에게 보내져 어린 시절을 주로 남부 시골에서 보낸다. 앤절로는 여덟 살 때 세인트루이스에서 어머니의 남자 친구에게 강간당한 뒤 4년 동안 말을 잃고 벙어리가 되다시피 한다. 십 대 초반에는 인종차별의 벽을 뚫고 샌프란시스코에서 흑인 여성으로는 처음으로 전차 차장이 된다. 열여섯 살 때 임신해 아들을 낳은 미혼모가 되고, 2년 뒤에는 캘리포니아주 샌디에이고에서 사창가의 '마담' 노릇을 하기도 한다.

그 뒤로 앤절로는 댄스와 연극 등 예술에 관심을 기울이기 시작한다. 서른 살 때 그녀는 매춘부, 쇼걸, 배우에다 흑인으로서는 최초로 샌프란시스코 오케스트라단을 지휘한다. 뉴욕으로 활동 무대를 옮긴 그녀는 조지 거슈윈의 오페라 〈포기와 베스Porgy and Bess〉에서 배역을 맡기도 했고, 1954~1955년까지 2년에 걸쳐 '에브리맨스 오페라단'과 함께 유럽과 아프리카

20여 개 나라를 순회하며 공연하기도 했다.

마야 앤절로는 남아공 반反아파르트헤이트 지도자와 결혼하고 이집트 카이로에 이주해 5년 동안 살면서 아랍계 신문의 편집자로 일하며 아프리카 잡지에 글을 발표하는 한편 가나대학교의 음악 및 연극 대학에서 강의하면서 행정 업무를 맡는다. 그러던 중 1960년대 흑인 인권운동가 마틴 루서 킹 목사가 앤절로를 '남부 기독교 지도자 회의SCLC' 북부 조정자로 임명하면서 그녀는 다시 미국에 돌아와 사회운동에 뛰어들기 시작한다. 제럴드 포드 대통령은 그녀를 '미국 건국 200주년 고문 위원회' 위원으로 추대했고, 지미 카터 대통령은 '국제 여성의 해' 미국 준비 위원회 위원으로 위촉했다. 그리고 1993년 1월 20일 빌 클린턴 대통령 취임식 때는 마야 앤절로가 〈아침의 맥박에 대하여On the Pulse of Morning〉라는 자작시를 낭송하기도 했다. 이렇게 대통령 취임식 때 자작시를 낭송하기는 존 F. 케네디 대통령 취임식 때 자작시를 읊은 로버트 프로스트에 이어 두 번째 일이고, 흑인 문인으로서는 맨 처음이다.

지금까지 앤절로가 받은 명예 학위만도 무려 50개가 넘는다. 퓰리처상 후보에 오르고 전미도서상을 받은 그녀는 미국의 계관시인이기도 하다. 앤절로는 1971년에 흑인 여성으로서는 최초로 〈조지아, 조지아Georgia, Georgia〉라는 영화의 각본을 쓰고 음악을 작곡하고 이 영화에 직접 출연했다. 또한 흑인 작가 알렉스 헤일리의 소설 《뿌리Roots》(1976)를 각색한 영화에 출연해 에미상 후보에 오르기도 했다. 세 번째 남편과 이혼한 뒤 앤절로는 1982년부터 노스캐롤라이나주 윈스턴세일럼에 있는 웨이크포리스트대학교에서 미국학 석좌교수로 재직했다.

미국 남부의 흑인 소녀가 겪은 성장통

마야 앤절로의 저서 중에서 미국뿐 아니라 전 세계에 걸쳐 가장 널리 읽히는 책을 한 권 꼽는다면 두말할 나위 없이 《새장에 갇힌 새가 왜 노래하는지 나는 아네》일 것이다. 영국 태생의 미국 영화배우 원더 콜먼이 앤절로의 '최고 걸작'이라고 칭찬을 아끼지 않은 이 작품은 이제 미국에서 현대의 고전이 되다시피 했다. '새장에 갇힌 새가 왜 노래하는지 나는 아네' 하면 앤절로가, 앤절로 하면 '새장에 갇힌 새가 왜 노래하는지 나는 아네'가 곧바로 머리에 떠오를 정도다. 이 책처럼 인종을 가르지 않고 세대의 벽을 뛰어넘어 그렇게 널리 사랑받는 책도 아마 찾아보기 힘들 것 같다. 이 책은 대서양 너머로는 유럽 여러 나라에서, 태평양 너머로는 일본과 중국 그리고 우리나라를 비롯한 아시아 여러 나라에서 번역되어 널리 읽히고 있다.

그런데 이 책의 장르를 한마디로 규정하기란 무척 어렵다. 소설이라고 말하기도 그렇고, 자서전이라고 말하기도 그렇다. 물론 역사와 허구, 전기와 소설의 차이란 마치 무지개색의 스펙트럼 같아서 그 경계를 엄격히 구별하기란 쉬운 일이 아니다. 특히 요즘처럼 모든 경계를 허물고 간격을 메우려는 포스트모더니즘 시대에 이르러 이 두 장르를 구분하기란 더욱

더 어렵다. 요즘 작가들은 소설 작품에 실제 역사적 사실을 사용하는가 하면, 이와는 반대로 전기나 자서전을 쓰면서도 문학적 장치에 적잖이 기대기 때문이다.

그동안 《새장에 갇힌 새가 왜 노래하는지 나는 아네》를 소설로 보려는 비평가들이 적지 않았다. 작가는 이 책에서 자신이 실제로 겪은 전기적 사실에 무게를 싣되 작품 곳곳에서 문학적 장치를 구사하기 때문이다. 작가가 작품 곳곳에서 사용하는 감각적인 이미지나 상징, 비유적 언어는 시인을 무색하게 할 정도로 뛰어나다. 이 작품을 읽고 있노라면 온갖 냄새가 코를 찌르고 온갖 소리가 귓가에 맴돌고 온갖 풍경이 실물처럼 눈앞에 선하게 떠오른다.

> 마마는 집에서 양념해서 저장한 두툼한 분홍빛 햄을 튀기고 썰어놓은 빨간 토마토 위에 그 기름을 끼얹었다. 조심스럽게 양쪽을 뒤집어 살짝 익힌 달걀이며, 튀긴 감자와 양파며, 노란 옥수수죽이며, 단단하게 튀겨서 통째로 입안에 넣어 터뜨리고 뼈와 지느러미까지 한꺼번에 씹어 먹는 바삭바삭한 농어 튀김 등이 주메뉴였다. 마마가 만든 고양이 머리처럼 생긴 비스킷은 적어도 지름이 7센티미터가 넘고 두께가 5센티미터는 돼 보였다. 식기 전에 그 위에 버터를 발라두는 것이 비스킷을 먹는 요령이었다. 그러면 아주 맛이 있었다. 하지만 불행하게도 식어버리면 꾸들꾸들해져서 실컷 씹은 껌처럼 됐다.(이 책 64~65쪽)

마마가 하워드 토머스 목사를 위해 아침 식사를 준비하는 장면이다. 아칸소주의 한 지역을 관장하는 원로 목사인 그가 몇 달에 한 번씩 스탬프스 교회를 방문할 때면 으레 마마의 집에서 아침 식사를 한다. 그럴 때마다 마마는 온갖 솜씨를 부려 정성껏 식사를 대접한다. 그런데 이 장면을 읽노라면 저절로 입안에 군침이 돌 정도로 앤절로가 이미지를 구사하는 솜씨는 무척 뛰어나다.

또한 등장인물들이 서로 주고받는 대화에서도 말하는 사람의 숨결이 느껴진다. 작가는 대체로 표준 영어를 구사하지만 어쩌다 사용하는 남부 흑인 사투리는 마치 숭늉처럼 구수하다. 토머스 목사가 마마의 집을 방문하는 장면은 이러한 경우를 보여주는 좋은 예다. 목사는 현관에 들어서며 마마에게 "어허, 어허, 어허, 헨더슨 자매님, 이거 반갑지 않은 불청객이 또 요렇게 찾아왔습죠" 하고 농담 섞인 말투로 인사를 한다. 그러면 그 말이 떨어지기가 무섭게 마마가 "아이고, 토머스 목사님. 이렇게 찾아주신 걸 거룩한 예수님께 감사할 따름이죠. 어서 안으루 들어오셔요" 하고 대답한다.

더구나 이 작품을 구성하는 36개의 장은 저마다 독립되어 있어 한 편 한 편의 단편소설로 읽어도 크게 무리가 없다. 한 서술 화자가 일관되게 자신의 이야기를 서술한다는 사실을 제외하고는 장과 장 사이에서 이렇다 할 유기적 연관성을 찾아보기가 어렵다. 이 점에서 이 책을 제임스 조이스의 《더블린 사람들*Dubliners*》(1914)이나 셔우드 앤더슨의 《오하이오주 와인

즈버그*Winsburg, Ohio*》(1919), 또는 어니스트 헤밍웨이의《우리들의 시대*In Our Time*》(1925), 윌리엄 포크너의《모세여 내려가라*Go down, Moses*》(1942)처럼 장편소설과 단편소설집의 중간 형태를 취하는 작품으로 볼 수도 있다. 만약 이 작품의 장르를 굳이 소설로 보고 싶다면 '자서전적' 혹은 '논픽션'이라는 꼬리표를 붙이는 쪽이 적절할 것 같다. 이 작품은 '리처드 E. 김'이라는 이름으로 활약하는 한국계 미국 작가 김은국의《잃어버린 이름*Lost Names*》(1970)처럼 '자서전적 소설'이거나, 아니면 트루먼 커포우티의《냉혈*In Cold Blood*》(1966)처럼 '논픽션 소설'에 가깝다.

그러나 앤절로의 이 책은 아무래도 작가가 자신의 삶을 진솔하게 돌아보면서 기록한 자서전으로 보는 쪽이 가장 무난하다. 자서전이란 작가가 직접 자신의 삶을 기록한 전기를 말한다. 자아의 성장이나 영혼의 순례를 다룬다는 점에서 자서전은 작가가 경험하거나 직접 목격한 사건 또는 인물을 주로 기록하는 회고록과는 다르다. 또한 자서전은 책으로 출간할 의도가 없이 한 개인의 일상적 삶을 날마다 기록해두는 일기나 저널과도 다르다.

자서전의 역사를 거슬러 올라가보면 일찍이 4세기 성 아우구스티누스가 쓴《참회록*Confessiones*》과 만나게 된다. 그로부터 한참 뒤 18세기에 이르러 장 자크 루소는《고백록*Les Confessions*》(1782~1789)이라는 자서전을 써서 이 장르를 굳건한 발판에 올려놓았다. 아우구스티누스의 자서전이 방탕아에서 신앙심 깊은 주교로 성장하기까지 한 인간의 내적 체험을 적은 종교적인 책이라면, 루소의 자서전은 한 철학가의 내적 성찰을 기록한 책이다. 19세기에 이르러서는 문학적 자서전이 활짝 꽃을 피우기 시작해 가령 독일의 문호 요한 볼프강 폰 괴테는 《시와 진실*Dichtung und Wahrheit*》(1833)을 썼고, 러시아의 문호 레프 톨스토이는 《참회록*A Confession*》(1884)을 썼다. 미국 쪽으로 범위를 좁혀보더라도 벤저민 프랭클린을 비롯해 헨리 애덤스, 마크 트웨인, 거트루드 스타인 같은 작가들이 미국 문학에서 자서전의 전통을 굳게 다졌다. 미국 문학사를 찬찬히 들여다보면 의외로 흑인들이 자서전을 많이 썼다는 사실을 알 수 있다. 노예 신분으로 있으면서 겪은 온갖 시련과 고통을 진솔하게 표현하는 데는 아마 자서전만큼 좋은 문학 형식도 없었기 때문일 것이다. 흑인이 쓴 자서전 가운데서도 프레더릭 더글러스가 쓴 《미국의 노예, 프레더릭 더글러스의 생애*Narrative of the Life of Frederick Douglass, an American Slave*》(1845)가 가장 유명하다.

마야 앤절로는 생전에 모두 일곱 권에 이르는 자서전을 집필했다. 그 가운데서 《새장에 갇힌 새가 왜 노래하는지 나는 아네》는 첫 번째 책인 동시에 가장 널리 읽히는 자서전이다. 이 책에서 앤절로는 아칸소주에서 할머니와 함께 살기 시작한 세 살 때부터 샌프란시스코에서 고등학교를 졸업하는 열여섯 살 때까지 유년기에서 사춘기에 이르는 13년 동안의 삶을 진솔하게 기록한다. 이후 집필한 자서전들에서도 앤절로는 성인으로서 그녀가 걸어온 고단한 삶의 궤적을 기록한다. 이 일곱 권에 이르는 자서전은 마치 고대 생물의 모습을 고스란히 간직한 화석처럼 작가 자신의 고단하면서도 영광스러운 삶의 모습을 그대로 간직하고 있다. 문체나 기법은 조금씩 다르지만, 이 일곱 권의 자서전은 하나같이 가족, 자아 발견, 모성애 같은 주제를 다룬다.

앤절로는 《내 이름으로 함께 모여라*Gather Together in My Name*》(1974)에서 십 대 말에서 이십 대 중반에 이르는 삶을 솔직하게 기록한다. 특히 이 책에서는 미혼모로서 겪는 어려움을 비롯해 탭댄서, 요리사, 매춘부, 운전사 등 여러 일에 종사하며 고단하게 살아가던 삶의 경험을 적었다. 앤절로는 여기서 한때 마약에 손을 댔던 경험도 빼놓지 않는다. 스물두 살 때부터 스물일곱 살까지를 기록한 《크리스마스처럼 노래하고 스윙 댄스를 추고 즐거워하고*Singin' and Swingin' and Gettin' Merry like Christmas*》(1976)에서는 1952년에 선원 출신 백인 남성 토쉬 앤절로스와 결혼한 일이라든지, 그와 이혼한 뒤 쇼 비즈니스에 투신한 일이라든지, 〈포기와 베스〉 등에 출연한 일 등을 기록했다.

주로 삼십 대의 삶을 기록한 《한 여인의 마음*The Heart of a Woman*》(1997)에서 앤절로는 아들 가이 존슨에 관한 이야기를 비롯해 작가와 흑인 인권운동가로 발돋움하기까지의 생생한 경험을 적었다. 《하느님의 아이들에게는 모두 여행 구두가 필요하다*All God's Children Need Traveling Shoes*》(1986)에서는 아프리카 가나에 살면서 경험하고 느낀 것을 기록한다. 이 자서전을 줄리언 메이필드와 맬컴 엑스에게 헌정한 데서도 드러나듯이 그녀는 이 무렵 흑인의 본향이라고 할 아프리카에 애틋한 향수를 지니고 있었다.

자서전 시리즈 중에서 여섯 번째 작품인 《하늘 높이 날려 버린 노래*A Song Flung Up to Heaven*》(2002)에서 앤절로는 아프리카에서 미국에 다시 돌아온 뒤 겪는 일련의 사건을 기록했다. 맬컴 엑스 암살 사건이며, 로스앤젤레스 와츠에서 일어난 흑인 폭동이며, 뉴욕에서 제임스 볼드윈과 폴 마셜 등을 만나면서 문학가로서 눈을 뜨기 시작한 일이며, 마틴 루서 킹 목사와 함께한 인권운동 그리고 킹 목사 암살 등 미국 현대사를 얼룩지게 한 굵직한 사건이 이 책을 가득 메우고 있다.

킹 목사가 암살된 뒤 앤절로는 한동안 깊은 겨울잠에 들어갔다. 이 겨울잠에서 그녀를 깨워준 사람이 바로 볼드윈이다. 그는 앤절로가 첫 자서전 《새장에 갇힌 새가 왜 노래하는지 나는 아네》를 집필하는 데 산파 노릇을 했다. 앤절로가 《하늘 높이 날려버린 노래》의 맨 마지막 문장을 첫 번째 자서전에 쓴 첫 구절 "왜 나를 쳐다보시나요?/머물려고 찾아오지 않았는데……"로 끝내는 것이 무척 흥미롭다. 마치 여섯 권의 자서전이 둥근 원을 그리며 다시 시작점으로 돌아오고 있는 것 같기도 하다.

마야 앤절로가 이렇게 여러 권의 자서전을 집필한 데는 많은 이유가 있을 것이다. 그러나 중요한 이유 중 하나는 나이 어린 독자들에게 어른으로 성장한다는 것이 과연 어떠한 것인지 말해주고 싶었기 때문이다. '껍질이 벗겨지는 아픔이 없이는' 열매가 열릴 수 없듯이 젊은이도 유년기와 사춘기의 아픔과 절망을 겪지 않고서는 '성숙한' 어른으로 자랄 수 없다는 사실을 앤절로는 말하고 싶었다. 앤절로는 젊은이들에게 아무리 고통과 시련을 겪더라도 결코 좌절하지 말고 참고 견디라고 말한다. 언젠가 그녀는 젊은이들에게 "누군가 젊은이들에게 (성장의 아픔을) 말해줄 필요가 있습니다. 그래서 저는 이 일 저 일 다 해보았지요. 여러 번 패배와 맞닥뜨리겠지만 여러분은 절대로 후퇴해서는 안 됩니다" 하고 힘주어 말한 적이 있다.

앤절로는 한 인터뷰에서 '나이를 먹는 것'과 '성장하는 것'을 엄격히 구분했다. 자동차를 주차할 공간을 찾아내고, 신용카드를 발급받아 계산서가 나오면 돈을 갚고, 이러저러한 술을 좋아하고, 결혼해서 자식을 두고 하는 것들은 '성장하는 것'이 아니라 어디까지나 '나이를 먹는 것'에 지나지 않는다는 것이다. 하지만 유년기에서 사춘기로, 사춘기에서 성인으로 '성장'하는 데는 고통과 시련이 따른다. 백인 중심 사회에서 백인으로 태어나고 돈을 숭배하는 황금만능 사회에서 부자로 자란다는 것도 고통스러운데 하물며 흑인으로 가난한 집안에서 태어나 자라난다는 것은 더욱더 엄청난 시련과 고통을 감수해야 하는 일일 것이다. 앤절로는 "성장한다는 건 극복할 수 없는 악마가 있다는 사실을 인정하는 겁니다. 아, 그렇지요, 천사와 씨름을 한 그 예언자처럼 씨름을 하지 않으면 안 되는 거지요" 하고 말한다. 여기서 그녀는 자신을 축복해주기 전까지는 보내지 않겠다고 천사와 씨름하던 구약성서의 야곱에 대해 언급한다. 하지만 젊은이들은 가끔 이러한 싸움에서 지친 나머지

불면증 환자가 되기도 한다고 밝힌다. 그러면서 앤절로는 "용기야말로 모든 덕 중에서 가장 중요하다"고 잘라 말한다. 용기가 없고서는 나머지 다른 덕을 일관성 있게 행동으로 옮길 수 없기 때문이다.

《새장에 갇힌 새가 왜 노래하는지 나는 아네》는 1969년에 출간되자마자 선풍적인 인기를 끌었다. 〈뉴욕 타임스The New York Times〉가 베스트셀러를 집계하기 시작한 이후 최장기 베스트셀러로 3년 연속 1위 자리를 지키기도 했다. 지금 미국에서는 학생들에게 이 책을 필독서로 읽히는 중고등학교와 대학교가 적지 않다. 아직도 흑백 인종 문제가 상흔처럼 남아 있는 미국 남부 지방의 학교에서는 학생들에게 하퍼 리의 소설 《앵무새 죽이기To Kill a Mockingbird》(1960)와 랠프 엘리슨의 《보이지 않는 인간Invisible Man》(1952)과 함께 앤절로의 《새장에 갇힌 새가 왜 노래하는지 나는 아네》를 반드시 읽도록 권한다.

이 책에 대한 찬사는 하나하나 꼽을 수 없을 만큼 아주 많고 광범위하다. 가령 앤절로의 친구이며 스승이라고 할 흑인 소설가 제임스 볼드윈은 "이 흑인 자매의 증언은 모든 흑인 남성과 흑인 여성의 정신과 마음과 삶에 새로운 전기를 마련해 준다"라고 밝힌다. 그러면서 그는 앤절로가 이 책에서 묘사하고 있는 것은 성서에서 다루는 '죽음 한가운데 놓여 있는 삶'의 모습이라고 지적한다. 이렇게 이 책을 호의적으로 평가하는 사람은 비단 볼드윈 한 사람에 그치지 않는다. 다른 비평가들도 앤절로가 흑인의 의식을 새롭게 전환하는 데 견인차 역할을 맡았다고 입을 모은다. 이 책은 뒷날 로저 가이나 앨리스 워커 같은 흑인 여성 작가들이 태어나는 데도 소중한 밑거름이 되었다.

그렇다고 앤절로의 이 작품이 모든 사람한테 칭찬만 받는 것은 물론 아니다. 때로는 청소년 독자가 읽어서는 안 되는 금서라는 낙인이 찍히기도 했다. 미국의 보수적인 몇몇 주에서는 이 책을 청소년들이 읽지 못하도록 금했다. 하지만 금서 목록에 올라 있다고 해서 모두 '나쁜' 책은 아니다. 금서 목록에 오른 책 중에는 지금은 고전의 반열에 올라와 있는 책들이 얼마든지 있다. 미국 문학으로 범위를 좁혀보더라도 가령 방금 앞에서 언급한 《앵무새 죽이기》, J. D. 샐린저의 《호밀밭의 파수꾼 The Catcher in the Rye》(1951), 시어도어 드라이저의 《미국의 비극 An American Tragedy》(1925), 존 스타인벡의 《분노의 포도 The Grapes of Wrath》(1939), 블라디미르 나보코프의 《롤리타 Lolita》(1955), 토니 모리슨의 《가장 푸른 눈 The Bluest Eye》(1970)도 한때 금서로 지정된 적이 있다. 그보다 더 거슬러 올라가면 벤저민 프랭클린의 《자서전 The Autobiography of Benjamin Franklin》(1791)을 비롯해 너새니얼 호손의 《주홍 글자 The Scarlet Letter》(1850), 해리어트 비처 스토의 《톰 아저씨의 오두막 Uncle Tom's Cabin》(1852), 마크 트웨인의 《허클베리 핀의 모험 Adventures of Huckleberry Finn》(1884)도 하나같이 금서라는 판정을 받았다. 조금 과장해서 말하면 금서 판정을 받지 않은 작품은 고전이 될 수 없다고 해도 크게 틀리지 않을 듯하다.

마야 앤절로의 《새장에 갇힌 새가 왜 노래하는지 나는 아네》에 금서의 낙인이 찍힌 데는 작가가 자신의 삶을 '너무' 솔직하게 기록했다는 이유가 있다. 그녀는 비속어와 욕설 같은 일상생활에서 자주 쓰는 언어를 즐겨 구사한다. 이른바 '성서 지대'에서 자라났으면서도 때로 기독교에 대한 비판이 여간 매섭지 않다. 그보다도 앤절로는 강간, 혼전 섹스, 동성애 같은 문제를 아무런 거리낌 없이 솔직하게 다룬다. 그리하여 이 작품에 아예 '포르노'라는 꼬리표를 붙이려는 비평가들도 없지 않다. 실제로 '점잖은' 독자들이 눈을 돌리거나 눈살을 찌푸릴 이러한 문제를 그녀처럼 아무렇지 않은 듯 솔직하게 털어놓는 작가도 찾아보기 드물 것이다.

자기 정체성을 찾아서

마야 앤절로의 《새장에 갇힌 새가 왜 노래하는지 나는 아네》의 주제는 자서전 장르가 갖는 일반적 주제에서 크게 벗어나지 않는다. 전통적인 자서전처럼 이 작품도 온갖 역경과 장애를 극복하면서 조금씩 자신의 정체성을 찾아가는 과정을 다룬다. 이 작품에서 앤절로는 말하자면 자신이 겪어온 정신적 여정이나 영혼의 순례를 다루고 있는 셈이다. 이런 점에서 볼 때 이 작품은 소설 장르로 보자면 '성장소설'에 가장 가깝다. 성장소설 중에서도 남성이 아닌 여성을 주인공으로 삼는다는 점에서 '여성 성장소설'에 해당한다.

여기서 잠깐 《새장에 갇힌 새가 왜 노래하는지 나는 아네》에서 앤절로가 사용하는 시점을 주목할 필요가 있다. 그녀는 서로 다른 두 시점을 교묘하게 결합해서 사용한다. 어린 소녀 마야의 시점과 삼십 대 후반의 성인 앤절로의 시점이 바로 그러하다. 마야의 목소리가 유년 시절과 사춘기 시절에 일어나는 사건을 기술하는 반면, 자기 성찰적이고 객관적인 앤절로의 성인 목소리는 이러한 사건에 대해 평가하고 판단을 내린다. 다시 말해서 어린 시절의 화자가 감수성 예민한 소녀라면, 성숙한 화자는 비판적 시각으로 사물을 바라보는 어른이다. 이 둘 중에서 어린 소녀 마야의 시점이 성인 앤절로의 시점보다 훨씬 흥미롭다는 것은 두말할 나위가 없다.

자칫 놓치기 쉽지만 앤절로가 이 작품에서 다루는 시기는 1930년대 경제대공황기로 미국 역사에서 그 어느 때보다도 경제적으로 어려움을 겪던 무렵이다. 백인들도 일자리를 잃고 생계를 잇기 어려울 때 흑인들이 살아가기란 더욱더 어려웠다. 일자리 하나를 두고도 흑인은 백인과 다퉈야 했고, 혹 일자리가 생겨도 흑인 여성은 흑인 남성과 다퉈야 했다. 나이 어린 흑인 소녀가 이러한 역사적 위기를 헤쳐 나가기란 아마 무척 힘들고 고통스러웠을 것이다. 앤절로는 이 작품에서 "남부의 흑인 여자아이에게 성장한다는 것이 고통스러운 일이라면, 추방당한 느낌을 의식한다는 것은 목덜미를 위협하는 면도날에 슬어 있는 녹이다. 그것은 불필요한 모욕이다"라고 밝힌다.

하지만 따지고 보면 이 자서전의 화자가 겪어야 했던 시련은 비단 경제적인 어려움만은 아니다. 그녀는 물질적인 것

못지않게 정신적인 것, 아니 물질적인 것보다는 오히려 정신적인 것에 더 갈증을 느끼고 허기를 느꼈다. 세 살 때 부모가 이혼한 탓에 부모의 따뜻한 사랑과 양육도 받지 못하고 할머니와 삼촌 밑에서 자라야 했던 화자의 심정이 어떨지는 쉽게 짐작이 가고도 남는다. 부모가 어엿하게 살아 있다고는 하지만 앤절로는 정서적으로는 고아와 크게 다름없었다. 자서전은 흔히 '내면세계의 기록' 혹은 '영혼의 기록'으로 일컬어진다. 앤절로의 이 책도 물질이나 육체의 결핍보다는 영혼의 갈증을 느끼며 정신적으로 성장해가는 과정을 기록한 책이다. 이 책의 주제나 의미를 더 쉽게 이해하려면 무엇보다도 먼저 화자의 지리적 이동을 찬찬히 눈여겨보아야 한다. 작가는 1장 맨 첫머리를 마야와 베일리의 여행으로 시작한다.

> 손목에 꼬리표를 달고 활기 없는 조그마한 마을에 도착했을 때 나는 세 살, 베일리는 네 살이었다. 그 꼬리표에는 '관계 당사자 앞'을 수취인으로 해 우리는 마거릿과 베일리 존슨 2세이고, 캘리포니아주 롱비치에서 아칸소주 스탬프스에 사는 애니 헨더슨 부인에게 보낸다는 내용이 적혀 있었다. (이 책 20쪽)

서술 화자인 마야와 그녀의 오빠 베일리는 마치 부쳐진 짐처럼 옷자락에 꼬리표를 달고 캘리포니아주 롱비치에서 할머니가 살고 있는 아칸소주 시골 마을에 도착한다. 그들은 살아 숨 쉬는 인간이라기보다는 수취인 꼬리표가 붙어 있는 화물과 같다. 하지만 이곳 시골에서의 삶도 그렇게 오래가지 않는다. 그들은 아칸소주 스탬프스에서 미주리주 세인트루이스로, 세인트루이스에서 다시 아칸소주 스탬프스로, 스탬프스에서 로스앤젤레스로, 로스앤젤레스에서 오클랜드로, 그리고 오클랜드에서 다시 샌프란시스코로 거처를 옮긴다. 샌프란시스코에서 사는 동안에는 로스앤젤레스를 거쳐 멕시코까지 여행을 갔다가 다시 샌프란시스코로 돌아온다. 13년 동안 앤절로는 모두 일곱 번, 그러니까 2년에 한 번꼴로 거처를 옮겨다닌다. 화자가 옮겨다니는 지역은 동부를 제외하고는 남부와 중부 그리고 서부 등 미국 전역을 거의 망라하다시피 한다. 어느 한곳에 뿌리를 내릴 시간도 없이 부평초처럼 이곳에서 저곳으로 계속 옮겨다니는 것이다. 그러고 보니 이 자서전에서, 부활절 날 교회에서 마야 앤절로가 외우다가 결국 포기해버리는 시의 맨 첫 구절 "왜 나를 쳐다보시나요? 머물려고 찾아오지 않았는데"는 시사하는 바가 자못 크다. 그녀가 '머물려고' 찾아온 곳은 아무 곳도 없는데 사람들은 그녀를 영원히 눌러앉을 사람처럼 대하는 것이다.

서술 화자에게 이러한 여정은 비단 지리적 이동에 그치지 않고 정신적 여정 또는 영혼의 순례를 상징한다. 마치 《허클베리 핀의 모험》에서 주인공이 흑인 노예 짐과 함께 뗏목을 타고 미시시피강을 따라 여행하는 것이나 J. D. 샐린저의 《호밀밭의 파수꾼》에서 홀든 콜필드가 펜시대학예비학교에서 퇴학

당한 뒤 뉴욕 시내를 배회하는 것과 같다. 또한 이보다 앞서 찰스 디킨스의 《위대한 유산Great Expectations》(1861)에서 주인공 핍이 영국의 시골 마을을 떠나 런던으로 여행에 나서는 것이나, 조셉 콘래드의 《어둠의 속Heart of Darkness》(1899)에서 말로우가 콩고 강을 따라 아프리카 오지로 여행하는 것과 같다. 이렇게 주인공들은 끊임없이 이곳저곳을 옮겨다니며 삶에 대한 인식이나 통찰을 얻는다.

그런데 화자 마야가 이렇게 정신적으로 성장하는 데 산파 역할을 맡은 사람은 할머니를 비롯해 오빠와 어머니 그리고 버사 플라워즈 부인이다. 남부의 전통적인 흑인 할머니답게 애니 헨더슨 부인은 마야에게 기독교 신앙에 기초를 둔 근면과 성실성을 가르친다. 복음성가를 즐겨 부르는 할머니는 삶의 모든 고통과 근심을 종교에 맡기고 묵묵히 참고 견딜 것을 가르친다. 그녀가 부르는 "요단강 건너편에는 지친 영혼을 위한 평화가 있네. 나를 위한 평화가 있네" 하는 찬송가 구절처럼 화자의 할머니는 어디까지나 요단강 이쪽보다는 저쪽, 현세보다는 내세에 소망을 둔다. 한편 재즈를 좋아하는 화자의 어머니 비비언 백스터 존슨은 백인 우월주의 사회에 도전하며 자신의 영혼을 자유롭게 표현할 것을 가르친다. 화자는 서로 어긋나는 이 두 전통 모두에서 자양분을 받고 자란다. 그런가 하면 언제나 자신에 대해 긍정적인 이미지를 지니고 있는 오빠 베일리는 마야가 열등감의 늪에서 벗어나 자긍심과 자신감을 갖는 데 크게 이바지한다. 삶에 대한 태도에서 베일리는 동생과 여러모로 다르지만 그는 마야가 어려움에 놓일 때마다 큰 힘이 되어준다.

특히 서술 화자와 같은 동네에 사는 흑인 여성 버사 플라워즈 부인은 마야 앤절로를 문학과 예술의 길로 인도하는 등불 같은 인물이다. 이 마을에 살고 있는 다른 흑인 여성과는 달리 친절하고 교양 있는 이 흑인 여성은, 프리먼 씨에게 강간을 당한 뒤 입을 굳게 닫은 채 말을 잃다시피 한 마야의 입을 열게 해줄 뿐 아니라 각박한 현실 세계 말고도 또 다른 세계, 즉 상상력이 빚어낸 찬란한 우주가 있다는 사실을 일깨워준다. 어렸을 때부터 열심히 책을 읽는 습관이 있고, 세상을 날카롭게 관찰하는 눈썰미가 있었던 마야는 플라워즈 부인의 도움을 받으며 비로소 영혼의 눈을 뜨기 시작한다. 앞에서 이 작품의 장르와 관련하여 '성장소설'을 언급했지만 앞으로 앤절로가 시인과 작가로 성장한다는 사실을 염두에 두면, 이 작품을 젊은 주인공이 온갖 역경을 겪으며 예술가로 발돋움하는 과정을 그리는 '예술가 소설'로 읽어도 좋을 것이다.

마침내 마야 앤절로는 남의 도움을 받지 않고서도 홀로 설 수 있는 단계에 이른다. 가령 마야는 여름방학 동안 아버지와 함께 로스앤젤레스에서 머물 때 아버지의 여자 친구 돌로레스와 심하게 다툰 뒤 아버지의 집을 떠나기로 결심하지만 샌프란시스코에 있는 어머니에게 전화를 걸거나 그곳으로 돌아가지 않는다. 차라리 한 달 동안 집 없는 아이들과 함께 자동차 폐차장에서 살기로 마음먹는다. 샌프란시스코에 돌아와서도 전차 회사에서 일하려고 할 때 흑인이라는 이유로 일자리를 얻을 수 없자 온갖 투쟁을 무릅쓰고 마침내 일자리를 쟁취해낸다. 작품의 마지막 부분에서 마야는 자신의 삶에서 가장 큰 도전이라고 할 미혼모로서의 책임을 기꺼이 떠맡는다. 아직도 사춘기 소녀와 다름없는 나이지만 그녀는 한 어머니로, 한 여성으로 당당히 이 세상에 첫발을 내딛는다.

인종차별의 장벽을 넘어

이 작품에서 마야 앤절로가 영혼의 성장과 함께 다루는 주제가 한두 가지가 아니지만 그 가운데서도 피부 색깔을 둘러싼 흑백의 인종 문제를 빼놓을 수 없다. 그런데 인종 문제에서 가장 걸림돌이 되는 것이 내면화다. 다시 말해서 사람들은 교육이나 관습을 통해 너무 세뇌된 탓에 인종에 관한 편견이나 선입견을 당연한 것으로 자연스럽게 받아들이게 마련이다. 인종차별의 골이 깊은 미국 남부에 살면서 앤절로는 자신도 모르는 사이에 어느덧 흑백 인종 문제를 내면화했다. 즉 그녀는 금발에 푸른 눈을 가진 백인 여성은 아름답고 검은 곱슬머리에 검은 눈동자를 가진 흑인 여성은 아름답지 않다고 자연스럽게 생각한다. 자신은 본디 그러한 백인 소녀인데 지금 마법에 걸린 나머지 못생긴 검둥이 계집애가 되어 있을 뿐이라고 생각하는 데서 그러한 내면화가 얼마나 깊은지 깨달을 수 있다.

어느 날 내가 이 어둡고 흉측한 꿈에서 깨어나면 사람들은 놀라지 않을까? 또 긴 금발인 내 '진짜' 머리카락 대신 마마가 곧게 펴지 못하게 하는 그 곱슬머리를 하고 있다면 놀라지 않을까? 모두 내 눈이 너무나 작고 사팔뜨기라서 "아버지가 중국 사람이 틀림없다"라고들 말했는데(나는 그가 컵처럼 도자기로 만들어졌다는 의미로 생각했다) 본래대로 돌아온 연푸른 내 눈동자를 보면 그들은 마치 최면에라도 걸린 것 같을 것이다. 그제야 사람들은 내가 왜 남부 사투리를 구사하지 않으며 저속한 속어를 사용하지 않는지 그리고 흑인들이 잘 먹는 돼지 꼬리와 돼지주둥이를 먹으려고 하지 않는지 그 이유를 알게 될 것이다. 사실 나는 백인이었는데 잔인한 요정인 계모가 아름다운 내 모습을 질투해서 나를 검정 곱슬머리에 두 발은 마당만 하고 이와 이 사이가 넘버-2 연필이 들어갈 만큼 벌어진 몸집 큰 검둥이 계집애로 만들어버렸다.(이 책 17~18쪽)

앤절로가 말하는 자기 모습은 하나같이 아름다움과는 거리가 멀다. 가령 그녀의 검은 머리카락은 라면처럼 곱슬거리고 두 눈은 푸른색을 띠기는커녕 숯덩이처럼 검다. 두 발은 앙증맞게 예쁘기는커녕 앞마당처럼 널찍하고, 이와 이 사이도 보기 흉하게 너무 벌어져서 연필이 들어갈 정도다. 동화 속 이야기처럼 계모가 질투하여 일부러 그렇게 만들어놓지 않고서는 좀처럼 볼 수 없는 모습이다.

아일랜드의 소설가 제임스 조이스는 《율리시스*Ulysses*》(1922)에서 주인공 스티븐 디덜러스의 입을 빌려 "역사란 내가 지금 깨어나려고 애쓰는 악몽이다"라고 말한다. 여기서 조이스가 과연 어떤 역사를 말하는지는 잘 알 수 없지만 아일랜드가 그동안 영국 식민주의의 억압을 받아온 사실을 언급하고 있다고 보면 크게 무리가 없을 것이다. '몸집 큰 검둥이 계집애'인 마야 앤절로는 디덜러스와는 달리 오히려 악몽에서 깨어나고 싶어 하지 않는다. 하지만 금발 백인 소녀의 이미지는 어디까지나 끔찍한 현실이 만들어낸 환상일 뿐 실제 현실과는 거리가 멀다는 엄연한 현실을 깨닫게 된다.

이렇게 마야 앤절로의 삶이 태어날 때부터 생물학적으로 유전인자에 따라 결정되었다면, 그녀의 삶은 사회적 환경과 경제적인 요인에 따라서도 이미 결정되었다. 그녀가 앞으로 살아가게 될 삶은 백인이 '동일자'로, 흑인이 '타자'로 존재하는 환경과 조건의 영향을 받지 않을 수 없다. 앤절로가 유년 시절을 보내는 1930년대에 미국에서 인종 분리 정책은 최고조에 이르렀다. 이 무렵 대부분의 흑인 아이는 백인이 어떻게 생겼는지조차 알 수 없을 정도였다. 이러한 사정은 앤절로의 경우도 크게 다르지 않다. 백인 집에서 세탁부나 하녀로 일하는 흑인 여자들이 가게에 들를 때 그들이 바구니에 가지고 온 백인들의 옷가지를 살펴보고 나서야 그녀는 백인들의 실체를 겨우 어렴풋이 깨닫는다.

그걸 보고 나는, 예를 들어 백인 남자들도 윌리 삼촌처럼 반바지를 입는다는 것과 그 바지에는 오줌을 눌 때 그들이 '물건'을 꺼내놓는 구멍이 있다는 것을 알았다. 그리고 그 바구니 안에서 백인 여자들의 브래지어를 보았기 때문에 나는 백인 여자들의 가슴이 몇몇 사람들이 말하는 것처럼 옷에 붙어 있는 것이 아니라는 것도 알게 됐다. 하지만 나는 도저히 그들을 사람으로 생각할 수가 없었다. 나에게 사람들은 라그로운 부인, 헨드릭스 부인, 마마, 스니드 목사님, 릴리 B, 그리고 루이즈와 렉스뿐이었다. 발이 너무 작고 피부가 너무 하얘서 속이 훤히 드러나 보였으며, 또 사람이 걷는 것처럼 발의 볼록한 부분으로 걷는 것이 아니라 말馬처럼 발뒤꿈치로 걷는 백인들이 사람일 리 없었다.(이 책 48~49쪽)

백인들은 앤절로가 사는 마을에서 겨우 반 마일밖에 떨어지지 않은 곳에 살고 있는데도 그녀는 자기가 살고 있는 지역에 백인이 존재하는지도 미처 깨닫지 못할 정도로 백인과 흑인은 서로 철저히 격리되어 살고 있었다. 그녀에게 마을 밖에 살고 있는 백인들은 같은 지구인이 아니라 한낱 '외계인'에 지나지 않았다. 이 점과 관련하여 그녀는 "외계인처럼 사는 것 같지 않게 살고 있는 그 낯설고 창백한 피조물들은 사람들로 생각되지 않았다. 그들은 다만 백인들일 뿐이었다"라고 잘라 말한다.

그러나 앤절로는 점차 나이가 들면서 백인들과 더 자주 접촉하며, 그들과 접촉하면 할수록 인종차별의 벽이 무척 높다는 사실을 절감한다. 아칸소주 스탬프스에 살 때 앤절로는 백인들이 흑인들에게 사적으로 처벌을 가하는 모습을 자주 보았을 뿐 아니라, 연못에서 건져낸 형체를 알아볼 수 없는 흑인 시체를 쳐다보며 즐거워하는 백인들의 모습을 목격하기도 했다. 열 살 때 백인 여성의 집에서 일하던 그녀는 여주인이 부르기 까다롭다는 이유 하나만으로 자신을 '메리'라고 부르는 것을 듣고 심한 모욕감을 느낀다. 여주인이 아끼는 접시를 일부러 부엌 바닥에 떨어뜨려 깨뜨리고 나서야 비로소 앤절로는 그 모욕감을 가까스로 씻을 수 있었다. 중학교 졸업식장에서는 백인이 연설자로 나와 흑인은 운동가가 되거나 하인이 될 수밖에 없다고 말하는 것을 듣고 분노했다. 치통을 앓던 앤절로는 할머니와 함께 백인 치과 진료소를 찾아갔다가 백인 치과 의사가 흑인의 입에 손을 집어넣고 이를 치료하기보다는 차라리 개의 주둥이에 손을 집어넣겠다고 서슴지 않고 말하는 것을 듣고 적잖이 놀라기도 했다.

또한 앤절로는 이른 새벽부터 할머니 가게에 찾아오는 흑인 노동자들을 바라보며 그들의 고단한 삶의 모습을 몸소 목격했다. 백인 농장주에게 저임금에 혹사당하는 그들은 노예제도가 공식 폐지되기 전의 흑인 노예와 크게 다름없는 삶을 영위하고 있었다. 이러한 인종차별은 비단 남부 시골에 그치지 않고 비교적 자유롭다는 서부에서도 마찬가지였다. 샌프란시스코에서 살 때 그녀는 흑인이라는 이유만으로 전차 차장으로 일할 수 없다는 사실을 깨닫는다. 이 사건을 계기로 열여섯 살 때 이미 흑인 인권운동가로서의 면모를 보여주는 앤절로는 훗날 흑인의 권익 보호와 인권 신장에 앞장서게 된다.

그런데 인종차별과 관련해 여기서 잠깐 눈여겨볼 것은 앤절로의 행동이 다른 집안 식구들과는 사뭇 다르다는 점이다. 마야 한 사람을 빼놓고는 그 누구도 좀처럼 능동적으로 나서지 않는다. 가령 할머니 애니 헨더슨 부인은 흑인들이 백인들에게 부당한 대접을 받고 있다는 사실을 잘 알면서도 행동으로 직접 옮기지 않는다. 성경이나 복음성가에 몸을 숨기는 그녀는 부흥회에 모인 다른 신도들처럼 백인들이 지옥의 유황불에서 고통받는 모습을 떠올리는 것으로 만족할 뿐이다. 아버지 베일리 존슨은 화려한 옷을 차려입고 고급 자동차를 몰고 다니며 뭇 여성의 꽁무니를 따라다니는 것으로 비인간적인 인종차별을 애써 외면하려 한다. 어머니 비비언 백스터는 재즈 음악과 도박에 빠져 있을 뿐 인종차별의 벽을 허무는 데는 조금도 관심이 없다. 클라이델 아빠의 친구들은 흑인에 대한 백인들의 편견을 역이용하여 사기 행각을 벌이기 일쑤다.

《새장에 갇힌 새가 왜 노래하는지 나는 아네》에서 앤절로가 다루는 두 번째 주제는 젠더 또는 성차性差와 관련한 문제다. 생물학적인 개념인 섹스 또는 성별性別과는 달리 성차는 어디까지나 문화적·사회적 개념이다. 유럽에서 일찍이 페미니즘에 불을 지핀 시몬 드 보부아르는 "여성은 여성으로 태어나는 것이 아니라 여성으로 만들어진다"고 말했다. 페미니스트들이 문제 삼는 것은 생물학적 성별이 아니라 문화적·사회적으로 만들어진 성차다. 남성들은 문화나 사회적 관습을 들먹이며 여성은 이러저러해야 한다고 규정하고, 여성은 자신도 모르는 사이에 그러한 규정을 내면화하는 경향이 있다. 이 작품에서 앤절로는 여성에 관한 문화적·사회적 개념, 즉 성차를 둘러싼 온갖 차별에 반기를 든다.

어렸을 적에 마야 앤절로는 만화책을 읽거나 라디오 프로그램을 들으면서 여자아이들은 사내아이들처럼 용기 있게 행동할 수 없다고 단정한다. 이야기에 나오는 영웅은 하나같이 사내아이들일 뿐 계집아이는 하나도 없다. 이왕 '영웅'이라는 말이 나왔으니 말이지만 영웅을 뜻하는 영어 '히어로hero'는 영웅호걸을 가리킬 뿐 아니라 작품에 등장하는 남자 주인공을 뜻한다. 영웅호걸이 곧 남자 주인공이고, 남자 주인공이 곧 영웅호걸이기 때문이다. 그러니까 이 두 단어는 같은 발음으로 서로 다른 것을 가리키는 동음이의어인 셈이다. 하지만 '히어로'를 여성형으로 바꾸어 '히로인heroine'이라고 하면 갑자기 영웅이라는 뜻은 온데간데없이 사라져버리고 가련한 여주인공이라는 뜻만 남는다. 페미니즘 이론가들이 언어에 나타나는 성차별을 언급할 때면 자주 예로 드는 말이다. 앤절로는 어머니의 남자 친구에게 강간당했을 때도 자신이 여자아이기 때문에 더 적극적으로 대처할 수 없다고 생각한다. 이렇듯 앤절로에게 여성이라는 사실은 정신적으로 성장하는 데 흑인이라는 사실 못지않게 크나큰 걸림돌이 된다.

이 밖에도 앤절로는 이 작품에서 부모와 자식의 관계를 비롯한 가정이나 가족 문제를 중요한 주제로 다루기도 한다. 온갖 핸디캡을 지닌 나이 어린 흑인 소녀가 어려움과 시련을 참고 견뎌낼 수 있었던 것은 가족이 든든한 울타리가 되어주었기 때문이다. 비록 남편과 이혼한 상태지만 어머니 비비언 백스터는 자식에게 나름대로 정신적 지주 노릇을 한다. 할머니 애니 헨더슨과 삼촌 윌리 존슨 그리고 오빠 베일리도 그녀가 성장하는 데 큰 몫을 맡는다. 백인들과는 달리 흑인들에게 가족은 무척 큰 의미를 지닌다.

새장에 갇힌 새가 왜 노래하는지 나는 아네

마야 앤절로의 작품이 흔히 그러하지만 이 작품도 제목이 눈길을 끈다. 그녀가 쓴 자서전이나 시집 또는 에세이집의 제목을 보면 하나같이 경구 같은 절이나 구가 아닌 기다란 문장으로 되어 있다. 그리고 다른 작가의 작품에서 제목을 인용하는 경우가 많다. 《새장에 갇힌 새가 왜 노래하는지 나는 아네》도 예외가 아니다. 앤절로는 이 책의 제목을 19세기 미국에서 활약한 흑인 시인 폴 로렌스 던바가 쓴 〈동정Sympathy〉(1899)이라는 작품에서 따왔다. 미국 문학사에서 던바는 미국 전역에 걸쳐 문명을 떨친 최초의 흑인 시인으로 평가받는다. 〈동정〉이라는 작품에서 그는 새장에 갇힌 새가 왜 노래를 부르는지, 그리고 언제 노래를 부르는지 잘 알고 있다고 읊는다.

새장에 갇힌 새가 왜 노래하는지 나는 아네, 아
언제 그의 날개에 상처가 나고, 그의 가슴이 쓰라린지,
언제 그가 창살을 두드려대며 자유롭고 싶은지 나는 알고
있네.
그것은 기쁨이나 환희의 축가가 아니라
그의 가슴속 깊은 곳에서 보내는 기도,
새장에 갇힌 새가 왜 노래하는지 나는 아네!

마야 앤절로는 자전적 소설《새장에 갇힌 새가 왜 노래하
는지 나는 아네》와는 별도로 같은 제목의 시를 지은 적이 있다.
이 시에서 그녀는 던바처럼 자유를 열망하는 새를 노래한다.

새장에 갇힌 새는 두려움에 떨리는 소리로 노래하네
알 수 없지만 여전히 열망하는 것들에 대해
그 노랫가락은 먼 언덕 위에서도 들을 수 있다네
새장에 갇힌 새는 자유를 노래하니까.

앤절로는 바로 새장에 갇힌 한 마리 검은 새다. 그것도 한
겹이 아니라 두 겹 세 겹으로 된 새장에 갇힌 새다. 그녀는 흑
인이라는 새장에다가 여성이라는 새장, 그렇게 사회계층의 사
다리에서 맨 밑바닥 인생 그리고 좀처럼 남성의 관심을 끌 만

한 외모라고 할 수 없는 겉모습이라는 새장에 굳게 갇혀 있다. 그녀는 이 자서전에서 "흑인 여자들은, 젊은 시절이면 누구나 겪는 그 모든 자연의 힘에 공격받는 동시에 남성의 편견과 백인의 불합리한 증오, 흑인의 무력함이라는 삼중으로 된 집중 포격을 받는다"고 밝힌다.

앤절로는 인종, 성차, 계급 어느 모로 보나 하나같이 불리한 처지에 놓여 있었다. 그런데도 이러한 '삼중으로 된 집중 포격'에 조금도 굴복하지 않고 그 고통과 분노와 절망을 창조의 노래로 승화시켰다. 그녀의 육체는 넝마처럼 갈기갈기 찢겼지만 영혼은 시인 이상李箱의 표현을 빌려 말하자면 '은화처럼' 빛을 내뿜는다. 그녀가 부른 노래는 할머니 애니 헨더슨이 즐겨 불렀던 복음성가 한 토막도 아니요, 어머니 백스터 존슨이 즐겨 불렀던 재즈 가락도 아니다. 그 노래는 다름 아닌 언어로 빚어낸 찬란한 우주라고 할 문학이다. 앤절로는 시, 소설, 자서전, 에세이 같은 문학 작품을 통해 푸른 하늘을 훨훨 날고 싶은 마음을 한껏 노래했다. 그리고 그녀의 노래를 듣는 독자들은 가슴 뭉클한 감동을 받으며 자신도 '새장에 갇힌 새'가 아닌지 다시 한번 자신의 삶을 되돌아보게 된다.

옮긴이 **김욱동**

한국외국어대학교 영문학과와 동 대학원을 졸업하고 미국 미시시피대학교에
서 영문학 석사, 뉴욕주립대학교에서 영문학 박사 학위를 받았다. 미국 하버드
대학교, 듀크대학교, 노스캐롤라이나대학교에서 교환교수를 역임했고, 현재
서강대학교 영문학과 명예교수로 재직하며 번역가, 문학비평가로 활동하고 있
다. 지은 책으로《문학이란 무엇인가》《세계문학이란 무엇인가》《이양하 그의
삶과 문학》《설정식, 분노의 문학》《내가 사랑한 서양 고전》《내가 사랑한 동양
고전》등이 있고, 옮긴 책으로《상담학자와 함께 읽는 이솝 우화》《앵무새 죽이
기》《호밀밭의 파수꾼》《위대한 개츠비》《노인과 바다》《이선 프롬》《아메리카
의 비극》등 다수가 있다. 2011년 한국출판학술상 대상을 수상했다.

새장에 갇힌 새가
왜 노래하는지 나는 아네

초판 1쇄 발행   2006년 7월 5일
개정판 1쇄 발행 2024년 6월 10일

지은이	마야 앤절로
옮긴이	김욱동
펴낸곳	(주)문예출판사
펴낸이	전준배

기획 · 편집	이효미 백수미 박해민
디자인	최혜진
영업 · 마케팅	하지승
경영관리	강단아 김영순

출판등록	2004.02.11. 제 2013 - 000357호 (1966.12.2. 제 1 - 134호)
주소	04001 서울시 마포구 월드컵북로 21
전화	393 - 5681
팩스	393 - 5685
홈페이지	www.moonye.com
블로그	blog.naver.com/imoonye
페이스북	www.facebook.com/moonyepublishing
이메일	info@moonye.com
ISBN	978-89-310-2356-5 03840